GILLES LEGARDINIER

Écrivain, scénariste, producteur et réalisateur, Gilles Legardinier s'est toujours attaché à faire naître des émotions qui se partagent. Après avoir travaillé sur les plateaux de cinéma américains et anglais, notamment comme pyrotechnicien, il a réalisé des films publicitaires, des bandes-annonces et des documentaires sur plusieurs blockbusters. Il se consacre aujourd'hui à la communication cinéma pour de grands studios internationaux et aux scénarios, ainsi qu'à l'écriture de ses romans. Alternant des genres très variés avec un même talent, il s'est entre autres illustré dans le thriller avec *L'Exil des anges* (prix SNCF du polar 2010) et *Nous étions les hommes* (2011), mais aussi dans la comédie, qui lui a valu un succès international avec *Demain j'arrête !* (2011), *Complètement cramé !* (2012), *Et soudain tout change* (2013), *Ça peut pas rater !* (2014) et *Quelqu'un pour qui trembler* (2015) – tous parus chez Fleuve Éditions. Son dernier ouvrage, *Le Premier Miracle*, a paru fin 2016 aux Éditions Flammarion.

Retrouvez toute l'actualité de l'auteur sur :

www.gilles-legardinier.com

QUELQU'UN POUR QUI TREMBLER

DU MÊME AUTEUR

CHEZ POCKET

L'EXIL DES ANGES

NOUS ÉTIONS LES HOMMES

DEMAIN J'ARRÊTE !

COMPLÈTEMENT CRAMÉ !

ET SOUDAIN TOUT CHANGE

ÇA PEUT PAS RATER !

QUELQU'UN POUR QUI TREMBLER

GILLES LEGARDINIER

QUELQU'UN POUR QUI TREMBLER

Pocket, une marque d'Univers Poche, est un éditeur qui s'engage pour la préservation de son environnement et qui utilise du papier fabriqué à partir de bois provenant de forêts gérées de manière responsable.

ISBN : 978-2-266-27335-0

1

Il faisait nuit, un peu froid. Après l'ardente chaleur du jour, Thomas savourait cette fraîcheur bienvenue. Assis à l'extrémité d'une corniche rocheuse dominant une vallée perdue du Cachemire, au nord-ouest de l'Inde, l'homme observait le petit village d'Ambar qui s'étirait à ses pieds. Il en connaissait chaque habitant, chaque bicoque. Certaines des cabanes accrochées aux flancs pentus laissaient s'échapper des fumées odorantes mêlées d'éclats de braise qui, dans leur ascension, finissaient par se confondre avec les étoiles. Les conversations des femmes autour du puits, le ruissellement de l'eau que l'on verse et le tintement des ustensiles de fer-blanc annonçaient les préparatifs du dîner. Pourtant, les plats servis ce soir n'auraient rien en commun avec ceux qui font la réputation culinaire de ce grand pays. Ici, pas de palais fastueux ou de temple dédié à Shiva, pas de foule bigarrée, aucun touriste grimpant sur le dos des éléphants. Seulement quelques âmes qui tentent de survivre là où le destin les a posées.

En apercevant les enfants qui jouaient avec les chiens dans un joyeux mélange de cris et d'aboiements,

Thomas eut un sourire. Impossible de savoir qui pourchassait l'autre, mais chacune des deux espèces semblait y trouver son bonheur. Même dans les lieux les plus inhospitaliers, les humains sont capables de s'amuser, pour peu que la vie leur en laisse le temps.

Depuis le premier jour, lorsque le chef l'avait entraîné jusqu'à ce point d'observation pour lui présenter la situation, Thomas appréciait cet endroit. Sa journée terminée, il aimait y monter pour se caler au creux du banc de pierre sculpté par des millénaires d'intempéries. Durant le jour, la vue était infinie et le regard se perdait jusqu'aux contreforts de l'Himalaya, par-delà les reliefs et les frontières des hommes. La nuit, on n'apercevait plus que les villageois dans la lueur vacillante de leurs lampes. L'obscurité ramène toujours à l'essentiel. Ces derniers temps, Thomas se retirait de plus en plus souvent sur son perchoir. Il avait besoin de prendre du recul, de réfléchir. Surtout depuis quelques semaines.

Les voix montaient du village. Même s'il n'en saisissait que quelques mots, Thomas en appréciait la mélodie. Sajani essayait de faire rentrer ses enfants pour qu'ils fassent enfin leurs devoirs. Le vieux Kunal râlait – comme chaque jour quasiment à heure fixe – en replaçant les picrres que les chèvres avaient fait tomber en sautant par-dessus son muret. Un crépuscule paisible clôturait une journée sans catastrophe. Un miracle dans ces contrées.

Dans la clarté de la pleine lune, Thomas les observait tous au hasard de leurs activités. D'un geste vif et précis, Kailash aiguisait ses outils pour le lendemain ; Rekha rafistolait le grillage de sa cabane à poules. Thomas avait vécu des moments forts avec chacun d'entre eux. Il les avait soignés, parfois sauvés. Trop souvent cependant, il n'avait pas réussi à éviter le pire. Que ce soit dans le bonheur ou le malheur, il avait éprouvé à leurs côtés des sentiments extrêmes, de ceux qui vous entraînent aux limites de ce que nous sommes réellement une fois les artifices devenus inutiles, quand l'existence se résume à un concentré d'émotions tellement fort à digérer qu'il peut vous attaquer les entrailles et le cœur. Pour ces braves gens, Thomas avait souvent rêvé d'une vie plus douce, diluée au fil des jours afin d'en percevoir le goût sans violence. Mais qui décide de ce que nous affrontons ? Qui a le pouvoir d'espacer les épreuves ? Qui peut nous épargner l'irréparable ? En Inde, la foi est partout, mais les dieux ont sans doute trop de fardeaux à porter pour ne pas oublier quelques pauvres bougres de temps en temps. Ici, chacun l'accepte et continue d'espérer. L'essentiel est d'avoir un futur, même s'il se borne au lendemain.

Accaparé jour après jour par les urgences, Thomas n'avait jamais vraiment pris le temps de songer à la puissance de ce qu'il avait éprouvé à Ambar, mais ces dernières semaines, les souvenirs de ses expériences remontaient. Comme si le temps des bilans était venu.

Huit ans plus tôt, il avait débarqué dans le district de Kupwara avec une équipe médicale internationale pour soulager les populations du conflit frontalier qui faisait rage avec le Pakistan. De l'endroit même où il se tenait ce soir, il avait alors découvert les larges terrasses creusées dans les pentes où les fermiers cultivaient laborieusement de quoi subsister. Il avait observé ces innocents pris entre un affrontement territorial qui les dépassait et une nature qui ne leur facilitait pas souvent la tâche. Vus de haut, les autochtones ressemblaient à des insectes s'acharnant sur des brindilles. « Pourquoi ne partent-ils pas ? s'était-il d'abord demandé. Pourquoi ne quittent-ils pas cette région explosive, où les hindous sont en minorité et où la vie est si âpre ? » Depuis, il avait appris à les connaître et savait désormais qu'ils n'avaient rien d'insectes et qu'ils étaient ici à leur place.

L'équipe de médecins avait fini par plier bagage. Pas lui. Il ne devait en théorie rester qu'une petite semaine de plus, pour s'occuper d'un enfant atteint d'une forte fièvre. Contrairement à beaucoup, ce petit-là avait guéri, mais à l'époque, Thomas n'était pas reparti pour autant. Il ne s'était jamais demandé pourquoi, jusqu'à récemment. Sans doute avait-il alors encore moins de raisons de rentrer que de rester. Ici, il s'était immédiatement senti utile. Les gens avaient besoin de lui. Jour après jour, cet homme à la peau si pâle avait fini par trouver sa place. À Ambar, traversant les hivers qui tuent et les étés qui brûlent en passant par les moussons qui emportent tout, Thomas avait découvert la valeur de l'existence. Et sa fragilité.

Un bruissement sec dans les buissons tira soudain Thomas de ses réflexions. Il fit volte-face pour scruter l'obscurité. Le rythme de son cœur s'accéléra. Pas de doute, quelque chose avait bougé non loin de lui. Plus que tout, le docteur redoutait d'apercevoir les yeux ou les crocs menaçants d'un chien sauvage. Il prit soudain conscience qu'il avait oublié de s'armer du gourdin dont Kishan s'équipait toujours lorsqu'ils montaient ici. Tout le monde dans les environs se méfiait des chiens sauvages. Ces diables étaient capables de toutes les audaces, surtout s'il y avait de la nourriture ou une proie facile à la clé. Thomas en avait fait les frais quelques années plus tôt lorsqu'il avait secouru Neetu. Alors qu'il soutenait la jeune femme rescapée d'une mauvaise chute dans une vallée voisine, il avait dû se battre contre une horde de chiens – certains prétendaient qu'il s'agissait de loups – attirés par le sang de ses blessures. Vociférant, agitant son seul bras libre et donnant des coups de pied en l'air, il avait réussi à les tenir à distance jusqu'à ce que ses appels à l'aide soient entendus. Il détestait repenser à cette histoire, à la fois parce qu'il avait vraiment cru finir dévoré, mais surtout parce qu'il s'était senti ridicule à gesticuler en hurlant, incapable de protéger Neetu et de reprendre le contrôle de la situation. Il avait brutalement découvert ce que l'on ressent quand tout nous échappe et que l'on pense la fin possible. Lui qui croyait à la force des grandes idées s'était alors froidement rendu compte que les plus beaux idéaux et un cœur pur sont impuissants face à une bande de chiens errants. Il avait été terrifié. S'en souvenir, même un peu, suffisait à faire dévaler un frisson glacé dans son dos. Cet épisode avait eu deux conséquences directes sur la vie de Thomas : il avait acquis la réputation d'un brave – bien illégitime selon lui – et une peur panique des chiens qui faisait beaucoup rire les enfants.

Le bruissement se répéta à nouveau dans la nuit, sans que Thomas parvienne à en localiser la provenance. Il tressaillit. L'adrénaline se répandait dans ses veines. À tâtons, sans cesser de surveiller les parages, il ramassa la première pierre venue. Elle était bien trop petite et ne lui servirait à rien, mais elle le rassura malgré tout. Un craquement résonna.

Le son ne provenait plus des taillis mais du sentier. Si ces satanées bestioles approchaient par le chemin, elles lui couperaient toute retraite. Impossible de fuir. Sentant la panique monter, Thomas évalua ses chances de survie s'il sautait du promontoire vers le village. Il se voyait déjà s'écrasant sur le toit d'une cabane, qui ne résisterait sans doute pas. Tout à coup, une silhouette surgit dans la nuit.

— Si j'étais cruel, j'aurais imité le grognement d'un chien… Tu verrais ta tête ! Tu es plus pâle que la lune !

Le visage de Kishan s'illumina d'un sourire.

— Tu m'as fichu une de ces trouilles ! souffla Thomas.

— Ça t'apprendra à oublier le bâton.

Thomas s'avança pour accueillir son complice.

— Te voilà enfin rentré.

— J'arrive à l'instant. Rajat m'a dit qu'il t'avait vu monter.

— Tu étais censé revenir hier. J'étais inquiet. Ton père m'a expliqué que tu avais dû pousser jusqu'à Srinagar.

— Oui. Pour une affaire importante.

Thomas n'insista pas mais fut surpris que son comparse ne lui en donne pas le motif. Ils n'avaient pas pour habitude de se cacher des choses.

— J'en ai profité pour rendre visite au dispensaire de la Croix-Rouge, annonça Kishan, et j'ai rapporté de quoi recharger la pharmacie.

— Il n'y avait pas urgence mais je te remercie.

Les deux hommes s'assirent côte à côte, face à la vallée. Quelque part en contrebas, une femme se mit à chanter doucement. Thomas soupira, sincèrement heureux de ne plus être seul perdu dans ses pensées.

— Ce matin, j'ai rendu visite au vieux Paranjay, fit-il au bout d'un moment.

— Dans quel état est-il ?

— Correct, mais il serait plus prudent qu'il habite moins loin du village. Il a eu de la chance cette fois. Malgré tout, si nous ne voulons pas retrouver son corps sans vie un beau matin, nous devons garder un œil sur lui.

— Mon père lui parlera. On lui trouvera une place.

Ils restèrent un moment silencieux.

— Tu montes de plus en plus souvent ici, n'est-ce pas ? fit soudain Kishan.

— Ça me fait du bien.

— Tu penses à cette femme, là-bas, dans ton pays ?

Thomas baissa les yeux.

— Ce n'est pas tant à elle que je pense qu'à ce qui est sans doute arrivé après que je l'ai quittée.

Bien que n'ayant jamais peur de poser les questions les plus directes, Kishan hésita avant de demander :

— Sais-tu quel jour nous sommes aujourd'hui, mon ami ?

— Non.

— Nous célébrons Raksha Bandhan, la fête des fraternités.

— Vous ne la fêtiez pas les autres années…

— Ce soir, c'est différent. Pour les frères et les sœurs, pour ceux qui ne sont pas forcément de la même famille mais qui entretiennent des liens forts, cette fête est l'occasion de dire à quel point ils comptent.

Thomas regarda son ami avec circonspection. Même dans la pénombre, il capta son regard.

— Si c'est encore un de tes vilains plans pour me faire boire un de vos élixirs à tuer un yack…

— Non, Thomas. J'ai trois petites sœurs et un cadet. Mais ce soir, je tiens à te dire que je te considère comme mon grand frère.

À l'intonation de la voix, le docteur comprit que son ami ne plaisantait pas.

— Merci, Kishan. Cela me touche énormément. Tu sais à quel point je tiens à toi aussi.

Chacun éprouva l'envie de prendre l'autre dans ses bras, mais la pudeur les en empêcha.

— Pour Raksha Bandhan, poursuivit Kishan, la coutume veut que l'on échange des bracelets tressés et parfois des cadeaux… Bien sûr, c'est surtout symbolique. Mais j'ai un présent pour toi, Thomas. Je crois qu'il va être important même s'il ne te simplifiera pas la vie…

— Si c'est un chiot, je refuse !

Ils éclatèrent de rire.

— Et moi, que puis-je te donner ? reprit Thomas. Je sais ! Je vais t'offrir mon couteau multifonction, tu l'as toujours adoré. Mais il faudra que tu me donnes une pièce en échange. C'est une coutume de mon pays. On dit qu'offrir un couteau sans recevoir de pièce peut couper l'amitié.

Pour une fois, Kishan n'adopta pas le ton léger vers lequel son ami essayait de l'entraîner. Il était concentré.

— Ton couteau est un très beau cadeau mais s'il te plaît, laisse-moi finir…

Il marqua une pause avant de reprendre :

— Depuis toutes ces années que tu vis au village avec nous, tu m'as appris beaucoup. Tu sais des milliers de choses dont je n'ai même pas idée. Mais ce soir, j'en sais une de plus que toi, une que tu ignores et qui va changer ta vie.

— Tu m'inquiètes...

— Je te connais, mon frère, et je te promets que ça me fait drôle de savoir que ton existence va basculer ce soir. Je suis heureux d'en être le témoin même si ce qui va suivre me fera de la peine.

— De quoi parles-tu ? Tu me fais peur.

— Ma fierté est plus forte que mon inquiétude car en t'offrant ce que j'ai pour toi, j'aide le destin à te montrer la voie. Et je sais que le chemin qui se dessine maintenant est le seul qui soit le bon.

Kishan tira une enveloppe de sa veste et se leva pour la présenter à deux mains, comme une offrande.

— Voici pour toi.

— Qu'est-ce que c'est ?

— Ouvre.

Kishan sortit sa lampe de poche et éclaira le pli. En voyant le faisceau vibrer, Thomas comprit que les mains de son ami tremblaient. Il décacheta l'enveloppe et en tira trois feuilles. Dans le halo de lumière, Thomas découvrit la photo d'une jeune fille. « Emma ». Sous le prénom, une adresse en France. Sur toutes les pages, imprimées, des photos de tailles diverses. Emma, plus jeune, sur un poney. Emma s'amusant lors d'une fête d'anniversaire. Emma déguisée en pirate. Emma toute petite, devant un château de sable aussi grand qu'elle. Emma debout sur une chaise, faisant la cuisine. Emma jeune fille, habillée d'une robe longue au milieu d'autres copains lors d'une soirée. Emma au ski, souriant entre deux garçons qui l'embrassaient…

Kishan commenta :

— Elle a tes yeux et ses cheveux sont de la même couleur que les tiens. Regarde-la sur le petit cheval, elle se dresse exactement comme toi. Et ses fossettes, tu les reconnais ? Elle est née sept mois après que tu as quitté ton amie. Il n'y a aucun doute. Tu avais vu juste. C'est ta fille.

Thomas ne répondit pas. Une lame de fond déferla en lui, submergeant à la fois son cerveau et son cœur. Il avait souvent pleuré pour les enfants des autres, mais c'était la première fois qu'il le faisait pour le sien. D'une voix brisée, il lâcha :

— C'est pour ça que tu es allé jusqu'à Srinagar ?

— Je voulais trouver la réponse à la question qui te torture depuis que tu as croisé cet ami d'enfance. J'ai vu à quel point tu as réagi lorsqu'il t'a parlé de ton ancienne compagne et de son enfant.

— Comment as-tu fait ?

— Le fils d'un cousin de mon père est militaire. Il a accès à un vrai poste Internet. Il a pu faire des recherches et m'imprimer le résultat.

Thomas n'arrivait pas à détacher son regard des photos. « Emma ». En quelques images aux couleurs approximatives se dessinaient les années d'une petite fille devenue une jeune femme. Sur l'un des clichés, en arrière-plan, Thomas reconnut Céline, la mère de l'enfant. Sa gorge se serra. Il n'avait rien éprouvé de sérieux pour aucune femme depuis. Pourquoi ne lui avait-elle rien annoncé ? Le pire serait qu'elle ait essayé sans y parvenir… Il avait si souvent changé d'affectation. Pour Thomas, imaginer tout ce que cette petite et sa mère avaient vécu entre chacune de ces images était impossible ; le seul fait d'essayer donnait le vertige. Aujourd'hui, à peu de chose près, Emma avait l'âge de Thomas lorsqu'il était parti. La jeune fille était souriante et sa mère aussi, mais quelles épreuves avaient-elles affrontées pour avancer sans l'homme qui aurait dû être là ? Thomas s'essuya les yeux. Ses mains tremblaient bien plus que celles de Kishan. L'Indien s'efforça de sourire.

— Et maintenant, mon frère, quelle est la phrase que tu ne veux surtout pas entendre ?

— Non Kishan, s'il te plaît, ne joue pas à ça… Pas maintenant. C'est moi qui pose cette question d'habitude.

— Ce soir, c'est mon tour. Et je vais te dire ce que tu ne veux surtout pas entendre : tu n'as plus rien à faire ici. Tu nous as apporté beaucoup. Tu fais partie des nôtres. Dans la vallée, chacun honore le jour où tu as décidé de rester. Sans toi, ma petite sœur ne serait plus de ce monde et ma femme aurait sans doute perdu la vie voilà deux hivers. Nous te devons tous quelque chose. Tu as donné sans compter. Te voir partir est un déchirement, mais tu dois maintenant retourner dans ton pays. Depuis que tu soupçonnes l'existence de ta fille, tu n'es plus le même. Je le vois bien. Alors va la voir. Ton temps parmi nous s'achève. Rester plus longtemps ne pourrait que te détruire.

Les larmes de Thomas se remirent à couler sans même qu'il s'en rende compte. Les sentiments prisonniers s'évadent comme ils peuvent.

— Sèche tes pleurs, mon ami. Ils vont attirer les chiens sauvages qui te dévoreront.

— Tu peux te moquer de moi, mais tu as toi aussi oublié ton gourdin.

— J'avais d'autres choses en tête en montant…

Tout à coup, Kishan se leva d'un bond, le doigt tendu.

— Là, derrière toi ! J'en vois un gros qui montre les dents !

Thomas se jeta dans la pente, puis, entendant son complice éclater de rire, comprit qu'il s'agissait d'une blague comme ils avaient l'habitude de s'en faire.

— En quelques minutes, tu me révèles l'existence d'Emma et tu me fais croire que les chiens attaquent. Tu veux vérifier que j'ai le cœur solide ?

— Je connais parfaitement ton cœur, et faire une crise cardiaque ne serait pas malin parce que tu es le seul docteur à quarante kilomètres à la ronde !

Kishan tendit la main à Thomas pour l'aider à remonter sur le chemin.

— Viens. Mon père nous attend en bas.

Impossible de dire qui eut l'élan le premier mais cette fois, ils osèrent s'étreindre.

2

Thomas vécut les jours suivants comme un rêve éveillé. Les lieux et les gens n'avaient pas changé, lui si. Tout semblait désormais irréel. Déstabilisé par la découverte de l'existence de sa fille, il ne pouvait rien faire d'autre que se laisser porter par les flots qui le chahutaient. Il se sentait comme un cuirassé dont les moteurs seraient tombés en panne au milieu d'un océan déchaîné. Pendant des années, il avait pris sur lui, caché ses doutes pour se montrer rassurant, donné le change face au pire, mais l'irruption d'Emma avait brisé l'armure qu'il s'était forgée. La salle des machines avait pris l'eau et plus personne ne maîtrisait la barre. Sans aucun contrôle, débordé, Thomas était désormais traversé d'émotions sans le moindre filtre, entièrement perméable à ce que lui envoyaient les gens dont il avait partagé la vie.

Deux jours avant son départ, tous les habitants de la vallée et même certains venus de plus loin se réunirent dans le hangar bricolé qui servait de salle d'assemblée. Thomas fut accueilli par des chants, des applaudissements et même des cris. En son honneur, chacun avait revêtu ses plus beaux habits. Niyati portait son sari de cérémonie. Le père de Kishan, Darsheel, chef du village, instituteur et possesseur de la seule machine à écrire de la vallée, fit un rapide discours dont Thomas ne comprit que les grandes lignes. Puis, devant les habitants réunis, le patriarche demanda à son fils de traduire dans la langue des villageois les mots qu'il allait adresser en français à Thomas – il tirait une certaine fierté de parler cette langue.

Darsheel remercia le médecin pour son aide, rappela tout ce qu'ils avaient affronté et tout ce qu'ils avaient bâti ensemble.

— Tu as apporté beaucoup de chance chez nous. Avec toi, j'ai aussi pu retrouver le plaisir de parler ta langue et l'enseigner aux miens. Je garde précieusement les livres que tu me confies. Notre école portera désormais ton nom, mais nous n'oublierons jamais que si la fenêtre est en biais, c'est parce que tu l'as scellée de travers !

Devant toute l'assemblée, le chef du village raconta certaines anecdotes que Thomas avait le plus souvent oubliées. Une tranche de vie résumée par quelques joyeuses péripéties, parce que personne n'ignorait tout ce que Thomas avait fait de plus sérieux.

— Lorsque tu es arrivé parmi nous, tu n'étais qu'un grand enfant. Je t'ai vu apprendre, je t'ai vu comprendre. C'est en homme que tu repars aujourd'hui.

Alors que Darsheel lui faisait son émouvante déclaration, Thomas s'étonna que l'assemblée continue à rire à gorge déployée.

— En fait, avoua Kishan, je ne leur traduis pas les propos de mon père. Trop personnel. Je préfère leur rappeler tous les trucs délirants que tu as pu faire chez nous ! Beaucoup ignoraient que tu t'es pris une balle à la frontière, et que la maison que tu as construite t'est tombée dessus. Par contre, pour les chiens, tout le monde est au courant…

Darsheel acheva son hommage en saisissant Thomas par les épaules pour le serrer contre lui.

— Tu vas nous manquer. Quelle que soit ta route, j'espère qu'un jour, elle te ramènera à nouveau jusqu'à nous. Que la sagesse de Ganesh éclaire tes choix.

Il y avait quelque chose de surréaliste à voir tout le village plié de rire alors qu'au milieu de la foule, le chef et le docteur avaient les larmes aux yeux. Thomas avait toujours été impressionné par la faculté de ce grand peuple à considérer le destin comme une chance ou comme une leçon. Personne ne lui en voulait de partir. C'était le mieux à faire et tous semblaient l'accepter bien plus naturellement que lui.

— Ils n'ont pas l'air si tristes que je m'en aille…

— On leur a dit que tu rentrais en France pour retrouver ta famille. Ils sont heureux pour toi !

Les enfants lui apportèrent des cadeaux qu'ils avaient fabriqués eux-mêmes.

Le dernier jour, la plupart des gens furent surpris de constater que Thomas était encore au village. Beaucoup lui parlèrent, souvent plus qu'ils ne l'avaient jamais fait. Même s'il ne comprenait pas tout, Thomas n'oublierait jamais leurs regards, puissants et bienveillants. Chacun semblait avoir beaucoup de choses à lui confier. Parce que l'imminence de la séparation libère les sentiments. Parce que les humains attendent toujours l'ultime limite pour oser avouer.

Au matin du départ, il n'y eut ni cérémonie ni effusions. Tout le monde était parti travailler comme d'habitude. Seule Shefali s'était arrangée pour traîner au village afin de dire adieu à Thomas. Le docteur savait qu'elle avait toujours eu un faible pour lui. Il espérait qu'après son départ, elle se marierait enfin.

Dans le vieux 4 × 4 qui roulait vers l'aéroport de Srinagar, Darsheel, Kishan et Thomas ne prononcèrent pas une parole. Avant de rejoindre le réseau de routes bitumées, l'engin devait parcourir une longue distance sur des pistes défoncées souvent taillées à flanc de montagne. Les bruits en tous genres, roulements et chocs des pierres contre les bas de caisse se chargèrent de meubler le silence. À travers les vitres poussiéreuses du véhicule secoué par les cahots, Thomas regardait les paysages défiler. Il en avait parcouru beaucoup à pied. Jamais il n'avait songé qu'il les quitterait un jour. Il n'avait pas envisagé non plus qu'il pouvait avoir une fille. La vie n'est jamais ce que l'on imagine.

À mesure qu'ils gagnaient les plaines, la végétation se faisait plus présente et les routes s'amélioraient. Les kilomètres passèrent plus vite.

Lorsqu'ils furent enfin garés devant le hall principal de l'aéroport, Kishan attrapa le modeste bagage et accompagna Thomas, qui semblait désorienté.

— Envoie ton adresse électronique au bureau de la Croix-Rouge. Ils me la transmettront à ma prochaine visite. On nous a promis une liaison pour dans quelques mois. Je te ferai signe !

Dans le tumulte du hall d'embarquement, les paroles de l'Indien paraissaient étouffées, lointaines. Pour que son ami le regarde dans les yeux, Kishan fut obligé de lui saisir le visage.

— Je te souhaite bonne chance. Tu nous raconteras !

Les deux hommes échangèrent encore quelques mots. Aucun des deux ne savait comment réagir. Pour Thomas, tout cela semblait irréel. Lorsque l'appel pour son vol retentit, Darsheel le salua chaleureusement et Kishan l'étreignit.

Sans bien s'en rendre compte, Thomas se retrouva assis dans l'avion. Il réalisa que les derniers mots échangés avec le meilleur ami qu'il ait jamais eu concernaient des mamelles de chèvre. Quand l'appareil décolla, le médecin prit aussi conscience qu'il n'avait revu ni la rivière Neelum, ni le vieux Paranjay.

En arrivant en escale à l'aéroport de Delhi, Thomas flottait toujours. Il fut fasciné par le sol dallé de marbre. Cela faisait longtemps qu'il n'avait pas vu une si grande surface, parfaitement plane, exempte de poussière, de ravines et de caillasses. Pour savourer ce luxe, il avança dans la file des contrôles douaniers en traînant les pieds. Pour la première fois depuis une éternité, il n'était pas obligé de se tordre les chevilles à chaque pas. Arrivé au guichet, le visage barré d'un sourire absent, il tendit mécaniquement son passeport abîmé et ses papiers officiels tellement usés qu'ils tombaient en lambeaux.

Comme s'il redécouvrait un monde depuis longtemps oublié, Thomas observait autour de lui. Sans être capable de définir à quel niveau, il sentait que tout avait changé. Il n'avait jamais vu autant d'écrans aussi plats déverser de tels flots d'images. Une femme tournoyait sur elle-même en faisant voler son improbable chevelure. Un homme au torse d'athlète et au sourire complice utilisait un téléphone sans touches à peine plus gros qu'une boîte de médicaments. Un déluge d'infos, de vues d'actualités terribles mélangées à des spectacles clinquants, truffés de publicités au rythme saccadé et aux couleurs criardes. Cette succession effrénée fatigua rapidement Thomas, au point de lui donner mal à la tête.

Après avoir passé les contrôles d'embarquement, il fut surpris de la profusion de boutiques aveuglantes de lumière, toutes remplies d'objets aux prix astronomiques dont il ne comprenait pas souvent l'utilité. Il fut aussi frappé par le nombre ahurissant de comptoirs offrant de la nourriture en abondance, sous des formes tellement diverses que beaucoup lui étaient inconnues. Le stock de chacune de ces échoppes aurait suffi à nourrir la population d'Ambar pendant plusieurs semaines. Même aux toilettes, il resta contemplatif face aux lampes éclairant les murs qui changeaient de couleur dans une fluidité parfaite, évoquant successivement toutes les teintes de l'arc-en-ciel.

Thomas embarqua en remarquant tout, le sourire des hôtesses, leurs impeccables chignons, les insignes rutilants des pilotes, le léger claquement de leurs belles chaussures sur le sol, le nombre de films proposés sur les petits écrans que l'on pouvait toucher, les menus, la quantité de déchets produits, et surtout l'incroyable confort des sièges en comparaison des tabourets bricolés du village. Il se retrouvait comme un novice face à un monde étrange. Fallait-il que son séjour au village l'ait plongé dans une autre dimension pour que sa vie d'avant se soit retrouvée enfouie si loin dans sa mémoire…

Durant le vol, Thomas ne réussit pas à trouver le sommeil. En partie parce que son voisin n'arrêtait pas de changer de film sans en terminer aucun, mais surtout parce que pour la première fois, il se retrouvait seul, confronté à ce qu'avait déclenché en lui la découverte d'Emma. L'onde de choc n'en finissait pas de se répandre dans son esprit, redessinant complètement son paysage intérieur. Depuis qu'il était enfant, il avait toujours voulu être utile. Ses orientations s'étaient définies autour de cet axe, en pleine conscience. Thomas s'était ainsi construit comme un homme engagé au service de la santé des individus, sans distinction d'appartenance politique ou religieuse. C'était sa clé, ce qui le définissait le mieux. Il était en harmonie avec cette image de lui-même. Et puis tout à coup, il se retrouvait dans le rôle d'un compagnon indigne et d'un père absent. Thomas pensait connaître sa vie et pourtant, une part essentielle s'était déroulée à son insu. Papa, du jour au lendemain. Il ne s'était jamais vraiment projeté dans la paternité. Quel père pouvait-il être ? Que représente le fait d'avoir un enfant ? Quelle différence existe-t-il entre un géniteur et un père ? À quoi peut-on servir lorsque l'on arrive avec deux décennies de retard ? A-t-on des droits sur ceux à qui l'on donne la vie ? Ou uniquement des devoirs ?

Il songea aussi à Céline, à ce qu'il avait éprouvé pour elle. Certains souvenirs lui revinrent. Des moments, des regards, des silences. Il fut lui-même surpris de s'apercevoir qu'ils étaient encore très vivants au fond de lui alors qu'il pensait avoir tout oublié. Avait-il voulu le croire pour ne rien regretter ?

Dans quelques heures, Thomas serait de retour en France, sans avoir la moindre idée de la façon d'aborder une nouvelle vie qu'il n'envisageait même pas quelques jours plus tôt. Obligé de naviguer à vue. Son retour inattendu ne lui avait laissé le temps de reprendre contact avec personne, sauf Franck, un ancien collègue. Mais quelles que soient les questions que Thomas se posait, les réponses dépendaient toutes d'Emma, sans même qu'elle s'en doute. Son histoire à elle aussi s'écrivait à son insu. Peut-être est-ce notre cas à tous. Même s'il rentrait chez lui, Thomas plongeait dans l'inconnu. Il se préparait à un saut dans le vide entre culpabilité, envie, peur et espoir. Est-il possible d'être prêt en pareil cas ?

Il souhaitait d'abord s'approcher d'Emma. Depuis que Kishan lui avait offert les photos, il les portait en permanence sur lui et les regardait souvent. Il les connaissait jusque dans les plus infimes détails. Le regard de tueur psychopathe du poney, le nombre de boutons du costume de pirate, la couleur des bougies sur le gâteau. Les yeux fermés, il pouvait décrire chaque objet qu'Emma brandissait et les différents vêtements qu'elle portait. Il avait hâte de la découvrir en vrai. Il ne lui parlerait sans doute pas tout de suite, mais il désirait au moins la regarder. Il en avait besoin. Il ne voulait en aucun cas la déranger ou débarquer dans sa vie, mais il était décidé à s'en approcher le plus possible.

L'avion se posa à Paris alors que le soleil se levait. Thomas débarqua dans le hall d'arrivée au milieu des gens qui se sautaient au cou, dans des rires et des étreintes émues. Lui, personne ne l'attendait. C'est fou comme on se sent plus fragile lorsque l'on est seul. Presque honteux, il se faufila le plus discrètement possible, sa vie tout entière contenue dans un sac de sport aux couleurs passées. Il remonta l'interminable hall de l'aérogare. Ici aussi beaucoup d'écrans, d'immenses publicités pour des parfums avec des femmes à l'expression hautaine et des hommes au sourire séducteur. Thomas avançait comme un zombie. À voir les regards de ceux qu'il croisait, il ne devait pas avoir que la démarche d'un mort-vivant, mais aussi le costume, avec ses vêtements défraîchis et démodés. Il portait le t-shirt gribouillé par Kishan : « *Don't follow me, I'm lost* » – ne me suivez pas, je suis perdu. Son copain le lui avait offert parce que les gamins de la vallée le suivaient souvent en se fiant à lui alors qu'il s'était égaré bien des fois. Dans cet aéroport pourtant ultra balisé, le message du t-shirt prenait un sens encore plus aigu. Mais plus aucun enfant ne suivait Thomas. Il comprit très vite qu'il allait lui falloir réapprendre à vivre chez lui, à seulement six heures de décalage horaire, mais à des années-lumière d'Ambar.

Lorsqu'il finit par trouver le distributeur de tickets de RER, il resta perplexe devant la machine. L'homme qui faisait la queue derrière lui s'impatienta rapidement. Thomas osa lui demander son aide, mais l'individu le regarda avec mépris et changea de machine. Une jeune fille lui proposa alors un coup de main. Thomas n'écouta pas vraiment ses explications. Il la dévisageait. Elle aurait pu être sa fille.

Au milieu de ces gens pressés, fermés, face à ces panneaux abscons, entre ces indications ésotériques, son voyage lui apparaissait soudain comme une odyssée impossible. Finalement, par comparaison, rallier la vallée de Kapoor à pied, par le sentier des cols, au plus fort de la mousson, avec le risque de se faire foudroyer, ne lui semblait plus si insensé que cela.

3

En Inde, Thomas avait l'habitude des villes bondées et embouteillées, mais la capitale française ne l'était pas de la même façon. Si peu de vélos pour tellement de voitures qui ne transportaient que leur seul conducteur… Et tous ces véhicules qui semblaient sortir directement de l'usine tant ils étaient propres ! Aucun chargement hasardeux qui dépassait de tous côtés en menaçant de s'effondrer, pas de gens entassés dans les habitacles, personne sur le toit des bus. À tous les carrefours, des feux tricolores. Chaque file attendait son tour dans un ballet très ordonné. Des trottoirs parfaitement délimités. Peu d'enfants et presque pas de personnes âgées, mais une multitude d'individus qui marchaient dans des tenues ternes, les yeux rivés à leurs téléphones portables. Ils avançaient, ignorant ce qui les entourait, ne remarquant même pas les immeubles majestueux qui barraient l'horizon et cachaient le soleil.

Parce qu'il se perdit, Thomas arriva au restaurant avec du retard. Il demanda au garçon si quelqu'un attendait. Le serveur lui désigna vaguement une table au fond. En traversant la salle, Thomas remarqua qu'ici, la cuisine ne sentait plus grand-chose mais que par contre, les gens embaumaient le parfum. Peut-être celui des publicités.

En le voyant approcher, un solide gaillard se leva et lui tendit la main en souriant.

— Monsieur Sellac ! Te voilà enfin. Franchement, j'ai bien cru que je ne te reverrais jamais.

Thomas n'avait plus l'habitude d'être appelé par son nom. Franck avait changé physiquement. Les deux hommes s'étaient rencontrés en Angola ; son ancien collègue s'occupait alors de la logistique des missions humanitaires.

En s'installant, les deux hommes s'observèrent un moment sans même chercher à se cacher. L'un et l'autre semblaient accepter cet examen comme une évaluation naturelle après toutes ces années. Le regard de Franck était toujours là, précis, direct, mais le reste s'était un peu épaissi. Les boutons de sa belle chemise étaient tendus au niveau de l'estomac. Il portait une grosse montre. Quelques cheveux blancs lui éclaircissaient déjà les tempes.

Le contraste entre les deux hommes était frappant. Face à lui, Thomas paraissait encore plus mince, et sa peau si claire en Inde était ici plus que bronzée et burinée. Thomas était sans doute le plus mal habillé de tout le restaurant – certainement de tout le quartier d'ailleurs – et le verre de sa vieille montre était fêlé et rayé.

— La dernière fois que l'on s'est vus, c'était quand ? réfléchit Franck. Il y a dix ans, sur ce séisme en Asie ?

— Presque douze. Félicitations pour ton poste.

Belle réussite, bien méritée. Comment vont ta femme et tes enfants ? Ils doivent être grands à présent.

— Les enfants vont bien mais de mon couple, il ne reste qu'une pension alimentaire.

— Désolé.

— C'est la vie. Je ne sais pas comment tu as fait pour tenir aussi longtemps sur le terrain. Moi, après l'Afrique, je n'en pouvais plus.

Thomas se pencha vers Franck et, sur le ton de la confidence, demanda :

— Lorsque tu es revenu de mission, as-tu eu la sensation d'arriver dans un pays étranger, voire chez les dingues ?

— Complètement. Je les trouvais débiles avec leurs soldes, leurs émissions de télé et leurs petits problèmes. La veille, tu te bats pour avoir un peu d'eau et le lendemain, tu les vois se mettre en grève pour des Ticket-Restaurant… J'avais l'impression d'être un extraterrestre ! En décalage complet ! Alors au train où est allée notre jolie civilisation depuis mon retour, j'imagine le choc que ce doit être pour toi. Mais ne t'inquiète pas, ça passe. Maintenant, ma nouvelle compagne fait les soldes, je regarde les matchs à la télé et nous avons beaucoup de petits problèmes. Qu'est-ce qui t'a poussé à rentrer ?

Thomas hésita.

— Il y a longtemps, avant de partir, j'ai aimé une jeune femme. Elle s'appelait Céline. Nous nous entendions très bien, mais j'ai dû la quitter pour m'engager sur ma première mission.

— Envie de la revoir ?

— Pas au point de rentrer… Mais elle a eu une

fille de moi. Je l'ai appris récemment. C'est pour cette enfant que j'ai voulu revenir.

— Sacrée surprise… Quel âge a la petite ?

— Plus si petite que ça : presque vingt ans.

— Comment a-t-elle réagi en apprenant que tu rappliquais ?

— Elle n'est pas au courant. Elle ne sait d'ailleurs sans doute même pas que j'existe. Je suis au mieux une absence, au pire un salaud qui les a abandonnées, elle et sa mère.

Le garçon arriva pour prendre la commande.

— Vous avez choisi ?

Franck répondit sans hésiter :

— Un tartare, avec beaucoup de câpres, s'il vous plaît.

Thomas n'avait même pas ouvert la carte.

— Mettez-en deux.

— Et la boisson ?

— Une bouteille de votre excellent cahors, demanda Franck.

— Ça marche !

Thomas se mit à rire.

— Ça doit faire huit ans que je n'ai mangé ni câpres, ni viande crue, encore moins en buvant un cahors…

Franck esquissa un sourire et aborda le vrai sujet de leur entrevue :

— À propos de ce que tu m'as demandé, je n'ai pas de très bonnes nouvelles. Je te promets que j'ai cherché, j'ai téléphoné à tout mon carnet d'adresses, mais les postes sont rares. Ils embauchent de moins en moins, surtout en milieu hospitalier. Pourquoi ne rejoindrais-tu pas l'équipe d'une ONG ? Ton expérience serait très utile pour préparer les opérations. Et il y a de la demande…

— Tu n'as rien dans ma région ?

— Rien d'acceptable. Et puis je ne te conseille pas d'aller t'enterrer là-bas. Même si tu es revenu pour ta fille, tu dois aussi penser à ton avenir. On ne travaille plus dans la santé comme avant ton départ. Dans ce secteur-là aussi, les gestionnaires ont pris le pas sur les idéalistes…

— Je vois. Les soldes, les matchs à la télé et les petits problèmes…

— Je ne plaisante pas, mon vieux.

— Qu'entends-tu précisément par « rien d'acceptable » ?

— Franchement, ça ne vaut même pas la peine d'en parler. Laisse-moi t'arranger un rendez-vous avec un copain au ministère, il connaît tout le monde.

— Le poste que tu me conseilles de fuir, il est au moins dans le coin où je cherche ?

— Il me semble, oui, mais vraiment…

— Alors je prends.

— Tu ne sais même pas de quoi il s'agit !

— Pour moi, la localisation est plus importante que le job.

— Je n'ai même pas apporté la fiche tellement c'est nul. Je crois que c'est une résidence pour séniors, un truc minuscule. Tu vas crever.

— Si la situation est bonne, c'est parfait pour moi.

En grognant, Franck dégaina son téléphone et se connecta à un serveur professionnel. En quelques secondes, il afficha le descriptif du poste qu'il présenta à Thomas.

— Regarde toi-même. Mais ne fais pas l'idiot, je peux te trouver dix fois mieux que ça…

« Directeur de résidence pour séniors, gestion mixte, personnel permanent hors cadre : 1. Six résidents. Grand appartement de fonction. Poste à pourvoir immédiatement. »

— Y a-t-il moyen de vérifier où c'est situé ?

— Clique sur l'onglet à droite.

En voyant le résultat, Thomas n'hésita pas une seconde.

— C'est idéal, Franck. Merci beaucoup. Tu ne peux pas savoir à quel point ça m'aide.

— Quand tu te seras rendu compte de ton erreur, fais-moi signe. Toutes ces années sur le terrain pour finir dans ce trou paumé… Qu'est-ce que tu vas foutre là-bas ?

— Voir si le destin veut encore de moi.

4

Le dernier à avoir coupé les cheveux de Thomas s'appelait Marish, un vieil homme myope à qui le docteur avait en plus diagnostiqué une variante de la maladie de Parkinson. Ses mains tremblaient beaucoup mais il avait tenu à « coiffer » le toubib pour le remercier de ses soins. Il s'était servi des ciseaux rouillés qu'il utilisait aussi pour vider les volailles. Le résultat avait beaucoup amusé Kishan, qui lui avait proposé d'égaliser à la flamme.

Ce matin, Thomas avait poussé la porte du premier salon qu'il avait trouvé à la sortie de la gare, et dont la devanture proclamait fièrement : « Visagiste et haute coiffure mixte ». Il en avait eu mal aux tympans à force d'entendre le coiffeur pester contre « l'épouvantable sabotage capillaire » perpétré par « celui qui l'avait massacré avant que lui ne le sauve » – le tout pour l'équivalent de dix mois de salaire d'un ouvrier indien.

La rentrée des classes avait eu lieu quelques jours auparavant et avec ses habits neufs – jean, chaussures, polo et blouson –, Thomas se sentait comme les écoliers croisés en ville. Chacun des éléments de sa panoplie le grattait, ce qui lui donnait une démarche réellement surprenante. En observant les enfants, il avait remarqué que les très jeunes ployaient sous le poids de cartables bien remplis dépassant largement leurs épaules, alors que les plus grands, dont beaucoup avaient les cheveux dressés sur la tête grâce à une sorte de colle, ne portaient que des petits sacs à dos souvent maculés d'inscriptions étranges. À croire que moins ils étaient capables de porter, plus on les chargeait.

Thomas fut soulagé de trouver la rue de la Liberté sans trop de difficultés. Mais lorsqu'il s'aperçut qu'il était au pied du numéro 27 alors que le foyer se situait au numéro 371, il se mit en route sans tarder.

La rue s'étirait vers l'ouest, s'éloignant du centre-ville pour s'aventurer bien au-delà des faubourgs, traversant des résidences excentrées, longeant un stade pour continuer entre des hangars, quelques magasins de dépôt-vente et des ateliers de mécanique. Le docteur fut surpris en découvrant plusieurs anciennes usines transformées en lieux de stockage pour particuliers. Il fallait vraiment que ce monde déborde de biens matériels pour que les gens soient obligés de louer des box pour les entreposer hors de chez eux.

Plus Thomas progressait, moins il rencontrait âme qui vive. Depuis maintenant un bon moment, il n'avait croisé personne, à part un chat et un vieux carton poussé par le vent.

« Ils ne sont pas près de se sauver à pied, les seniors... », se dit-il.

Au loin, au-dessus des bâtiments industriels, quelques monts boisés se découpaient à l'horizon, mais rien de comparable avec les reliefs escarpés et arides du district de Kupwara.

Lorsque Thomas arriva enfin au numéro 371, il eut un doute. Il vérifia l'adresse sur son document. Le fait que le foyer soit installé entre un garage automobile flanqué d'une casse et une usine visiblement abandonnée n'était pas le plus surprenant. Ce qui interpella Thomas, ce furent les couleurs vives et l'immense nounours au sourire réjoui peint sur la façade de la résidence pour séniors. L'apparence et la décoration du bâtiment lui paraissaient incongrues. Thomas gagna la porte principale et sonna. Une femme vint rapidement lui ouvrir. Elle était sans doute plus jeune que lui, dotée d'un charme certain et d'une attitude volontaire. Son sourire courtois dissimulait mal l'appréhension que son regard trahissait.

— Bonjour, monsieur.

— Bonjour, je suis Thomas Sellac, le nouveau directeur.

— Bienvenue, je suis Pauline Choplin, l'infirmière résidente.

La jeune femme jeta un coup d'œil dans la rue et demanda :

— Où est votre voiture ?

— Je suis venu à pied.

— Du centre-ville ?

— Oui.

— Vous auriez dû appeler, je serais venue vous chercher. Ça fait loin…

— Je n'ai pas de portable.

Mlle Choplin ne parvint pas à masquer sa surprise. L'homme qui se tenait devant elle avec un blouson tellement neuf que l'étiquette était encore agrafée à la manche était au minimum un cas social, au pire un tueur en série qui allait la prendre en otage, elle et tous les résidents.

— Entrez, je vous en prie, fit-elle cependant poliment.

— Je sais que j'arrive avec deux heures d'avance, mais je me suis dit que mon prédécesseur serait content de gagner du temps.

— C'est très aimable à vous mais il est parti le mois dernier, à la minute où son préavis s'achevait.

— Mais alors…

— Nous sommes seuls depuis et devinez quoi ? Nous avons survécu. Pour être franche, je n'espérais même pas voir arriver un remplaçant si rapidement.

Thomas se figea en découvrant le hall de l'établissement. Encore des nounours peints partout, avec en prime des ballons multicolores, des petites fleurs qui sourient et des lapins qui dansent. Du sol au plafond. Une avalanche de couleurs éclatantes capables de faire passer les rues de Bombay pour un décor monochrome et déprimant.

Pauline Choplin s'inquiéta :

— J'espère que vous n'êtes pas allergique aux décors enfantins…

— Aucun antécédent. Vous avez peint tout ça parce qu'on dit que les gens âgés retombent en enfance ?

— Nous avons simplement récupéré les locaux de l'ancienne crèche de l'usine d'à côté lorsqu'elle a fermé. Vous verrez, au début, on est tenté de mettre des lunettes de soleil pour ne pas devenir daltonien, mais après on s'habitue. Et puis crèche ou maison de retraite, quelle différence ? Les pensionnaires font la sieste et portent souvent des couches !

L'infirmière éclata de rire mais, s'apercevant que son nouveau patron ne souriait pas, reprit vite son sérieux.

— Je vais vous montrer votre bureau. Votre appartement de fonction est au-dessus. Vous n'avez que ce sac comme bagage ?

— Oui.

Percevant à nouveau l'étonnement chez la jeune femme, Thomas s'empressa d'ajouter :

— Le reste arrivera plus tard.

Dans le bureau, Thomas découvrit une pile de dossiers et de parapheurs posés bien en évidence, deux armoires remplies d'archives et, sur le panneau de liège qui occupait la moitié du mur, une impressionnante collection de notes de service. Il remarqua tout de suite l'ordinateur et l'imprimante. Il allait en avoir besoin.

— Ce poste est-il connecté à Internet ?

L'infirmière fut un peu déroutée par la question mais acquiesça comme si de rien n'était. Le docteur passa quelques notes en revue. Tout ce papier gâché et ce formalisme le laissaient perplexe.

— Votre prédécesseur était fan de « petites notes », précisa la jeune femme. Il en rédigeait pour tout…

— Je vois. Il doit y avoir un nom pour ce type de pathologie…

— C'était probablement un bon gestionnaire. Mais sur le plan humain… Trois ans après, il se trompait encore sur le nom des résidents.

— Ils sont au nombre de six, c'est ça ?

— Cinq. Mme Berzha nous a quittés, paisiblement, dans son sommeil. Nos effectifs se composent donc aujourd'hui de trois femmes et deux hommes. De soixante et onze à quatre-vingt-huit ans. Puis-je me permettre une question ?

Voilà bien longtemps qu'une femme n'avait pas regardé Thomas aussi franchement dans les yeux. Troublé, il se replongea dans la note sur le remplissage des distributeurs de savon liquide.

— Je vous en prie.

— Pourquoi avez-vous choisi ce poste ?

— J'ai de la famille dans la région.

Pour éviter d'être questionné davantage, Thomas fit mine de s'intéresser à un mémo sur le volume de pain à distribuer.

— Qui s'occupe des repas ?

— La municipalité les livre deux fois par jour. Mais c'est moi qui prépare le petit déjeuner.

— Certains résidents demandent-ils des soins particuliers ?

— Ils sont relativement autonomes. Trois d'entre eux bénéficient d'un suivi. Je vous présenterai leurs dossiers si vous le souhaitez. Vous êtes le premier à vous soucier de leurs soins…

— Je fais sans doute un assez piètre gestionnaire, mais je suis médecin de formation.

— Dans quelle spécialité ?

— Les causes perdues au bout du monde.

La jeune femme éclata de rire. C'était la seconde fois qu'elle le faisait depuis que Thomas était arrivé, et il appréciait déjà la spontanéité et l'énergie qui se dégageaient de sa collègue.

— Docteur, je vous fais visiter ?

5

Selon les normes pratiquées à Ambar, l'appartement de fonction était assez vaste pour loger Kishan, sa femme, ses trois enfants, ses parents, ses beaux-parents et même quelques oncles. Thomas jeta un rapide coup d'œil à son nouveau logement et abandonna son sac dans l'entrée.

— Les résidents ne montent jamais à cet étage. Vous y serez chez vous. Il y a même un accès direct vers l'extérieur si vous le souhaitez, par l'escalier au bout du couloir.

— Et là, qu'est-ce que c'est ?

— Un autre logement, plus petit. Il sert de réserve. On y entrepose des meubles. Certains datent de la crèche.

— La résidence semble confortable.

— Vous trouvez ? Tant mieux. Votre prédécesseur la jugeait exiguë et vieillotte… Ce foyer pour personnes âgées était à l'origine une expérience pilote gérée par la caisse d'assurance maladie et la municipalité. À la fermeture de l'usine, la ville a racheté les murs pour transformer la crèche. L'idée était bonne : peu de résidents dans un cadre plus familial. Mais la caisse s'est peu à peu désengagée et ils ont fini par demander aux pensionnaires de mettre la main à la poche.

Thomas s'approcha d'une des fenêtres qui donnait vers l'arrière du bâtiment et s'étonna en apercevant le vaste espace.

— C'est un jardin ?

— Un ancien verger qui s'étend jusqu'à la rivière qui passe au pied du grand saule, là-bas. La Renonce, pleine de truites à ce qu'il paraît. Je vous emmènerai voir, si vous voulez.

— Pourquoi pas ? Depuis combien de temps travaillez-vous ici ?

— Depuis l'ouverture, un peu plus de trois ans. Avant j'étais en hôpital, mais les rythmes et l'ambiance devenaient trop tendus. Et puis je voulais pouvoir m'occuper de mon petit garçon. Au moment où son père nous a quittés, j'ai changé pour prendre ce poste.

Deux mois plus tôt, Thomas aurait écouté l'histoire du père laissant sa femme et son enfant comme un banal fait de société. Il ressentait la situation différemment aujourd'hui.

— Quel âge a votre fils ?

— Bientôt huit ans.

Par habitude, Thomas faillit demander s'il était en bonne santé, mais il s'abstint. Il enchaîna :

— Les résidents savent-ils qu'un nouveau directeur est nommé ?

— Vous plaisantez ? Évidemment qu'ils le savent ! À la seconde où vous êtes entré, je suis certaine qu'ils vous ont épié. Vous verrez qu'ils ont parfois un côté très enfantin, que j'aime bien d'ailleurs.

— Ils m'ont épié ? Sérieusement ?

— Bien sûr. Pour être franche, ils n'ont jamais apprécié votre prédécesseur. L'hiver dernier, M. Lanzac a eu la grippe et il ne se levait que pour essayer de lui refiler sa crève. Il a fini par réussir !

— Charmant. Et vous, que pensiez-vous de l'ancien directeur ?

— Je peux être honnête ?

— C'est une bonne base si nous devons travailler ensemble.

Quelque chose d'imperceptible se modifia dans l'attitude de la jeune femme.

— Il n'était pas trop…

Elle hésita puis, s'apercevant que Thomas attendait sa réponse, lâcha :

— C'était un petit bureaucrate carriériste qui n'avait rien à faire dans le social. Ce type n'a jamais travaillé que pour lui.

Ayant rendu son verdict, Pauline reprit aussitôt son air avenant.

— Descendons, je vais vous présenter les résidents.

6

Pauline Choplin entraîna le docteur jusqu'à la salle commune. Les murs étaient bariolés de serpentins multicolores et de petits animaux aux formes rondes sans aucun doute fascinants pour les moins de cinq ans. D'un geste, elle invita Thomas à faire silence avec la mine réjouie d'une gamine qui prépare une bonne blague. Élevant un peu la voix, elle déclara :

— Et maintenant, monsieur le directeur, voulez-vous que j'aille chercher nos pensionnaires ?

Thomas la regarda sans bien comprendre. Elle lui glissa à voix basse :

— Là, vous êtes censé dire « avec plaisir » ou « tout à fait d'accord ».

Il acquiesça, prit une voix grave et lança avec force :

— Tout à fait d'accord !

L'infirmière lui fit signe de tendre l'oreille. Un bruit de porte qui s'ouvre, puis un second. Très vite, une première silhouette apparut en trottinant. Une petite dame voûtée aux cheveux d'un blanc immaculé franchit le seuil de la salle comme si elle passait la ligne d'arrivée d'une course au ralenti. Elle s'avança en dévisageant le nouvel arrivant. Ses yeux étaient clairs et son regard d'une vivacité bien plus grande que celle de son corps. Elle lui tendit la main.

— Bonjour, monsieur, je m'appelle Françoise Quenon. Vous savez, cette nuit, je me suis réveillée à 2 h 22, puis à 4 h 44 et 5 h 55 ; vous êtes arrivé à 9 h 09…

Un deuxième pensionnaire déboula aussi vite qu'un vieux monsieur peut le faire, passa devant la petite dame et serra vigoureusement la main du docteur.

— Francis Lanzac. Mes amis m'appellent « Colonel ». Faites pas attention, docteur, elle est folle. Elle voit des signes surnaturels partout. Avec ses histoires d'heures à la noix, elle va vous annoncer que vous êtes l'antéchrist et que vous venez pour nous prendre nos âmes et nos biscuits au citron.

La petite mamie protesta :

— Tais-toi Francis, j'étais là la première. C'est pas l'antéchrist !

— C'est qui alors, avec tes heures de timbrée ? La réincarnation d'un radio-réveil ?

Un deuxième homme, très digne et s'appuyant sur une canne, arriva avec deux autres femmes. Thomas se retrouva bientôt encerclé par la petite troupe des résidents, qui se comportaient comme des enfants autour du Père Noël de l'école maternelle. Les installer dans une crèche n'était peut-être pas si décalé que cela.

— Il est très jeune, et quelles épaules…, commenta

une dame aux cheveux vaguement bleus parfaitement mis en plis.

— Il est beaucoup plus beau que notre précédent directeur, approuva la troisième.

— Faut dire qu'on partait de loin avec l'autre ! ironisa Francis.

Le monsieur à la canne s'approcha et s'inclina cérémonieusement devant le docteur :

— Je vous salue. J'ai un fils de votre âge. Il vient me voir une fois par an avec sa femme, qui n'est jamais la même d'une fois sur l'autre. Ou alors je ne la reconnais pas.

L'infirmière intervint :

— Laissez monsieur le directeur respirer. Si tout le monde est d'accord, je prépare une tisane ou du thé, on s'assoit autour de la table et chacun se présente dans le calme.

— Du thé ? Je vais encore faire pipi toute la nuit ! déclara Chantal, la dame aux cheveux bleus.

— Si on sort les biscuits au citron, Jean-Michel n'y a pas droit aujourd'hui parce qu'il en a pris deux hier ! protesta Hélène, la troisième.

Appuyé sur sa canne tel un aristocrate posant pour son portrait officiel, l'accusé s'inclina vers le docteur :

— Ne pourrait-on considérer que votre arrivée remet tous les compteurs à zéro ? Une sorte d'amnistie. Ainsi, je pourrais en déguster.

— Ils sont si bons que ça, ces biscuits ?

Les cinq résidents eurent un soupir unanime.

— C'est Pauline qui les fait, précisa Francis. Et c'est uniquement à cause d'eux qu'on ne cherche pas à s'enfuir !

— Tant que je ne les ai pas goûtés, je ne sais pas ce que je perds, alors pour aujourd'hui, je vous fais cadeau du mien.

— C'est gentil, mais ce n'est pas une raison pour que Jean-Michel en mange plus ! protesta Chantal.

7

Thomas avait déjà été dévisagé par des gens, et sous toutes les coutures, notamment par les enfants d'Ambar la première fois qu'il était arrivé au village. C'est d'ailleurs à cette occasion qu'il avait appris sa première phrase en hindi : « Ta braguette est ouverte. » Les adultes s'étaient montrés plus discrets mais les petits ne s'étaient pas gênés pour venir se planter sous son nez en l'épluchant de la tête aux pieds. C'était exactement ce qui lui arrivait à présent.

Pauline commença les présentations :

— Voici Françoise, notre benjamine…

Francis la coupa :

— Poil à la babine. Excusez-moi, mais on pourrait peut-être lui épargner le catalogue des vieux croûtons et de leurs analyses médicales. Vous lui avez dit qu'il aurait nos dossiers. Par contre, nous, on n'aura pas de fiche sur lui. Alors, docteur, pouvons-nous vous poser des questions ?

— Je vous en prie.

Chantal se lança la première :

— Vous êtes drôlement bronzé, où étiez-vous en vacances ?

— Je ne reviens pas de congés mais d'Inde, où je travaillais.

— C'est quoi votre travail ?

— Je soignais des gens. Je suis médecin.

Francis ouvrit de grands yeux.

— Vous viviez avec des Indiens ?

— Depuis huit ans.

— Vous étiez dans une réserve ? demanda Chantal. Vous aviez un arc et vous mangiez du bison ?

— Je n'étais pas chez les Indiens d'Amérique, mais chez les habitants de l'Inde. Le pays des petits cochons.

— Pourquoi diable avez-vous vécu huit ans avec des cochons d'Inde ? s'étonna Hélène.

— C'était simplement une référence, pour vous aider à situer. Je vivais dans une vallée isolée du sud du Cachemire, tout près de la frontière pakistanaise.

— Les pulls en cachemire doivent être drôlement moins chers là-bas…

— Vous avez déjà mangé du chat ? questionna Chantal.

— Les Indiens ne mangent pas de chat.

— Ce sont les Esquimaux qui bouffent les chats ! s'exclama Jean-Michel.

— Les Esquimaux ne mangent pas les chats non plus, précisa le docteur.

Il croisa le regard de Pauline, qui s'amusait visiblement beaucoup de la tournure que prenait la conversation. Hélène demanda :

— Est-ce que vous accepterez que Théo continue à venir nous voir ?

— Qui est Théo ?

— Le fils de Pauline. Il est adorable, on l'aide à faire ses devoirs et il joue avec nous.

L'infirmière intervint, un peu gênée :

— L'ancien directeur me laissait l'amener parce que cela me permettait de rester plus longtemps…

— Si tout le monde apprécie, je ne vois pas pourquoi il faudrait changer.

Francis demanda soudain :

— Vous avez déjà fait l'amour à trois ?

Les quatre femmes protestèrent avec véhémence et Jean-Michel leva les yeux au ciel.

— Excusez-le, monsieur le directeur, c'est un cochon !

— Et pas un cochon d'Inde comme ceux avec qui vous avez vécu huit ans, précisa Hélène.

— Docteur, ne répondez pas, cela ne regarde personne ! Vous faites ce que vous voulez avec les Indiens dans leurs tipis.

Alors que chacun partait dans une sorte de délire dont même Pauline avait perdu le fil, Françoise demanda d'une voix très calme :

— Et sinon, docteur, avez-vous des enfants ?

8

Étrange première soirée. Une fois les plateaux-repas livrés et distribués, Pauline était rentrée chez elle. En refermant la grande porte derrière l'infirmière, Thomas avait soudain éprouvé une vilaine sensation : une vraie solitude. Il ne se souvenait pas de l'avoir jamais ressentie à ce point.

Les pensionnaires étaient chacun dans leurs chambres et n'en ressortiraient que le lendemain matin pour le petit déjeuner. Thomas arpentait le couloir du rez-de-chaussée. À travers les portes fermées, il écoutait. Jean-Michel regardait un jeu télévisé dont il tentait de deviner les réponses en les annonçant plus vite que les candidats. Différents bruits rythmaient le jeu – une cloche, un klaxon de tacot et un sifflet, le tout au milieu d'applaudissements trop nourris pour être sincères. Thomas ne comprenait même pas les questions, qui tournaient toutes autour de gens apparemment célèbres dont il n'avait jamais entendu parler. Hélène se faisait la conversation toute seule. Elle riait, elle murmurait. Par moments, on aurait même dit qu'elle complotait. Francis zappait entre plusieurs séries américaines aux musiques tonitruantes. Le mélange sonore donnait un résultat surprenant. La fusion des intrigues semblait mettre en scène un soldat d'élite qui mitraillait partout pour tenter d'aider une femme à accoucher pendant qu'elle rendait son verdict dans une affaire d'adultère entre un dauphin magique et un frigo aux parois remplies de cocaïne. Pas évident de déterminer qui étaient les gentils et les méchants… Chantal suivait un concours de chant et tentait avec enthousiasme d'en interpréter les tubes en même temps que les concurrents. Elle ne risquait pas de gagner. À l'évidence, en plus de chanter faux, elle ne connaissait pas les paroles et ne maîtrisait pas l'anglais. Elle beuglait ce qu'elle mangeait : du yaourt. Le résultat était objectivement épouvantable. À l'autre extrémité du couloir, la chambre de Françoise était silencieuse. Se pouvait-il qu'elle dorme déjà ?

Sur la pointe des pieds, Thomas monta à l'étage. Il entra chez lui. « Chez lui » : une notion toute relative pour lui qui avait changé tant de fois d'adresse et se retrouvait ici sans l'avoir vraiment choisi. Il avait réparti ses affaires dans l'appartement, mais il possédait si peu que ses objets personnels paraissaient perdus dans l'immense espace qui lui était attribué. Il faut dire qu'à Ambar, ses biens tenaient tous sur une étagère et ses vêtements sur quelques cintres suspendus à une corde tendue. Par une étrange ironie du sort, le seul objet qu'il ait toujours gardé d'une mission à l'autre était une trousse de couleur grise qu'il avait empruntée autrefois à Céline et jamais rendue. Il y rangeait ses stylos encore aujourd'hui. Unique relique de sa seule histoire sérieuse. Une trousse, même pas médicale. Et une fille.

Il passa de pièce en pièce, s'arrêta devant un poster représentant un chalet suisse laissé par son prédécesseur. Il y avait bien des traces d'autres sous-verres, mais tous avaient été retirés. L'autre avait sans doute des photos. Peut-être sa famille, sa femme, ses enfants ou des amis. Des souvenirs. Thomas n'avait rien à accrocher au mur. Il n'avait de son histoire que ce dont il se souvenait et ce soir, personne pour les partager ou les lui rappeler. Sa sœur conservait sans doute des clichés de leurs jeunes années, mais elle ne lui parlait plus. Elle ne lui avait jamais pardonné de ne pas être rentré pour les obsèques de leurs parents, morts dans un accident de voiture dix ans plus tôt. Elle avait toujours refusé de croire que les messages envoyés à son frère étaient arrivés avec deux mois de retard. Pourtant, c'était la vérité.

Thomas avait bien pensé afficher les photos d'Emma, mais il tenait trop à ces feuilles pour leur infliger ne serait-ce qu'un trou de punaise ou une trace de ruban adhésif. Et puis Pauline pourrait les voir et poser des questions.

Alors, il s'assit devant son plateau presque froid. Des petites portions rectangulaires posées dans leurs barquettes. Des plats indéfinissables. La sauce avait certainement été dosée par un robot. Entrée, plat, dessert, un petit pain, une minuscule bouteille de vin et une bouteille d'eau. Rien ne lui faisait envie. Là, tout de suite, ce qu'il aurait voulu, c'est être mal assis face à Kishan, en train de manger les préparations de sa femme dont il n'arrivait même pas à deviner la composition ou à prononcer les noms. Pourquoi avait-il quitté le seul endroit où il s'était jamais senti chez lui ? Quelle vie mènerait-il si une rencontre fortuite ne l'avait pas renvoyé à son passé et à l'enfant qu'il avait fait à Céline sans s'en douter ? Trop tard pour l'imaginer. Désormais, Thomas savait. Et ce soir, il avait quelque chose à vérifier.

9

Lorsque Thomas quitta le foyer, la nuit était tombée. Au même instant, dans la vallée d'Ambar, les habitants devaient dormir profondément tandis qu'à quelques heures de l'aube, les chiens sauvages rôdaient sans doute autour de la cabane des poules ou de l'abri des chèvres.

Ici, les gens rentraient chez eux pour dîner. Certains rapportaient du pain frais. À la quantité achetée, on pouvait en déduire combien de convives seraient présents à table. Une dame serrait trois baguettes, un vieux monsieur n'en tenait qu'une demie, pendant qu'un autre homme plus jeune avait déjà attaqué le croûton de son campagne tiède. Tant de vies différentes.

En descendant du bus qui l'avait transporté de l'autre côté de la ville, Thomas huma l'air. Ici, pas de poussière soulevée par le vent, mais une entêtante odeur de gaz d'échappement. Il se trouvait au pied d'une tour d'au moins dix étages devant laquelle des jeunes discutaient, assis sur les marches. Ils posèrent sur lui le même regard que ceux des villages éloignés lorsqu'ils vous voient arriver sur leurs terres sans vous connaître.

S'il avait bien compris le plan du quartier, il devait d'abord traverser l'ensemble d'immeubles pour rejoindre une zone résidentielle située au-delà.

Grâce à son ordinateur connecté à Internet, il ne lui avait pas fallu longtemps pour vérifier l'adresse de celle qui avait été sa petite amie. Thomas avait même été stupéfait de la facilité avec laquelle il était possible de dénicher des informations personnelles sur n'importe qui. Entre les moteurs de recherche et les informations ou photos que tout le monde étalait sur des réseaux sociaux, la vie était de moins en moins privée. En moins d'une heure, sans s'y connaître, il avait découvert que Céline s'était mariée six ans après son départ, dans une superbe robe, et qu'elle résidait bien à l'adresse que Kishan avait obtenue. Combien de temps après son départ Céline avait-elle rencontré celui qui était devenu son mari ? Impossible de le savoir. Emma avait-elle eu conscience de ne pas avoir de papa, ou bien avait-elle connu cet homme depuis aussi loin que sa mémoire remontait ? Pas la moindre idée. Par contre, le docteur avait appris qu'Emma suivait maintenant sa seconde année d'études dans une école d'infirmières de la ville.

Après avoir dépassé les tours et traversé une large avenue, Thomas se retrouva dans un tout autre décor. Des petites rues, des pavillons parfois anciens comme celui dans lequel il avait grandi. Des jardins bien clôturés, souvent deux voitures garées dans l'allée, des lueurs de télés allumées. Des silhouettes aperçues à travers les fenêtres s'affairaient. Certaines familles étaient déjà à table. Dans plusieurs maisons, Thomas entrevit des jeunes occupés à faire leurs devoirs.

Il poursuivit sa route, vérifiant son plan et observant furtivement ces vies qui auraient pu devenir la sienne s'il n'avait pas fait le choix de partir. Ces gens dont il captait des bribes de quotidien avaient dû, eux aussi, prendre des chemins tortueux pour finir par exister ici, ce soir.

Lorsque Thomas arriva dans la rue de Céline, il se sentit oppressé. Son idée de venir voir où elle vivait avec sa fille lui paraissait soudain moins pertinente. Il ne savait pas exactement ce qu'il pouvait s'attendre à trouver, mais les sentiments qu'il allait affronter se précisaient. Il les voyait approcher, semblables à de redoutables cavaliers venant du lointain en faisant tournoyer leurs épées. Il commençait à craindre pour sa tête. Pas question de rebrousser chemin pour autant. Emma serait peut-être là. Il l'espérait. Allait-il l'apercevoir aussi bien que la jeune fille dans une maison de la rue voisine, qui dansait dans sa chambre avec un casque sur les oreilles ?

Il se sentait comme un intrus, comme un voyeur. Pourtant, c'était l'espoir de ce moment qui l'avait poussé à quitter Ambar. Il approcha de l'adresse en égrenant les numéros sur les grilles comme un compte à rebours. Lui qui avait l'habitude de marcher était essoufflé. Numéro 17. Céline et Emma vivaient au 23. Était-ce la grande bâtisse d'architecte avec le beau balcon qu'il apercevait déjà ? Lorsqu'il passa devant le 19, un chien se jeta contre la barrière en jappant. Thomas fit un bond jusqu'au milieu de la rue, heureusement déserte. S'ils avaient été témoins de sa panique, les enfants du village auraient encore bien ri.

Il s'imagina une autre scène. Et s'il s'était fait renverser par une voiture ? Céline, alertée par le bruit, serait sortie et aurait découvert son corps inerte sur la chaussée. L'aurait-elle seulement reconnu ? Emma serait-elle sortie aussi ? Céline lui aurait-elle révélé l'identité de la victime dont le corps gisait devant elles ?

Thomas essaya de reprendre ses esprits. Sans même s'en rendre compte, il se retrouva devant la maison. Ce n'était pas la maison moderne, mais un modeste pavillon de plain-pied, avec un garage en sous-sol. Sur la boîte aux lettres, une étiquette : « Mme et M. Lavergne et leurs enfants ». Céline et Emma portaient un autre nom que le sien parce qu'il n'avait pas su leur en faire cadeau. « Leurs enfants ». Emma aurait donc des frères et sœurs ? L'esprit en ébullition, Thomas observa l'habitation. Deux pièces étaient éclairées. Des voilages assez fins laissaient deviner un salon dont on apercevait une bibliothèque modulaire et une énorme plante tropicale à larges feuilles. Thomas se souvint soudain que Céline avait toujours fait preuve d'une fascination pour les palmiers. Dans la cuisine, il n'entrevoyait que des placards hauts. La porte de la maison s'ouvrit, un homme sortit. Plutôt grand, il lança vers l'intérieur : « Je m'en occupe ! »

Thomas s'éloigna, l'air de rien. Il entendit un roulement, se retourna discrètement et aperçut l'homme – certainement M. Lavergne – qui tirait un container à roulettes d'ordures ménagères jusque sur le trottoir. À peine l'individu eut-il tourné les talons que Thomas revint sur ses pas. Pour ne pas attirer l'attention, il évita de rester planté devant la maison et multiplia les passages. Depuis le trottoir d'en face, il avait une vue plus générale. Il distinguait deux silhouettes. Celle de M. Lavergne et une autre, plus petite, avec une coiffure bouclée. Céline. Même si ses cheveux étaient plus courts qu'au temps où ils étaient ensemble, c'était bien elle. En la voyant bouger en ombre chinoise, il la reconnaissait. La même énergie, le même côté sautillant. Il passait et repassait, évitant les maisons avec les chiens. À chaque fois, comme un moissonneur, il glanait des informations. Elles étaient si nombreuses qu'il était incapable de les analyser sur le moment. Il se contenta d'essayer de les enregistrer. Aucun signe d'Emma ou d'autres enfants. Céline était dans la cuisine. S'il n'était pas parti, s'il n'avait pas choisi de tout quitter pour aller soigner les oubliés de ce monde, c'est sans doute lui qui aurait sorti la poubelle. C'est certainement lui qui se serait approché de Céline par-derrière pour l'enlacer comme M. Lavergne était en train de le faire.

Tout à coup, la dernière vraie conversation qu'il avait eue avec Céline lui revint en mémoire. Elle lui avait conseillé de finir son cursus médical en France. Était-ce un simple avis, ou bien une demande qu'il n'avait pas su entendre ? Il avait répondu qu'il serait plus utile sur le terrain, en Afrique, au Moyen-Orient ou ailleurs, et qu'il passerait son diplôme par équivalence à la première occasion. Il préférait répondre à une urgence que de se soucier de son confort dans les études. C'est même certainement ce jour-là qu'il lui avait emprunté la trousse qu'il utilisait toujours. Savait-elle alors qu'elle attendait un enfant de lui ?

Accaparé par l'observation de la seule femme qui avait été autre chose qu'une aventure dans sa vie, Thomas ne se préoccupa plus ni des chiens ni des voisins. Il la regardait de toutes ses forces. Elle s'affairait, cuisinant, ouvrant des placards, posant un plat ou une casserole sur la table. Elle se tenait là, à quelques dizaines de mètres de lui, à portée de voix, ne soupçonnant même pas sa présence. Il était comme le fantôme d'un passé qu'elle avait peut-être surmonté. Thomas espérait sincèrement qu'elle avait su dépasser son absence pour se construire et trouver le bonheur. À la voir ce soir, on pouvait penser qu'elle y était parvenue et vivait heureuse. Mais l'expérience avait appris à Thomas qu'au-delà de l'apparence d'un instant se cache parfois la douleur d'une vie. Derrière chaque femme, chaque homme, se dissimule une histoire qu'une impression sur le vif ne peut jamais résumer. Céline était vivante, mère et femme, apparemment heureuse dans son couple. Qu'avait-elle dû affronter pour s'en sortir ? Thomas se sentait seul, perdu, rongé par la culpabilité. Il s'était imaginé bouffé par les chiens, mais c'étaient finalement les remords qui le dévoraient.

10

— Vous avez l'air fatigué. Sûrement le décalage horaire. Voulez-vous que l'on remette le dernier entretien à demain ?

— Non, Pauline, c'est gentil mais je vais terminer. Mme Trémélio ne comprendrait pas pourquoi elle serait la seule à ne pas être reçue aujourd'hui.

— Alors je vais la chercher.

Thomas avait tenu à rencontrer chacun des résidents en tête à tête. Pour ne froisser aucune susceptibilité, il avait pris soin de les recevoir dans l'ordre alphabétique. Tous lui avaient dit le plus grand bien de Mlle Choplin et le plus grand mal de l'ancien directeur. Chacun avait aussi livré quelques petits secrets sur les autres pensionnaires. C'est ainsi que le docteur apprit que Jean-Michel se gavait de sucreries, que les beaux cheveux parfaitement coiffés de Chantal n'étaient qu'une perruque, que Francis pratiquait des activités aussi illicites que dangereuses dans le jardin, que Françoise croyait aux esprits et qu'Hélène ne laissait pas une miette de ses plateaux-repas alors qu'elle ne pesait rien.

Le docteur se leva pour aller au-devant de sa dernière pensionnaire.

— Entrez, madame Trémélio. Prenez place, je vous en prie.

— Vous pouvez m'appeler Hélène, si vous voulez.

— Alors appelez-moi Thomas.

La vieille dame eut un petit rire de jouvencelle rougissante. Thomas avait inversé les sièges autour de son bureau. Son fauteuil de directeur accueillait maintenant les visiteurs tandis qu'il s'était attribué la chaise. En s'installant, Mme Trémélio regarda tout autour d'elle comme une enfant curieuse.

— Vous savez, je ne suis venue qu'une seule fois dans cette pièce.

— Vous y viendrez désormais aussi souvent que vous le souhaitez.

Elle eut un autre petit rire charmant. Thomas remarqua qu'elle s'était bien habillée et coiffée pour leur rendez-vous.

— Alors, madame Trémélio…

— Hélène.

— Pardon, Hélène donc. Parlez-moi de vous et de votre santé. Comment vous portez-vous ?

— Vous savez docteur, je n'ai pas à me plaindre. J'ai échappé à un cancer du sein. Je souffre bien de rhumatismes, mais ça va. J'ai bon appétit, j'entends bien et je vois clair. Ce n'est pas comme cette pauvre Françoise qui entend tout et n'importe quoi ou Jean-Michel qui ne voit pas plus loin que le bout de sa canne. Les bonbons qu'il avale à longueur de journée ne doivent rien arranger.

La dame s'intéressa soudain à une petite fusée fabriquée avec des canettes de soda posée sur le bureau.

— C'est vous qui avez créé cette drôle de chose ?

— Non, c'est un cadeau des enfants du village où j'ai vécu en Inde.

Hélène n'attendait que la permission d'y toucher, mais le docteur enchaîna :

— Pauline m'a dit que depuis quelque temps, vous êtes fatiguée…

— J'étais très proche de Mme Berzha et sa disparition m'affecte énormément. Nous partagions nos secrets… Elle me manque chaque jour. On papotait, on jouait aux cartes aussi. La plupart des autres n'aiment pas ça et Francis triche. Alors entre cette perte et l'automne qui arrive…

— Je comprends. J'ai lu votre dossier médical. Vos dernières analyses sont excellentes, vous avez les atouts pour devenir centenaire. Pauline m'a aussi expliqué que vous participiez aux ateliers avec une belle vitalité et que vous êtes très douée en cuisine.

— J'ai toujours aimé cuisiner, docteur.

— Thomas, s'il vous plaît. Et maintenant, à vous comme aux autres, je demande ce qui leur plaît ici et ce qui leur plaît moins. Avez-vous des remarques à formuler pour rendre votre séjour plus agréable ?

— Pauline est une perle de grande valeur. Et son petit Théo est adorable. Pour le reste, vous savez, mon avis importe peu car je vais sans doute bientôt partir…

— Ne dites pas des choses pareilles, Hélène.

— Je n'ai pas parlé de mourir, docteur, mais de partir. Ma fille et mon gendre font construire dans le Sud. Je les aide autant que je peux avec mes économies. Ils m'ont promis qu'il y aurait une place pour moi. Cela prend plus de temps que prévu mais ils m'ont assuré que c'était pour bientôt.

— Vous rapprocher de votre famille serait une excellente solution.

— Je crois que vous-même avez de la famille dans la région…

— J'ai effectivement grandi dans le secteur mais je n'ai plus personne de proche. Pour en revenir au foyer, êtes-vous satisfaite des repas ?

— Ce n'est pas de la grande cuisine, mais ça va. Je m'arrange avec ce qu'il y a. De toute façon, ce que l'on préfère tous, ce sont les gâteaux de Pauline ! Mais vous savez, elle les paye de sa poche et refuse le moindre dédommagement.

— Merci de me le signaler, ce n'est pas à elle de financer cela. Je vais régler ce point.

— Il faudra la convaincre de nous laisser payer avant qu'elle nous remmène à l'hypermarché…

S'apercevant qu'elle avait trop parlé, Hélène s'interrompit net. Son embarras attira l'attention du docteur.

— Dois-je comprendre que Mlle Choplin vous emmène dans un hypermarché ?

Hélène se tordit les doigts sous la culpabilité.

— Je vous en prie, oubliez ce que je viens de dire. Je ne veux pas que la petite ait des ennuis à cause de moi… Nous savons tous que c'est interdit, mais c'est notre sortie. Le directeur précédent l'avait défendu, mais on le faisait en douce. S'il vous plaît, ne dites rien.

— Ne vous inquiétez pas. Mais expliquez-moi.

— Chaque mois, Pauline emmène l'un de nous avec elle au grand supermarché à la sortie de la ville. On a le droit d'acheter ce que l'on veut. Cela met un peu d'extraordinaire dans notre routine. Les autres donnent leur liste à celui ou celle qui y va… Vous n'allez pas la gronder ?

— Je pense même qu'elle n'aura plus à le faire en cachette. Mais je verrai cela avec elle.

— Vous ne lui direz pas que c'est moi qui vous l'ai dit ? Vous n'avez qu'à dire que c'est Francis, il parle toujours trop.

— Non Hélène, je ne vais pas accuser M. Lanzac, mais je vous promets que Pauline n'apprendra pas l'origine de la fuite.

Hélène adressa un sourire soulagé à Thomas puis lui demanda directement :

— Docteur, allez-vous rester longtemps chez nous ?

— Quelle question ! Je viens d'arriver. Il est bien tôt pour parler de mon départ !

— Je n'ai pas envie que vous partiez. Je vous aime bien.

— C'est très gentil mais si vos enfants vous accueillent, vous risquez de partir avant moi. Et puis vous ne me connaissez pas encore ! Je suis peut-être un affreux bonhomme…

— Je ne crois pas, docteur. À mon âge, je ne sais pas grand-chose mais j'ai au moins appris deux principes auxquels je me fie : j'ai rencontré assez de monde dans ma vie pour reconnaître d'instinct ceux qui ont du cœur. Et je sais aussi que lorsque les gens n'ont plus rien à faire à un endroit, ils s'en vont. Vous êtes un gentil garçon, docteur. C'est une chance pour cette maison. Mais combien de temps aurez-vous quelque chose à y faire ?

11

Aussitôt dans le jardin, Thomas prit une longue inspiration. Sentir l'air frais sur son visage lui procura un authentique bien-être. La plus discrète des sensations possède le pouvoir de vous transporter par-delà les distances et le temps, là où vous l'avez ressentie de façon exceptionnelle, là où votre corps l'a associée à un souvenir assez puissant pour la graver dans votre mémoire. Thomas ferma les yeux. Ce simple souffle du vent sur sa joue le renvoya des années auparavant, lorsqu'il avait fait équipe avec les hommes du village pour rapporter du bois. C'était la première fois qu'il se trouvait intégré au groupe, comme l'un des leurs. Il était heureux – et secrètement fier – d'avoir tenu sa place et fait sa part de travail. C'est ce soir-là que Kishan était monté avec lui sur le promontoire rocheux. Debout face à la vallée, Thomas avait baissé les paupières et goûté l'instant. L'impression d'être à sa place. Le même souffle, sur la même joue.

Même s'il était seul aujourd'hui, il appréciait d'être dehors. Il n'avait pas l'habitude d'être enfermé. Sous toutes les latitudes, il avait vécu sans jamais perdre de vue la ligne d'horizon. L'espace et les perspectives dégagées lui manquaient. Dans le ciel, des nuages blancs aux formes rebondies filaient vers les collines boisées. Thomas s'aventura dans le verger.

Le mur d'enceinte de l'usine abandonnée était percé d'une brèche envahie par les ronces. Par l'ouverture éboulée, on apercevait les anciens locaux techniques couverts de gros tuyaux rouges et jaunes rouillés. Sur l'autre flanc du jardin, l'amoncellement de carcasses de voitures dépassait la palissade. L'épave posée en équilibre au sommet du tas semblait prête à basculer au moindre coup de vent. Seul vestige d'aménagement dans le jardin de la résidence, un parterre d'anémones dont quelques-unes étaient encore en fleur et apportaient une touche d'un bleu mauve profond.

En descendant vers la rivière, Thomas tomba sur les restes d'un bac à sable datant de l'époque où l'établissement était encore une crèche. Il se promena entre les alignements d'arbres fruitiers livrés à eux-mêmes. Bien que privés d'entretien, certains donnaient encore et les pommiers étaient chargés de fruits. Cela faisait bien longtemps que Thomas n'avait pas goûté une pomme, surtout cueillie sur l'arbre. Il s'approcha pour choisir, se réjouissant déjà d'aller la déguster au bord de l'eau, au pied du grand saule pleureur.

Il repéra un superbe fruit d'un joli vert avec des nuances rougeoyantes. Il se hissa sur la pointe des pieds, s'étira vers la branche moussue, mais au moment où il allait saisir la pomme, un coup de feu claqua derrière lui. Thomas sursauta et retomba en se repliant sur lui-même, tétanisé par la détonation. En restant à couvert, il inspecta les environs avec prudence et découvrit Francis qui, un peu plus loin, pointait un fusil en direction de la rivière. Thomas se redressa vivement et se dirigea vers lui à grands pas.

— Qu'est-ce qui vous prend de tirer comme ça ? Vous m'avez fait peur !

Francis abaissa son arme.

— Navré, doc. Je ne savais pas que vous traîniez dans les parages. D'habitude, personne ne vient jusqu'ici.

— Sur quoi tirez-vous ?

— Des boîtes de conserve vides. Pauline me les rapporte de chez elle. Vous avez déjà tué quelqu'un, docteur ?

— Mon métier consiste plutôt à sauver les gens…

— Moi, j'étais militaire. Mais je n'ai jamais tué personne. Je formais des tireurs.

— Je comprends votre nostalgie, mais faire du tir ici est dangereux, monsieur Lanzac. Une de vos balles pourrait blesser quelqu'un, ou pire.

— Aucun risque. Vérifiez par vous-même.

Le vieil homme lui désigna sa cible.

— Vous voyez, doc, derrière les boîtes, il y a le talus. Mes balles finissent toujours dedans, ou dans le ciel. De toute façon, ne vous en faites pas, j'ai entamé ma dernière boîte de cartouches. Je serai très bientôt à court de munitions.

— C'est à cause de votre passé militaire que vos amis vous appellent Colonel ?

— Exact, mais c'est un surnom. Je n'étais que capitaine. Vous voulez essayer de tirer ?

— Non merci, économisez vos cartouches. De plus, je déteste les armes.

— Pacifiste ?

— J'ai longtemps vécu près d'une zone de frictions

politiques, avec le bruit des tirs qui résonnait jour et nuit. Ce sont de mauvais souvenirs.

— Vous étiez où ?

— À la frontière entre l'Inde et le Pakistan, le long de la Neelum, une large rivière qui traverse le Cachemire. Les deux puissances revendiquent la région et ça chauffe. Il y a quelques années, la tension est encore montée quand ils ont installé une barrière grillagée. Des familles se sont retrouvées séparées de part et d'autre – des drames humains, avec en prime des soldats qui tirent sur ceux qui tentent de passer d'une rive à l'autre. J'ai pris une balle dans la cuisse parce que je faisais signe à un gamin sur le bord d'en face. J'ai eu de la chance. Je me demande encore si le tireur a voulu me tuer et a raté son coup, ou s'il a cherché à me faire peur et m'a touché par accident. Vous êtes bon tireur, monsieur Lanzac, vous m'auriez sans doute abattu.

— Je vais vous confier un secret, doc. Je n'en ai jamais parlé à personne. Avec moi, vous n'auriez pas eu une chance. Quand j'ai pris ma retraite, j'étais un véritable tireur d'élite. Même bourré, je vous castrais un têtard à cent mètres. Un cador des stands de tir. À l'époque, je me suis dit que tant que je mettrais dans le mille à cinquante mètres, la vie vaudrait la peine d'être vécue. Par contre, je me suis juré qu'à partir du moment où je raterais ma cible, je me tirerais la prochaine cartouche dans la tête parce que cela signifierait que j'étais fini.

Francis se retourna et montra une souche à l'entrée du verger.

— La ligne des cinquante mètres est là-bas. Maintenant, je tire à vingt mètres, parfois beaucoup moins. J'accuse le vent qui dévie mon tir, je me raconte même qu'un mulot déplace cette satanée boîte, et je ne mets presque plus jamais dans le mille. Et vous savez quoi, doc ? Je ne me suis pas tiré de balle dans la tête. Je n'ai pas le courage. J'essaie de prendre soin de mes yeux, je m'approche de plus en plus près pour essayer de toucher ma cible, mais même avec ces compromis de lâche, je n'y arrive plus très souvent. Chaque matin, je me demande pourquoi je m'accroche à la vie. Vous avez la réponse ?

Les deux hommes échangèrent un vrai regard.

— Hélène dit que l'on reste tant que l'on a quelque chose à faire, fit Thomas. Vous êtes forcément là pour une bonne raison. Et pour votre gouverne, même avec une pince à épiler et une loupe, il est impossible de castrer un têtard. Venez, Colonel, je vous invite à manger une pomme au bord de la rivière.

— À vos ordres. Dites-moi doc, vous avez déjà pêché à la grenade ?

12

— Merci beaucoup, mais ne vous compliquez pas pour moi. Je peux très bien m'y rendre à pied. J'ai l'habitude de marcher. Allez vite retrouver votre petit Théo.

— Monsieur Sellac, ne soyez pas neuneu, c'est sur mon chemin. Vous serez obligé de faire le retour à pied, alors épargnez-vous l'aller.

Thomas comprit qu'il n'échapperait pas à la sollicitude de l'infirmière. Il se retrouva donc dans la voiture de Pauline, en route pour le centre-ville.

Bien que le trajet soit plus confortable et plus rapide ainsi, il aurait quand même préféré s'y rendre en marchant, pour avoir le temps de se préparer psychologiquement à ce qui l'attendait. Thomas s'apprêtait à vivre un moment historique. Pour la toute première fois, il allait tenter d'apercevoir Emma en chair et en os.

Grâce au site des étudiants de l'école d'infirmières, Thomas avait réussi à déduire que le groupe de deuxième année auquel appartenait Emma finissait aujourd'hui à 18 h 30. Bien que connaissant les photos de Kishan par cœur, il les avait quand même emportées, un peu pour être certain de reconnaître la jeune femme, beaucoup pour se rassurer. Si un jour on lui avait dit qu'il garderait quelques pages tout contre lui comme un porte-bonheur, il ne l'aurait pas cru.

Pauline conduisait vite. Thomas avait l'habitude des pilotages sportifs, surtout sur les pistes du Cachemire, mais pas dans cet environnement.

— Ils roulent à gauche en Inde, n'est-ce pas ? fit l'infirmière.

— Quand ce sont de vraies routes, effectivement, mais dans les régions les plus reculées, ils passent où ils peuvent.

Pauline traversa un carrefour – trop rapidement pour Thomas.

— Je crois que les résidents vous apprécient déjà beaucoup. Votre arrivée a redonné de l'énergie à tout le monde, même à moi.

— C'est gentil. Méfiez-vous de la priorité à droite…

— Êtes-vous toujours d'accord pour que Théo m'accompagne samedi ?

— Aucun problème. Je me réjouis de faire sa connaissance.

— Où voulez-vous que je vous dépose en ville ?

— À l'hôpital du centre, ce sera parfait.

— Vous n'êtes pas malade, au moins ?

— Non, tout va bien. Attention au croisement.

— Ne vous inquiétez pas. Je n'ai jamais eu le moindre carton. Vous allez retrouver un collègue ? *Une* collègue ?

— Pas exactement.

Au ton de la réponse, Pauline sentit que Thomas ne souhaitait pas en parler.

— Pardonnez-moi, je ne voulais pas être indiscrète.

Un silence gêné s'installa dans le véhicule.

— C'est à moi de m'excuser, lâcha Thomas. Pendant huit ans, je n'ai parlé qu'à une poignée de personnes, que des hommes, qui bien que maîtrisant parfaitement notre langue, n'abordaient que des sujets quotidiens simples ou des urgences vitales. Mon retour s'est fait très vite, je n'ai pas eu le temps de me réacclimater, et depuis que je suis arrivé au foyer, entre les résidents et vous, je n'arrête pas de discuter de choses complexes, intimes, psychologiques. Avec des femmes extrêmement fines en plus. Alors le rustre que je suis ne sait pas toujours s'y prendre. Ne m'en veuillez pas.

— Moi pas vous en vouloir. Moi contente vous être mon directeur. Moi vous trouver bonne tête et bonne mentalité.

— Non mais je rêve ou vous vous foutez de moi ?

— J'essaie de parler simple, pour que « l'homme rustre » comprenne !

— Moi pas rustre à ce point ! Vous venez de griller le feu rouge.

— Moi âge de pierre, moi confondre feu rouge et baies bonnes à manger. Flic comprendra.

— Pauline, s'il vous plaît…

— D'accord, j'arrête. De toute façon, nous sommes arrivés. L'hôpital est juste là, sur la petite place qui fait l'angle.

— Merci beaucoup. À demain matin. Bonne soirée.

— Vous avez vos clés pour rentrer ? Parce que ne comptez pas sur les résidents pour vous ouvrir. Quand ils dorment, le monde peut s'écrouler.

Thomas descendit de la voiture et adressa un dernier signe à Pauline. L'infirmière redémarra. Il se mit aussitôt en chemin.

À la seconde où il se retrouva seul, une sorte de pression s'abattit sur ses épaules, comme s'il prenait tout à coup conscience de l'importance du moment vers lequel il se dirigeait. Son esprit d'ordinaire pragmatique était assailli de questions et d'idées plus saugrenues les unes que les autres. Il n'avait jamais connu ce genre d'emballement intérieur. Finalement, faire le trajet avec Pauline lui avait sans doute évité de se mettre dans tous ses états.

Lorsque le docteur arriva devant l'école, qui jouxtait l'hôpital, il se découvrit un stade de tension nerveuse inédit. Un vrai cas d'étude pour la profession. Il détailla le grand bâtiment aussi classique qu'austère dont une porte cochère marquait l'entrée. Thomas tourna un peu autour et décida de se poster au pied d'un des grands marronniers qui occupaient la petite place. Le point d'observation était idéal. 18 h 15. Il avait encore le temps, à moins que pour une raison imprévue, Emma n'ait fini plus tôt. À moins aussi qu'elle ne soit pas venue aujourd'hui parce qu'elle était malade. Rien ne garantissait d'ailleurs que si elle était bien à l'intérieur, elle sortirait à 18 h 30 précises. Elle allait certainement parler avec des copines ou avoir des choses à régler. De toute façon, Thomas était déterminé à l'attendre. Il était revenu d'Inde pour cela. Il avait accepté le premier poste disponible pour que ce soit possible. Il ne pouvait pas être plus à sa place qu'ici et maintenant.

18 h 19. Avec soin, il déplia les photos de Kishan, qui commençaient déjà à porter les stigmates de trop

nombreuses manipulations. Thomas se concentra sur les clichés représentant Emma plus âgée. Et si elle avait coupé ses cheveux comme sa mère ? Et s'ils n'étaient pas attachés comme sur la photo au ski ? Et si elle portait des lunettes ? Se pouvait-il qu'il ne la reconnaisse pas ? Était-il vrai que lorsque vous voyez vos enfants, vous ressentez quelque chose d'instinctif qui vous permet de les identifier au premier coup d'œil ? Et si Céline avait montré des photos de lui à sa fille et qu'elle le repère ? Et si Emma traversait la place et se jetait sur lui pour lui griffer la figure parce qu'elle lui en voulait à mort ? Et si elle courait vers lui pour lui sauter au cou parce qu'elle lui avait pardonné ? Il aurait peut-être mieux valu que le soldat pakistanais le tue à la frontière, parce que Thomas ne se sentait pas de taille à affronter tout ce qui lui passait par la tête et le cœur. Et si pour une fois, les minutes s'écoulaient un peu plus vite ?

Thomas affina sa position d'observation. Il se plaça en embuscade, sur le flanc du tronc. De là, tout en étant peu visible, il ne pouvait pas la manquer. À moins qu'il n'y ait une autre sortie… Et l'esprit de Thomas s'emballa à nouveau dans un feu d'artifice d'interrogations loufoques.

Lorsqu'il réussit enfin à reprendre le contrôle de ses pensées, il en était à se demander si Emma n'allait pas s'enfuir par les toits parce que ses pouvoirs surnaturels lui auraient révélé la présence de son père biologique qu'elle ne devait surtout pas voir sous peine de prendre feu…

Un flot régulier d'étudiantes et d'étudiants sortait du bâtiment. Thomas passait toutes les jeunes filles au crible. Pour chacune, avant d'avoir la certitude qu'il ne s'agissait pas d'Emma, il se disait d'abord qu'il découvrait potentiellement sa fille. Il ne voulait rien perdre de ce premier contact, de cette vision. Il souhaitait en inscrire chaque image dans sa mémoire. Cette fois, son histoire ne s'écrirait pas à son insu. Pendant sa planque, une seule fois, Thomas eut l'impression qu'il pouvait s'agir d'Emma, et son cœur accéléra comme jamais. Il eut soudain la sensation que tout l'intérieur de son corps s'était mis à bouillir. Mais ce n'était pas elle.

18 h 33. Un homme se planta devant Thomas et lui demanda :

— Excusez-moi, savez-vous où se trouve la rue Gédéon-Malengro ?

— Non, je suis désolé.

Un groupe d'étudiantes sortit. Thomas se pencha sur le côté pour tenter de les apercevoir, mais l'homme lui bouchait la vue.

— Elle ne doit pas être loin, insista celui-ci, on m'a dit qu'elle donnait dans une rue débouchant sur cette place.

— Non vraiment, je ne sais pas.

L'homme restait obstinément devant. Thomas risquait de louper sa fille. Il devait réagir.

— Mais si ! s'exclama-t-il soudain. Ça me revient, elle est par là, la rue Gromalin.

— Vous voulez dire la rue Gédéon-Malengro.

— Malengro, c'est ça. Alors c'est très simple. Vous prenez la première à droite, et à la deuxième à gauche et vous y êtes.

L'homme sourit :

— Merci beaucoup, vous êtes bien aimable.

L'importun s'éloigna enfin. Thomas, l'œil affûté,

passa en revue les étudiantes qui sortaient maintenant en masse. Comme un tireur d'élite traquant sa cible au milieu d'une foule, il ne négligeait aucun détail. Les jeunes femmes riaient, s'interpellaient, discutaient, s'embrassaient.

Soudain, l'une d'elles se détacha nettement. Une évidence. Ses cheveux étaient coiffés comme lors de son séjour au ski, son visage rayonnait comme à la soirée, son sourire n'avait pas changé depuis l'anniversaire où elle avait reçu sa poupée. Mais ce ne fut pas ce lien invisible unissant les parents aux enfants qui permit à Thomas de reconnaître sa fille à coup sûr : Emma bougeait exactement comme sa mère au même âge. Un bref instant, Thomas eut même l'impression d'être revenu vingt ans en arrière et d'observer Céline. Si la couleur des cheveux, les yeux et les fossettes étaient les siens, l'énergie était indiscutablement celle de sa mère. Mais Thomas ne confondait pas. Le lien qui, comme la mèche d'une bombe, était en train de lui embraser le cœur n'avait rien à voir avec celui qu'il avait autrefois partagé avec sa petite amie. Contempler Emma était bien différent. Jamais il n'avait fixé quelqu'un avec une telle intensité. En elle, il voyait l'enfant, la fragilité, et l'absence qu'il ne se pardonnait pas. Il n'avait jamais été prêt à tout donner à un être qu'il ne connaissait pas. Seuls les enfants ont ce pouvoir. Emma était là, devant lui, à rire avec ses amies. Elle était belle, incroyablement vivante. Mais déjà, elle s'éloignait.

Pendant les trop courts instants où Thomas avait pu l'observer, deux vérités s'étaient révélées à lui. La première : aller lui parler serait une erreur. Il était trop tôt et il ne saurait pas quoi lui dire. Et la deuxième, plus puissante encore : Thomas était désormais certain qu'il voulait passer tout le temps possible au plus près d'elle. Rien d'autre n'avait de sens pour lui.

Lorsque Emma disparut au coin de la rue, Thomas hésita à la suivre mais renonça. Trop glauque. Alors il resta contre son arbre, à se remémorer les images d'Emma dans le décor de la rue qui était maintenant bien vide sans elle. Il vit revenir l'homme de la rue Gédéon-Malengro qui semblait très énervé d'avoir été mal renseigné. En tournant autour de l'arbre, Thomas parvint à se cacher pour l'éviter. Par contre, il ne vit pas Pauline, qui l'observait depuis l'angle de la place parce qu'elle souhaitait savoir avec qui l'homme rustre et très sympathique avait rendez-vous. L'infirmière avait été témoin de son attente impatiente, de son émotion. Elle était même certaine de l'avoir vu pleurer. Elle s'était tout de suite mise à imaginer des choses. Les filles font souvent cela.

13

— Jean-Michel, pourriez-vous m'offrir une de vos confiseries pour que je fasse un tour de magie à Théo ?

L'homme à la canne fouilla dans sa poche et tendit une fraise à Chantal.

— Merci. Et maintenant, mon grand, regarde bien… Je te parie que je peux manger ce bonbon sans le mettre dans ma bouche. Ça te tente ?

Aussi intrigué que fasciné, le petit approuva d'un vif hochement de tête. Chantal se détourna alors de l'enfant, prépara son coup, puis brusquement, se replaça face à lui, la sucrerie dans une main et son dentier dans l'autre. Avec un grand sourire édenté, elle fit claquer ses dents avec ses doigts en disant d'une voix déformée :

— Miam miam ! Mes chicots se sont échappés et ils vont dévorer le gros bonbec !

Instantanément, le garçon se mit à hurler, les yeux exorbités. Francis leva le nez de son journal.

— Bravo Chantal ! J'ai hâte de voir quel tour tu lui feras quand tu auras un anus artificiel.

Le cri aigu de l'enfant ne semblait pas vouloir s'arrêter. Il était terrifié. Pauline déboula de la cuisine en s'essuyant les mains sur son tablier.

— Qu'est-ce que vous êtes encore en train de fabriquer ? Je ne peux même pas vous laisser seuls dix minutes.

Découvrant Chantal avec son dentier et son bonbon, elle soupira :

— Et c'est quoi cette fois ? La fable de la fraise magique et du vampire qui a perdu sa couronne ?

Théo se précipita vers sa mère et s'agrippa à elle. Ses grands yeux épouvantés fixaient toujours Chantal avec un mélange d'effroi et de dégoût.

— Tout va bien, mon chéri, ce n'est rien. Parfois, quand les gens vieillissent, on leur remplace des morceaux et ça peut se démonter.

Francis se pencha vers Théo et lui souffla :

— Un conseil d'homme à homme : quand tu auras notre âge, n'essaie pas de te démonter la hanche ou le pacemaker. Quoique, maintenant qu'on en parle… J'ai connu un type qui avait confondu son appareil auditif miniature avec un suppositoire. Le fait est qu'il n'a rien entendu pendant des jours.

Théo resserra son emprise autour de sa mère jusqu'à l'empêcher de respirer.

— Tout va bien, chéri. M. Lanzac plaisante. Et vous, arrêtez de le traumatiser, il va encore saigner du nez.

— J'ai entendu crier, dit le docteur en arrivant précipitamment. Tout va bien ?

— Ne vous en faites pas, doc, répondit Francis. C'est Chantal : quand elle a fini de dire des conneries, elle en fait.

En découvrant Théo, Thomas s'agenouilla pour se placer à sa hauteur.

— Bonjour jeune homme. Je ne savais pas que tu étais là. Très heureux de te rencontrer. Je m'appelle Thomas. Je travaille avec ta maman…

— … dans cet asile de dingues ! précisa Francis.

Le docteur tendit la main à l'enfant mais le petit ne lâcha pas sa mère.

— Je suis désolée, dit Pauline. D'habitude, il n'est pas sauvage et il n'a pas non plus ce regard de drogué. Il a juste vu un truc qui va lui coûter des mois de thérapie.

— Nous ferons donc connaissance plus tard, quand ce sera le bon moment.

Incapable de faire lâcher prise à son fils, Pauline repartit vers la cuisine, avec l'enfant cramponné à elle comme un koala.

— J'arrive, Hélène, lança-t-elle. On va peut-être enfin pouvoir finir de préparer ces cookies…

— Françoise n'est pas avec vous ? fit Thomas en se redressant.

Ayant achevé de remettre son dentier en place avec l'air d'une gamine honteuse, Chantal précisa :

— Elle reste souvent seule dans sa chambre. Pourtant elle aime bien Théo.

Puis elle mangea la fraise. Dans sa bouche.

14

Thomas frappa trois coups légers à la porte de Mme Quenon. Avec ses patients, il commençait toujours doucement. Cela lui offrait l'occasion de mesurer leur degré d'écoute et de vigilance. Vis-à-vis des plus anciens, c'était aussi un moyen d'évaluer sommairement leur audition.

— Entrez !

Françoise Quenon avait donc une ouïe excellente.

— Je ne vous dérange pas ?

— Vous m'interrompez en train de ne rien faire, ce n'est donc pas très grave, docteur.

— Pourquoi ne pas vous joindre aux autres dans le salon ? Théo est là, et Hélène et Pauline préparent des gâteaux pour le goûter.

— Il ne doit pas se passer que cela si j'en juge par le hurlement qu'a poussé le petit. À cause de qui va-t-il faire des cauchemars cette fois ?

— Une fraise et un dentier.

— Pauvre gosse. De nos jours, on les effraie avec n'importe quoi. Cela ne se serait jamais passé ainsi avec les miens.

— Vous avez des enfants ?

— Plus de neuf cents, mais je n'ai donné naissance à aucun. J'étais institutrice, et je m'occupais de chacun comme s'il était le mien. Mais j'imagine que vous n'êtes pas venu pour écouter une vieille femme vous raconter sa vie.

— Votre vie et la façon de pratiquer votre métier m'intéressent, mais je suis effectivement là pour vous parler d'un point précis. J'ai étudié vos dernières analyses et même si ce n'est pas ma fonction première dans cet établissement, je pense que votre traitement actuel ne vous est plus adapté. Me permettez-vous d'en parler avec le confrère qui vous suit, puis éventuellement de faire des examens complémentaires ?

— Mes jours sont-ils comptés ? Vous savez, docteur, je n'ai pas peur de la mort.

— Nous n'en sommes heureusement pas là. Il s'agit juste d'adapter la posologie à une évolution.

— Pourquoi pas ? Le médecin qui nous suit nous regarde à peine et renouvelle les ordonnances à la chaîne. Il doit se dire que vu notre âge, il devient inutile de perdre son temps. Il n'a peut-être pas tort. En fin de compte, notre prochain grand rendez-vous, c'est avec la faucheuse…

— Ne soyez pas si sombre.

— Savez-vous pourquoi je n'ai pas peur de la mort ?

— Dites-moi.

— Parce que je sais qu'elle n'est pas la fin. Les autres se moquent de moi mais je m'en fiche. Moi, je crois. Je sais qu'il y a quelque chose après. Je vois les signes, je les entends. Avez-vous cette foi-là, docteur ?

— J'ai beaucoup voyagé et j'ai eu l'occasion d'approcher bien des croyances. En Afrique, au Moyen-Orient, en Inde… Chacun a sa version. Je respecte tout ce qui aide les gens à vivre et à s'élever, mais personnellement…

— Les autres vous ont-ils parlé des chants que j'entends ?

— Quelques allusions…

— Vous croyez que je suis folle ?

— Vous avez toute votre tête, et j'ai moi-même beaucoup trop d'idées étranges pour me permettre de vous juger.

15

Thomas s'était promis de ne pas le faire, mais il l'avait fait quand même. Angoissé à l'idée de ne pas apercevoir Emma durant tout un week-end, il ne s'était pas contenté de l'observer à la sortie de ses cours. Il l'avait suivie. Il préférait ne pas retourner rôder dans la rue de Céline. Trop risqué, trop aléatoire. Il pouvait traîner des heures devant la maison sans jamais entrevoir sa fille, et il aurait fini par se faire remarquer. Alors que noyé dans l'anonymat de la ville, il pouvait la contempler et apprendre à la connaître en la regardant vivre.

Emma avait quitté l'école vers 17 heures. Avec deux amies dont elle semblait proche, elle était allée boire un café dans le bistrot branché d'une rue commerçante. Thomas s'était discrètement installé à une table en retrait. Il avait pris soin de s'asseoir le dos tourné à Emma mais par chance, un reflet dans la vitrine lui permettait d'entrevoir son visage, et même ses fossettes. Il était assez proche pour entendre sa voix et saisir ses propos. Les trois étudiantes évoquaient une étude de cas abordée en cours. Il était question d'assurer la continuité des soins pendant la réorganisation d'un service. Emma écoutait autant qu'elle parlait. Elle échangeait, réagissait. Elle avait du caractère sans être vindicative. Elle exposait ses idées en présentant les arguments de façon pondérée. Plus il l'entendait s'exprimer, plus Thomas la trouvait remarquable. Était-ce un des symptômes de la paternité ? Un père est-il toujours admiratif de sa fille, surtout à ce point et en si peu de temps ? Emma était-elle le fruit d'une bienveillante vision que les pères ont de leur fille, ou celui de la conjonction d'une belle nature et d'une bonne éducation dans laquelle il n'était pour rien ?

— Monsieur, souhaitez-vous prendre autre chose ?

Pour ne pas attirer l'attention des jeunes femmes, Thomas répondit à voix basse :

— Un autre thé, s'il vous plaît.

Le breuvage, issu d'un sachet de brisures végétales sauvagement ébouillantées, n'avait rien à voir avec celui que Neetu préparait à l'aide de feuilles cueillies et séchées par ses soins. Mais cela n'avait aucune importance.

Le garçon revint avec de l'eau chaude et un nouveau sachet au moment même où Emma et ses amies se levaient pour partir. Thomas s'excusa auprès du serveur :

— Pardon. Je n'avais pas vu l'heure, mais je dois y aller. Ne vous en faites pas, je vous le règle.

Le serveur regarda ce type étrange s'en aller comme le lapin blanc d'Alice et ramassa l'argent, l'eau chaude et le sachet.

Thomas prenait garde de se tenir à bonne distance d'Emma. Il se montrait si prudent qu'à deux reprises, il crut même l'avoir perdue. Il se sentit alors complètement désemparé. Jamais il n'avait éprouvé cela. La joie puissante qui l'inonda lorsqu'il l'aperçut à nouveau lui était elle aussi inconnue. Tous les parents sont-ils dans le même état suivant que leurs enfants apparaissent ou disparaissent ? Peut-être pas quand ils les voient tous les jours. Quoique.

L'une des deux amies quitta le groupe et pénétra dans une galerie marchande. L'autre ne tarda pas à partir aussi pour attraper un bus. Emma se retrouva seule, à faire les cent pas à un carrefour. À peine fut-elle séparée de ses amies que Thomas décela une sorte de tristesse chez sa fille. Comme si ses complices étaient parties avec une part de sa bonne humeur. Comme si un être humain ne rayonnait vraiment que lorsqu'il est entouré des siens. Thomas comprenait d'instinct ce que ressentait Emma. Lui aussi réagissait ainsi. Il se sentait galvanisé quand il retrouvait ceux du village. Il oubliait toute fatigue lorsqu'il voyait Kishan arriver vers lui avec ce sourire unique. Mais ici, auprès de qui éprouvait-il cela ? Thomas n'était qu'à quelques pas de sa fille et cela lui réchauffait le cœur. Cela le faisait tenir debout. Mais à l'inverse de n'importe quel père, il n'avait pas le droit d'aller la voir et cela lui faisait mal. Il aurait tant désiré pouvoir la retrouver de façon inattendue, en ville, ce soir, et voir son visage s'éclairer de bonheur parce qu'il aurait été le père qu'il aurait voulu être… Emma resta seule, et lui aussi.

La jeune femme consultait son téléphone fréquemment. Attendait-elle un message, ou se contentait-elle de regarder l'heure comme Thomas avait vu Pauline le faire ? Elle avait certainement rendez-vous. Peut-être avec sa mère, ou celui qu'elle devait considérer comme son père. Et s'ils passaient la prendre en voiture ? Alors Thomas ne pourrait pas la suivre, il la perdrait. Il lui faudrait attendre trois longs jours pour avoir une chance d'apercevoir à nouveau celle qu'il connaissait depuis peu mais qui tenait déjà une place immense dans sa vie.

Tout à coup, un jeune homme se présenta devant Emma. Le visage de la jeune femme s'illumina, plus puissamment encore qu'avec ses amies. Le garçon l'enlaça et l'embrassa avec fougue, sur la bouche.

Thomas sentit ses jambes se dérober. Il tituba. Il s'appuya contre un feu rouge et se réfugia derrière pour les observer. On dit que les enfants grandissent vite mais en général, ils ne passent pas en quelques semaines du stade de nouveau-né que l'on découvre à celui de jeune femme séduisante sur laquelle les garçons se précipitent… C'était pourtant le cas pour le docteur. Qui était ce jeune homme ? De quel droit osait-il embrasser sa fille, en public, et si longtemps ? Trop content d'exhiber sa prise, le jeune mâle ! Pourtant, personne ne semblait y prêter attention à part Thomas. Mais ce n'était pas le pire ! Emma passa elle aussi ses bras autour du garçon. Elle lui toucha même les fesses, et pas par inadvertance ! Thomas ferma les yeux pour s'efforcer de garder son calme. Il respira lentement, profondément.

Lorsqu'il regarda à nouveau, le couple avait disparu. Il bondit comme un diable avec l'espoir de les rattraper à travers la foule. Emporté par son élan, il s'aperçut trop tard qu'ils venaient vers lui et faillit les percuter. Jamais il n'avait été aussi proche d'Emma. Il réussit à éviter le pire en se jetant sur le côté sans aucune dignité. Les deux jeunes gens étaient trop occupés pour le remarquer. Trop occupés à se regarder au fond des yeux, à se tenir par tout ce que chacun arrivait à attraper de l'autre. Ils ne virent pas le fou qui s'était à moitié fracassé contre la devanture d'un marchand de lunettes. Ils continuèrent leur route. Thomas se rétablit et les suivit jusqu'au cinéma tout proche. Ils achetèrent deux billets pour un film d'action américain. C'est le garçon qui paya.

Thomas laissa passer trois autres couples avant de se présenter à la caisse. Lui n'acheta qu'un seul billet.

16

La dernière fois que Thomas était allé au cinéma remontait à plus de deux ans. C'était à Srinagar, avec toute la famille de Kishan, pour l'anniversaire de Jaya, sa femme. Il n'avait pas compris grand-chose aux dialogues mais avait été impressionné par les chansons et l'ampleur des numéros de danse d'une histoire d'amour que beaucoup de spectateurs vivaient et commentaient à voix haute pendant la projection. Les méchants se firent huer et à la fin, lorsque le héros enlaça la jolie princesse avec qui il allait enfin pouvoir convoler, tout le monde se mit à applaudir au point de ne rien entendre des dernières répliques. Les pères présents dans le public n'auraient certainement pas été aussi enthousiastes si ç'avait été leur fille qui se faisait emballer par un bellâtre du genre de celui que Thomas avait en ligne de mire quelques rangs devant.

Emma et son petit ami étaient installés bien au centre, face à l'écran. Sans pouvoir comprendre ce qu'il racontait, Thomas entendait la voix du garçon. Une voix grave et virile. Saletés d'hormones. Il percevait aussi celle d'Emma, bien plus chantante que lorsqu'elle s'adressait à ses amies, ponctuée de petits rires. Le sens du mot roucouler devint tout à coup très concret pour le docteur. Et vas-y que je te passe le bras autour du cou, et vas-y que je te caresse tes beaux cheveux, et tant qu'on y est, vas-y que je plonge ma mimine en même temps que la tienne dans le gobelet de pop-corn et que ça nous fait rire comme des abrutis… Des animaux.

Thomas ne comprit pas beaucoup plus ce film que celui qu'il avait vu en Inde, car il ne lâchait pas sa fille et son amoureux des yeux. Ils s'embrassèrent trente-huit fois pendant les cent deux minutes du film. Plus d'une fois toutes les trois minutes ! Il fallait au moins une explosion nucléaire ou une déclaration déchirante des personnages principaux pour qu'ils se tiennent un peu tranquilles. Même pendant la scène finale, alors que le héros regardait son père mourir, les larmes aux yeux – ce qui n'était vraiment pas son genre –, ils trouvèrent le moyen de se bécoter. C'était quand même le père du héros qui mourait !

À la fin, Thomas était épuisé, à cause des explosions, des cascades, et des baisers – pas ceux du film, mais ceux de sa fille –, exténué à cause de tout ce qu'il ressentait et qui le remuait au plus profond de lui-même. Il se faisait l'effet d'un mauvais père, d'un pervers voyeur et d'un homme inquiet pour sa petite princesse. Il était déjà lui-même allé au cinéma, avec Céline. Il l'avait évidemment déjà embrassée, mais jamais autant, et jamais pendant que le père du héros mourait dans d'atroces convulsions. Le docteur ne s'était jamais permis non plus de suçoter le lobe de l'oreille de qui que ce soit. Ceux qui font les films savent-ils vraiment ce que fabriquent les gens devant ce qui leur demande tellement de travail ?

Quand les lumières de la salle se rallumèrent, Thomas éprouva un intense soulagement. Une libération. Il n'en pouvait plus de voir des gens mourir pendant que sa fille embrassait ce jeune type. Tous les pères détestent-ils les petits amis de leur fille à ce point ? Sans doute un peu au début. Au moins le premier. À moins que ça ne passe jamais.

Les hommes savent parfaitement de quoi ils sont capables vis-à-vis des femmes, c'est une bonne raison pour se méfier de leurs congénères.

Les deux tourtereaux restèrent les derniers, ne quittant la salle qu'à la toute fin du générique. Thomas ne prit pas le risque de les attendre. Il sortit avec la foule pour ne pas se faire remarquer. Il eut bien l'idée de se cacher à quatre pattes entre les fauteuils, voire de faire irruption juste devant eux en beuglant de toutes ses forces à ce freluquet ce qu'il pensait de son comportement. Mais non. Il quitta le cinéma sans un bruit et se posta dans le renfoncement de la porte d'un magasin pour les attendre.

Thomas entendit le rire de sa fille avant de la voir. Ils apparurent sur le trottoir, nimbés de lumière. Dans la clarté des projecteurs de la façade, au milieu des personnes qui attendaient pour la séance d'après, ils rayonnaient de bonheur.

Le jeune homme demanda à Emma d'aller l'attendre à l'angle de l'avenue, le temps qu'il aille chercher sa voiture. Le docteur fut bien obligé d'admettre que c'était plutôt galant. Il vit le garçon partir en courant. Il fut bien forcé de reconnaître qu'il semblait plutôt athlétique.

Emma, un sourire accroché au visage, se dirigea tranquillement vers leur point de rendez-vous. Elle n'eut pas cette brusque chute de vitalité comme lorsque ses amies l'avaient quittée. Certains sentiments réchauffent-ils le cœur plus longtemps que d'autres ?

En s'éloignant, Emma marchait différemment. Ce soir, elle ressemblait à une funambule posant ses petits pieds sur des nuages. Elle était légère, heureuse. Toute à son bonheur, elle ne vit pas venir les deux jeunes qui lui arrachèrent soudain son sac. Ils ne lui laissèrent aucune chance. Les deux brutes tirèrent de toutes leurs forces. Elle cria, elle tenta de résister mais ils étaient plus forts. Emma tomba. Les voleurs disparurent avec leur butin.

17

Thomas ne réfléchit pas, il se précipita. Il s'accroupit auprès d'Emma en lui posant la main sur l'épaule.

— Tu n'as rien ?

Elle leva les yeux vers lui, sous le choc.

— Ça va, mais ils ont mon sac…

Thomas vit ses larmes. Son sang ne fit qu'un tour. Il se lança aussitôt à la poursuite des voleurs, confiant sa fille à une femme qui s'était approchée pour lui porter secours. Il n'avait jamais couru ainsi. Il s'était toujours montré bon à la course, mais il avait cette fois une motivation inédite. Les deux lascars avaient de l'avance, sans doute convaincus que personne n'oserait les pourchasser. Thomas cavala aussi vite que possible mais ne les voyant pas, il commença à croire qu'il les avait perdus. Il se sentit soudain envahi par un profond sentiment de rage. Cette fois, il refusait que la situation lui échappe. Il n'admettait pas de ne pas pouvoir protéger la victime.

C'est alors qu'il les aperçut dans une ruelle. Il ne se demanda pas ce qu'il risquait.

— Rendez-moi ce sac immédiatement.

— Reste en dehors de ça, mec. C'est pas ton business.

— Arrêtez de fouiller ce sac qui ne vous appartient pas et donnez-le-moi.

— C'est pas ton sac non plus, ma poule, alors si tu veux pas d'ennuis, dégage.

Thomas continuait à avancer vers eux. Le plus grand confia son butin à l'autre et s'interposa :

— T'es quoi, un justicier ? T'as été piqué par une araignée à la con et tu vas nous capturer dans une toile ?

Thomas n'était pas dans son état normal.

— Pour la dernière fois, fit-il entre ses dents, je vous demande de me rendre ce sac et l'ensemble de son contenu.

— « Et l'ensemble de son contenu » ? Pas mal. T'as dû faire des études, toi.

Thomas et le grand voleur se faisaient face. Le voyou lâcha :

— Dis donc, t'es pas de première jeunesse. T'as l'air en forme pourtant…

Thomas ne répondit pas et le chargea directement. De toutes ses forces, il le frappa au plexus et lui asséna un violent coup de pied au bas-ventre. Le voleur, pris de court, se plia sur lui-même sous l'assaut et s'écroula en jurant. Son complice lâcha le sac et menaça :

— T'es pas bien ? Qu'est-ce que t'as fait à mon pote ? Je vais te saigner…

Thomas ne le laissa pas finir sa phrase et se jeta sur lui. Le docteur était ivre de rage. Il le roua de coups. Au visage, à la poitrine. Il frappait avec violence. L'autre se défendit avec une réelle vigueur, mais rien n'arrêtait Thomas, qui ne sentait même pas les attaques. Le plus petit des deux voyous finit à terre, dominé, au moment où le grand se relevait, grimaçant, en se tenant la poitrine. Thomas, la lèvre tuméfiée, pointa un index menaçant vers lui et lança :

— Si tu me cherches encore, je te jure que je te tue. Je sais comment faire.

— T'es un vrai malade.

— C'est ça, je suis un vrai malade. Et toi, t'es sûrement un type bien.

Profitant d'une seconde d'inattention de Thomas, le plus petit tenta de le faucher, mais il ne récolta qu'un violent coup de pied dans les côtes. Il poussa un hurlement de douleur et rampa pour se dégager. En se tenant le bras, il prit la fuite, aussitôt imité par son acolyte. Une fois hors d'atteinte, le plus grand se retourna.

— Avec mes potes, on va te retrouver et tu vas payer !

Ils disparurent au coin de la ruelle. Thomas relâcha son souffle. Il avait le goût du sang dans la bouche. En se penchant pour ramasser le contenu du sac éparpillé sur le sol, il faillit perdre l'équilibre. Sa vue se brouillait. Le portefeuille était là, le téléphone aussi. Il tomba à genoux. Une chance que les deux petits fumiers soient partis, parce qu'il n'aurait pas tenu un round de plus.

18

Au cœur de la nuit, torse nu devant le miroir de sa salle de bains, Thomas s'efforçait d'évaluer les dégâts. Le retour jusqu'à la résidence avait été un calvaire. Depuis qu'il n'était plus dans le feu du combat, il ressentait la douleur intense de chaque coup reçu.

Observant son visage, le médecin diagnostiqua un bel œil au beurre noir pour le lendemain. Sa lèvre serait encore enflée. Son épaule le faisait souffrir, il boitait de la jambe droite, et le poing avec lequel il avait frappé si violemment était contusionné. Thomas ne s'était jamais battu de sa vie – sauf une fois au primaire, et il avait perdu. La hargne dont il avait fait preuve ce soir l'avait lui-même surpris. Mais il l'expliquait parfaitement. Revoir l'image d'Emma jetée à terre suffisait à lui faire bouillir les sangs au point de le pousser à attaquer de nouveau, n'importe qui, n'importe où, sur-le-champ. Certains paramètres ont du pouvoir sur vous, au-delà de ce que vous décidez. Et dans le cas de Thomas, les larmes de sa fille lui donnaient envie de tuer.

Le sac d'Emma était posé sur la table de la cuisine. Lorsque Thomas était retourné à l'angle du boulevard, elle ne s'y trouvait plus. Elle avait sans doute été secourue par son petit ami pendant que lui-même se battait à quelques rues de là. Thomas était inquiet. Dans n'importe quelle situation, il aurait pu passer un coup de fil et prendre des nouvelles, dire qu'il avait récupéré ses affaires, que le sac était juste un peu sale mais qu'a priori, rien ne manquait. Mais dans son cas, cette solution pourtant simple était inenvisageable. Thomas se rappela son élan vers Emma. Il se revit poser la main sur son épaule en la regardant dans les yeux. Quelle relation père-fille débute ainsi ? Tous les pères du monde commencent par prendre leur fille dans leurs bras lorsqu'elle vient de naître. Ils découvrent ce petit être à qui ils ont donné la vie, s'émerveillent de ses minuscules doigts, d'un gazouillis. Lui avait posé la main sur la sienne pour la première fois un soir d'agression, sans même réussir à la réconforter. L'inquiétude de Thomas s'aggrava encore lorsqu'il prit conscience qu'Emma l'avait vu. Elle était désormais en mesure de le reconnaître. Cela risquait de tout compliquer si elle le voyait à nouveau.

Pourtant, de cette soirée horrible, de ces sentiments violents qui lui ressemblaient si peu, Thomas vit émerger une évidence qu'il célébra immédiatement. Pour la première fois de sa vie, il avait la sensation d'avoir été à la bonne place au bon moment. Ce n'était peut-être pas lui qui avait réconforté Emma, mais il avait récupéré ce qui comptait pour elle. Il n'avait peut-être pas joué le rôle le plus chaleureux, mais il avait endossé le plus difficile et le plus dangereux. Sans lui, personne n'aurait poursuivi les voleurs et Emma aurait tout perdu. Il avait agi pour elle, protecteur bienveillant qui s'était présenté au bon moment.

Tout à coup, Thomas sut enfin ce qu'il pouvait accomplir pour sa fille. Il allait l'aider. Il ne se contenterait plus de l'observer, il allait tout mettre en œuvre pour lui épargner le plus sombre dans cette vie. Instantanément, naturellement, cette fonction devint prioritaire pour lui. Sa nouvelle place se dessinait et lui plaisait. Pour Emma, il allait devenir le coup de pouce du destin, le facteur chance, l'ange gardien bienveillant et secret.

Dans le miroir, Thomas fut surpris de découvrir que malgré sa tête de boxeur après un match perdu, il souriait. Sans le savoir, ces deux abrutis lui avaient fait le cadeau d'une réponse. Il venait de trouver une place dans la vie d'Emma et un but dans la sienne. Il était décidé à lui dégager la route et à la protéger. Il serait sa lumière dans les recoins, son démineur. C'était sans doute cela, être père.

Thomas se pencha sur le sac. Le portefeuille était rempli de cartes et de petits morceaux de papier griffonnés. Le téléphone était allumé. Un cas de conscience s'imposa au docteur.

Même si vous savez que c'est immoral, même si vous vous en faites le reproche longtemps, qu'auriez-vous fait à sa place ?

19

Au bord de la rivière, Thomas avait découvert un vieux banc de bois moussu. Même si deux lattes étaient cassées, il s'y était assis. Le regard perdu dans les éclats de lumière que renvoyaient les flots, il s'abandonnait à l'ambiance bucolique du lieu. Un petit embarcadère sur lequel il ne se serait pas risqué s'avançait au-dessus du courant. Un vent de fin d'été agitait les longues branches du saule pleureur qui bruissaient suffisamment pour couvrir la rumeur du monde.

La vue n'était pas aussi spectaculaire que depuis le promontoire d'Ambar, mais Thomas y retrouvait un peu de la quiétude et du recul dont il avait besoin. Face à lui, au-delà de la luxuriance de la berge opposée, des champs de culture déjà moissonnés et, au loin, des forêts. La Renonce était beaucoup moins large et surtout moins impétueuse que l'impressionnante rivière Neelum, mais le médecin ne s'en plaignait pas. On pouvait sans doute traverser ce cours d'eau sans se faire tirer dessus, et sa mélodie apaisante aidait Thomas à penser plus calmement. Il en avait besoin.

Un craquement le tira brutalement de ses songes.

Thomas fit volte-face et découvrit Pauline, qu'il n'avait pas entendue approcher. L'infirmière s'arrêta, gênée.

— Je vous dérange. Et en plus, je vous ai fait peur…

— Je réfléchissais.

— Françoise vous a vu partir vers le fond du verger…

— Vous avez besoin de moi ? Un problème ?

— Tout va bien. J'ai seulement eu envie de vous rejoindre. Vous vous faites rare ces derniers jours.

Thomas l'invita à prendre place sur le banc. Côte à côte, l'infirmière et le médecin restèrent un moment à contempler la vue en silence. Finalement, Thomas était heureux de ne plus être seul perdu dans ses pensées.

— Votre œil et votre lèvre vont mieux, constata Pauline. On dirait que votre main aussi. Si vous avez besoin de soins, n'hésitez pas à me demander. Je ne soigne pas que les séniors…

— Merci. Je m'en souviendrai.

— Vous venez de plus en plus souvent ici.

— C'est amusant. Il y a quelque temps, devant un autre panorama, assez loin d'ici, un ami a prononcé exactement la même phrase.

Pauline resta un instant silencieuse puis déclara :

— Vous avez dû faire une sacrée chute pour vous retrouver dans cet état-là…

— Une belle gamelle en effet.

— Je n'aurais pas aimé vous découvrir le cou brisé dans votre escalier en arrivant le matin.

Thomas se contenta de sourire.

— L'homme rustre me trouve-t-il indiscrète si je m'intéresse à lui ?

— Il n'y a rien qui mérite de s'y attarder. Savez-vous pourquoi cette rivière s'appelle la Renonce ?

— Pas la moindre idée.

— Le village où j'ai séjourné en Inde s'appelle Ambar. Ça veut dire « ciel ». Les noms évoquent souvent quelque chose qui ne doit rien au hasard.

— La Renonce est une jolie rivière, je n'ai pas envie que son nom soit associé à un sens négatif. Vous avez réussi à voir vos proches ?

— Ils ne sont pas dans les environs.

— Pourtant, vous avez dit avoir accepté ce poste pour votre famille…

Thomas se tourna vers Pauline et la regarda droit dans les yeux.

— C'est un interrogatoire ?

— Je ne me permettrais pas, mais un homme que je respecte beaucoup m'a récemment rappelé que la franchise est une excellente base pour vivre ensemble. Je crois que c'est un homme bien, mais je suis un peu inquiète pour lui. J'ai de plus en plus l'impression qu'il porte quelque chose de lourd, seul.

— Qu'est-ce qui vous fait croire cela ?

— Je porte moi-même un fardeau, toute seule. Je suppose que l'on reconnaît chez les autres les sentiments que nous éprouvons nous-mêmes. Qu'en dites-vous ?

— L'homme rustre est plus doué pour peindre un mammouth sur les murs de la grotte que pour s'engager sur ce terrain-là.

— Vous savez, monsieur Sellac, des hommes, j'en ai fréquenté beaucoup, et de près. Je n'en ai jamais compris aucun. Que cherchent-ils ? Que veulent-ils de nous ? Je les ai côtoyés de si près que le dernier a réussi à me faire un enfant. J'aime mon fils et je ne regrette absolument pas sa naissance. Théo existe, et même s'il n'est pas toujours facile de l'élever seule, c'est un bonheur dont je ne soupçonnais pas l'ampleur. Son père était un drôle de type, une machine à avaler des steaks pour en faire des poils de barbe et à rendre les filles malheureuses – sauf sur une banquette arrière de voiture. Mais ça n'a rien à voir avec Théo. Mon fils est un petit gars qui ne doit pas payer pour tout ce qui est arrivé malgré lui. Il démarre son tour sur le grand manège. C'est moi et l'autre abruti qui lui avons donné son ticket, mais ce n'est pas l'essentiel. Il est là et j'espère être sa chance. Pour lui, je suis prête à tout. Peu importe si je dois me sacrifier. Il n'a pas à payer pour mes erreurs.

Jusqu'au plus profond de Thomas, le propos trouva un écho extraordinaire.

— Pourquoi me confiez-vous tout cela ?

— J'ignore ce que vous vivez, docteur, mais cela ne doit pas être facile. Vous n'avez pas à m'en parler mais franchement, je ne me vois pas vous cacher ce que je sais. Je me doute que c'est compliqué avec votre petite amie… La différence d'âge…

— De quoi parlez-vous ? Je n'ai pas de petite amie.

— Dommage. Je vous sentais différent des autres. Mais c'est votre droit. Françoise a raison, on ne connaît jamais les gens. Pardon d'avoir été intrusive. Cela ne se reproduira plus.

— Pauline, bon sang, expliquez-vous !

L'infirmière leva les yeux vers l'horizon.

— Et voilà, c'est tout moi. J'aurais mieux fait de me taire et de m'occuper de mes affaires. Je me retrouve embourbée, comme toujours. Si je me tais, vous m'en voudrez et si je parle, vous m'en voudrez aussi…

— Ne compliquez pas tout. Dites-moi. Je vous le demande.

— Les hommes nous condamnent souvent, même pour des choses qu'ils ont exigées… Mais je vais vous obéir et être franche : la semaine dernière, lorsque je vous ai déposé, je vous ai vu attendre une petite jeune jusqu'à en pleurer. Je crois que c'est pour elle que vous vous êtes battu l'autre soir. Les histoires d'amour se passent rarement comme on l'espère. Je suis désolée pour vous. Voilà, je ne me voyais pas continuer à vous regarder en face chaque jour en gardant cela pour moi.

Thomas eut un magnifique sourire.

— Vous m'avez suivi ?

— Pardon, je n'aurais pas dû.

— Vous avez failli me tuer en voiture, vous vous êtes foutue de moi et vous m'avez suivi ?

— Je réalise à quel point c'est nul, mais c'était plus fort que moi.

Thomas éclata de rire.

— J'ai pleuré en l'attendant ?

— Oui.

— Je ne m'en suis même pas rendu compte.

— Elle est très belle. Elle fréquente quelqu'un d'autre, c'est ça ?

— Il s'appelle Romain. Ça m'a rendu fou quand je me suis aperçu qu'il sortait avec elle, mais je crois que c'est un type bien.

— Vous êtes beau joueur. Comment s'appelle-t-elle ?

— Emma. Pour elle, je suis prêt à tout. Peu importe

si je dois me sacrifier. Elle n'a pas à payer pour mes erreurs… C'est ma fille.

Impossible de dire si une autre latte du vieux banc avait cédé ou si Pauline avait perdu l'équilibre, mais elle en tomba dans l'herbe.

20

— Monsieur Ferreira, puis-je vous parler en particulier ?

L'homme à la canne rajusta ses lunettes et se cambra.

— Je ne sais pas ce que l'on vous a raconté, docteur, mais c'est faux. C'est de la pure calomnie. Je n'ai volé aucun sablé au citron et ce n'est pas moi qui ai joué avec la perruque de Chantal l'autre nuit.

— Tout ça n'a rien à voir avec les sujets que je souhaite aborder. Voulez-vous me suivre dans mon bureau ?

Visiblement soulagé, Jean-Michel accompagna Thomas en avalant deux petits bonbons, comme s'il s'offrait une récompense. Le docteur ferma la porte derrière eux et invita le vieux monsieur à prendre place dans le fauteuil.

— Monsieur Ferreira, je vais être direct. Malgré les petits lapins sur les murs et les jouets qui encombrent les réserves, vous n'êtes plus un enfant, n'est-ce pas ?

Jean-Michel haussa les sourcils.

— Je n'ai pas à me mêler de votre vie, continua le médecin, mais je souhaite vous garder en forme le plus longtemps possible. C'est pourquoi je vais me permettre un conseil.

— Je vous écoute, docteur.

— Si j'étais vous, je réduirais très sérieusement ma consommation de confiseries. À vous seul, vous devez en ingurgiter plus que tous les pensionnaires de ce lieu à l'époque où il était à la fois une crèche et une garderie. Ce n'est bon ni pour votre tension, ni pour votre glycémie. En mangeant autant de bonbons, vous vous mettez en danger.

— Vous avez vu mes analyses ? Elles sont mauvaises, c'est ça ?

— Les dernières effectuées n'étaient pas trop alarmantes. Vous pouvez remercier votre métabolisme. Avec ce que vous avalez, n'importe qui aurait des résultats bien plus préoccupants. Mais ne forcez pas votre chance. C'est un conseil d'ami. M'avez-vous compris ?

— Tout à fait, docteur, je vais faire un effort.

— Très bien. Et maintenant, sur un autre plan, j'ai vu que vous comptiez partir trois jours la semaine prochaine ?

— Pour aller rendre visite à ma femme. Elle est hospitalisée dans le Nord. Mon fils devait m'emmener mais il n'est plus disponible. Je ne sais pas s'il a un mariage ou un divorce… C'est peut-être sa femme qui se marie ou lui qui divorce, je n'y comprends rien. Alors comme un grand, je vais y aller par le train. Pauline m'a pris les billets.

— Pour quelle pathologie votre femme est-elle hospitalisée ?

— Un diabète chronique avec de grosses complications. Ils lui ont déjà amputé la moitié d'une jambe.

— Elle sera heureuse de vous voir. Je vous conseille d'autant plus de veiller sur votre santé pour rester capable de vous rendre à son chevet le plus souvent possible. Je suis certain que vous ne souhaitez pas entendre la phrase qui vous annoncera que vous ne pouvez plus y aller. N'est-ce pas ?

— Pour sûr.

— Je compte donc sur vous.

— Mes prochaines analyses sont programmées pour bientôt ?

— Dans quelques semaines, le temps d'assainir votre alimentation et d'en mesurer les effets bénéfiques.

21

À force d'attendre dissimulé derrière, Thomas connaissait désormais chaque détail de l'écorce des grands marronniers devant l'école. Il appréciait particulièrement celui sur lequel était gravé un chien – à moins que ce ne soit un chat – à hauteur d'enfant. L'art primitif émeut toujours l'homme rustre.

Presque chaque soir, il se postait là pour apercevoir sa fille. Ensuite, il la suivait. Il ne le faisait plus comme un voyeur mais comme un garde du corps. Thomas avait affiné sa technique de filature et se montrait maintenant beaucoup plus professionnel. Il avait même appris quelques ficelles du métier sur Internet. Il savait se fondre dans la foule, anticiper les déplacements d'Emma, et il parvenait à s'approcher de plus en plus près de sa protégée. Quelques jours auparavant, il avait réussi à respirer son parfum. Le lendemain, il avait passé près d'une heure dans une parfumerie pour en retrouver le nom et s'en était offert un flacon. Elle était ainsi un peu avec lui dans son logement de fonction, mais il ne s'autorisait à le humer qu'une seule fois par jour pour ne pas banaliser l'effet.

Chaque fois qu'il partait en expédition, il prenait garde à varier ses tenues. Il était passé maître dans l'art de se transformer, parfois même au cours d'une même soirée, à l'aide d'une casquette, d'une écharpe ou d'un manteau porté retourné. Une seule fois, son goût du déguisement lui avait joué un vilain tour, lorsqu'en se précipitant pour sortir d'un restaurant, ses lunettes de soleil qui lui faisaient une tête de mouche l'avaient empêché de voir l'immense baie vitrée. Le choc avait été terrible et la chute spectaculaire. Un insecte éclaté sur une fenêtre, mais en beaucoup plus bruyant. Heureusement pour Thomas, Emma était déjà trop loin pour se rendre compte de sa mésaventure ridicule. Il saignait quand même tellement du front que Pauline avait d'abord cru qu'un point de suture serait nécessaire. Mais le docteur s'en était sorti avec un joli pansement façon momie qui avait ému Hélène, Chantal et Françoise, et fait rire Francis et Jean-Michel.

Depuis qu'elle était dans le secret, l'infirmière demandait régulièrement des nouvelles d'Emma, mais Thomas se montrait peu disert. Il acceptait par contre de plus en plus souvent, pour gagner du temps, que Pauline le dépose en ville. Les deux collègues s'étaient bien habitués à ces moments hors du quotidien où, en attendant aux feux, ils se confiaient du bout des lèvres un peu de leurs vies respectives.

Ce soir-là, ils avaient parlé de leurs frères et sœurs. Pauline avait un frère aîné, Antoine, installé en Argentine, à son grand regret. Elle s'était toujours bien entendue avec lui et ne pas le voir lui pesait. Thomas avait parlé de sa sœur, qui n'habitait pas si loin mais avait coupé les ponts. À son grand regret aussi.

— Vous devriez lui écrire, lui annoncer que vous êtes rentré. Peut-être même devriez-vous lui parler de sa nièce.

— Vous rigolez ? s'étrangla Thomas. Elle me prend déjà pour un fils indigne et un grand frère minable, vous pensez sérieusement que pour arranger les choses, je dois en plus lui écrire que je suis aussi un père qui n'a rien assumé ?

— Drôle de façon de voir les choses…

L'infirmière déposa Thomas près de l'école.

— Merci beaucoup, Pauline. Embrassez Théo et dites-lui que samedi, je veux ma revanche à chasse-lapin.

— Bonne soirée, bonne chance. Et franchement, j'adore votre pull violet pétard. Si l'homme rustre avait porté ça voilà deux millions d'années, il y aurait eu une boîte gay dans chaque grotte.

Elle éclata de rire. Thomas s'offusqua en vérifiant illico son vêtement.

— Pourquoi dites-vous une chose pareille ?

Pauline avait redémarré joyeusement avant même qu'il ait terminé sa phrase. Il la regarda s'éloigner.

— Qu'est-ce qu'il a, ce pull ? se surprit-il à demander à haute voix.

Puis il sourit et ferma son manteau pour que personne ne puisse le voir.

Le temps était plus frais. Thomas remonta son col et, fidèle à ses méthodes d'espion aux aguets, patienta. Bien que voyant souvent Emma, il ne s'habituait pas. Chaque fois qu'elle apparaissait par la porte cochère, son cœur de père faisait un bond et plus rien d'autre ne comptait. Ce soir-là ne fit pas exception à la règle, avec une petite surprise à la clé.

Lorsque le docteur aperçut enfin sa fille, il découvrit que comme lui, elle portait un pull violet – mais d'une nuance beaucoup moins éclatante. À l'évidence, le sien n'avait pas été acheté d'occasion pour se déguiser. Il était à col roulé et lui allait très bien. Ce petit hasard vestimentaire procura à Thomas un plaisir démesuré, tel qu'en éprouvent ceux qui sont prêts à se réjouir de n'importe quel signe établissant un rapprochement, même infime, avec ceux qu'ils aiment.

Du sac d'Emma dépassait un rouleau d'affichettes. Entourée de ses amies qui commentaient joyeusement ce qu'elle faisait, elle en colla un exemplaire sur le panneau de l'école. Thomas était bien trop loin pour pouvoir lire. Avec des ruses de Sioux, il réussit à s'approcher et à déchiffrer. Il était question d'une brocante prévue deux semaines plus tard dans un village voisin. Pourquoi Emma en faisait-elle la promotion ?

La jeune femme ne s'attarda pas et, au grand désarroi de Thomas, se dirigea vers la gare routière. Le docteur savait ce que cela signifiait : Emma allait rentrer directement chez sa mère, sans voir Romain. Cela se produisait chaque fois qu'elle prenait le bus 75. Thomas avait eu l'occasion de la suivre à plusieurs reprises en taxi. Ce départ rapide impliquait qu'il n'aurait que peu de temps pour l'observer. Il la suivit, profitant de chaque seconde. Il la vit apposer une affichette sur la vitre de son arrêt. Comme à chaque fois dans ce cas, il attendit qu'elle monte et lui murmura : « Bonne soirée ma grande. À demain. Je t'embrasse. » Il resta jusqu'à ce que le véhicule disparaisse au rond-point. Parfois, dans le virage, il avait la chance d'apercevoir la silhouette dc sa fille au milieu des autres passagers. Quelques précieuses secondes arrachées à l'absence. Mais cela n'arrivait pas souvent et ne se produisit pas ce soir-là.

Thomas se retrouva seul, parmi ceux qui avaient quelque chose à faire ou quelqu'un à retrouver. Celle à qui il tenait n'était plus là et cela se lisait sur son visage. Il n'était pas uniquement triste, il était aussi inquiet. Il ne pouvait plus veiller sur elle.

Sur son trajet de retour vers le foyer, le docteur demanda à tous les dieux de toutes les religions qu'il connaissait de protéger sa fille. Il remit sa vie entre leurs mains, égrenant chacune des divinités découvertes au cours de ses voyages comme un chapelet de bienveillance. Thomas ignorait si ce qu'il faisait revenait à prier, mais il ne l'avait jamais fait pour personne.

En marchant dans les rues de plus en plus désertes, s'éloignant de l'agitation de la ville, il se remémora ce qu'il partageait avec sa fille sans qu'elle s'en doute. Finalement, Emma était arrivée à un âge où les parents n'observent plus leurs enfants aussi souvent. Quand ils sont jeunes, on a toujours un œil sur eux mais passé l'adolescence, ils sont souvent hors de portée. S'il n'avait pas eu le bonheur de voir Emma grandir, Thomas avait au moins la chance de la voir vivre aujourd'hui.

22

Lorsque Thomas était revenu à la maison de retraite, tout était calme. Seul Francis regardait encore les programmes de fin de soirée. Le docteur était monté chez lui sans perdre de temps. Il lui restait quelque chose d'important à accomplir au sujet de sa fille.

Avec le soin d'un chirurgien qui s'apprête à opérer, il s'était lavé et séché les mains, puis avait sorti le cahier sur lequel il consignait toutes ses notes au sujet d'Emma. Il s'était installé à la table de son salon, repoussant le plateau-repas froid abandonné avant de partir. De la trousse grise qui avait appartenu à Céline, il avait sorti son stylo et s'était mis au travail.

Comme un enquêteur, comme un naturaliste se consacrant à une espèce inconnue tout juste découverte, il écrivait avec précision ce que ses observations du jour lui avaient appris. Uniquement des données et des faits. Parfois il avait beaucoup à transcrire, parfois presque rien. Cela se passe toujours ainsi avec les spécimens sauvages qui s'ébattent dans leur milieu naturel sans que l'on puisse les approcher. Le docteur avait commencé ce cahier la nuit où il avait récupéré le sac de sa fille. Depuis, il avait déjà noirci trente pages d'informations qui dessinaient une personnalité, mais aussi le regard de celui qui l'étudiait.

Emma a un vrai faible pour les glaces à l'ananas. Emma boit du thé sans lait mais attend qu'il refroidisse avant d'y tremper les lèvres. Emma – contrairement à son amie Zora – ne se trémousse pas lorsqu'elle écoute de la musique avec un casque. Emma enlace Romain avec d'autant plus de passion qu'elle ne l'a pas vu depuis au moins deux journées. Emma préfère la viande saignante mais n'en mange pas souvent. Emma ne croise jamais les jambes lorsqu'elle est assise. Emma a bien récupéré son sac à main, que Thomas, déguisé n'importe comment, a déposé dans le jardin de Céline. Elle a même repris son portable puisque Thomas l'a appelée d'un café pour vérifier qu'elle n'avait pas changé de numéro. Quand il a entendu sa fille décrocher, il a eu la tentation de lui parler parce qu'il ne risquait pas d'être identifié. Mais aucun son n'était sorti. Elle avait raccroché. Emma arrive à coiffer ses cheveux en chignon d'une seule main ; un simple crayon glissé dedans lui permet de le maintenir. Emma rit facilement, et pas uniquement pour des choses très fines. Emma fréquente Romain depuis plus d'un an. Elle est plus jeune que lui. Ils se sont rencontrés à la fête des vingt ans d'une amie commune. Emma déteste les gens en retard. Emma a un grand frère qui s'appelle Valentin, né du mariage précédent de son père. Elle lui envoie environ deux SMS par semaine alors qu'elle en envoie plus d'une dizaine par jour à ses amies et parfois le double à Romain. Emma n'a pas peur des chiens. Emma rêve de voyager en Amérique du Sud, avec une envie particulière d'aller visiter le Brésil. Emma aurait voulu avoir les cheveux moins frisés, comme son amie Noémie. Emma aime porter un foulard. Elle joue toujours avec. Emma n'aime pas les films qui finissent mal, sauf s'ils sont magnifiques, mais « ce genre de sombre chef-d'œuvre n'existe quasiment pas » selon elle. Emma pleure facilement quand quelque chose l'émeut. Emma parle de ses parents avec gentillesse, ce qui ne l'empêche pas de se moquer du soin avec lequel son père bichonne sa voiture. Emma voudrait des enfants, entre deux et cinq suivant les personnes avec qui elle en discute. Elle n'en a jamais parlé avec Romain.

Plongé dans ses notes, Thomas avait l'impression de passer du temps avec sa fille. Chaque fois qu'il lisait son étrange recueil, il se sentait mieux. Par contre, chaque information concernant M. Lavergne lui faisait l'effet d'une gifle. Emma parlait toujours de son père avec naturel. À chaque fois, c'était un coup de couteau dans le cœur de Thomas. Et malgré les centaines d'observations, de déductions, rien n'indiquait que le docteur ait occupé la moindre place – même négative – dans la vie de son enfant. Thomas l'admettait et se demandait à partir de combien de cahiers remplis il pourrait prétendre connaître un peu sa fille.

Paradoxalement, le docteur avait appris à accepter le petit ami d'Emma et commençait même à éprouver une certaine sympathie pour lui. Cela ne l'empêchait pas de bondir chaque fois que le gamin se collait d'un peu trop près à sa fille. Son changement d'attitude vis-à-vis du jeune homme s'expliquait par deux raisons distinctes. La première était purement égoïste : chaque fois qu'Emma passait du temps avec Romain, au cinéma, dans les magasins, en balade ou au restaurant,

Thomas avait le loisir de l'observer plus longuement et, en sa compagnie, elle livrait une part touchante de sa personnalité. La seconde raison ne tenait qu'à une scène dont le médecin avait été le témoin. Un soir que les deux jeunes gens rentraient à pied, un vent d'est s'était levé, rafraîchissant l'air, et Thomas avait vu le jeune homme retirer son blouson pour le déposer avec délicatesse sur les épaules d'Emma. Il avait été sensible au geste mais, plus encore, à la façon dont il avait été exécuté. Romain l'avait fait simplement, sans emphase, avec l'attitude protectrice de celui qui sait prendre soin des autres. Pauline aurait dit que l'on reconnaît chez les autres les sentiments que l'on éprouve soi-même. Le toubib avait trouvé l'attention jolie, digne d'un homme, et son regard sur Romain avait commencé à changer.

23

Dans un ensemble parfait, les deux tartines jaillirent du grille-pain. Pauline les attrapa au vol en se brûlant les doigts. Elle souffla dessus et commença aussitôt à les beurrer.

— Qui en voudra d'autres ?

Francis leva la main, Hélène aussi. Le docteur s'approcha de Pauline.

— Pourquoi est-ce le seul repas qu'ils prennent ensemble ?

— Je n'en sais rien. Vous n'avez qu'à le leur demander.

Thomas se tourna vers les résidents.

— Ces petits déjeuners sont bien agréables, ne trouvez-vous pas ? C'est une belle façon de démarrer la journée !

Francis leva le nez de son bol de café.

— Doc, chaque fois que vous nous parlez en tête à tête, vous êtes épatant, direct, plutôt pertinent…

— Trop aimable, monsieur Lanzac.

— Par contre, dès que vous vous adressez au groupe, on dirait un animateur de colo débutant qui pétoche devant une meute de décérébrés prête à charger… S'il vous plaît, parlez-nous normalement.

Espérant un soutien, Thomas tourna la tête vers Pauline. Mais il ne vit que ses épaules secouées par un rire étouffé. Pour ne pas risquer de croiser le regard du docteur, la jeune femme fixait ses tartines. Thomas devait faire face seul.

— Merci pour cette remarque, Colonel. Pardon pour mon côté animateur de colo, sans doute dû au fait que parfois, vous-même terminez mes phrases par « poil au nez » ou « poil au cul ».

— Uniquement quand ce n'est pas intéressant, doc.

— Tais-toi Francis, et ne touche plus jamais à mes cheveux, aboya Chantal.

— C'est pas moi qui ai joué avec ta perruque, poils à ta tête.

— Si nous pouvions nous en tenir à un registre adulte, reprit Thomas, j'ai une suggestion : pourquoi ne partageriez-vous pas davantage de repas tous ensemble ?

— C'est une excellente question ! déclara Françoise.

— Ils livrent les repas pile à l'heure de mon jeu, répondit Jean-Michel, encore peu réveillé à cette heure matinale.

— Si encore on s'intéressait aux mêmes émissions, lança Chantal, on pourrait manger devant, mais quand on voit ce qui captive certains… Suivez mon regard !

Francis répliqua aussitôt :

— Ce que je regarde n'est peut-être pas très intellectuel, mais moi au moins, je ne chante pas devant ! Et quand je dis chanter…

Vexée, Chantal émit un grognement quasi animal.

Elle crispa les mains sur le bord de la table et se redressa, prête à bondir.

— Je vous en prie, restons calmes, tempéra le docteur. L'idée n'était pas de vous exciter les uns contre les autres mais de vous proposer plus de moments communs. Devant vos réactions, j'opte pour le statu quo.

Pauline distribua les dernières tartines et intervint :

— Moi, docteur, je veux bien manger avec vous le midi. Ce sera plus sympa.

Thomas remercia l'infirmière d'un mouvement de tête et pointa un index menaçant en direction des résidents.

— Qu'aucun de vous ne s'avise de dire « poil au doigt ».

Si Thomas retourna rapidement à son bureau, ce n'était pas pour s'occuper de la gestion de la résidence, qui pouvait attendre, mais pour vérifier une information concernant Emma aperçue le matin même sur les réseaux sociaux. Il avait peut-être découvert la raison pour laquelle la jeune fille faisait autant de publicité pour la brocante. À peine la page s'afficha-t-elle que l'on frappa à sa porte. Pauline passa la tête.

— Docteur, en vous entendant parler de repas partagés, je me suis dit que l'on pourrait peut-être créer un potager dans le jardin. Ce n'est pas la place qui manque. Ce serait rigolo, ça leur ferait une occupation supplémentaire, éventuellement ensemble, et au grand air en plus. On aménagerait juste un petit coin, rien de compliqué…

S'apercevant que Thomas ne l'écoutait pas, elle s'interrompit.

— Un problème ? fit-elle. Vous avez l'air contrarié.

Thomas était incapable de formuler une réponse sensée.

— Monsieur Sellac, dites quelque chose. C'est flippant de vous voir comme ça…

Thomas soupira et se prit la tête entre les mains. L'infirmière s'avança timidement.

— Vous avez un souci avec Emma, c'est ça ? Quand vous êtes dans cet état-là, il est toujours question d'elle. Les enfants nous font à tous le même effet. Ce n'est pas trop grave au moins ?

Thomas désigna l'écran de son ordinateur.

— Que ferez-vous quand Théo en sera là ?

Pauline contourna le bureau. Sur sa page, Emma faisait la promotion de la brocante où elle comptait « vendre ses vieux jouets et diverses affaires pour gagner un peu d'argent afin d'aider l'homme de sa vie à s'installer en attendant de le rejoindre ».

— Qu'est-ce qui vous pose problème ? Qu'elle envisage de vivre avec lui ou qu'elle bazarde ses souvenirs ?

— Les deux.

— Elle avance dans la vie. Elle lâche un peu du passé pour faire son chemin. C'est normal. Vous-même êtes bien parti un jour.

— C'est d'ailleurs pour cela que je m'inquiète pour elle. Va-t-elle faire les bons choix ?

— S'il existait un moyen de le savoir avant de tenter sa chance, ça se saurait…

— Je n'ai rien vécu avec elle. Je ne l'ai jamais vue s'amuser avec ses jouets. Je ne lui en ai même jamais offert un seul ! C'est son histoire qu'elle va vendre. N'importe qui va pouvoir s'offrir un peu de son passé alors que j'en ai été privé. Tout ce qui a compté pour la petite fille qu'elle était va partir on ne sait où pour quelques pièces de monnaie. Je commence à la connaître, c'est une sentimentale. Je n'ai pas envie qu'elle se sépare de choses qu'elle regrettera d'avoir bradées plus tard. Je suis certain qu'un jour viendra où ce qu'elle considère aujourd'hui comme des vieilleries lui manquera.

— Elle s'en sépare pour construire avec son copain. Moi qui n'ai connu que des histoires sans tendresse, je trouve cela émouvant.

— Le peu qu'elle va récupérer vaut-il ce qu'elle va laisser ? Et si ça ne marche pas avec son petit ami, elle aura tout vendu pour rien. Ce serait le pire.

— Vous vous en faites trop. De toute façon, que voulez-vous y faire ?

Thomas prit une inspiration et déclara :

— Je voudrais acheter toutes ses affaires pour les lui rendre plus tard.

— Vous plaisantez ?

— Pas du tout. Mais malheureusement, je ne peux pas me pointer et lui faire un chèque.

Pauline n'hésita qu'un instant.

— Si vous voulez, j'irai pour vous !

— C'est adorable, Pauline, mais elle va se méfier.

L'infirmière fit la grimace. Il fallait trouver un autre moyen. Thomas commenta en grognant :

— Même quand on ne les élève pas, les enfants, c'est beaucoup de soucis.

— Docteur, j'ai peut-être une idée, mais vous allez devoir me faire confiance…

24

Lorsque le dimanche de la brocante arriva, l'infirmière était prête, mais pas le docteur.

— Pauline, je ne le sens pas du tout. Pardonnez-moi. Je sais que vous faites cela pour m'aider mais sous toutes les latitudes où j'ai séjourné, votre idée tordue s'appelle un plan foireux.

— Quelle déception ! Moi qui vous voyais comme un héros… L'homme qui sauve des vies à l'autre bout du monde, celui qui peut vous accoucher des triplés dans une pente à 45° avec un blizzard à décoiffer une vache, le mâle qui s'est pris une balle en faisant coucou à un gamin et qui met des pulls flashy pour passer inaperçu. Et là, pour une petite brocante de rien du tout, c'est la grande dégonflette ?

— Vous vous foutez encore de moi ?

— Comment pouvez-vous imaginer une chose pareille ? De toute façon, les dés sont jetés. On n'a plus le temps pour le pessimisme. En plus, il fait beau. Montez, on n'attend plus que vous.

— Comment avez-vous obtenu ce minibus ?

— Il a fallu que je couche avec une dizaine d'hommes et que je vende un rein.

— Vous êtes folle. Je comprends pourquoi l'autre directeur ne voulait pas que vous emmeniez les résidents au supermarché. En plus, les vaches n'ont pas de cheveux.

— C'est marrant, dès que vous êtes stressé, vous prenez tout au premier degré. Vous surréagissez. Comme lorsqu'il s'agit d'Emma.

Thomas lui fit vivement signe de parler moins fort et fronça les sourcils.

— Comment ça, je surréagis ?

— Regardez-vous. Un vrai jeune père. Sauf que votre bébé a presque vingt ans. Pour le minibus, j'ai simplement demandé à mon voisin de me prêter le véhicule de son association. Lui qui transporte des handicapés à longueur d'année a très bien compris que je veuille promener nos séniors.

L'infirmière tourna la clé de contact. Thomas passa à l'arrière du véhicule avec les résidents.

— Tout le monde a bouclé sa ceinture ? demanda Pauline.

Un « oui » général retentit dans l'habitacle. Une vraie colonie de vacances. Aucun des pensionnaires ne s'était fait prier pour venir.

— Ça me rappelle quand je partais en voyage avec mes parents ! commenta Chantal.

— Moi aussi ! s'enthousiasma Francis. Mademoiselle Choplin, je peux vous appeler « maman » ?

— Même pas en rêve.

Thomas se pencha vers la conductrice.

— Que leur avez-vous raconté ?

— Le strict minimum. On part se balader, on fait

une blague à une jeune fille, on pique-nique et on rentre. Vous avez l'argent liquide ?

— Bien sûr.

— Je crois que c'est le moment de le leur distribuer. La situation est amusante, vous ne trouvez pas ? On se croirait dans un film pendant la guerre froide avec des espions qui partent en mission. On a même un colonel. Et des agents du « mon dentier » !

L'infirmière éclata de rire à sa propre blague. Le docteur secoua la tête. Pourvu que l'expédition ne tourne pas à la mission suicide… Il se glissa entre les sièges et s'installa à l'arrière avec ses troupes.

Le minibus s'éloigna du foyer en direction de la sortie de la ville. Chantal regardait à l'extérieur avec un sourire béat. Même Hélène, pourtant peu encline à se réjouir, était excitée comme une gamine. Francis prit la parole :

— Quelles sont nos instructions, doc ?

— Une fois à la brocante, Pauline va vous désigner une jeune fille qui a des articles variés à vendre. Chacun à votre tour, vous irez lui acheter ce qu'elle propose. Le jeu consiste à récupérer le maximum d'objets. Peu importe ce que c'est. Il ne doit rien lui rester. Est-ce clair ?

Les membres du groupe hochèrent la tête. Chantal leva la main comme une élève qui veut poser une question.

— On lui achète ou on lui vole ? Parce que moi je n'ai pas un sou sur moi…

— J'y viens, répondit Thomas en sortant une liasse de billets de son blouson.

Jean-Michel émit un sifflement impressionné.

— Dites donc, y en a pour un paquet…

— Vous êtes riche ? demanda Françoise, directe comme à son habitude.

— Pas vraiment, mais pendant quinze ans, j'ai été payé alors que je ne dépensais rien. Alors j'ai un peu de côté.

— Pourquoi est-ce vous qui financez cette blague ? s'enquit Francis.

— Pour faire plaisir à quelqu'un que j'aime beaucoup.

Thomas distribua des petits tas de billets à chacun. Francis les glissa dans sa poche, Jean-Michel les vérifia un à un dans la lumière pour s'assurer qu'ils étaient vrais, Hélène les rangea dans son sac et Chantal les conserva à la main.

— Vous n'avez pas gardé d'argent pour vous ? interrogea Françoise. Vous ne comptez pas venir avec nous, docteur ?

Thomas ne sut que répondre. Pauline vola à son secours.

— Il doit rester pour garder le minibus. On en est responsables et il faut y faire très attention.

À cette heure matinale, la route était dégagée. Pauline emprunta la rocade et choisit de passer par la campagne pour que le trajet soit plus agréable. Au-delà de la plaine agricole, au pied des monts, la route longeait une immense forêt. Jean-Michel fut littéralement fasciné lorsqu'il aperçut des chevaux dans un champ. Il se redressa et appuya ses mains sur la vitre comme le font les enfants. Hélène regardait le ciel à s'en brûler les yeux. Thomas, lui, restait concentré sur la route. Il nota avec soulagement qu'au volant de ce véhicule, l'infirmière se montrait beaucoup plus prudente qu'en conduisant sa propre voiture.

Le centre du village où se déroulait la manifestation était interdit à la circulation. Pauline gara le minibus derrière la mairie et, avec le docteur, aida les pensionnaires à descendre. Le petit groupe trottina vers l'église devant laquelle se déroulait la brocante.

Arrivé à l'angle de l'édifice, Thomas proposa aux résidents de faire une pause sur un banc. Discrètement, il ouvrit son sac à dos et montra une nouvelle fois les photos d'Emma à Pauline.

— S'il vous plaît, veillez à ce qu'ils achètent tout, peu importe l'état. Qu'ils me ramènent leurs achats ici, et je les porterai jusqu'au minibus.

— Vous allez rester à regarder de loin ? Ça va aller ?

— J'ai malheureusement l'habitude de voir ma fille à distance…

Thomas sortit une paire de jumelles de son sac et les montra à l'infirmière.

— Je l'observerai avec ça.

— Et c'est moi que vous traitez de folle…

Thomas se tourna vers les résidents qui s'étaient déjà remis debout, prêts à passer à l'action.

— Je vous remercie vraiment de votre aide. Je compte sur vous. Si vous vous sentez fatigués, ne forcez pas.

— On peut y aller ? demanda Francis.

— Go pour le parachutage, Colonel, et souvenez-vous, ceci n'est pas un exercice.

En les voyant toutes et tous se précipiter vers la brocante comme des affolés en claudiquant, Thomas ne savait pas s'il devait rire du tableau, ou s'inquiéter du résultat.

25

Sur sa portion de trottoir, Emma achevait de mettre en place tout ce qu'elle espérait vendre. Venue lui prêter main-forte pour tenir son stand, son amie Noémie étudia le ciel en plissant les yeux :

— On aurait dû prévoir la crème solaire, ça va taper aujourd'hui.

Elles étaient installées entre un collectionneur de cartes postales et une femme qui proposait des dizaines de paires de chaussures d'occasion. Emma se pencha sur une caisse pour en sortir ses dernières babioles. Noémie lui donna soudain un léger coup de coude.

— Tu les as vus ceux-là ? fit-elle en désignant le petit groupe de personnes âgées qui approchait. On dirait une attaque de zombies dans le jeu vidéo de mon frère !

— Ils profitent du beau temps tant que la foule n'est pas là. Ils ont bien raison.

— Ils arrivent droit sur nous. Si ça se trouve, on est sur le trajet de retour vers leur maison de retraite et comme ils ne voient plus rien, ils vont nous piétiner !

Emma étouffa un rire. Francis arriva le premier

devant l'étalage. Il se planta les mains sur les hanches et observa ce qui était proposé.

— Bonjour, monsieur ! lança Emma, enjouée.

— Bonjour, jeune fille. Combien fait cette poupée ?

— Cinq. Mais si vous voulez, je vous la cède à deux.

— Et avec les trois peluches à côté ?

— Dix pour le tout, ça vous va ?

— Vendu.

Françoise arriva la seconde, essoufflée et contrariée de s'être fait griller au poteau par le Colonel. Après un rapide coup d'œil, elle fit d'un ton décidé :

— Bonjour, mademoiselle. Je vais vous prendre la petite voiture verte, la dînette et les jeux de société.

Emma et son amie se regardèrent, incrédules.

— Bien, madame.

Sur la place de la brocante encore calme, le petit attroupement devant le stand d'Emma se remarquait. La vendeuse de chaussures et de nombreux autres exposants, qui eux n'avaient personne, se demandaient ce que pouvait proposer la demoiselle pour provoquer une telle ruée.

Francis paya et repartit vers l'église.

— Merci bien, jeune fille !

D'une main tremblante, Jean-Michel désigna un petit château de princesse en plastique aux toits pointus et aux couleurs pastel.

— Je vais vous le prendre, s'il vous plaît. Est-il vendu avec tous ses personnages ?

Emma regarda l'objet avec tendresse.

— Oui. Il ne manque que le prince, que mon chien a mangé quand j'étais petite. Je vous le laisse à quinze si vous êtes d'accord.

Jean-Michel eut un sourire ravi. Chantal s'interposa :

— Moi, je vous en offre vingt !

— Pour le château ?

— Oui, avec tous les personnages. Je le veux.

Jean-Michel toisa sa concurrente et exhiba ses billets.

— Je vous en donne trente et faites-moi confiance, vous ne trouverez pas meilleur client que moi. Beaucoup d'objets m'intéressent !

— Eh bien, vous n'avez qu'à prendre autre chose, protesta Chantal, parce que je veux ce château !

Emma assistait à l'échange sans savoir à qui tendre le jouet qu'elle avait entre les mains. Rien qu'en le touchant, beaucoup de souvenirs lui revenaient. Elle avait passé des heures à faire vivre d'incroyables aventures à la petite princesse dont la peinture du bord de la jupe était aujourd'hui usée. Elle lui faisait dévaler les escaliers en collant ses yeux aux fenêtres pour la suivre au plus près. À présent, la princesse semblait minuscule dans sa grande main. Si un jour on lui avait dit qu'un papi et une mamie se chamailleraient pour la lui acheter…

— Cinquante ! s'énerva Jean-Michel, qui emporta le lot.

Emma lui tendit son château. Déçue, Chantal se consola en achetant la ferme, tous ses animaux, ses engins et une poupée avec toute sa garde-robe.

Noémie glissa discrètement à Emma :

— Regarde autour, personne ne vend rien. Ils sont tous chez nous ! C'est du délire…

Hélène héla Emma :

— Excusez-moi, mademoiselle, je voudrais vous

acheter tout ce qui a trait aux chats. Les peluches là-bas, les figurines aussi, et puis le petit t-shirt, s'il vous plaît.

Tout allait si vite qu'Emma avait du mal à suivre.

— Je vous les mets dans un sac, le tout pour vingt, si cela vous convient.

— Ce n'est pas cher, rajoutez-moi donc les jolis bibelots alignés là-bas. Si je vous en donne quarante pour le tout ?

Emma n'en espérait pas tant. Devant l'air effaré de son amie, Noémie se détourna pour rire. À peine Hélène était-elle repartie que Francis revenait.

— J'ai bien réfléchi, annonça-t-il. Je crois que je vais vous prendre tous vos DVD et vos CD.

— Vous êtes sûr ? Vous ne voulez pas regarder ce qu'il y a d'abord ? demanda Emma, stupéfaite.

— Je suis certain que c'est très bien. À combien me faites-vous le lot ?

Emma se demandait ce que le respectable monsieur allait bien pouvoir faire des compilations de chansons enfantines ou des films à l'eau de rose...

— Je vais être franche, avoua-t-elle, j'espérais en tirer cent au total, mais en cumulant les ventes au détail... Si vous me prenez le tout, je vous les laisse à moitié prix et je vous offre les caisses de rangement avec.

— D'accord pour cent, ne rognez jamais vos ambitions, jeune fille. La vie et les filous se chargeront bien de vous les raboter.

— Merci, monsieur. Pour l'argent et pour le conseil.

Françoise attrapa Noémie par la manche.

— Puis-je m'adresser à vous pour acheter certains articles ? Je souhaite acquérir tous les livres. Et les posters aussi. Vous voulez bien ?

— J'en connais une qui va être contente. Emma ? appela-t-elle. Pour les livres et les posters, combien ?

— La totalité ?

— Oui ! Tout ! répondit Françoise avec conviction.

— Je ne sais même plus combien j'espérais en tirer. Vous me prenez de court. Disons cinquante.

— Mon enfant, à vue de nez, cela fait moins de pièces qu'il n'y a de livres. J'en vois au moins quatre-vingts et certains sont des classiques. Je vous en propose cent.

Noémie pouffa et Emma écarta les mains en signe d'impuissance.

— Je ne vais pas vous dire non, c'est très généreux de votre part. Tout ça est incroyable…

L'étal se vidait à vue d'œil. Discrètement, Pauline faisait des allers-retours jusqu'à Thomas avec les lots les plus lourds.

Lorsque Chantal revint, au grand dam des autres exposants, il ne restait presque plus rien sur l'étal d'Emma, à part des vêtements et un petit bureau. La vieille dame aux cheveux bleus demanda à Francis :

— Je prends les habits et tu t'occupes du meuble ?

— Entendu.

L'affaire fut vite conclue. Hélène fit un dernier passage et rafla les fonds de caisse et tout ce qui avait échappé à ses compagnons – quelques bandes dessinées, une poignée de petits jouets et des affaires de bureau.

Lorsque Pauline embarqua le dernier carton, Noémie et Emma se retrouvèrent devant leur emplacement vide, un peu gênées par les regards que leur lançaient les autres vendeurs. En moins d'une demi-heure, elles avaient liquidé tout leur stock. En regardant la dernière petite dame disparaître au coin de l'église, Emma souffla. Elle était épuisée. Son amie, pensive devant l'étal vide, lui demanda :

— Tu as compris ce qui vient de se passer ?

— Pas la moindre idée. Et personne ne nous croira lorsqu'on le racontera. Un truc de fou. Une bande de petits vieux débarque et ils se battent pour racheter mes jouets…

— T'as raison, si on en parle, on va passer pour des mythos.

— N'empêche que j'ai dû récupérer le triple de ce que j'espérais dans mes estimations les plus optimistes.

Grâce à ses jumelles, Thomas vit son sourire.

26

Pauline quitta la route pour s'engager sur une allée forestière, tout près de l'enclos aux chevaux. Elle arrêta le minibus à l'ombre.

— Voici un endroit idéal pour pique-niquer, annonça-t-elle en serrant le frein à main.

Thomas sauta du véhicule pour aider les résidents à descendre. Leurs sourires faisaient plaisir à voir. Tous étaient fatigués mais heureux de leur escapade. Beaucoup avaient davantage marché durant cette matinée que pendant les derniers mois.

En allant récupérer les glacières contenant le repas, Thomas contempla son butin qui remplissait une grande partie du coffre. Seul le petit château manquait à l'appel parce que Jean-Michel refusait de le lâcher.

Pendant que Pauline installait les chaises pliantes, les retraités s'égaillèrent pour explorer les environs. Thomas la rejoignit avec les deux glacières.

— Vous auriez dû les voir claquer vos sous comme si c'était des billets de Monopoly, commenta l'infirmière. De vrais ados… Et on raconte que ce sont les jeunes qui ne connaissent pas la valeur de l'argent.

— Peu importe. Je suis content du résultat.

— Alors, docteur, toujours convaincu que c'était un plan foireux ?

— Pardon d'avoir douté, vous avez sans doute raison, je surréagis. Je ne sais pas comment vous remercier, vraiment.

Elle s'approcha de lui.

— Alors vous allez peut-être enfin vous détendre et m'ouvrir ce premier bouton de polo. Quand c'est fermé jusqu'en haut, ça fait puceau coincé.

Joignant le geste à la parole, l'infirmière dégrafa le col de son directeur, qui resta tétanisé.

— Je ne suis pas puceau.

— Je sais. J'ai même vu le charmant résultat de vos exploits de don Juan, ce matin à la brocante. Comme quoi il faut se méfier des apparences. Mais le bouton du haut, ça fait quand même coincé…

Satisfaite de son petit effet, Pauline retourna déballer les plateaux-repas.

— Même au soleil et en pleine nature, cette nourriture n'a pas meilleure mine. Vous avez réfléchi à mon idée de potager ?

— Je vous laisse faire. Vous avez ma bénédiction. De toute façon, si je vous dis que c'est un plan douteux, j'entends déjà vos commentaires…

Pauline rappela les pensionnaires, qui revinrent chacun à leur allure. Lorsque tout le monde fut enfin réuni et installé, Thomas leva son verre et porta un toast :

— Je tiens vraiment à vous remercier de votre

aide. Merci à Pauline et merci à vous tous d'avoir joué le jeu ce matin.

— J'ai un peu de monnaie à vous rendre..., intervint Chantal. Mais pas beaucoup.

Françoise commenta :

— Il y en aurait sans doute davantage si M. Ferreira et vous ne vous étiez pas lancés dans cette stupide surenchère alors que nous n'étions même pas concurrents.

— Je voulais absolument ce château, répliqua Jean-Michel. Docteur, je suis d'ailleurs prêt à vous le rembourser pour le garder.

— J'ai bien peur que ce ne soit pas possible, répondit Thomas.

— Et si je double le prix ?

— Je suis désolé, mais il n'est pas à vendre.

La mine de l'homme à la canne s'assombrit. Sans finir sa barquette de carottes râpées, il se leva et s'éloigna vers la route, en abandonnant le petit palais de plastique.

Pour tous les autres, la suite du repas fut festive, certainement pas à cause des plats servis mais de l'ambiance et du cadre. Manger ailleurs, dehors, par ce beau dimanche, faisait le plus grand bien à tout le monde. Chacun commenta ses achats de la matinée. Françoise se réjouissait d'avoir retrouvé dans le lot de livres qu'elle avait acquis quelques spécimens qu'elle-même avait autrefois utilisés en tant qu'enseignante. Hélène raconta son coup de foudre pour un chat blanc en peluche. Elle l'évoquait comme si l'animal était vivant, décrivant même son regard avec une belle imagination. Quant à Chantal, elle s'amusait encore de la tête des deux jeunes filles face à leur frénésie d'achat.

Alors que les plus affamés entamaient leur coupelle de dessert, Chantal et Hélène décidèrent de s'installer dans le minibus pour une petite sieste. Françoise se leva pour aller faire quelques pas le long de la route, peut-être jusqu'à l'enclos des chevaux devant lequel on apercevait Jean-Michel.

Alors que Pauline s'affairait à ranger, Francis vint s'asseoir sur la chaise libre près de Thomas.

— Drôle de journée, n'est-ce pas, doc ?

— Je n'en reviens pas moi-même…

— Tout à fait entre nous, ce n'était pas vraiment une blague, ce matin ? Arrêtez-moi si je me trompe. Vous êtes tout sauf un crétin, et seul un crétin gaspille une somme pareille pour racheter des vieux jouets. À moins que vous n'adoriez jouer à la poupée… Je n'ai pas voulu en faire la remarque devant les autres, mais puisque nous sommes tous les deux, je serais honoré que vous me donniez la vraie raison de cette joyeuse virée.

Thomas fixa la cime des arbres pour y trouver un peu de quiétude. Ou bien pour chercher une échappatoire à cette embarrassante question…

— C'est une longue histoire, monsieur Lanzac.

— Si vous mettez plus de deux ans à me la raconter, je risque d'être claqué avant la fin ! Mais j'ai bien vu la tête que vous faisiez chaque fois que l'on vous rapportait nos prises. Vous n'aviez pas l'air de quelqu'un qui joue un tour. Vous étiez bouleversé. Vous connaissez cette jeune fille, n'est-ce pas ?

— Je tiens à préciser que ce n'est pas ma petite amie.

— Aucun doute là-dessus, vous aviez le regard protecteur, pas celui d'un prétendant.

Un cri d'horreur déchira l'air, les interrompant. Au loin, près de l'enclos, Françoise venait de hurler. Les bras tendus vers le ciel, elle proférait des paroles incompréhensibles. Jean-Michel n'était plus là. Pauline et le docteur se mirent à courir en même temps.

27

Lorsqu'ils virent M. Ferreira étendu dans l'herbe, ils le crurent mort. Thomas se précipita près de lui tandis que Pauline réconfortait Françoise, sous le choc.

— Que s'est-il passé ? demanda le médecin en contrôlant le pouls de la victime.

La vieille dame répondit d'une voix hoquetante :

— Il regardait les chevaux. Il m'a expliqué que lorsqu'il était petit, il faisait de l'équitation. Il a parlé d'un cheval qui s'appelait Tempête et des heures qu'il avait passées à galoper avec lui. Il semblait très ému. Il a voulu les attirer pour les caresser, alors on a cueilli de l'herbe. Ils sont venus mais ils se tenaient encore trop loin pour qu'il puisse les toucher. Il s'est appuyé sur cette satanée barrière pour tenter de les atteindre…

— Mais elle est électrifiée ! s'exclama Pauline.

— Il s'est raidi et il est tombé comme un piquet… C'est horrible.

Francis arriva à son tour, un peu essoufflé.

— Il ne peut pas être mort, fit-il, catégorique. Pas Jean-Michel.

— Et pourquoi, s'il vous plaît ? interrogea Françoise.

— Parce qu'il ferait mentir l'adage qui assure que ce sont les meilleurs qui s'en vont les premiers.

Thomas posa son oreille sur la poitrine de l'électrocuté.

— Il respire. Monsieur Ferreira, est-ce que vous m'entendez ?

Le docteur lui prit la main.

— Si vous me comprenez, si vous me sentez, serrez ma paume.

Le docteur vit les doigts se replier lentement. Le vieil homme ouvrit un œil et demanda :

— Les chevaux sont toujours là ?

— À quelques mètres.

— Pouvez-vous m'aider à me redresser ? Je voudrais les regarder.

Francis prêta main-forte au docteur pour asseoir Jean-Michel face à l'enclos.

— Ils sont beaux, pas vrai ?

— Magnifiques, approuva Thomas. Vous nous avez fait peur.

— Je me sens bizarre, mais je crois que tout va bien. J'ai pris une sacrée décharge.

Un sourire presque enfantin se dessina sur son visage pendant qu'il fixait les chevaux.

— Docteur ?

— Oui ?

— Est-ce que vous pouvez au moins me le prêter, le petit château ?

28

— Tu as capturé tous mes renards et je n'ai pris aucun lapin. Tu m'as encore battu. Tu es trop fort.

Théo regarda le médecin bien en face avec une moue sans équivoque.

— Soit tu me laisses gagner, constata-t-il, soit t'es vraiment pas doué…

La voix de Pauline s'éleva de la cuisine :

— Chéri, s'il te plaît, parle correctement au docteur. C'est la première fois que maman a un gentil chef de service et elle ne voudrait pas se faire virer.

Le petit sauta de sa chaise, courut jusqu'à sa mère et lui tira la manche pour lui glisser à l'oreille :

— C'est pas parce qu'il est gentil qu'il n'est pas bête.

— Bravo mon grand. Tu viens de découvrir un des secrets de l'humanité. Mais n'en parle à personne, le monde n'est pas prêt à savoir.

Un violent raclement résonna jusque dans les structures du bâtiment.

— Qu'est-ce que c'est ? demanda Pauline.

— Je parie que c'est encore un coup de Jean-Michel… On ne le tient plus, celui-là !

L'électrocution avait eu des effets secondaires surprenants sur M. Ferreira. Après l'avoir cru mort, l'ensemble du foyer avait assisté à une résurrection qui dépassait l'entendement. Le personnage de Frankenstein était certainement né suite à une histoire de ce genre – un type à moitié crevé qui prend la foudre et s'en sort plus vivant que jamais, multipliant les dégâts et les comportements ingérables. Depuis l'incident de l'enclos aux chevaux, Jean-Michel ne tenait plus en place. Il marchait sans canne, riait comme un dément, sortait se promener dans le verger et allait même jusqu'à provoquer Francis physiquement. Il ne lui manquait que les boulons de chaque côté du cou pour que la ressemblance avec son terrifiant modèle soit complète.

Le docteur frappa à sa porte.

— Monsieur Ferreira, tout va bien ? Puis-je entrer ?

— Venez donc, vous allez m'aider.

Le docteur découvrit la chambre sens dessus dessous. Tous les meubles avaient été déplacés. Au milieu de ce capharnaüm, Jean-Michel, sans ses lunettes et la chemise débraillée, avait entrepris de traîner sa grande armoire sans même l'avoir complètement vidée.

— Qu'est-ce que vous faites ?

— J'en ai marre, j'étouffe. Il me faut du changement. Pouvez-vous m'aider à déplacer le bahut ici ?

— Et votre lit ?

— Je le ramènerai au fond. Ainsi je pourrai voir le jardin et la télé sans me lever.

— Comme vous voulez.

Au moment où Thomas et Jean-Michel s'apprêtaient à pousser comme des forçats, Pauline apparut sur le seuil.

— Théo, viens voir ! s'exclama-t-elle. On dirait ta chambre. Le même foutoir – et pour mon malheur, je crois d'ailleurs que c'est la même pauvre créature qui va être condamnée à ranger…

Les deux hommes y allèrent de bon cœur, mais le meuble bougea peu.

— On ne vous a pas appris que vide, c'était plus léger ? ironisa Pauline.

— Le tout est de savoir quelle dépense d'énergie est la plus rentable, rétorqua Jean-Michel. Pousser comme une mule une armoire pleine ou s'échiner à tout vider comme un pleutre…

L'infirmière ironisa :

— Comme si déplacer du mobilier était une question de courage, voire d'honneur ! Le lumbago que vous allez vous choper vous donnera la réponse.

Pauline et même Théo apportèrent leur concours. En peu de temps, le nouvel agencement fut achevé.

— Merci, mademoiselle, merci, docteur, et merci à toi, mon grand.

— Essayez quand même de ne pas déménager tous les jours…, supplia Pauline.

— Maman, fit remarquer Théo, pourquoi le monsieur ne mettrait pas son lit dans l'autre sens, ce serait moins serré ?

L'idée sembla aussitôt séduire M. Ferreira.

— Il a raison, le petit. Maintenant, ça me semble évident…

Le docteur s'adossa au mur en soufflant et Pauline chassa son propre enfant.

— Toi, tu files terminer tes exercices immédiatement parce que sinon, ça va barder !

— Mais c'est toi qui m'as dit de venir voir !

29

En fin de soirée, Thomas effectua une dernière ronde pour s'assurer que tout était en ordre. Les portes du foyer étaient verrouillées, les résidents dans leurs chambres, les lumières, la cafetière et l'ordinateur éteints. Il espérait vraiment que personne n'aurait besoin de lui parce qu'il souhaitait pouvoir se consacrer entièrement à ce qu'il attendait avec impatience. Il monta chez lui, avec l'intention non pas de déménager comme M. Ferreira, mais d'emménager.

Il avait entièrement vidé et nettoyé la plus grande des chambres de son logement pour y installer toutes les affaires d'Emma. Vu le volume de souvenirs rachetés, il y avait désormais dans cet appartement plus d'affaires à elle qu'à lui. L'idée lui plaisait. Étant donné le rythme soutenu avec lequel les résidents lui avaient livré leur butin derrière l'église, il n'avait pas vraiment eu le temps d'en faire l'inventaire. C'est donc comme un enfant au matin de Noël que Thomas déballait les cartons et les caisses.

Il ouvrit le premier emballage. Avec le soin qu'il aurait mis à manipuler des reliques sacrées, il en sortit les objets les uns après les autres. Il tâta une peluche en forme de lapin. Pas question de l'attraper par les oreilles : il glissa une main dessous, comme s'il était vivant. Il le caressa. Il prit ensuite un petit camion de pompiers à rétrofriction, qu'il remonta et fit rouler. L'engin traversa la piècc et alla cogner contre le mur. Thomas n'aimait pas que ce véhicule puisse se retrouver bloqué devant un obstacle. Il se leva et le gara face à lui, avec un horizon dégagé.

Un à un, Thomas extirpa ses trésors et les étudia soigneusement. Pour chacun, il tentait d'imaginer tout ce qu'Emma avait pu vivre avec. Le sol de la pièce se retrouva peu à peu envahi d'un bric-à-brac hétéroclite et multicolore. Thomas installa le petit bureau au fond, comme l'autel de son sanctuaire. Dessus trônait le petit château, tellement usé qu'il n'avait aucun doute sur le temps qu'Emma avait dû consacrer à jouer avec.

Thomas passa ensuite en revue les DVD. Il y découvrit quelques classiques avec lesquels lui aussi avait grandi, mais surtout des films plus récents dont il n'avait jamais entendu parler. Il était décidé à les regarder, tous, pour voir ce que sa fille avait vu et approcher son imaginaire.

Lorsqu'il s'intéressa aux livres, Thomas remarqua tout de suite le petit volume aux couleurs vives sur les animaux de la ferme. Les coins étaient râpés, la couverture patinée. Les surfaces à base de peluche ou de matières variées censées éveiller l'enfant se trouvaient dans un tel état que Thomas sut qu'il tenait l'un des ouvrages favoris de l'enfance d'Emma. Il imaginait ses petits doigts s'amusant sur les formes et les textures. Céline lui avait sans doute lu les textes. Il imaginait sa voix récitant les aventures du petit poussin curieux face à ce monde inconnu. Thomas apprécia particulièrement le passage où le chien prenait délicatement le pioupiou dans sa gueule pour le poser au sommet de la brouette afin qu'il puisse admirer la basse-cour de plus haut. Le docteur enchaîna avec un livre sur l'odyssée d'un terrible pirate. Perdant toute notion du temps, Thomas passa des heures plongé dans les histoires qui avaient dû amuser, faire rêver ou émouvoir Emma au fil des âges. À travers ces univers, il se rapprochait d'elle.

Ayant parfaitement aligné les vaches et les moutons de la petite ferme, Thomas regarda sa montre. Emma devait dormir depuis longtemps et Kishan était sans doute déjà parti au travail. Il lui restait encore de nombreuses merveilles à découvrir, mais il préféra se les réserver pour d'autres soirs. Il s'étira et contempla l'étalage d'objets qui occupait toute la surface de la chambre. Avant de quitter la pièce, il déposa les peluches sur le bureau et leur confia la garde de son temple.

Dans la pénombre de la pièce dont il venait d'éteindre la lumière, l'éclairage du couloir se refléta dans l'œil du lapin, qui sembla tout à coup prendre vie. Thomas s'en amusa. Les choses existent parce que l'on y croit.

L'esprit trop en ébullition pour avoir envie de dormir, Thomas décida d'aller vérifier un point qui allait peut-être s'avérer utile. Sur la pointe des pieds, il quitta son logement et traversa le palier. Il pénétra dans le second appartement de fonction. Plus petit que le sien, celui-ci était encombré de meubles et de toutes sortes d'objets allant d'instruments de musique à des sacs débordant de décorations de Noël. L'état général des pièces était cependant bon. L'idée de Thomas prenait corps.

Le médecin s'apprêtait à ressortir lorsqu'un son inhabituel attira son attention. Un chant ? Il revint sur ses pas et tendit l'oreille. Pas de doute : bien qu'à peine audible, une voix masculine, magnifique, flottait dans la nuit comme une invocation tombée des cieux. Elle était si lointaine qu'il était impossible d'en déterminer la source. Lentement, Thomas tourna sur lui-même pour tenter de la localiser. Le moindre froissement de ses vêtements suffisait à effacer la mélopée. Était-il en proie à une hallucination ? Le son ne venait ni de la pièce, ni de la chambre de Françoise située juste en dessous. Thomas s'immobilisa et se concentra. Il était fasciné, à la fois par la beauté lyrique de ce qu'il entendait et par son inaccessibilité physique. Un opéra céleste hors d'atteinte. Il resta là longtemps, à écouter sans en percer le mystère.

30

« Hello Thomas,

« Mon premier message est pour toi. Nous avons enfin une ligne et j'espère que tout marchera pour que cette lettre électronique t'arrive. Mon père est avec moi pour t'écrire et il te salue. Il a commencé à lire les livres que tu lui as laissés. Seulement quelques pages par jour. Il dit que lire ta langue est difficile mais que ça vaut la peine. Moi, je ne suis pas capable de lire. Écrire est beaucoup plus dur que parler mais j'étais très pressé de te faire signe.

« Ici, tout va correctement. Le vieux Paranjay habite ton ancienne maison et se plaint que tout est mal fait. La saison de la mousson va finir mais les dernières pluies ont été violentes et il y a beaucoup de dégâts. La route du sud est coupée et la rivière déborde de son lit. Au village, maintenant que tu n'es plus là, tout le monde redoute la maladie. Ils ont peur chaque fois qu'ils toussent ou se coupent à un doigt ! J'essaie de les rassurer et de les soigner mais je n'y arrive pas aussi bien que toi. Tu manques à tout le monde mais à ma famille encore plus. À moi surtout. La vie est moins drôle. Je vais encore parfois là-haut pour regarder le soleil se coucher mais j'y emmène les enfants parce que me retrouver sans mon grand frère est triste. Avec les enfants, c'est bien. Eux n'oublient pas leur gourdin et sont prêts à battre les chiens qui te cherchent. Voilà mon ami. J'espère que tu vas bien et que tu as retrouvé Emma.

« Je te salue, j'attends ton message.

« Ton ami Kishan d'Ambar. »

31

— Madame Quenon, j'aimerais vous poser une question, mais c'est un peu gênant…

— Allons docteur, vous êtes un grand garçon. Et si c'est au sujet de mes analyses, inutile de prendre des gants. Je vous l'ai dit, je ne crains pas de quitter ce monde.

— C'est à propos de ces voix que vous entendez…

— Vous pensez que c'est le signe de la mort qui approche ?

— Franchement, je l'ignore, mais je souhaiterais que vous m'en disiez davantage.

— Que voulez-vous savoir ?

— Pouvez-vous me les décrire ? Ce sont des mots, des chants, une seule voix, plusieurs ?

— Une voix d'homme, profonde et rassurante, mais tellement lointaine. On dirait des chants liturgiques, ou des opéras.

— L'avez-vous entendue récemment ?

— Voilà deux jours, je crois. J'en ai encore le frisson.

— Et la nuit dernière ?

Françoise chercha à se souvenir, puis répondit :

— Non, pas hier. Mais dites-moi docteur, pourquoi ces questions ?

— J'ai entendu cette voix chanter. Hier soir, très tard.

Un éclair traversa le regard de Françoise et ses mains se mirent à trembler. Thomas précisa :

— Une voix surgie de nulle part, puissante, diffuse.

— Alors soit je ne suis pas folle, soit c'est un signe céleste qui nous prévient que nous allons bientôt y passer tous les deux. Évitons de prendre la voiture ensemble.

— Madame Quenon, depuis combien de temps entendez-vous cette voix ?

— Je ne sais plus. Laissez-moi réfléchir… Maintenant que vous me posez la question, je me souviens que pour mon anniversaire voilà deux ans, elle a chanté encore plus divinement que d'habitude.

— Vous n'avez jamais cherché à savoir d'où elle venait ?

— Elle n'est pas de ce monde, docteur. On ne peut pas tout expliquer. Il faut accepter ce que l'on ne comprend pas. Je n'ai pas cherché à lui trouver une cause rationnelle, mais j'ai voulu aller vers elle.

— Et alors ?

— Une nuit, je suis sortie par ma fenêtre pour m'en approcher. Je me suis fait mal avec ces acrobaties, c'est la seule fois où j'ai regretté de ne plus avoir vingt ans ! J'ai erré dans le jardin. J'ai même perdu un chausson. Je n'ai pas eu peur parce que le chant était là. Par un étrange sortilège, il semblait s'éloigner chaque fois que j'avançais dans sa direction. Comme si dans son infinie sagesse, ce prodige se protégeait de ceux qui veulent le trouver. J'aurais voulu courir vers sa beauté.

Thomas saisit doucement les mains de Françoise.

— Merci, madame Quenon. Merci beaucoup. Si vous l'entendez à nouveau, prévenez-moi.

— Vous aussi, docteur, promettez-le-moi.

32

Le docteur n'avait pas croisé l'infirmière depuis l'aide à la toilette des résidents. Il souhaitait pourtant lui parler d'un sujet délicat. C'est en jetant un coup d'œil par la fenêtre de la salle commune qu'il l'aperçut dans le jardin. Il sortit la rejoindre.

— Alors Pauline, vous profitez du bon air ?

Elle lui désigna un périmètre délimité par des piquets de bois.

— Notre futur potager. Qu'en dites-vous ? On aura la place de circuler autour et il n'est pas trop grand. J'ai bien pensé l'installer sous la fenêtre d'Hélène, près du parterre de fleurs là-bas, mais elle ne veut pas que l'on s'en approche. Dommage. L'exposition était parfaite et le mur aurait renvoyé la chaleur et la lumière. Ce n'est pas grave.

Thomas s'accroupit et arracha une mauvaise herbe. Il étudia la terre restée prise dans les racines. Sombre, riche, sans doute très fertile. Rien à voir avec le sol argileux et gavé de caillasses des terrasses d'Ambar. Le médecin observa :

— L'automne sera bientôt là, vous ne pourrez pas planter grand-chose en cette saison.

— Cela nous laisse tout le loisir de préparer les sols pour le printemps prochain. Il y a beaucoup à faire.

— Je pourrai vous aider à bêcher.

— Vous savez aussi faire ça ?

— Encore mieux que le reste.

— Un vrai héros, c'est ce que j'ai toujours dit.

Satisfaite de pouvoir compter sur Thomas, Pauline parcourut le périmètre du potager à grands pas. En passant près du docteur qui se tenait sur le bord, elle le frôla en le dévisageant. Sans aller jusqu'à s'écarter, il en fut troublé.

— Dites-moi, Pauline, se reprit-il, seriez-vous contre le fait d'accueillir un nouveau pensionnaire ?

— À la place de Mme Berzha ?

— J'envisageais plutôt quelqu'un dans l'appartement inoccupé du premier.

Pauline s'arrêta et plaça sa main en visière pour regarder le docteur à contre-jour.

— C'est vous le patron. Vous n'avez à me demander ni mon avis ni ma permission.

— Je vous les demande pourtant.

— Sans effaroucher l'homme rustre, est-il possible de savoir d'où viendrait le ou la pensionnaire ?

— Le petit ami d'Emma cherche un logement. Je me suis dit que…

Pauline émit un son qui tenait du hurlement du loup sous la lune.

— Vous croyez que ce serait une erreur ? s'inquiéta Thomas.

— Je pense surtout que c'est très dangereux. À force de vouloir vous rapprocher de votre fille, vous prenez de gros risques et vous allez finir par vous griller. Croyez-en une spécialiste des plans hasardeux, on peut vite se retrouver dans une situation intenable. Docteur, c'est le moment de vous poser des questions. Pourquoi voulez-vous héberger ce garçon ? Pour le surveiller ou parce qu'il serait un appât pour faire venir Emma ?

— Il est vrai que garder un œil sur lui m'arrangerait, mais je souhaite aussi l'aider.

— Et si elle emménage avec lui ?

— Là, ça deviendrait effectivement compliqué. Je l'aiderais à trouver un autre logement.

— Et si en l'hébergeant, vous découvrez que ce jeune homme ne vous plaît pas du tout ?

— Mon but n'est pas de le juger… De toute façon, je ne suis pas inquiet. Même s'il manque encore de maturité, je sens que c'est quelqu'un de bien.

Pauline s'approcha du docteur en le regardant au fond des yeux. Celui-ci, mal à l'aise, se demanda ce qu'elle allait faire, mais il ne pouvait décemment pas reculer sous peine de passer du statut de puceau coincé à celui de petit garçon qui a peur des filles. Allait-elle lire son esprit jusqu'au tréfonds de son âme, ou bien lui dégrafer un nouveau bouton ? Son col était pourtant grand ouvert. Elle agita son index sous son nez comme si elle le sermonnait.

— Vous êtes un sacré loulou, monsieur Sellac. J'espère que vous savez ce que vous faites parce que…

Un coup de feu claqua dans le verger, immédiatement suivi d'un tintement de métal. Cette fois, Thomas ne sursauta pas. Pauline, si. Trop content de trouver une échappatoire, le docteur déclara d'une voix calme :

— Francis a sorti l'artillerie. Je vais lui rendre

visite. L'homme rustre peut-il envisager d'évoquer plus tard ce qu'il convient de faire avec sa bonne conscience ? Ce midi par exemple ?

Pauline, impressionnée par sa maîtrise de lui-même, se contenta de hocher la tête et de le regarder s'éloigner.

33

— Félicitations, Colonel. Si j'ai bien entendu, vous avez mis dans le mille.

M. Lanzac exhiba fièrement la boîte de conserve perforée de part en part.

— Ça ne m'était pas arrivé depuis au moins deux mois ! Et de la ligne des vingt mètres, encore !

— Bravo !

— Cette petite escapade à la brocante m'a fait le plus grand bien. Pas autant que l'électrochoc de Ferreira cependant. Il va falloir qu'il se calme, celui-là…

— Monsieur Lanzac, puis-je profiter du fait que nous sommes seuls pour vous poser une question ? Répondez-moi en toute franchise, s'il vous plaît.

— Je n'ai rien à cacher, doc. Non, je n'ai jamais fait l'amour à trois.

Thomas s'étouffa devant Francis, dont l'œil brillait de malice. Lorsque le docteur reprit son contrôle, il demanda :

— Ma question concerne plutôt les voix dont parle Françoise. Les avez-vous déjà entendues ?

— Jamais. Et ne vous fiez pas à ce qu'elle raconte.

C'est une brave femme mais je me souviens quand même que quelque temps après son arrivée, elle nous a fait une comédie parce qu'elle a aperçu un mort-vivant dans le jardin. Elle était à moitié hystérique ; elle disait avoir vu un homme vaguement verdâtre qui serait passé devant sa fenêtre avec les bras tendus en avant.

— Et alors ?

— C'était le type du service d'entretien des espaces verts de la commune. Il avait les bras en avant parce qu'il poussait sa tondeuse ! Il était couvert de résidus d'herbe et je dois admettre qu'il n'avait pas l'air très frais.

Les deux hommes partagèrent un vrai rire mais pour une fois, ce fut Francis qui redevint sérieux le premier.

— Vous savez, doc, fit-il en changeant de sujet, j'ai pas mal réfléchi à tout ce que vous avez mis en œuvre pour récupérer les souvenirs de votre fille, et je vous comprends. Si j'avais eu un enfant, je suppose que j'aurais fait pareil.

— Je n'ai pas eu d'enfant, monsieur Lanzac. Je me suis contenté d'en faire un. La nuance est essentielle, et c'est là mon drame.

— Votre conscience vous honore. Mais croyez-vous vraiment mériter la palme du pire des pères ? Êtes-vous donc convaincu que tous les gens qui font des gosses s'en occupent ? De quoi êtes-vous coupable ? Pour quelle faute vous condamnez-vous ? Depuis que je sais pour votre fille, je vous cerne mieux. La culpabilité vous étouffe et je vous plains. Jeune homme, laissez-moi vous raconter quelque chose : lorsque j'étais instructeur, je voyais débarquer toutes sortes de jeunes gens. Ils arrivaient de la

France entière et de tous les milieux sociaux. Avec un peu d'expérience, vous savez vite s'ils ont été soutenus ou livrés à eux-mêmes, s'ils sont sains ou véreux. Ce qu'ils sont dépend de leur nature et on n'y peut rien, mais ce qu'ils ont reçu dépend de nous. Pas uniquement de leurs parents, mais de tous ceux qu'ils ont croisés et qui les ont forgés ou fragilisés. Une fois, je suis tombé sur une recrue que j'ai tout de suite remarquée. Le garçon s'est très bien intégré, en bon camarade. Même si ses capacités n'avaient rien d'exceptionnel, sa bonne volonté en faisait un élément de premier choix. Je me suis étonné qu'il ne parte jamais en permission. Lui ne se précipitait pas vers les camions qui emmenaient les bleus à la gare le vendredi soir. Il préférait rester seul au régiment le week-end plutôt que de rentrer chez lui comme ses camarades. Je me suis douté qu'il y avait un problème, mais je ne m'en suis pas préoccupé plus que ça. J'étais jeune sous-officier et je me suis dit que cela ne me regardait pas. Quelques semaines plus tard, il est finalement rentré chez lui, mais il n'est jamais revenu. Le lundi matin, il manquait à l'appel. Son père lui avait tiré dessus avec un fusil de chasse. Je m'en veux encore et je m'en voudrai jusqu'à mon dernier souffle.

Ému, Francis ajouta :

— Ce qui compte, docteur, c'est ce que l'on fait quand on sait. Ce qui est grave, c'est de refuser de voir. Vous n'avez rien fait pour votre fille parce que vous ne saviez pas. Elle est vivante, vous aussi. L'histoire n'est pas finie. Mais ne cherchez pas à rattraper ce qui est perdu. Je lui ai parlé, doc, je l'ai observée. C'est une petite qui a été soutenue, et je crois aussi que c'est une gentille fille.

Thomas avait la gorge serrée. Il murmura :

— Vous l'avez vue de près plus longtemps que moi dans toute ma vie.

— N'ayez aucun regret, doc. Jamais. Ils sont la rouille du cœur.

— Vous en avez bien vous-même.

— Des kilos, mais à mon âge, le fait que mon cœur soit rouillé n'a plus aucune importance. Il ne bat plus pour grand-chose.

— Je n'en suis pas certain.

Le Colonel tendit son fusil à Thomas.

— Vous ne voulez toujours pas essayer ?

— Non merci. Tirez pour moi, vous êtes plus doué.

— Alors halte au feu pour aujourd'hui. Je préfère m'arrêter sur mon petit exploit. Ainsi je pourrai vivre quelques jours de plus en ayant l'illusion de ne pas être complètement fini.

34

Thomas offrit son visage au ciel en fermant les yeux. Les gouttes ruisselaient sur sa peau. Il sentait l'eau s'immiscer jusque dans son cou. La première pluie depuis son retour. Pourtant, cette sensation ne l'emporta nulle part, car l'averse qui tombait ici n'avait rien de commun avec celles du Cachemire. Elle était plus douce, moins chaude, et ne durerait pas, contrairement à la mousson qui s'achevait en ce moment même en Inde.

Il rouvrit les paupières. Autour de lui, dans la rue, les passants se protégeaient et faisaient grise mine. Ici, la pluie n'était plus synonyme de vie depuis longtemps.

Une fois à l'abri du marronnier, l'ondée n'atteignit plus Thomas. Il était malgré tout trempé parce qu'il venait de passer deux heures à parcourir le centre-ville pour placer son annonce dans tous les lieux fréquentés par Emma et Romain. Thomas avait consacré beaucoup de temps à concevoir, imprimer et découper les dizaines d'exemplaires qu'il avait disséminés sur les chemins que le jeune couple avait l'habitude d'emprunter. Il en avait collé absolument partout, dans les restaurants, sur les abribus, et même sur les poteaux autour du cinéma.

« Appartement à louer, idéal personne seule, 32 mètres carrés, excentré mais loyer très attractif. » Suivait le numéro de téléphone de la résidence.

Il n'avait plus qu'à attendre. Si tout se déroulait comme il l'espérait, Romain ou Emma allait remarquer l'annonce, l'appeler, et le tour serait joué. Il était même possible qu'ils la découvrent aujourd'hui même. Peut-être aurait-il un coup de fil demain ?

À son poste habituel devant l'école, Thomas vérifia l'heure. Emma n'allait pas tarder. Enjoué, il salua le petit animal gravé dans l'écorce. Il eut soudain la surprise de voir arriver Romain, qui patienta lui aussi, mais au pied de la porte cochère. Il ne venait que très rarement chercher Emma à la sortie de ses cours. Cela signifiait qu'ils allaient passer du temps ensemble, et certainement se rendre dans un de leurs endroits fétiches, le café des Trois Tonneaux, le petit resto italien ou même, bien que l'on ne soit pas vendredi, le cinéma. Autant d'endroits où l'annonce figurait en très bonne place.

Dans la présence inattendue du jeune homme, Françoise aurait certainement lu un signe de bon augure pour le plan de Thomas. Le docteur avait lui-même envie d'y voir un motif d'espoir.

Emma sortit du bâtiment et, découvrant Romain, bondit de joie et se précipita vers lui. Elle se jeta à son cou. Puisqu'elle ne l'avait pas vu depuis plusieurs jours, elle l'enlaça avec une affection enthousiaste qui ne manqua pas de provoquer des commentaires ironiques et même quelques sifflets chez ses amies. Après avoir embrassé la demoiselle comme il savait si bien le faire – le docteur détourna les yeux –, Romain fit une bise beaucoup plus chaste à Noémie, Sandra et deux autres filles. Sans s'attarder, il entraîna Emma en l'attrapant par la main. La jeune femme se laissa faire de bonne grâce.

Thomas les suivit. Il se frotta les mains lorsqu'il les vit entrer au café des Trois Tonneaux. Sa machiavélique machination se déroulait à merveille. Si l'un des deux se rendait aux toilettes, il tomberait forcément sur l'annonce, énorme et encadrée d'un filet noir très visible. S'il leur prenait l'envie d'aller régler au comptoir, ils ne pourraient pas manquer la même annonce affichée sur le tableau prévu à cet effet juste derrière la caisse.

Thomas s'installa au fond de la salle, près d'un radiateur tiède sur lequel il posa les mains, et les observa. Le brouhaha l'empêchait de les entendre, mais il lui sembla qu'Emma racontait son aventure à la brocante. Elle riait en faisant de grands gestes. Elle mima ce qui ressemblait à un type avec un air pincé et une canne qui empilait des objets dans ses bras. Thomas crut reconnaître M. Ferreira à l'époque où il n'était pas encore survolté. À la fin de sa description, rayonnante, Emma sortit une enveloppe-cadeau de son sac et l'offrit à Romain. Le jeune homme ouvrit de grands yeux, embrassa la jeune femme et décacheta le pli. Oubliant un instant son obligation de discrétion, le docteur se leva de sa place pour apercevoir le contenu. Des billets. Quelle étrange situation… Emma était en train de remettre l'argent du père qu'elle ne connaissait pas au petit ami que ce dernier espérait héberger. Un imbroglio à se coller mal au crâne. Cela impliquait de surcroît que le jeune homme avait toutes les chances de régler son loyer au docteur avec l'argent de celui-ci. Peut-être un schéma aurait-il été nécessaire pour bien comprendre l'ironie de la situation car finalement, en rachetant les jouets de sa fille et en logeant son mec, le toubib allait sans doute revoir son pognon… Cette opération constituait assurément un cas d'école à dégoûter un agrégé d'économie ou à inspirer un mafieux en mal de blanchiment d'argent. Thomas s'amusa de la situation. Il était euphorique, tellement heureux que tout se déroule comme il l'espérait que, pour une fois, il ne fit aucune comparaison entre le prix des souvenirs d'Emma et le revenu moyen d'un ouvrier indien.

Romain attira Emma au creux de son épaule. Elle s'y nicha tel un petit animal, enfouissant son museau contre le cou du spécimen mâle. Même s'ils avaient été de parfaits inconnus, Thomas les aurait trouvés attendrissants. Le jeune homme murmura quelques mots à l'oreille de sa belle. Que pouvait-il lui souffler ? Lui annonçait-il qu'il avait repéré l'annonce d'un fantastique petit logement excentré mais au loyer très attractif ? Lui promettait-il d'emménager avec elle très bientôt ?

Thomas n'en eut aucune idée, mais il imagina beaucoup de choses. Les garçons font aussi cela parfois, mais moins souvent que les filles. Et puis le serveur leur déposa la note. Romain paya, et aucun d'eux ne passa ni aux toilettes ni au comptoir. Misère.

35

Théo trépignait :

— Mais tu comprends rien ! C'est pourtant super facile !

Le docteur lui désigna la feuille blanche et lui tendit le stylo.

— Montre-moi. Je te regarde.

— Si c'est un chien, tu fais les oreilles avec deux traits arrondis en haut de la tête. Si c'est un chat, alors tu mets des petits triangles…

L'enfant s'appliqua à dessiner, le bout de sa langue dépassant de ses lèvres – preuve qu'il était très concentré.

— Comme ça. Tu vois ?

— J'ai enfin pigé. Théo, je te remercie, tu viens de résoudre une énigme qui me perturbait depuis des semaines.

Le docteur savait désormais que la bestiole gravée dans l'écorce du marronnier était un chat.

— Théo, s'il te plaît, viens me ranger le lave-vaisselle, fit Pauline en arrivant de la cuisine.

— Pourquoi ?

— Ne discute pas, fais-le.

En rouspétant, le gamin s'exécuta. Pauline, visiblement fatiguée, se laissa tomber sur la chaise libérée par son fils tout en recoiffant une de ses mèches.

— Je suis vraiment désolée de la façon dont il vous parle, glissa-t-elle au docteur. Merci de votre patience avec lui… Je ne sais pas ce qu'il a. La semaine dernière, j'ai eu un mot de sa maîtresse. Elle dit qu'il devient difficile.

— Ne vous en faites pas. Les petits mâles ont parfois des phases d'affirmation un peu conflictuelles.

— Les vieux mâles aussi ! s'amusa Pauline. Quoique notre Jean-Michel nucléaire semble plus calme depuis quelques jours.

— Ses batteries sont peut-être enfin retombées à plat.

L'infirmière éclata de rire, mais sa bonne humeur s'évanouit lorsque le téléphone sonna.

— Laissez docteur, j'y vais.

Thomas resta à contempler les oreilles de chat et de chien tracées par le petit. Il passait de plus en plus de temps avec lui et cela ne lui déplaisait pas. Théo était très différent des garçons de son âge vivant à Ambar. Plus grand, mais moins dégourdi physiquement. Bien plus instruit, mais beaucoup moins autonome. Élevé par une mère célibataire, ce qui était extrêmement rare là-bas. La différence essentielle résidait dans le fait qu'un avenir bien meilleur s'ouvrait à lui.

Pauline revint en bougonnant. Thomas, la mine contrite, demanda :

— Encore pour l'appartement ?

— Évidemment. Et ce n'était pas Romain. Je n'en peux plus.

— Je suis désolé.

— La prochaine fois, donnez votre numéro de portable. Mais suis-je bête, l'homme rustre n'en a toujours pas !

— Cela fait partie des choses dont il faut que je m'occupe.

— Vous auriez dû me demander pour l'annonce. Je vous aurais aidé. En écrivant « loyer très attractif », c'était couru d'avance. Résultat, ça n'arrête pas d'appeler.

— Je pensais que ça n'intéresserait que Romain.

— Vous rigolez ? Vous croyez qu'il n'y a que votre petit gars qui cherche un logement à pas cher ?

Théo passa la tête hors de la cuisine.

— T'as intérêt à mieux parler au docteur, sinon il va te virer !

36

Le dos raide et douloureux à force de lire assis à même le sol, le docteur jeta un œil sur sa montre rayée. Comme chaque soir, le moment était venu. Il referma son cahier de notes presque entièrement rempli et le plaça devant le lapin et l'ourson qui en assuraient désormais la garde. Il quitta la chambre consacrée à Emma en posant sur le lieu un regard attendri. C'était sans aucun doute la pièce la plus vivante de son appartement. S'il n'avait pas craint d'être ridicule au cas où il aurait été entendu par les résidents à qui rien n'échappait, il aurait souhaité bonne nuit à chacun des jouets, avec une attention particulière pour la figurine du petit singe portant un bébé sur son dos.

Il traversa le palier et pénétra furtivement dans l'autre logement de fonction. Sa capacité à attendre avait toujours été l'un de ses atouts. C'est à cette heure-là qu'il avait entendu le mystérieux chant et depuis, chaque nuit, Thomas n'espérait qu'une chose : pouvoir l'écouter à nouveau.

Pour être plus discret et éviter d'allumer la lumière, il s'était équipé de sa lampe électrique. À défaut de pouvoir ranger en pleine nuit, il passait d'une pièce à l'autre, dressant la liste de ce qu'il convenait de faire afin de rendre le lieu plus accueillant. L'éclairage ponctuel de sa lampe l'aidait à se focaliser sur des petites zones. Quelques meubles à déménager, mais pas tant que ça étant donné que beaucoup pouvaient servir sur place une fois nettoyés. Par contre, il fallait évacuer les cartons. Empilés, ils encombraient l'espace, ceux du sommet ouverts à la poussière et débordant d'objets tels une vieille guitare ou une demi-douzaine de rehausseurs de sièges de toilettes pour bébé, qui ne pourraient plus servir à grand monde au foyer.

En reculant pour évaluer le volume de la chambre et savoir où y placer un lit, Thomas se prit les pieds dans une caisse et perdit l'équilibre. Il se rattrapa de justesse au mur, mais son coup d'épaule dans la cloison et la chute de sa lampe résonnèrent dans le silence. Sa première pensée fut pour Françoise, qu'il espérait ne pas avoir réveillée. Il se redressa en se maudissant. Alors qu'il époussetait sa manche, il se figea. Le chant s'élevait à nouveau.

La même voix de ténor, somptueuse. Puissante mais lointaine. Le docteur ne réussit pas à identifier la mélodie. Il songea un instant qu'il pouvait s'agir d'un vieux poste radio oublié dans un placard dont les piles fatiguées ne le feraient fonctionner que de temps en temps. Thomas ouvrit les meubles, colla son oreille aux murs et même au plancher, sans obtenir de résultat. Sur la pointe des pieds, en évitant cette fois les obstacles, il s'approcha de la fenêtre et l'ouvrit.

Sans l'ombre d'un doute, la mélopée provenait de l'extérieur. Il fut tenté un instant de sauter par-dessus le rebord, mais c'était bien trop haut. Il se dépêcha alors d'emprunter l'escalier qui, au bout du couloir, menait directement dehors. Tenant sa lampe entre les dents, il dévala les marches métalliques en s'appuyant sur les rampes pour faire le moins de bruit possible. Il priait pour que le chant ne s'arrête pas avant qu'il en découvre la source.

Comme par magie, le son aussi ténu que diffus emplissait l'air du jardin. Aux aguets, Thomas contourna le foyer à pas de loup, en direction du verger. Malgré l'heure tardive, la chambre d'Hélène était encore éclairée. Étonné, le docteur éteignit sa lampe et s'en approcha en longeant la façade. Quand il fut à quelques mètres, il vit que la fenêtre de la vieille dame était ouverte. Il entendait clairement ses paroles. Elle était en train d'expliquer à un interlocuteur sans doute imaginaire à quel point il était beau et combien il était difficile de vivre en son absence. En temps normal, la solitude d'Hélène aurait touché le docteur, mais il était trop accaparé par sa recherche. Prenant conscience qu'il n'entendait plus le chant, il rebroussa chemin, inquiet à l'idée de l'avoir perdu. Revenu sur ses pas, il éprouva un véritable soulagement lorsqu'il le perçut à nouveau.

En pleine nuit, lumière éteinte, il s'aventura à la poursuite du son en direction de la rivière. Il traversa le futur potager de Pauline et trébucha sur les restes de la bordure de l'ancien bac à sable. À certains endroits, le chant paraissait plus présent mais à d'autres, inexplicablement, il disparaissait. Au hasard de sa quête, le docteur passa devant la brèche ouverte dans le mur de l'ancienne usine. Jamais il n'avait entendu le chanteur aussi clairement. Il décida d'aller voir de l'autre côté.

37

Du bout des doigts, il écarta les ronces et se fraya un chemin. Peu lui importaient les accrocs dans ses vêtements. Une fois le mur d'enceinte franchi, Thomas en fut certain : il était sur la bonne piste. Il entendait la voix plus nettement que jamais, au point de distinguer un orchestre en fond. C'était un opéra qui se jouait. Puccini ou Verdi. À moins que ce ne soit Bizet ou Rossini. Ces airs lui rappelaient son père, qui aimait les écouter le dimanche soir pendant que lui et sa sœur prenaient leur bain.

Le docteur contourna les bâtiments techniques et déboucha sur une immense place bétonnée. Entre les jointures des plaques du sol, les mauvaises herbes proliféraient. Il s'élança, traversa l'espace ouvert, en se courbant comme en Angola pour éviter les tirs de snipers. Il arriva au pied d'un quai de chargement, qu'il escalada pour atteindre un atelier. La musique était de plus en plus audible. Le docteur repéra une porte de service entrebâillée. Les carreaux étaient cassés. Il se glissa à l'intérieur. La voix résonnait. Bien que toujours étouffée, elle semblait provenir de ce bâtiment.

Les murs étaient couverts de tags ; les sols encombrés de débris industriels mais aussi de bouteilles de bière vides et de traces de feux de camp. Thomas n'était pas rassuré, mais il voulait savoir. Guidé par le son, il passa dans un hangar voisin, tout en longueur et très haut. Avec ce chant qui flottait dans l'air et la clarté de la lune qui filtrait par les anciennes trappes d'aération, on aurait pu se croire dans une cathédrale. S'il n'avait pas redouté que le chanteur ne s'interrompe, le docteur se serait bien arrêté pour goûter à l'émotion qui se dégageait de l'instant.

Il progressait uniquement guidé par ce qu'il percevait. Il se tordit la cheville sur un rail mais ne s'arrêta pas. Dans la pénombre, les carcasses des machines-outils désossées ressemblaient à des monstres menaçants aux pattes immenses. Mais tant que la voix était là, Thomas n'avait pas peur. Il n'entendait rien d'autre. Rien de grave ne pouvait lui arriver pendant que s'élevait une voix aussi fabuleuse. Comme si ce que les hommes offrent de plus beau possédait le pouvoir quasi magique d'effacer ce qui les terrifie.

Une autre voix se mêlait parfois à celle du chanteur, moins puissante cependant. Alors qu'il longeait une grille d'aération, Thomas se figea : la musique montait de ce conduit. Il chercha, suivit les courbes du tube, le contourna et finit par trouver un escalier de béton qui plongeait dans les entrailles de la friche industrielle. Il alluma sa lampe et entama sa descente.

Les marches s'articulaient autour d'un monte-charge rouillé. À chaque niveau, le chant se révélait dans une nouvelle sonorité, de plus en plus limpide. Thomas arriva tout en bas. La voix n'était plus loin. Un homme chantait, sans doute en même temps qu'un programme lyrique. Mais ce n'était pas l'enregistrement le plus impressionnant : celui qui s'exprimait à pleins poumons à cet instant précis aurait pu prétendre y figurer en vedette. Son timbre était grave, son souffle puissant mais plus que tout, c'était l'émotion qu'il mettait dans son interprétation qui bouleversait Thomas.

Dans le labyrinthe formé par ces lieux délabrés, le docteur se perdit, trompé par le jeu des échos. Il revint sur ses pas, chercha le bon chemin pour s'approcher du ténor. Qui pouvait bien pratiquer son art au milieu de la nuit, au dernier sous-sol d'une usine désaffectée ? Thomas se retrouva devant une porte blindée. Il posa sa paume dessus et ressentit la vibration. Pas de doute, l'interprète de ce concert impossible se trouvait derrière. Les gonds étaient impressionnants. De gros rivets bordaient le panneau d'acier et un volant d'ouverture en occupait le centre. Bloqué. Thomas tenta de trouver un autre passage, mais cette entrée infranchissable constituait le seul accès vers le chanteur. Que faire ? Ce n'était sans doute pas la meilleure des idées, mais il frappa.

Le chanteur s'interrompit aussitôt, et l'enregistrement s'arrêta quelques secondes après.

— Excusez-moi ! cria le docteur. Je vous ai entendu…

— Partez, allez-vous-en ! Cet endroit est maudit ! Vous n'y survivrez pas si vous restez.

— Pardon ?

— Tirez-vous ! Ne revenez jamais, bande de voyous !

« Bande de voyous » ? s'étonna le médecin en balayant la cave du faisceau de sa lampe pour vérifier qu'il était bien seul.

— Laissez-moi tranquille, ajouta l'inconnu. Je suis armé !

— Je ne vous veux aucun mal. Je suis le directeur de la maison de retraite d'à côté. Qui êtes-vous ?

Pas de réponse. Le silence qui s'installa se fit de plus en plus lugubre. La voix envoûtante disparue, Thomas prit brusquement conscience de tous les bruits angoissants de cet endroit sordide. Dans ce silence grouillant de sons inconnus, le pire pouvait très bien lui arriver… Dans son dos, quelque chose se faufila au ras du sol. Tous les sens en alerte, Thomas hésita à retourner chercher le fusil de Francis.

Tout à coup, le volant de la porte blindée se mit à tourner. Le grincement du mécanisme résonna jusqu'aux tréfonds des sous-sols de l'usine. Au moment où le panneau blindé s'entrouvrait, Thomas entendit le grondement d'un gros chien. La panique s'empara instantanément de lui. Il hurla et prit ses jambes à son cou.

38

Pour sauver sa vie, Thomas courut aussi vite qu'il le pouvait. De toutes ses forces, de toute son âme, il donna tout ce qu'il avait dans les tripes, mais il ne réussit même pas à atteindre le niveau supérieur.

Le molosse le rattrapa en quelques secondes. Le docteur trébucha sur le palier intermédiaire et le chien lui sauta dessus. Les cris d'une bête que l'on égorge que poussa Thomas résonnèrent dans toute l'usine. Il crut sa dernière heure arrivée. Tandis qu'il se débattait, il vit défiler beaucoup d'images fortes de son existence. Sa mère lui caressant le front dans son lit quand il était enfant, son père lui offrant son premier couteau dans leur jardin, les yeux d'une petite fille qu'il avait empêchée de courir vers son village en flammes, sa sœur qui hurlait de joie sur une balançoire, le sourire de Kishan, le rire d'Emma…

Allongé face contre terre, Thomas se protégeait la tête avec ses bras. Mais le chien ne cherchait pas à le dévorer : il essayait de glisser son museau pour trouver ses mains. Une voix résonna :

— Ça suffit, Attila, au pied !

Attila ? Le docteur tenait enfin la preuve qu'il avait

un karma épouvantable. Comment aurait-il pu en être autrement, pour tomber sur le pire des barbares disparu depuis plus de mille cinq cents ans et revenu d'entre les morts, exprès pour lui, cette nuit, au dernier sous-sol de cette usine pourrie ?

— Qu'est-ce qui vous a pris de courir comme un dingue ? Vous avez fait peur à mon chien !

Thomas roula sur le côté et écarta les bras avec prudence.

— Peur à votre chien ? Vous croyez que c'est lui qui a eu le plus la trouille ? Où est-il, d'ailleurs ?

— Je le tiens.

Aveuglé par un faisceau lumineux, Thomas ne voyait rien. Il leva la main pour protéger ses yeux.

— Pourriez-vous baisser votre lampe ?

L'homme dévia la lumière et tendit la main au docteur pour l'aider à se relever.

— Parbleu, mais c'est vrai que vous êtes le directeur de la résidence.

— Vous me connaissez ?

Thomas n'arrivait pas à voir nettement l'homme qui se tenait face à lui. Tout était flou et sombre.

— Bien sûr, je vous ai déjà vu. L'autre jour, vous étiez avec le vieux monsieur qui tire sur tout ce qui bouge. Qu'est-ce que vous faites ici à une heure pareille ?

— J'ai entendu chanter. J'ai voulu savoir d'où cela venait.

— Vous m'entendez de dehors ?

Thomas plissa les yeux, impatient de découvrir le mystérieux ténor. En l'entrevoyant, il crut d'abord que sa vue n'était pas complètement rétablie. Il finit par distinguer dans la pénombre un Africain, noir comme l'ébène, grand, plutôt jeune, vêtu d'une combinaison bleue et tenant d'une poigne ferme un chien jaune dont la queue remuait.

— Bon sang, qui êtes-vous ?

— Je m'appelle Michael Tibene, et j'habite ici avec Attila.

Cet homme était un défi aux clichés. Bien que vivant dans une cave, il s'exprimait avec une diction impeccable. Thomas se méfiait du chien, qui le fixait avec un regard de dingue et la langue pendante.

— Il ne vous fera rien, il est gentil.

— Il n'est pas si gentil que ça, il m'a quand même chargé. J'ai peur des chiens.

— Si vous n'aviez pas couru comme une fouine, il n'aurait pas bougé.

— Je n'ai pas couru comme une fouine. J'ai fui parce qu'il a grogné.

— Il a grogné parce qu'il m'a senti inquiet quand vous avez frappé. Sinon c'est un amour. Je l'ai appelé Attila pour qu'il impressionne mais en vérité, il fait la fête à tout le monde. C'est le plus mauvais des chiens de garde.

Pour s'excuser de sa remarque peu flatteuse, l'homme s'agenouilla et fit un câlin à son animal. Thomas observait Michael sans savoir quoi penser.

— Quelle soirée, soupira-t-il. Voilà une heure, j'étais en train de lire *Petit poussin découvre la ferme*, et je ne sais par quel miracle, je me retrouve à chercher Caruso dans une usine en ruines avant de me faire courser par le roi des Huns… J'ai mon compte pour aujourd'hui. Mais dites-moi, je n'ai pas rêvé, vous m'avez bien dit que vous habitiez ici ? Sérieusement ?

— Juste en bas. Vous voulez voir ?

39

Une unique pièce aux murs de béton brut. Un matelas posé sur des palettes, une couverture, une table, une chaise rafistolée, un minuscule réchaud et un poste de radio. Pas d'eau courante. Thomas avait souvent eu l'occasion de voir ce genre d'endroit, dans des camps de réfugiés. Seul élément rutilant, la gamelle en inox du chien. Attila semblait d'ailleurs très heureux d'avoir de la visite et tournait autour du docteur, qui s'en méfiait comme d'un crocodile et gardait ses bras bien le long du corps.

— Ici, ils n'ont pas réussi à nous couper l'électricité.

— Qui ça ?

— Les bandes qui viennent faire les imbéciles certains week-ends.

— Quand vous dites « nous », vous parlez de vous et de votre chien ?

— C'est mon seul compagnon. Sans lui, je ne sais pas ce que je deviendrais.

Thomas jeta un coup d'œil à l'unique ampoule nue qui éclairait le taudis.

— Comment vous êtes-vous retrouvé à vivre ici ?

— C’est la salle la plus sûre. Quand l’usine était en fonction, les produits dangereux y étaient stockés. La nuit, je m’y enferme de l’intérieur et je suis en sécurité jusqu’à l’aube.

— Vous n’avez pas toujours squatté dans ce bunker ?

— Je ne suis pas un squatteur. Avant, j’étais installé au poste de garde, à l’accueil. J’ai été embauché comme gardien du site lorsque l’usine a fermé. Un boulot mal payé mais tranquille. J’espérais rebondir. Et puis je ne sais pas ce qui s’est passé, mais la société pour laquelle je travaillais m’a oublié. Au fil des mois, plus de courrier, plus aucune visite. Je n’avais pas d’argent, nulle part où aller, alors je suis resté. Et quand les bandes ont commencé à rôder en cassant tout, j’ai eu peur et je me suis réfugié ici.

— Vous n’avez jamais cherché à contacter vos employeurs ?

— Mon contrat n’était pas vraiment en règle. Dès le départ, ils m’ont fait comprendre que me donner ce travail était une faveur et que si je me plaignais, d’autres attendaient… De toute façon, je crois qu’ils n’existent plus.

S’apercevant qu’il n’y avait pas de frigo, Thomas demanda :

— Comment vous nourrissez-vous ?

L’homme ne répondit pas.

— Vous sortez faire des courses ?

Silence.

— Vous chapardez ?

— J’ai déjà pris des cerises et des pommes dans votre verger, monsieur, mais je ne vole pas.

— Alors comment faites-vous ? N’ayez pas peur,

monsieur Tibene. Je cherche simplement à comprendre.

Sans oser le regarder en face, l'homme avoua :

— Je n'ai pas été élevé comme ça, mais je fouille vos poubelles. Vos pensionnaires ne finissent jamais leurs repas. Je trie le meilleur pour mon chien. Le reste me suffit.

Thomas se sentit envahi par un sentiment de révolte et de scandale maintes fois éprouvé au cours de ses missions humanitaires.

— Ce n'est pas possible, vous ne pouvez pas vivre ainsi ! Il y a certainement quelque chose à faire.

— Je ne suis pas si malheureux. J'ai mon chien, je chante. Dans la journée on sort derrière l'usine. On joue et quand il fait chaud, on se baigne tous les deux dans la rivière.

Thomas se passa la main sur la nuque.

— Quand je pense que je suis parti au bout du monde pour combattre ça. Si j'avais su qu'ici même, des gens comme vous avaient autant besoin d'aide… Le docteur ferma les yeux, se refusant à imaginer ce qu'aurait pu être son existence s'il n'était pas parti. Pas la force. Il n'avait aucune envie de remettre en cause un passé auquel il ne pouvait rien changer. Qui plus est, la vie de Michael lui interdisait de s'apitoyer sur lui-même.

— Malgré ce que vous affrontez, fit-il doucement, vous gardez l'envie de chanter… D'où vous vient ce don ?

— Vous trouvez que je chante bien ?

— Votre voix m'a subjugué. C'est elle qui m'a attiré. Une des résidentes vous prend même pour un messager céleste. Vous avez une voix magnifique.

— Tu entends, Attila, notre voisin aime quand je chante ! Je dois dire qu'au début, mon chien n'appréciait pas beaucoup. Il hurlait à la mort. Mais il s'est habitué. Je crois qu'il a compris que cela me rend heureux. Il s'assoit et m'écoute. Quand je chante en italien, il remue la queue.

— Il a bon goût. Qu'interprétiez-vous tout à l'heure ?

— Berlioz, *La Damnation de Faust*. Ma mère adorait cet opéra. Quand j'étais enfant, nous vivions en Côte d'Ivoire. Pour mes frères et moi, elle voulait le meilleur, et elle s'est battue pour nous donner notre chance. École française d'Abidjan, cours de musique… Elle nous lisait des romans tous les soirs. Pour mes études supérieures, elle m'a envoyé en France. Des gens lui ont promis de m'aider, mais cela ne s'est pas passé exactement comme prévu…

— Votre famille sait-elle où vous êtes ?

— Quand la situation est devenue mauvaise pour moi, je n'ai plus donné de nouvelles. Ils avaient leurs problèmes, et j'avais trop honte de ne pas m'en sortir.

— Bon sang, vous n'allez pas passer le reste de votre vie dans votre coffre-fort ! Venez.

40

S'étant rendu compte que l'homme au téléphone n'était pas Romain, le docteur récita l'excuse habituelle :

— Je suis navré, monsieur, le logement n'est plus disponible. Bonne chance dans vos recherches.

La réponse de l'inconnu fut couverte par les aboiements d'Attila qui résonnaient dans le foyer. Le chien n'était pas le seul responsable du vacarme. Les voix de Francis et Jean-Michel, qui jouaient avec lui, contribuaient grandement à l'ambiance chaotique de ce début de matinée. Bien que possédant indiscutablement la voix la plus puissante, Michael était pourtant le plus discret.

Thomas ne voulait surtout pas rater l'arrivée de Pauline. Il tenait à lui expliquer en personne la présence de M. Tibene et de son grand chien. Lorsqu'il entendit la voiture de l'infirmière se garer devant le bâtiment, il se leva pour aller à sa rencontre. À peine eut-il franchi le seuil de son bureau que Mme Trémélio l'apostropha :

— Docteur, je dois vous parler, c'est urgent.

— Bonjour Hélène. Vous me semblez en pleine forme. Laissez-moi accueillir Pauline et je suis à vous.

Hélène le saisit par le bras et fit d'une voix pressante :

— Vous devez faire partir ce chien. Tout de suite. C'est un démon !

Thomas fut surpris par son geste et son ton vindicatif. Cela ne ressemblait pas à l'adorable vieille dame.

— Croyez-moi, je suis le premier à me méfier des chiens, mais…

— Ce clébard apporte le malheur, il causera notre perte.

— Bien qu'il me fasse peur à moi aussi, je n'irais pas jusque-là…

Thomas aperçut soudain Pauline qui, au milieu des aboiements et du chahut, traversait le hall d'entrée au pas de charge en direction de la salle commune.

Hélène adressa un regard suppliant au docteur.

— Je vous en prie, Thomas, chassez-le avant qu'il n'arrive un drame…

— On en reparle plus tard, Hélène. Tranquillisez-vous, cet Attila-là ne massacrera personne.

Le directeur se libéra pour aller retrouver Mlle Choplin. Il faillit la percuter à l'angle du couloir lorsque, d'un pas plus que décidé, elle déboula en sens inverse.

— Bonjour Pauline, comment allez-vous ?

— Quelqu'un peut-il m'expliquer pourquoi un grand Black vêtu d'une combinaison d'astronaute est en train de courir autour des tables du salon avec MM. Lanzac et Ferreira, poursuivis par un chien surexcité ?

— Les astronautes sont le plus souvent habillés en

blanc, avec un scaphandre plein de gros tuyaux. Vous n'en avez jamais vu dans les films ?

— Docteur, je ne suis pas d'humeur.

Tout à coup, comme si elle avait été frappée par une révélation, l'infirmière ouvrit de grands yeux. Sur le ton de la confidence et en lui faisant un clin d'œil, elle glissa à Thomas :

— Alors, ça y est ! Il a fini par répondre à l'annonce… Parfait. Il a une drôle de façon de s'habiller, mais c'est un beau garçon. Je le voyais plus jeune. Vous ne m'aviez pas dit qu'il avait un chien !

— De quoi parlez-vous ?

— Le grand Black, c'est bien Romain, le petit ami de votre fille ? Celui qui va habiter à l'étage, c'est ça ?

— Non Pauline. M. Tibene est le ténor qui chante la nuit. Je l'ai trouvé hier soir au dernier sous-sol de l'usine abandonnée.

— Mais que diable faisiez-vous là-bas ?

— Eh bien je le cherchais ! Soyez un peu logique.

— Vous cherchiez un chanteur, la nuit, dans l'usine désaffectée.

— Exactement.

Pauline plissa les paupières et dévisagea Thomas avec suspicion.

— Docteur, on commence à bien se connaître, n'est-ce pas ? Si vous preniez des stupéfiants, vous me le diriez ?

— Mais qu'est-ce qui…

— Parce que la drogue, docteur, c'est de la saloperie. Je ne vous laisserai pas faire. Si vous continuez à vous détruire avec ce poison, je vous inscris moi-même en cure de désintoxication. Qu'est-ce que vous avez pris ? Ne me racontez pas d'histoire, ou je vous jure que je vous fais faire pipi de force dans un bocal et que je commande la batterie complète d'analyses.

— Pauline, enfin…

Chantal ouvrit la porte de sa chambre et s'avança sur le seuil.

— Mon appareil auditif est foutu. Directement dans mon oreille, je capte une radio à la con qui ne passe que des aboiements de chien. Qui peut écouter ça ? Il n'y a même pas de pub…

En apercevant Francis qui, dans le hall, jouait à la corrida avec l'animal déchaîné et un torchon, Chantal poussa un petit cri ridicule. Affolée, elle se sauva dans sa chambre à sa vitesse de tortue.

Devant la situation qui dérapait de partout, l'infirmière paraissait perdue. Thomas la prit par les épaules.

— Pauline, faites-moi confiance. Je vais vous expliquer. Tout est cohérent. Ce monsieur n'est pas Romain, mais nous devons l'aider.

— Vous êtes un sacré loulou, monsieur Sellac…

Le docteur abandonna l'infirmière pour tenter de ramener un peu de calme, mais lorsqu'il arriva à l'entrée de la salle commune, outre M. Lanzac qui excitait toujours l'animal avec son torchon, le docteur découvrit Jean-Michel à quatre pattes, la langue pendante. Thomas siffla un coup sec entre ses doigts.

— S'il vous plaît, on arrête le cirque !

Les trois humains s'immobilisèrent net, mais le chien continua à courir partout. Un dernier tour de piste pour saluer la foule, sans doute. Quelqu'un tira le directeur par la manche.

— Bonjour Françoise. Il ne manquait plus que vous.

— Le chant, vous l'avez entendu cette nuit ? Cette

fois, je suis convaincue qu'il s'agissait d'un signe de l'au-delà. C'était sublime. Si seulement cette merveille n'avait pas été interrompue par des cris de cochon…

— Il ne s'agissait pas de cris de cochon, répliqua le docteur, un peu vexé. Oui, j'ai entendu les chants. Je suis d'ailleurs heureux de vous présenter le chanteur…

Thomas désigna Michael au moment même où Attila, toujours en roue libre, bondissait juste devant eux.

— Mon Dieu, fit Françoise, bouche bée. C'est bien un messager du ciel. Seul un chien envoyé par le Tout-Puissant peut chanter aussi divinement !

41

Épuisé par sa nuit blanche et le chaos qui avait suivi, Thomas se serait bien épargné une épreuve supplémentaire. Mais y a-t-il seulement quelqu'un qui décide de ce que nous affrontons ? Plus le médecin avançait dans sa tournée de vérification, plus il sentait son courage l'abandonner. Le bilan s'avérait catastrophique. Quelques jours après sa grande opération d'affichage, il ne restait plus aucune annonce en place. Retirées, recouvertes ou peut-être emportées par les dizaines de personnes intéressées qui avaient appelé au foyer. Tout ce travail, tout cet espoir, pour rien.

Il fallut l'apparition d'Emma pour lui remonter le moral. Au fil des semaines, l'ambiance autour de la sortie de l'école d'infirmières évoluait. Les premières feuilles jonchaient le sol au pied des arbres couleur d'automne. Les réverbères s'allumaient de plus en plus tôt, déversant leur lumière blafarde sur les étudiantes habillées chaque jour plus chaudement. Mais quel que soit le décor de la scène, la star était toujours la même. Il suffisait que Thomas aperçoive sa fille pour oublier tout le reste.

La jeune femme ne s'attarda pas avec ses amies.

Thomas redouta un instant qu'elle ne se dirige vers le bus, mais elle dépassa l'arrêt pour bifurquer en direction du quartier commerçant. Dans les lueurs des vitrines, entre les badauds emmitouflés, elle déambulait en jouant avec l'extrémité de son foulard. Chaque fois qu'elle passait devant une boutique qui ne l'intéressait pas, elle en profitait pour consulter son téléphone, jusqu'à la suivante. Emma semblait accorder une attention particulière aux marchands de chaussures. Elle en étudia trois avant de se décider à entrer chez l'un d'eux.

Du trottoir d'en face, le docteur se trouvait trop loin pour distinguer précisément les modèles qu'elle essayait. Il en devinait tout de même assez pour juger qu'à son goût, rien qu'avec leurs talons très hauts, ils faisaient vulgaires. Qui pouvait porter cela ? Certainement pas quelqu'un qui doit faire des kilomètres à pied sur des sentiers escarpés. Thomas s'inquiéta du fait que la jeune femme puisse choisir ce genre de chaussures, d'autant qu'à l'évidence, la vendeuse essayait de l'en convaincre. Il fut d'autant plus fier en voyant sa grande fille ressortir sans rien.

En la couvant du regard, Thomas songeait à la meilleure façon d'attirer Romain vers son offre de logement. L'idéal aurait été de glisser une annonce directement dans le sac d'Emma, mais l'opération était hasardeuse, et sachant le faible éclat de sa bonne étoile, Thomas ne souhaitait pas tenter le sort.

Emma vérifia soudain son téléphone. Elle venait sans doute de recevoir un message, car elle pianota une réponse rapide et se mit en chemin. Elle marcha quelques minutes pour aller se poster sur le boulevard, là où Romain venait souvent la récupérer en voiture.

Thomas avait deviné juste. La jeune fille avait une démarche imperceptiblement différente, plus décidée peut-être, lorsqu'elle rejoignait son petit ami.

Depuis l'agression de sa fille, le docteur détestait la voir attendre, seule, à un point fixe. Les forums de protection rapprochée étaient formels à propos de ce type de situation : une cible immobile est toujours plus repérable et beaucoup plus vulnérable qu'une cible en mouvement.

Trop occupée à envoyer des messages, la jeune femme ne prêtait aucune attention à son environnement. Par contre, Thomas remarqua immédiatement l'individu qui l'observait. La trentaine, blouson, jean, baskets. L'homme s'avança vers Emma par l'arrière, sans la lâcher des yeux. Comme un guépard qui fixe une gazelle, son corps se balançait au rythme de ses pas, mais sa tête suivait une trajectoire rectiligne parfaite. Prêt à intervenir au moindre geste suspect, le docteur se rapprocha. L'homme sembla hésiter. Emma se déplaça légèrement et, sans en avoir conscience, réduisit encore l'écart entre elle et l'inconnu. Lorsque Thomas vit l'homme plonger la main dans sa poche puis la tendre vers elle, il démarra au quart de tour. La cote d'alerte était atteinte. Le regard de sa fille malmenée lui revint en mémoire et il vit rouge. Cette fois, il n'arriverait pas après la bataille. L'homme allait poser la main sur Emma lorsque Thomas le saisit par l'arrière en lui faisant une clé au bras. Le docteur l'entraîna rapidement à l'écart de sa protégée qui, toujours concentrée sur son téléphone, ne s'était rendu compte de rien. L'individu n'avait même pas eu le temps d'effleurer sa manche. Surpris, emporté par l'élan du docteur, l'homme émit un râle de douleur.

Resserrant sa prise, Thomas lui murmura :

— Alors comme ça, on s'en prend aux gamines ?

— Vous êtes malade ? Lâchez-moi, vous me faites mal !

La mine terrifiée de l'homme déstabilisa le docteur. Tout à coup, il douta de ses intentions hostiles et relâcha son emprise.

— Qu'est-ce qui vous prend d'agresser les gens ? protesta l'inconnu en se frictionnant le poignet.

Des passants commençaient à s'intéresser à l'incident.

— J'ai cru que vous alliez lui…

— Lui demander du feu ! Pauvre abruti !

Le docteur ne savait que répondre. Emma avait disparu. Impossible de savoir qui était passé la prendre.

— Je vous présente mes excuses, monsieur.

— C'est ça. Tire-toi avant que j'appelle les flics.

Honteux, confus, le docteur s'éclipsa. Trop de choses lui avaient échappé aujourd'hui. Tout allait trop loin, trop vite. Il était à cran, sous pression de partout. S'il devait jouer un rôle dans la vie de sa fille, ce ne devait pas être celui-là.

42

— Pauline, j'ai un service à vous demander…

— Je vous en prie, docteur.

— C'est personnel…

— Allez-y quand même.

— Pourriez-vous me prêter votre portable, s'il vous plaît ? Pour passer un coup de fil. Ce ne sera pas long.

— Je me doute bien que c'est pour téléphoner, vous n'allez pas casser des noix avec. Enfin j'espère…

L'infirmière fixa Thomas droit dans les yeux. Le docteur ne soutint pas son regard et se détourna en demandant :

— Ça vous embête que j'utilise votre téléphone, c'est ça ?

— Ça dépend.

— Ça dépend de quoi ?

— De ce que cet appel va encore déclencher comme cataclysme. Parce que ces derniers temps, vos idées…

— Je voudrais appeler Romain, pour lui dire qu'un logement est disponible ici.

— Directement, comme ça ? Et quand il viendra, vous pensez qu'il ne reconnaîtra pas votre voix ?

— Pour ça, j'ai la solution.

Thomas entraîna Pauline jusqu'à son bureau. Avec un air de conspirateur, il referma la porte derrière elle, ouvrit une armoire d'archives et en sortit une bonbonne d'hélium.

— Je l'ai trouvée là-haut, dans les vieilleries de la crèche. Il reste du gaz dedans. Ça devait servir à gonfler des ballons pour les fêtes. J'ai vu sur Internet que ça changeait la voix. Les gens qui en respirent parlent comme dans les dessins animés. J'ai essayé, c'est vrai que c'est spectaculaire. Vous connaissez ?

Le visage de Pauline s'éclaira au point d'inquiéter le directeur.

— Vous vous moquez encore de moi ?

— Pas du tout, docteur. Je sais exactement ce que c'est que l'hélium. Mon ex a gâché un mariage parce qu'il s'était enfermé dans les toilettes avec une bouteille de ce truc et le micro de la sono. Je n'ai jamais entendu un canard débiter autant d'insanités…

— Je ne vais pas dire d'insanités.

Pauline commença à rire.

— Vous avez de la chance que mon téléphone soit en numéro caché. Je suis disposée à vous le prêter, mais je vous demande une faveur en échange.

— Tout ce que vous voudrez.

— Je veux être présente quand vous l'appellerez.

43

Le docteur composa le numéro et se glissa l'embout de la bonbonne d'hélium dans la bouche. Il dévissa le robinet et aspira une grande bouffée. Assise en face, l'infirmière le fixait en ayant du mal à se contenir. Thomas sentit le gaz remplir ses poumons, cela lui fit une drôle d'impression.

— Ça va, ma voix ?

Entendre son patron parler avec une voix de pingouin ventriloque eut un effet immédiat sur Pauline. Elle fit volte-face pour se cacher en se compri mant la bouche à deux mains pour ne pas exploser de rire.

— Yep, fit Romain en décrochant.

— Vous êtes bien Romain Mory ?

— Qui c'est ?

— Je suis un ami d'Emma. Elle m'a dit que vous cherchiez un logement. C'est toujours le cas ?

— C'est toi, Max ? C'est quoi cette voix de Mickey ? Arrête de faire le con, je suis au boulot.

— Je ne suis pas Max, je vous assure. J'appelle de la part d'Emma pour un appartement très mignon et pas cher du tout.

L'effet du produit se dissipant progressivement, la voix du docteur commençait à revenir, distordue, pour le plus grand bonheur de l'infirmière qui faillit glisser de sa chaise à force de se tenir les côtes. Paniqué, Thomas reprit en hâte une grande rasade.

— Vous êtes toujours intéressé ?

Sa voix se perdait cette fois dans les aigus.

— Il est situé où, ce logement ?

— Dans une rue tranquille, à l'écart du centre. C'est propre et vraiment pas cher.

— À quelle adresse ?

Trop heureux que le jeune homme morde à l'hameçon, Thomas s'enfila une nouvelle dose d'hélium.

— 371 rue de la Liberté.

— Rue de la quoi ?

— De la Liberté !

— Pardon, mais je vous entends bizarre. Je sais pas si ça capte mal ou quoi, mais vous avez une voix de grenouille castrée. Si je viens visiter ce week-end, c'est bon ?

— Parfait ! De toute façon, il y a toujours quelqu'un.

— Je passerai dimanche.

— C'est noté. J'espère que ça vous ira.

— Merci…

La voix était tellement étrange que Romain hésita à remercier « monsieur » ou « madame ». Il se contenta de dire « au revoir » et raccrocha.

Thomas souffla. Il était épuisé. La faute au gaz ou au stress. La tête lui tournait. Il fit une moue dépitée.

— Qu'est-ce qu'ils ont tous à vouloir castrer les grenouilles ?

Hilare, les joues mouillées de larmes, Pauline se tendit au-dessus du bureau et lui reprit délicatement son téléphone des mains.

— Docteur, que je ne vous entende plus jamais dire que mes plans sont foireux !

44

Ils assistaient au coucher de soleil côte à côte, sans prononcer un mot. En disparaissant derrière les monts de l'Ouest, l'astre embrasa les crêtes, jusqu'à provoquer la fusion des cimes de la lointaine forêt avec les nuages, les unissant dans une ligne aveuglante. Un spectacle unique, comme chaque soir. Pourtant, un crépuscule en rappelle toujours d'autres.

Assis au bord de la rivière, Thomas et Michael songeaient aux paysages qu'ils avaient quittés pour venir s'échouer ici. Des paysages bien différents pour un même sentiment.

Attila déboula d'un fourré, donnant corps à la vision de cauchemar que le docteur avait si souvent redoutée, « entre chien et loup ». Avec sa silhouette fine, son museau foncé, ses crocs étincelants et son pelage de feu, l'animal offrait à l'expression une réalité bondissante. Bien que ce superbe malinois n'ait rien de commun avec les chiens sauvages, chacune de ses apparitions épouvantait toujours autant le docteur, qui prenait sur lui pour ne pas détaler et grimper dans le premier arbre venu.

Le chien s'aventura sur le vieil embarcadère en reniflant tout. Peu rassuré par les planches branlantes, il revint vite vers son maître en remuant la queue, avant de repartir en cavalant à la poursuite d'une quelconque odeur. Pendant les courts instants durant lesquels la bête avait distrait Thomas, le ciel avait encore évolué. Les nuages étaient maintenant illuminés d'une infinie gamme de pourpre. À peine le temps de l'apprécier que déjà la couleur changeait. Le docteur murmura :

— Là où je vivais avant, je montais presque chaque soir sur une petite montagne pour observer le coucher du soleil. Depuis que je suis môme, j'ai toujours aimé le moment où le jour s'efface, mais je déteste le regarder seul. Et vous ?

— J'ai grandi en ville, à l'ombre d'un immeuble en construction qui nous cachait la lumière dès le milieu de l'après-midi. J'ai apprécié mes premiers couchers de soleil pendant mes vacances d'été avec mes cousins et mon petit frère. On restait assis sur la plage, près de Grand-Lahou, à regarder vers le large. On se demandait ce que faisaient les gens à l'autre bout de l'océan. Peut-être étaient-ils aussi en train de regarder vers nous ? Pour eux, notre crépuscule était une aube. On s'amusait autour d'un feu de camp jusqu'à ce que ma mère vienne nous chercher. Mais finalement, c'est avec Attila que j'en ai le plus admiré.

— Ce n'est quand même pas pareil.

— Pourquoi ? Parce qu'il n'est pas humain ?

— L'échange est plus limité…

— J'ai avec lui une complicité bien supérieure à ce que j'ai le plus souvent pratiqué avec mes semblables. Mon chien est toujours là pour moi. Il me protège. Il m'accepte comme je suis. Je sais qu'il ne me trahira jamais. De combien de personnes peut-on dire cela au cours d'une vie ?

Attila revint, comme s'il avait compris que l'on parlait de lui. Il fixa le docteur, son regard semblant appuyer fièrement les propos de son maître. À la vitesse de l'éclair, il disparut à nouveau, mais revint aussitôt en rapportant un bout de bois dans sa gueule. Il trépignait devant Thomas, qui faisait la même tête que lorsque, à sept ans, il avait pour la première fois expérimenté un grand huit à la fête foraine – un fin mélange de cri silencieux et de crise cardiaque.

— Il veut jouer avec vous.

— Je le vois bien, mais il m'impressionne trop.

— Inutile de vous crisper. C'est sa façon à lui de dire qu'il vous aime bien.

— Je vous promets que je l'aime bien aussi. La preuve, je ne me suis pas tenu aussi près d'un chien depuis des années…

Attila se détourna et déposa finalement son bâton aux pieds de Michael, qui l'envoya loin derrière, dans le verger, pour la plus grande joie de l'animal.

— Vous n'avez pas chanté ces dernières nuits ? fit remarquer le médecin.

— J'ai dormi. Épuisé par trop d'émotions. Notre rencontre, puis le contact avec vos pensionnaires et votre collègue m'ont fait beaucoup d'effet. C'est la première fois que je parle à des êtres humains depuis des mois. Découvrir la maison de retraite sous un autre angle m'a également fait réfléchir. Le fait de ne pas manger tout seul aussi…

D'un geste circulaire, Michael désigna le cadre autour d'eux.

— Le coucher de soleil est quand même plus joli

d'ici que de la rive de l'usine. Seulement quelques dizaines de mètres entre les deux lieux, et pourtant tout semble différent d'ici. Un de mes oncles avait coutume de répéter que tout est une question de point de vue.

— Vous êtes un homme surprenant, monsieur Tibene. Votre éducation, votre voix… J'ai du mal à envisager que vous puissiez vous retrouver au fond d'une cave. C'est du gâchis.

— Vous avez séjourné dans beaucoup d'endroits où la vie est dure. Vous savez bien que ce que l'on est ne pèse pas lourd face à ce que le destin fait de nous.

Attila revint en trombe. Michael lui caressa affectueusement la tête.

— Ma mère nous a élevés avec des histoires, confia-t-il. Chaque soir, elle nous lisait les aventures de Jean Valjean, du capitaine Nemo, d'Arsène Lupin, de Phileas Fogg ou de d'Artagnan. C'est avec eux que j'ai découvert votre langue, mais aussi forgé ma perception de la vie. Ces hommes-là étaient des héros, des aventuriers, des fous visionnaires ou des bandits, mais tous avaient en commun un sens de l'honneur et des idéaux. Comment vivraient-ils dans notre monde d'aujourd'hui ? Que penseraient-ils de ce que nos pays sont devenus ? Auraient-ils la force de garder leurs principes à notre époque ? Ce sont des questions que je me pose souvent et auxquelles je ne trouve pas de réponse. Mais je crois que tous auraient un chien pour se sentir moins seuls.

— Vous avez sûrement beaucoup souffert pour parler ainsi. Moi, je n'ai fait que regarder de près la douleur des autres. C'est peut-être pour cela que je garde espoir.

— Vous devez me trouver méprisable. Au fond de mon trou, coupé du monde et avec pour seule compagnie un chien… Vous avez sans doute raison. Quand un homme en est réduit à tenir debout parce qu'une bête le regarde et lui fait confiance, c'est qu'il ne vaut plus grand-chose. Je dois ma survie à cet animal. Je dois mes sentiments à ses élans. Je dois mon repos au fait qu'il se comporte comme si tout allait bien. Il me ramène à l'instant présent, semblable à celui du tout début, lorsque l'on ne savait rien, que tout était encore possible. Quand je pose mon visage sur son pelage, c'est doux et chaud. J'entends battre son cœur et, pour quelques secondes, je vais bien. Alors pour lui, j'ai envie de continuer et de me battre. Lui comme moi n'avons que l'autre pour nous en sortir.

— Michael, protégez Attila comme il vous protège, mais ne perdez pas espoir en l'être humain. J'ai passé la moitié de ma vie auprès de gens qui n'avaient ni les moyens, ni le temps de faire semblant, et même si certains sont plus mauvais que le virus Ebola, la plupart valent la peine. C'est lorsque tout était perdu, quand il n'y avait plus rien à gagner ou à prouver que j'ai assisté au plus beau. C'est du comportement de l'homme face au malheur que me vient ma foi en lui. Vous devriez commencer par reprendre contact avec votre famille. Ils doivent être très inquiets pour vous.

— Le seraient-ils moins s'ils savaient comment je vis ? Ce qu'ils imaginent de pire est-il vraiment plus lourd que la vérité ? J'ai des doutes…

— À leur place, je voudrais savoir.

— Vous avez des enfants, docteur ?

— Une fille, mais je ne la connais pas.

Thomas se surprit lui-même de la facilité avec laquelle il avait formulé sa réponse. C'était la première fois qu'il évoquait Emma simplement, naturellement, objectivement.

— Vous ne la connaissez pas ?

— J'ai appris son existence il y a peu.

— Et vous vous inquiétez quand même pour elle ?

— Tout le temps, depuis la seconde où j'ai su qu'elle existait.

Thomas fit une pause et reprit :

— Michael, je ne veux plus que vous cherchiez votre nourriture dans les poubelles. Nous allons nous organiser autrement. Si vous le souhaitez, vous pouvez même dormir au foyer, on s'arrangera pour vous trouver de la place.

— Vous êtes très généreux, docteur, mais pour le moment je préfère rentrer chez moi. C'est un endroit triste et insalubre, mais Attila et moi nous y sentons chez nous.

Il se leva.

— Nous sommes à la veille du week-end, et voilà quelques semaines que les bandes ne sont pas venues se défouler dans l'usine. Je ne voudrais pas tomber sur eux en rentrant. Si vous le permettez, Attila et moi allons vous laisser.

Thomas se leva à son tour.

— Passez demain à la résidence. Venez donc pour le déjeuner, d'accord ?

— Je ne veux pas vous déranger.

— Vous voir me fera plaisir.

— Alors je viendrai. Merci beaucoup pour l'invitation.

Les deux hommes se serrèrent la main, vraiment. L'un et l'autre n'avaient pas souvent eu l'occasion de le faire avec cette sincérité.

45

Alors que Thomas traversait le verger pour regagner la résidence, les propos de Michael résonnaient encore en lui. Sous ses pas, le tapis de feuilles mortes produisait un son mat. Quelle étrange soirée… Quand l'on songeait à leurs parcours respectifs si différents, quelle chance existait-il pour que ces deux hommes puissent un jour se croiser, surtout en abordant des sujets aussi personnels ? Quasi nulle. Mais la vraie vie n'a que faire des probabilités. Malgré leurs places inadaptées dans ces lieux qu'ils n'auraient jamais envisagés, tous deux venaient de partager un moment parfaitement conforme à leur idéal de vie si souvent malmené. Le destin fait aussi des cadeaux.

Le père de Kishan disait souvent que le hasard n'existe pas. Il aurait certainement expliqué que si Michael et Thomas n'étaient pas à leur place, c'est parce qu'ils étaient encore en chemin pour y parvenir. L'oncle de Michael avait raison : tout est une question de point de vue. Un crépuscule ou une aube.

En débouchant du verger, le foyer apparut à Thomas. La fenêtre d'Hélène était encore éclairée. Au contraire des autres pensionnaires, le docteur ne l'avait que très rarement surprise à regarder la télévision. En s'approchant, il se rendit compte que sa fenêtre était entrouverte malgré la température plus fraîche. Peut-être faisait-elle encore la conversation toute seule, parlant avec douceur à celui qui occupait ses pensées et sans doute ses souvenirs ? Par pudeur et par respect, Thomas fit un écart pour ne pas risquer d'entendre les propos tendrement susurrés. Mais tout à coup, son regard fut attiré par un mouvement furtif au pied de la fenêtre. Il était certain d'avoir aperçu une forme. Il obliqua jusqu'à la façade, qu'il longea sur la pointe des pieds.

Aucun doute, quelque chose bougeait dans le parterre d'anémones fanées. Thomas s'accroupit en se plaquant contre le mur, maîtrisant sa respiration pour ne pas se faire repérer. La douce voix d'Hélène était discrète, mais perceptible. Sur un ton affectueux, elle parlait à son interlocuteur imaginaire. Elle lui promettait de le réchauffer quand la mauvaise saison serait là. Elle lui laissait même le temps de répondre avant de poursuivre. Dans la plate-bande, Thomas détecta soudain non pas un, mais plusieurs mouvements. Des rats ? Quelle horreur ! Le docteur avait bien raison d'avoir conservé l'habitude de vérifier chaque soir sous son lit qu'aucune bestiole ne s'y cachait.

Dans la pénombre, il lui était difficile de distinguer ce qui se passait exactement, mais l'activité se fit plus intense lorsque la fenêtre de la chambre s'ouvrit en grand et que la vieille dame se pencha sur le rebord. Avec délicatesse, elle déposa sur l'appui un magnifique chat blanc à l'extrémité des pattes et de la queue noire.

— Je ne sais pas ce que nous aurons demain, petite fée, dit tendrement Hélène, mais je te le garde pour toi et tes petits. Et maintenant, va les retrouver, ils ont sûrement très faim.

Lorsque la chatte se pencha au-dessus du vide, ce fut une multitude de petites têtes miaulantes qui émergèrent des herbes. Hélène n'en perdait rien et riait doucement. La maman sauta du rebord avec souplesse.

— Bonne nuit ma fille, à demain ! murmura la vieille dame.

À peine la minette eut-elle atterri sur le sol qu'une demi-douzaine de chatons se ruèrent sur elle, se frottant contre son cou ou cherchant à la téter. Il y en avait de plusieurs couleurs – tigrés, roux, écaille de tortue, et même un qui ressemblait exactement à sa mère en miniature. La chatte s'allongea au pied des fleurs desséchées et, en ronronnant, laissa ses petits prendre ses mamelles d'assaut. Mme Trémélio demeura jusqu'à ce que l'adorable troupe soit rassasiée et disparaisse en trottinant dans les buissons. Lorsque la dernière petite queue dressée se confondit avec l'obscurité et les herbes, elle referma sa fenêtre.

Thomas resta accroupi contre le mur, immobile, perturbé. Ce n'était pas le fait que sa résidente se prive pour nourrir des félins en cachette qui le troublait. Non. Le plus déstabilisant pour lui était de se reconnaître dans l'affection et les mots que Michael avait pour son chien, mais aussi dans la façon dont Hélène souhaitait une bonne nuit à « sa fille » alors qu'elle s'adressait à un chat.

En regardant ces gens vivre face à des animaux, il venait sans doute de comprendre ce qui fait de nous des êtres humains. Finalement, notre passage sur

Terre se résume peut-être à cela. Pauline prête à se sacrifier pour Théo, Kishan qui se démenait pour que ses enfants aient une vie meilleure, et même lui qui veillait sur Emma en faisant tout et n'importe quoi.

Quand on aime quelqu'un, on nourrit pour lui des craintes et des rêves. Il cristallise nos peurs et nos espoirs. Nos plus beaux élans naissent de cela. Ce lien nous anime, nous motive, nous porte, nous construit. La seule chose qui compte, c'est d'avoir quelqu'un pour qui espérer mieux. L'essentiel, c'est d'avoir quelqu'un pour qui trembler.

46

« Bonsoir Kishan,

« Il est très tard mais j'attendais d'être au calme pour t'écrire. J'avoue que depuis ces dernières semaines, échanger avec toi régulièrement me fait beaucoup de bien. Je suis heureux des bonnes nouvelles que tu m'annonces. Transmets toutes mes félicitations à Shefali. Je suis aussi content que vous ayez bientôt fini de réparer les dégâts de la mousson. Vous devez être épuisés.

« Si la température de Paranjay ne baisse pas d'ici trois jours avec les comprimés de la pharmacie, il faudra l'emmener consulter au dispensaire. Les symptômes dont tu parles annoncent certainement une nouvelle infection. N'hésite pas si tu as besoin d'un conseil.

« Ce soir, j'ai regardé le coucher de soleil et j'ai repensé à tous ceux que nous avons vus ensemble. J'ai aussi beaucoup songé à tes enfants qui le regardent maintenant avec toi.

« Merci de demander des nouvelles d'Emma. Elle va bien. La situation est assez compliquée pour moi : je pense presque tout le temps à elle, je me démène pour l'aider par tous les moyens possibles, mais elle ne sait toujours pas que j'existe. À toi je peux le dire, mon ami : je me demande même si elle le saura un jour. Je ne lui parlerai peut-être jamais. Elle poursuit son chemin par elle-même et se débrouille plutôt bien. Elle n'a sans doute pas besoin de moi et je ne vois pas quelle place je peux prendre dans sa vie sans poser de problèmes, à elle ou à des gens qu'elle aime. C'est sans doute à moi que cela ferait le plus plaisir de la rencontrer, alors je me dis que dans son intérêt, il vaut peut-être mieux que je reste dans l'ombre. Je me pose beaucoup de questions.

« Parfois, je me demande si j'ai bien fait de rentrer. Ton père dirait que je dois me concentrer sur les points positifs et heureusement, il y en a. Je fais de jolies rencontres et j'essaie d'être utile. Figure-toi que j'ai fait la connaissance de quelqu'un qui a un chien ! Tu imagines ? La première rencontre était digne de mes pires cauchemars ! J'ai cru que la bête allait me manger. J'ai eu la peur de ma vie ! Tu peux le raconter au village pour faire rire tout le monde. Depuis, je prends sur moi pour ne pas m'enfuir dès que je le vois – le chien, pas son maître, qui est très gentil.

« Voilà, tu sais tout. Tiens-moi au courant pour Paranjay et salue tout le monde pour moi.

« Ton grand frère,

« Thomas. »

47

— Vous êtes certaine de pouvoir m'emmener ? Je ne veux prendre la place de personne. Je sais à quel point tout le monde aime aller avec vous au supermarché.

— Ne vous tracassez pas, docteur. Francis viendra avec moi la semaine prochaine. Et puis je n'ai jamais vu l'homme rustre faire ses courses. Qu'allez-vous chercher ? Une massue neuve ? Un pagne en peau de bête ?

— Payez-vous ma tête, parce que ça doit faire dix ans que je n'ai pas mis les pieds dans une grande surface.

— Génial, je vois d'ici le tableau ! « Le petit Thomas attend son infirmière à la caisse centrale ! » Ça ne vous embête pas si je fais le plein en arrivant ?

À la pompe, Pauline refusa que le docteur remplisse le réservoir pour elle. Il resta donc assis à la place du passager, à l'observer du coin de l'œil par la vitre et le rétroviseur. Avec du vent dans les cheveux et un soleil automnal éclairant ses yeux, Mlle Choplin avait beaucoup d'allure. Le docteur songea que plus d'une fois, en mission, son énergie et sa bonne humeur lui auraient été utiles. Utiles et agréables.

Le compteur digital de la pompe augmentait rapidement mais sur la fin, Thomas remarqua que Pauline ajustait le remplissage par de petites pressions de plus en plus précises. Méticuleusement, l'infirmière amena la somme à payer à un chiffre rond. Ayant réussi, elle raccrocha le pistolet, satisfaite.

— Vous avez fait exprès d'arriver à un total qui tombe juste ?

— Vous êtes comme mes petits vieux, vous remarquez tout…

— Ce ne sont pas vos petits vieux, mais les nôtres. Et oui, j'ai effectivement repéré votre façon de faire. C'est pour simplifier vos comptes ? Ou juste par superstition ?

— En fait, je ne sais pas trop. Mais ça me fait du bien. Ça me rassure. J'ai l'impression de maîtriser au moins un truc dans ma vie. Vous venez d'assister à mon trente-quatrième plein qui tombe pile ! Applaudissements s'il vous plaît. Vous n'avez aucune manie dans ce genre ?

— Pas que je sache. Que se passera-t-il le jour où vous n'arriverez pas à obtenir un total parfait ?

Pauline jeta un regard noir au médecin.

— Priez pour que je réussisse la prochaine fois parce que sinon, je vous tiendrai pour responsable de ma poisse, et il serait alors judicieux que l'homme rustre ait inventé le bouclier…

En traversant la galerie commerciale, Thomas nota que Pauline conduisait son chariot de façon encore plus sportive que sa voiture. C'était un miracle que des œufs puissent arriver intacts à la résidence. En passant devant les magasins, le docteur éprouva la même sensation que dans la zone de *duty free* de l'aéroport de Delhi. Il était à la fois aveuglé par les lumières et fasciné par la profusion. Mais ce n'était rien comparé à ce qu'il découvrit en pénétrant dans l'hypermarché. Il avait déjà eu de nombreuses occasions d'aller dans ce genre d'endroit avant ses départs en Afrique ou en Inde, mais il n'en gardait absolument pas ce souvenir démesuré. Des allées immenses, des rayons à perte de vue, remplis à ras bord de biens en tous genres. Était-ce son séjour dans les montagnes qui avait modifié ses références, ou bien les hypermarchés qui avaient pris des proportions monstrueuses durant son absence ?

— Vous en faites une tête ! Vous n'allez pas me faire la comédie, sinon je vous colle dans le siège bébé !

— Vous avez vu tout ce qu'il y a ?

— Ben oui, c'est même pour ça que les gens viennent ici.

Pauline déplia sa liste et entraîna Thomas vers le secteur des lessives. Au seuil du rayon, Thomas s'arrêta net, en état de choc.

— Vous ne venez pas ? le héla Pauline. Qu'est-ce qu'il y a encore ? Vous avez peur parce qu'un bidon d'adoucissant vous a mordu quand vous étiez petit ? Ou parce que d'ici, vous ne verrez pas le coucher de soleil ?

Thomas, fasciné par la quantité de détergents différents proposée, ne répliqua pas.

— Comme vous voudrez ! ironisa l'infirmière. Je

veux bien vous laisser là, mais ne parlez pas aux inconnus.

Thomas s'avança prudemment et passa en revue les rayonnages.

— Pourquoi y en a-t-il trente-neuf sortes ?

— Tant que ça, vous êtes sûr ?

— Je viens de compter.

— Je ne sais pas, moi. Pour chaque usage. Ce sont des produits très techniques, vous savez.

— Vous vous foutez toujours de moi.

— Pas du tout, mais avouez que votre question a de quoi surprendre. On dirait mon fils qui, le soir, pour ne pas dormir, me questionne sur tout et n'importe quoi. Combien j'ai de cheveux ? Où la petite souris stocke-t-elle toutes les dents qu'elle ramasse ? Pourquoi trente-neuf variétés de lessives ? Au lieu de faire cette tête d'ahuri, dites-moi de quoi vous avez besoin.

— Je veux acheter de la nourriture pour Michael et des croquettes pour chat.

— C'est un chien qu'il a. Mon fils vous a appris à les différencier en dessin, vous avez besoin qu'il vous donne un coup de main pour la version live ?

— Vous avez raison, on prendra aussi quelque chose pour son chien, mais j'ai quand même besoin de croquettes pour chat.

À chaque nouveau rayon, un nouvel effarement. Dix mètres linéaires de confiseries sur presque deux mètres de haut.

— Pourquoi en prenez-vous ? s'affola le docteur. J'ai défendu à Jean-Michel d'en manger.

— Je sais, et il respecte la consigne, mais il a fini par contaminer les autres qui m'en demandent un peu. Ne vous en faites pas, je les surveille.

Dans l'allée suivante, Thomas mesura plus de vingt pas pour aller d'un bout à l'autre des gâteaux apéritifs. La travée d'après, il tomba sur un arc-en-ciel de boissons en tous genres alignées face à des centaines de vins. Partout, des palettes pleines à ras bord, des présentoirs débordants couverts de promotions aguicheuses.

En regardant autour de lui, Thomas arriva à la conclusion suivante : la plus grande des épiceries de tout le district de Kupwara devait tenir dans la moitié du rayon des laitages.

Le médecin s'approcha de Pauline pendant qu'elle attrapait des petits-suisses aux fruits pour Théo. Le plus sérieusement du monde, il lui demanda :

— Certains humains ont-ils besoin d'autant pour vivre alors qu'il faut si peu à d'autres ?

— Ça y est, il nous fait sa crise mystique au rayon frais. Je suis bonne pour les questions existentielles devant les surgelés.

— Non mais vous vous rendez compte ?

— Très bien, je viens ici toutes les semaines, avec mes petits vieux qui trouvent que tout est trop haut ou trop lourd, avec mon fils qui trouve que tout devrait être gratuit, et maintenant avec vous qui trouvez qu'il y a trop de tout. En attendant, c'est mémère qui pousse le caddie.

— Vous avez raison, Pauline, je vais vous aider. Laissez-moi le chariot.

— Bien aimable. Et maintenant, il va falloir être fort parce que je dois aller dans le coin des légumes qui n'ont jamais vu la terre et que des gentils biologistes ont rendus plus gros et plus résistants à l'oxydation. Vous vous sentez de taille à m'y suivre sans tomber à genoux devant les carottes en hurlant « pourquoi ? », les bras levés au ciel ?

— Vous me prenez pour qui ?

— Pour le héros au cœur pur qui tomberait dans les pommes si je lui faisais traverser le rayon des sous-vêtements féminins.

48

Le docteur toqua doucement à la porte d'Hélène Trémélio. Aucune réaction. Il recommença, un peu plus fort.

— Oui, entrez !

La vieille dame était assise dans son fauteuil, un livre entre les mains.

— Je vous dérange en pleine lecture…

— Je suis plongée dans les ouvrages que Mme Berzha préférait. Elle me les avait prêtés pour que je les découvre. Je ne pourrai malheureusement plus les lui rendre. Mais entre nous, autant nous nous entendions sur beaucoup de points, autant en matière de lecture…

Le docteur jeta un œil à la couverture et haussa un sourcil.

— *Mon patron, mon amour ?*

— C'est affligeant. Je ne sais pas comment cette femme par ailleurs si distinguée pouvait s'intéresser à ce genre de romans. Pendant les dix premiers chapitres, ils se tournent autour à coups de jupe fendue, de chemise ouverte et de sous-entendus gros comme des veaux, mais j'en suis arrivée au moment où ils font des cochonneries partout. Dans leur bureau, en déplacement, dans les avions. Par moments, je suis tentée de retourner le livre pour vérifier si ce qu'ils font est à l'endroit ou à l'envers. Le fait est qu'ils ont la santé, mais je me demande quand est-ce qu'ils font leur travail…

Mme Trémélio remarqua soudain le paquet-cadeau que portait le docteur. Son regard se mit à pétiller, mais elle fit tout son possible pour ne pas manifester trop d'intérêt envers ce qui ne lui était peut-être pas destiné. Le médecin ne prolongea pas le suspense.

— Tenez, Hélène. C'est pour vous.

Soudain libre de réagir, la vieille dame se leva de son fauteuil et s'empara du paquet avec un sourire d'enfant.

— Comme c'est charmant ! Ce n'est pourtant pas mon anniversaire !

— Faites attention, c'est un peu lourd.

— Qu'est-ce que c'est ?

— Avant de l'ouvrir, je veux que vous me fassiez une promesse.

— À quel sujet ?

— Je connais votre secret, Hélène.

Mme Trémélio eut un mouvement de recul. Le docteur l'invita à s'asseoir en lui tenant la main. Il se baissa pour être à sa hauteur et dit :

— Je comprends maintenant pourquoi vous aviez peur du chien. Mais rassurez-vous, tout se passera bien.

— Vous l'avez tué ? Il est mort ?

— Non. Mais il ne s'en prendra pas à vos petits protégés, j'en ai parlé à son maître, qui sera vigilant.

— Mes petits protégés ?

— Ouvrez votre paquet.

D'une main hésitante, Hélène décolla le ruban adhésif et écarta le papier. Lorsqu'elle identifia le sachet de croquettes géant, elle regarda le docteur sans savoir comment réagir. Il lui murmura :

— J'ai vu les adorables chatons qui vivent dans les buissons et leur maman qui vient vous rendre visite.

La vieille dame se renversa dans son fauteuil, apaisée.

— Je vous avais bien dit que vous étiez gentil.

— Vous n'avez plus besoin de vous cacher, Hélène, et surtout, je ne veux pas que vous vous priviez de manger pour nourrir cette chatte et ses petits. Comment s'appelle-t-elle, d'ailleurs ?

— Je l'ai baptisée Marie-Laure. C'était le prénom de ma meilleure amie lorsque j'étais jeune.

— Elle vous rend visite tous les soirs ?

— Cela n'a pas toujours été le cas. En arriver là a été une véritable aventure. J'ai mis des mois à l'apprivoiser. Je l'ai aperçue l'année dernière jouant parmi les fleurs. Sans doute sauvage, elle se méfiait de tout. Même pour la regarder, je devais me cacher. Je lui ai proposé du lait, du jambon, tout ce qui pouvait lui faire plaisir. Petit à petit, elle s'est approchée. Chaque jour, je savourais ses pas supplémentaires vers moi. Mais le directeur de l'époque ne voulait aucun animal dans la résidence. Il l'avait formellement interdit. Alors c'est en cachette que j'ai continué à la voir. Chacune des limites qu'elle a dépassées était pour moi une marque de confiance. Je ne voulais surtout pas la décevoir. À force de lui parler, de la nourrir, elle a fini par monter sur le rebord et par s'habituer à moi. Et puis l'hiver dernier, un matin que j'aérais, elle s'est aventurée à l'intérieur. J'y suis allée très progressivement car je savais que si je la brusquais, je risquais de ne plus jamais la revoir. Une fois, je suis restée immobile dans ce coin là-bas pendant trois heures alors qu'elle était étendue sur mon lit. Elle me regardait. Mais j'ai tenu ! À chaque jour sa petite victoire. Si vous saviez à quel point elle est devenue importante pour moi… Mes journées sont rythmées en fonction d'elle. Je sais pertinemment qu'au début, elle venait pour manger mais maintenant, elle passe même s'il n'y a rien. Je n'ai jamais présenté Marie-Laure à personne. Même Pauline ne le sait pas. C'est pour cela que l'autre jour, lorsque j'ai vu ce gros chien courir comme un bulldozer dehors, je me suis dit qu'il allait faire fuir ma petite fée.

— Ne vous en faites pas. On fera en sorte que tout se passe bien. Et promettez-moi de manger correctement.

— Venez un soir, et je vous la présenterai.

— Ce sera un honneur.

49

Alerté par le bruit à l'extérieur, Thomas leva le nez de ses fichus documents comptables. Le mélange d'aboiements et de cris d'enfant signifiait deux choses : Théo était arrivé, et il avait découvert Attila.

Dans le jardin, difficile de savoir qui, du jeune humain ou du canidé, était le plus excité, tellement ils couraient dans tous les sens. Mais là encore, chacun des deux semblait y trouver son compte. Michael prenait garde de maintenir leurs jeux turbulents à bonne distance du secteur des félins. À ses côtés, Pauline se réjouissait de voir son garçon aussi heureux.

— Qu'est-ce que Théo a dans le nez ? demanda le docteur en les rejoignant.

— Il saigne dès qu'il a une forte émotion, alors vous imaginez quand il s'est trouvé face à face avec le monstre… J'ai improvisé avec ce que j'avais sous la main.

Attila et l'enfant s'en donnaient à cœur joie. Le chien avait vite compris la règle du jeu : Théo courait en cherchant à se cacher, et Attila se lançait alors à sa poursuite en jappant. Durée moyenne de la partie : vingt secondes. Thomas savait mieux que personne qu'à ce sport, le roi des Huns était imbattable. Lui-même n'avait pas tenu aussi longtemps…

Michael ne lâchait pas son animal des yeux. Le fait que le chien se montre d'une patience remarquable avec l'enfant ne semblait pas le rassurer.

Comme une fusée, Attila revint du verger et fonça sur le petit, qu'il évita de justesse en le frôlant. Sans doute un nouveau jeu. Une sorte de bowling à une quille dans lequel le chien n'allait pas tarder à faire un strike.

Pauline glissa au docteur :

— Je n'ai pas voulu vous déranger, mais la fille et le gendre de Mme Trémélio sont passés.

— Je les saluerai tout à l'heure.

— Ils sont déjà repartis. Ils ne venaient que pour une chose…

— C'est-à-dire ?

— Ils ne traînent jamais. Pas de temps à perdre. Dès qu'ils ont leur chèque, ils filent.

— Hélène m'a dit qu'ils font construire et qu'elle les aide. Ils ont promis de la faire venir une fois les travaux finis.

— Ça, c'est la version officielle. Si vous voulez mon avis, ils vont lui pomper toutes ses économies et ils trouveront un prétexte pour la laisser là où elle est – si elle en a encore les moyens.

— Vous voyez le mal partout.

— C'est plutôt vous qui avez une vision idyllique de vos semblables.

Attiré par l'agitation, Francis sortit à son tour dans le jardin.

— Salut la compagnie ! Bonjour Théo !

Le petit répondit de loin alors qu'il tentait d'échapper au chien en tournant autour d'un cerisier. Michael paraissait inquiet de voir son chien hors de contrôle. Pauline interpella son fils :

— Mon chéri, il va falloir rentrer. M. Tibene et le docteur ont du travail, et moi je dois préparer le déjeuner.

— Laissez-le s'amuser. Je peux rester pour les surveiller, proposa Francis.

— Vous êtes sans doute le moins raisonnable des trois, plaisanta l'infirmière. Celui à qui je ferais le plus confiance pour garder les deux autres, c'est encore le chien.

— Jeune fille, j'ai commandé des pelotons de bleus pendant trente ans. Je dois pouvoir m'en sortir avec ces deux-là.

— Comme vous voudrez, mais je vous rapporte un gilet. Il ne fait pas si chaud.

Lancés à fond, le chien et Théo passèrent devant Francis à toute allure. Le Colonel ouvrit de grands yeux :

— Qui a mis un Tampax dans le nez du petit ?

50

— Prêt, Michael ? On y va à trois ?
— Je vous suis.
— Un, deux… et trois !

M. Tibene et le docteur soulevèrent le meuble de bibliothèque pour le positionner face à l'entrée. Thomas s'épongea le front et recula pour juger de l'effet.

— C'est parfait, je vous remercie de votre aide. Vous êtes aussi costaud que Jean Valjean ! Sans vous, je n'aurais pas réussi à tout ranger aussi vite. Plus qu'un coup sur les sols et ce sera impeccable.

— Je peux m'en occuper, si vous voulez.

— Vous m'avez bien assez aidé comme ça.

— Heureux de vous être utile.

Venu du jardin, un aboiement monta, plus fort que les autres.

— J'en connais deux qui s'amusent comme des fous, commenta le docteur. Ils dormiront bien ce soir.

Michael tendit l'oreille, l'air inquiet.

— Ne vous en faites donc pas, le rassura le docteur. Un chien et un gamin, c'est la recette du bonheur.

— Ça me fait drôle. Je n'ai pas l'habitude d'être

séparé d'Attila. Depuis que je l'ai, il est toujours resté près de moi. Quand il se promène, il lui arrive de disparaître, mais il revient vite. C'est la première fois qu'il ne remarque même pas que je ne suis pas près de lui.

— J'ai bien vu que vous étiez déçu qu'il ne nous suive pas, mais dites-vous qu'il est mieux à jouer dehors que dans nos jambes.

— Il n'avait jamais fait la fête à quelqu'un d'autre que moi…

— Un peu jaloux ?

— Non. Triste plutôt. Un jour, il me laissera peut-être pour quelqu'un d'autre qui prendra mieux soin de lui. N'importe qui pourrait lui offrir mieux que cette vie.

— Vous vous faites du mal pour rien. Les chiens sont fidèles. Attila et vous, c'est à la vie à la mort.

Ces mots bouleversèrent Michael. Pour ne pas céder à l'émotion, il se dépêcha de changer de sujet.

— Votre locataire arrive demain, c'est ça ?

— Il vient d'abord visiter pour décider si cela lui convient.

— Je suis certain qu'il aimera, c'est vraiment un bel appartement.

Thomas remarqua l'inflexion de sa voix.

— Ma proposition reste valable, réagit-il. Si vous voulez, je vous trouve une place ici.

— Merci, je ne veux pas changer les habitudes d'Attila trop vite. Déjà qu'il trépigne pour venir chez vous dès que j'ouvre la porte blindée. Et puis si je chante ici la nuit, vos résidents vont se plaindre…

— Détrompez-vous. J'en connais au moins une qui serait enchantée. Avez-vous déjà chanté en public ?

— Jamais.

— Même devant votre famille ?

— J'étais tellement timide que je m'enfermais dans ma chambre pendant que tout le monde écoutait dans la pièce voisine. Je vis la musique, je ressens les paroles, j'ai l'impression de devenir un autre. J'ai peur que si les gens le voient, ils se moquent de moi.

— Tous les artistes vivent et respirent leur art, et à part les abrutis, personne ne se moque d'eux. C'est même pour ce talent-là qu'ils sont admirés. Et c'est justement ça qui m'a donné envie de vous découvrir. Vous savez, Michael, chaque soir, je viens à cette fenêtre, là derrière vous, et je l'ouvre en espérant vous entendre. C'est d'ici que je vous ai écouté la première fois. C'est un superbe souvenir. Un moment magique.

— Rencontrer celui qui se cache derrière la voix ne vous a pas trop déçu ?

— Michael, s'il vous plaît, rendez-vous service. Arrêtez de vous dévaloriser. Dites-moi, quelle est la phrase que vous ne voulez surtout pas entendre ?

— Pardon ?

— Qu'est-ce qui vous fait le plus peur ?

— Je ne sais pas…

— Je vais être obligé de vous le dire pour conjurer la malédiction qui vous entrave. Vous redoutez par-dessus tout que quelqu'un s'avance et vous jette au visage : « Michael, tu n'es qu'un bon à rien qui a gâché toutes les chances que ta mère s'est saignée à te donner. Tu aurais dû faire des études et tu vis comme un clochard dans un trou. Tu n'es pas à la hauteur. Tu devrais avoir honte. »

Michael Tibene fixait le docteur, sonné comme s'il avait reçu un coup en pleine figure. Sa lèvre inférieure tremblait. Cette fois, il n'allait pas réussir à maîtriser l'émotion qui se répandait en lui plus vite qu'Attila n'était capable de courir.

À l'instant où le docteur vit la première larme couler sur la joue du jeune homme, il le prit dans ses bras.

— Pleure, mon gars, pleure. Et que tes larmes noient tes peurs. Plus personne ne pourra te blesser en te disant ce que tu ne veux surtout pas entendre, parce que tu l'auras déjà entendu. Ne m'en veux pas. Je t'ai dit ce que tu redoutes, pas ce que je crois.

Michael s'abandonna contre le médecin et libéra ses larmes.

— Pleure, mon gars. Vas-y. Dans ma vie, j'ai été obligé d'annoncer à des parents que leur enfant n'allait pas survivre. J'ai dû avouer à un homme que je n'étais pas capable de sauver sa compagne. J'ai si souvent échoué et vu le malheur… Je vois ta vie, Michael, et crois-moi, même si elle n'est pas simple, tu as de sacrés atouts. Tu as les moyens d'avoir un futur. Ne t'inflige pas ce que tu ne ferais jamais à ton chien. Ne t'abandonne pas.

51

— Alors Théo, comment s'est passée l'école cette semaine ?

De la cuisine, Pauline répondit avant son fils :

— Je préfère encore que vous parliez de la faim dans le monde ou du trou noir qui va manger la galaxie, parce que franchement…

Théo se pencha vers le docteur et confia à voix basse :

— J'ai répondu à la maîtresse…

— Mouvement d'humeur, ou réaction justifiée ?

— J'étais super énervé parce qu'elle nous a obligés à jouer au foot avec les petits.

— Mouvement d'humeur, donc. Ce n'est jamais bon. Et pour toi, c'est quoi un petit ?

— Des CP. Ils arrivent même pas à dribbler, c'est des gastéropodes.

— Je comprends. Donc, « gastéropode » est une insulte.

— Ben oui. Tout mous, tout baveux, lents comme des CP…

— Tu as toi-même été un CP.

— Oui, mais j'étais pas comme eux.

— Vraiment ?

— Sans blague, je courais déjà bien plus vite. À côté, on aurait dit que j'avais des ailes !

— Les papillons ont des ailes lorsqu'ils arrêtent d'être des larves, pas les escargots.

— Alors les CP sont encore des larves.

— Je sens que l'on progresse.

— Papillon ou escargot, on joue pas au foot avec des larves.

Pauline entra, portant l'assiette de Théo sur un plateau.

— Qu'est-ce que vous complotez tous les deux ? Vous croyez que je n'entends rien ?

Théo fit un clin d'œil au médecin tandis que sa mère prenait place à côté de lui.

— Quand je pense au nombre de repas que j'ai pris ici toute seule… Quelle déprime ! Avec toutes ces bestioles peintes qui vous fixent. Leurs yeux exorbités, leur sourire figé, et ces couleurs nucléaires qui ne pâlissent même pas avec le temps… Ça fait froid dans le dos. L'espèce de castor sous acide me fait particulièrement flipper, pas vous ?

Le docteur jeta un coup d'œil par-dessus son épaule.

— Moi ce serait plutôt le hérisson. Je lui trouve un air torve.

— Ça veut dire quoi, « torne » ? demanda Théo.

— Tor-ve. Cela signifie qu'il n'a pas l'air franc. On n'a pas envie de lui faire confiance. Mais les vrais hérissons sont très gentils.

— Excellent pédagogue, docteur, s'amusa Pauline. Vous êtes mûr pour aborder l'anthropomorphisme. Si en même temps, vous pouviez lui toucher deux mots de la surproduction d'huile de palme pour ses biscuits chocolatés, vous m'aideriez vraiment.

— Je suis certain qu'il peut comprendre.

— C'est évident. C'est sans doute moi qui ne sais pas m'y prendre. Alors puisque vous êtes si doué, expliquez donc à cet enfant pourquoi il ne doit pas envoyer bouler sa maîtresse.

Francis se présenta à l'entrée de la salle commune.

— Je ne dérange pas ?

— Bien sûr que non, venez.

— Vous n'en êtes pas encore au café ?

— On avait du ménage à faire là-haut, répondit Pauline. Mais on a presque fini, installez-vous.

M. Lanzac prit place à côté du docteur et, avec une timidité inhabituelle, demanda :

— Ça vous embêterait si je venais déjeuner avec vous de temps en temps ? La télé ne m'amuse plus.

Thomas lui adressa un sourire goguenard :

— Je vous l'avais proposé, poil au cul.

— Bravo ! Devant le petit, c'est malin ! s'insurgea Pauline.

— Il est en âge d'apprendre la vraie vie, commenta Francis.

Théo lui demanda :

— Monsieur, c'est quoi un Tampax ?

Pauline faillit s'étouffer.

— Allez-y, apprenez-lui la vraie vie !

La sonnerie de l'entrée tinta, épargnant à M. Lanzac une réponse qu'il n'avait jamais eu à formuler à ses recrues.

Thomas vérifia l'heure et échangea un regard avec l'infirmière.

— Il est trop tôt, ça ne peut pas être lui.

— Peut-être la fille de Mme Trémélio qui, accablée de remords, lui apporte un bouquet de fleurs ?

Pauline se leva pour aller regarder mais à peine passée la porte du salon, elle revint tout affolée.

— Docteur, je crois que c'est Romain !

Thomas se leva d'un bond, au grand étonnement de Théo et Francis.

— Déjà ? Misère…

Comme s'il allait entrer en scène, Pauline aida Thomas à rectifier ses vêtements. Elle ajusta son col et même une mèche de ses cheveux.

— Respirez, tout va bien se passer. Restez calme. Ne pensez surtout pas aux enjeux.

— C'est malin, je n'y pensais pas. Maintenant j'y pense.

— Pardon, pardon. Vous êtes parfait. Souriez, ne le pressez pas et surtout n'oubliez pas : c'est la première fois que vous le voyez et vous ne savez absolument rien de lui. Foncez !

52

— Bienvenue, je suis le docteur Sellac, je dirige cet établissement.

— Merci de me recevoir. Romain Mory, je viens pour l'appart à louer.

— Romain Mory… Ah oui ! Ça me revient. Vous savez, on a reçu tellement de monde pour ce logement… Mais vous nous avez été chaudement recommandé.

La poignée de main n'était pas décevante. Le docteur la jugea même d'excellent augure. En traversant le hall, Romain ne manqua pas de remarquer les charmants animaux peints sur les murs.

— C'est une garderie ?

— Une ancienne crèche, reconvertie en résidence pour séniors.

Pour éviter que les pensionnaires ne tombent sur Romain, Thomas l'entraîna rapidement jusqu'à l'escalier. Une fois en haut, il expliqua plus sereinement :

— Les résidents ne montent jamais à cet étage. Je serai votre seul voisin et vous aurez un accès direct vers l'extérieur. Vous pourrez aussi profiter du grand jardin qui se trouve derrière. Il s'étend jusqu'à la rivière.

Au moment d'ouvrir la porte du logement tout juste briqué, Thomas se sentait encore plus stressé que lorsqu'il avait passé sa soutenance de thèse devant un jury peu réceptif. Il abaissa la poignée comme s'il sautait dans le vide.

— Nous y voilà.

Le docteur invita le jeune homme à franchir le seuil. Il nota avec plaisir que le garçon essuya spontanément la semelle de ses chaussures sur le paillasson.

Romain fit consciencieusement le tour, jeta un œil par la fenêtre, passa la main sur le plan de travail du coin cuisine et termina par la chambre. Avait-il remarqué le petit bouquet que Pauline avait posé sur le comptoir pour faire plus vivant, et la guitare récupérée que Thomas avait exposée sur le haut de la bibliothèque pour faire plus jeune ?

— C'est très lumineux, commenta le jeune homme. La chambre est suffisamment grande pour un lit double.

L'esprit de Thomas s'emballa aussitôt.

— Sur l'annonce, répliqua-t-il en maîtrisant sa voix, nous avions pris soin de préciser que le logement convenait pour un célibataire…

— Ça colle, je ne suis pas marié. Mais un lit double est plus confortable.

Romain prit une inspiration avant d'aborder le cœur du sujet :

— Et pour le loyer ?

Le docteur savait que sa réponse allait être décisive.

— L'idée n'est pas de gagner de l'argent, mais de faire vivre cet endroit. Ce n'est pas un logement conventionnel, on est dans ce qui ressemble à une maison de famille. On vous demandera peut-être un petit coup de main de temps en temps, mais rien de contraignant. Que diriez-vous de trois cents par mois ?

Le jeune homme eut beaucoup de mal à cacher son étonnement face à cette bonne surprise. Il regarda autour de lui, soudain plus détendu.

— Ce n'est pas cher, concéda-t-il. Mais je préfère être honnête : si rendre service ne me gêne pas du tout, mon boulot me prend pas mal de temps.

— Nous nous arrangerons. Dans quel domaine exercez-vous ?

— L'informatique. Programmeur et installateur de réseaux. Je suis en CDI. J'ai apporté mes bulletins de paye.

— Je préfère me fier à votre parole plutôt qu'à des documents auxquels je ne comprends rien. La vraie question qui se pose en premier lieu est de savoir si vous êtes intéressé par cet appartement.

Le jeune homme parcourut à nouveau les pièces, en s'aventurant cette fois à ouvrir quelques placards. Mine de rien, il prenait déjà ses marques. Thomas était de moins en moins inquiet. De toute façon, depuis l'annonce du montant du loyer, le docteur sentait que la décision de Romain était prise. Les jeunes mâles ne font pas illusion devant leurs aînés.

— Je me vois bien vivre ici, si mon profil vous convient. Pour vous rassurer, je peux même vous régler quelques mois d'avance.

Le docteur allait bientôt revoir ses billets… Il prit son temps pour faire semblant d'hésiter en ayant l'air de peser le pour et le contre. Le candidat, qui maintenant voulait y croire, n'en menait pas large.

— Vous vous appelez Romain, c'est ça ?
— Oui, monsieur.
— Vous m'avez l'air d'un garçon sérieux. Je vais vous faire confiance. J'aime l'idée de donner un coup de pouce à un jeune. C'est votre premier logement, n'est-ce pas ?
— Oui, monsieur.
— Alors je vous donne mon accord.
— Merci, monsieur !
— Quand souhaitez-vous emménager ?
— Dès que possible. Le temps d'acheter quelques meubles et un frigo.
— Parfait. Allons signer les papiers dans mon bureau.
Bien que ce soit pour des raisons très différentes, chacun des deux hommes avait envie de hurler de joie, en faisant des bonds partout et en embrassant l'autre. Mais Thomas et Romain se contentèrent d'un de ces rictus que font les héros victorieux dans les séries que regardait Francis.

53

Le directeur raccompagna son tout nouveau locataire jusqu'à son véhicule. Les deux hommes se saluèrent et Thomas regarda s'éloigner la voiture qu'il avait si souvent vue emporter sa fille. Arrivé à ce stade, il n'était plus à une situation étrange près.

En regagnant le foyer, le docteur, assez éprouvé nerveusement, oscillait entre une joie incontrôlable et l'angoisse d'avoir déclenché un mécanisme infernal qui allait finir par lui exploser à la tête. Une fois rentré, il s'assura de bien refermer la porte derrière lui et prit le chemin de son bureau.

— « Bienvenue, je suis le docteur Sellac, je dirige cet établissement. »

Le cœur du docteur manqua un battement. Surpris par cette voix sépulcrale surgie de nulle part, il fit une embardée qui le précipita violemment contre le mur. En embuscade, Pauline riait de sa mauvaise imitation.

— Là, effectivement, je me moque de vous. Franchement, docteur, c'était quoi cette voix de guide de musée ? Je préfère encore quand vous êtes sous hélium.

— Vous avez failli me faire crever !

— Et sur votre tombe, j'aurais fait graver : « Ci-gît le roi des mythos avec son col fermé jusqu'en haut. »

Elle singea à nouveau la diction emphatique du docteur :

— « Ah oui, votre nom me revient. Vous savez, on a reçu tellement de monde pour ce logement… »

— Vous n'avez donc jamais pitié.

— Si. Souvent même. Ce qui m'a valu de me faire avoir un nombre incalculable de fois, mais c'est une autre histoire.

Elle s'approcha de lui et s'adoucit.

— Je suis contente que ça marche comme vous le vouliez. J'ignore comment vous allez vous sortir du traquenard dans lequel vous êtes en train de vous fourrer tout seul, mais je suis vraiment heureuse pour vous.

— Vous pensez que je vais trop loin ?

— Si je vous réponds « oui », vous allez le rappeler avec votre voix de pingouin shooté au gaz ? Parce que dans ce cas, je suis tentée… Allez, venez, je vous paye un verre, à vous, à Théo et même à Francis. C'est ma tournée ! Grenadine pour tout le monde !

À la seconde où Pauline achevait sa phrase, un claquement sec résonna dans le hall et toutes les lumières s'éteignirent.

— Les plombs ont sauté, constata sobrement l'infirmière. C'est bien la première fois que ça arrive.

— N'essayez pas de me faire croire que c'est un signe de malheur suite à ce que je viens de faire, ou je vous sabote votre prochain plein d'essence.

— Méchant docteur mytho.

— Dites-moi plutôt où sont les fusibles.

Un râle venu de la chambre de Jean-Michel les ramena brutalement à la réalité.

54

— Qu'est-ce que vous avez fait ?

M. Ferreira était étendu sur le sol de sa chambre, à côté d'une lampe renversée et d'une ampoule brisée. Une légère odeur de brûlé flottait dans l'air. Le vieil homme grogna. Thomas s'agenouilla à son chevet.

— Ne bougez pas. Respirez lentement. Est-ce que vous me voyez ?

— Évidemment, vous êtes juste là. Je suis myope, mais pas à ce point-là.

En lui prenant la main, le médecin remarqua que les extrémités de son majeur et de son index étaient noires. Il se tourna vers Pauline.

— Il a remis ça.

— Que voulez-vous dire ?

— Il s'est volontairement électrocuté.

— Et alors ? se défendit Jean-Michel. Ce n'est pas un crime ! Ça m'a fait tellement de bien la première fois ! Je me suis senti revivre. Je ne supportais pas de redevenir une loque. Quand je vois le gamin et le chien s'amuser, j'ai envie de cavaler avec eux ! Alors foutu pour foutu, je me suis dit que ça valait la peine d'essayer.

— Mademoiselle Choplin, s'il vous plaît, téléphonez aux électriciens, on tient leur premier drogué. Il est accro.

— Au lieu de dire des âneries, rassurez-moi. Il va bien ?

— Pleine forme. Le pouls est bon, la pupille tout à fait normale, et il a fait le plein d'énergie pour au moins une semaine. On doit même pouvoir lui brancher la cafetière dans le nez. Faites-moi penser à vérifier si, par chance, il ne resterait pas des cache-prises dans les stocks de la crèche, parce que je n'ai pas envie qu'il se mette à lécher les plinthes.

— Docteur, franchement…

Pauline se pencha sur son résident pour le réconforter. Francis et Théo passèrent la tête dans l'encadrement de la porte.

— Qu'est-ce qui s'est passé ? On était en train de regarder un épisode d'« Hyper Sniper » quand tout a pété.

Le petit précisa :

— Ça a fait un grand boum dans la pièce en même temps que dans l'histoire ! Comme si on avait un home cinéma !

— L'ennui, se lamenta Francis, c'est qu'on ne saura jamais qui a vendu l'invention secrète du savant fou aux terroristes.

Pauline et Thomas relevèrent M. Ferreira et l'installèrent sur son lit.

— Vous allez vous reposer un peu.

— Je préférerais aller courir avec le chien.

— C'est quoi ce chambard ? fit Chantal en arrivant à son tour.

— Jean-Michel a pris la foudre, expliqua Francis.

— La foudre ? Mais il n'y a pas eu d'orage ! Tout est de plus en plus bizarre dans cette baraque… Je suis verte, j'étais en train de regarder un jeu télévisé culturel et ça a coupé au moment où ils allaient donner la réponse de la question à un million.

— Quelle était la question ? demanda Jean-Michel qui reprenait ses esprits.

— « Vide les baignoires et remplit les lavabos », en huit lettres.

— Acide chlorhydrique ! s'écria Francis. J'ai gagné un million !

Il sauta laborieusement sur place, le poing levé en signe de victoire.

— Ça fait dix-huit lettres, et deux mots, répliqua Chantal, les lèvres pincées. Pauvre amateur.

Jean-Michel éclata d'un rire de dingue. Frankenstein était de retour.

55

Suivre Emma devenait beaucoup plus compliqué. Lorsqu'elle sortait avec Romain, Thomas craignait désormais d'être reconnu par son locataire. Du coup, chaque fois que le jeune homme retrouvait sa fille, le docteur se mettait encore plus en retrait et lui cédait la place. Thomas se consolait en se disant que tous les pères finissent par s'effacer lorsqu'un autre homme s'installe dans la vie de leur fille. Mais ce n'est pas parce que c'est une loi de la nature qui s'applique sans exception que ce n'est pas douloureux.

Alors, contrairement au point de vue qu'il défendait encore quelques semaines auparavant, le docteur préférait maintenant observer Emma lorsqu'elle était seule ou avec ses amies, même si ces circonstances lui offraient moins de temps pour vivre près d'elle.

Il devenait trop risqué d'aller dîner au kebab situé stratégiquement en face du resto italien que fréquentait le couple. Ce n'étaient pas la nourriture infâme et suintante de graisse que le docteur allait regretter, ni le sourire édenté du patron, convaincu que son fidèle client revenait pour sa célèbre sauce aussi huileuse que fluo. Thomas se sentait triste de ne plus s'installer côté vitrine, en embuscade entre la plante verte en plastique et le panneau des menus. C'est de ce poste discret qu'il avait pu, à loisir, observer sa fille de face sans avoir à se contenter d'un reflet. C'est de là qu'il avait pu s'abreuver de ses sourires et de la façon qu'elle avait de rejeter la tête en arrière lorsque Romain la faisait rire. Plus question non plus d'aller au cinéma en même temps qu'eux. Trop dangereux. Tant pis, le docteur verrait les films à la séance d'après, pour continuer à partager les émotions d'Emma. Le père du héros serait bon pour claquer une deuxième fois.

Thomas aimait attendre sa fille. La voir apparaître était toujours un cadeau. Ces rendez-vous unilatéraux et secrets structuraient son quotidien. De leur succès dépendait son moral. Depuis le temps qu'il observait Emma, le docteur ne l'avait vue accomplir que des actions simples et relativement identiques d'un jour à l'autre. Marcher, parler, téléphoner, se recoiffer en tenant sa barrette entre ses dents, remonter son col, rire, embrasser, attendre, boire un verre, relire ses cours sur une table de café ou faire quelques achats. Toujours dans des lieux publics. Pourtant, à force de voir la jeune femme faire et refaire, le docteur parvenait à lire dans ses gestes bien davantage que ce qu'aurait décelé un regard superficiel. Disséqués jusqu'à l'ultime, analysés dans chaque nuance, ces actes au demeurant anodins en disaient long. Suivant le contexte, leur rythme d'exécution, l'attitude générale, ils révélaient l'état psychologique d'Emma. À cela s'ajoutait ce que Thomas appelait les « phénomènes connexes », ces témoins inconscients qui accompagnent l'action proprement dite et en traduisent la signification profonde.

Emma n'a pas qu'un seul rire. Emma est capable de marcher de bien des façons. Emma tient son verre différemment suivant qu'elle boit pour se désaltérer ou pour faire bonne figure dans des circonstances sociales. Emma a dans la voix une toute petite inflexion lorsqu'elle tente de convaincre, qui disparaît quand il n'y a plus d'enjeu. Étrangement, cette minuscule nuance se retrouve dans sa façon de se tenir lorsqu'elle est demandeuse et s'évanouit lorsqu'elle accorde. Cette infime tension se repère à son menton qui pointe un peu plus et à son dos qui se cambre imperceptiblement.

En la regardant accomplir les mêmes actes, encore et encore, Thomas en était arrivé à se détacher de l'action première pour se focaliser sur les détails que personne ne remarque jamais. Au-delà des apparences, il sentait tourner les rouages de la mécanique affective qui animait la jeune femme. Cette étude minutieuse lui avait valu de remplir un cahier de notes supplémentaire. Il lui avait ainsi fallu plusieurs semaines d'observation acharnée pour découvrir que lorsque sa fille embrassait quelqu'un qu'elle appréciait vraiment, son regard ne fuyait pas vers le haut. Il pouvait dès lors, sur la foi d'une simple bise, déduire ce qu'Emma ressentait réellement. Il n'y avait que lorsqu'elle embrassait Romain qu'elle fermait les yeux.

Thomas commençait à bien connaître sa fille. Rien qu'au premier coup d'œil, il savait immédiatement si elle allait bien ou pas.

Souvent, Thomas se comparait à Emma lorsqu'il avait son âge. Même si garçons et filles ne fonctionnent pas de la même façon, il faisait un parallèle entre ce qu'il connaissait de lui-même et ce qu'il avait appris d'elle. Le garçon qu'il était à l'époque se montrait mal à l'aise vis-à-vis du sexe opposé. Les jeunes femmes l'intéressaient pourtant beaucoup, mais il ne voyait pas ce qu'elles auraient pu lui trouver. Son moyen à lui d'exister ne reposait pas sur la séduction, mais sur l'action. Emma semblait capable d'associer les deux. Elle était aussi plus sereine, et plus décidée. Il n'avait jamais fait preuve de sa faculté à s'exprimer de façon aussi précise. Il se souvenait très bien que n'importe quelle grande gueule avec un peu d'aplomb était capable de fissurer ses arguments, même s'ils étaient objectivement plus pertinents. Thomas n'avait jamais su se battre contre cela. Il se sentait désemparé face aux beaux parleurs. Il détestait ce qui n'était pas carré, pas justifié. C'était sans doute pour cela qu'il s'était orienté vers les questions de vie ou de mort, là où les grandes gueules ne mettent jamais les pieds.

Quand il suivait sa fille, le simple fait de sentir sa présence lui donnait la force de penser plus fort. Comme une divinité dont la grâce vous touche. Comme une figure affective qui vous inspire en cristallisant le meilleur de vous-même. Thomas ne prenait pas sa fille pour une sainte. Il ne l'idolâtrait pas. Il l'aimait. En sa présence, il était incapable de se mentir et osait se remettre en cause. Il raisonnait avec plus de vérité – à moins que ce soit avec moins de peur. Tout est une question de point de vue.

Thomas songeait à ceux qui, d'une façon ou d'une autre, faisaient sa vie. Céline, Michael, Kishan, ses parents, sa sœur, Théo, les gastéropodes et Pauline. Sa vie se trouvait tout autant définie par des absences que par des présences inattendues. Lorsqu'il réfléchissait à son parcours, il en revenait toujours à celle qui, à quelques mètres devant lui, même sans rien faire de remarquable, l'était pourtant à ses yeux. Dire qu'il avait eu la prétention de l'aider alors que même sans le savoir, c'était elle qui le soutenait…

Quel que soit l'angle sous lequel il abordait la question, Thomas finissait toujours par conclure qu'Emma était plus douée que lui. En la regardant, en cherchant à la comprendre, en l'aidant – même maladroitement –, Thomas apprenait beaucoup sur lui-même et sur la vie. Les enfants font souvent cet effet-là.

56

À peine eut-elle achevé de lire le courrier que Pauline leva les yeux vers Thomas. Le docteur n'avait pas souvent eu l'occasion de la voir désemparée, mais c'était le cas. Elle était blême.

— Quel petit fumier ! lâcha-t-elle en serrant la lettre aussi fort que si elle tenait le cou de l'ancien directeur.

— N'abîmez pas ce document, il nous sera utile. C'était vraiment un excellent gestionnaire…

— Vous vous rendez compte ? « Une structure inadaptée et forcément déficitaire. Le coût de fonctionnement par personne placée pourrait être divisé par deux si les pensionnaires étaient hébergés dans des centres classiques de volume plus important. » Et ce pignouf préconise la fermeture de la résidence et notre reclassement ! Ce n'est pas la grippe qu'il fallait lui refiler, c'est la peste bubonique !

— Détendez-vous, Pauline, ils ne feront rien sans nous consulter, et j'ai quelques arguments. Son rapport de fin de mission a déjà plus d'un mois et ils viennent seulement d'en accuser réception en m'en adressant copie. Je connais un peu le système. Ils vont peut-être déclencher un audit, mais à la vitesse où réagissent les services, on a le temps.

— J'envie votre calme, je ne sais pas comment vous faites.

— Des années à vivre auprès de gens dont on se demande qui, de la soif, de la maladie, de la faim ou d'une balle, aura leur peau, ça aide à relativiser.

— J'adore vous entendre parler comme ça. J'en frissonne. Vous êtes mon héros. Il ne manque plus que les violons qui jouent sur fond de coucher de soleil avec le drapeau américain qui flotte au vent, et je fondrai en larmes en embrassant vos vieilles chaussettes. N'empêche. Quel traître ! Quel imbécile ! Il oublie qu'il parle d'êtres humains.

— Mieux vaut ne pas ébruiter cette histoire auprès des résidents. Cela ne pourrait que les affoler inutilement.

— Je suis bien d'accord.

Le docteur glissa le document dans un tiroir et changea de sujet :

— Lorsque vous êtes entrée, vous aviez quelque chose à me demander…

— C'est un peu compliqué, surtout après ce que vous venez de m'apprendre. D'autant que c'est personnel…

Thomas haussa un sourcil, curieux.

— Je vous écoute quand même…

— J'ai besoin d'un coup de main. Mais je ne vais pas vous mentir, c'est un plan foireux.

— Vous m'intriguez. Quand on sait quel niveau de délire il faut atteindre pour que vous acceptiez d'attribuer ce prestigieux label, je suis même à deux doigts d'être impatient de savoir.

— Vous vous foutez de moi ?

— Vous soupçonnez un pur héros de profiter de la détresse d'une femme comme vous pour se poiler ?

— L'affaire concerne Théo. Peut-être aurez-vous plus pitié de lui que de moi…

S'apercevant que l'infirmière était réellement préoccupée, le docteur redevint sérieux.

— Vous êtes à fleur de peau. Racontez-moi.

— Je suis convoquée par la directrice de son école, demain.

— En quoi puis-je vous aider ? Vous souhaitez un témoignage ?

— En fait, elle a demandé à voir les parents de Théo…

— C'est-à-dire ?

— C'est une dame très à cheval sur les principes et j'ai eu beaucoup de chance qu'elle accepte de prendre Théo dans son établissement bien qu'il ne relève pas de son secteur. En général, quand elle convoque les parents, cela implique que l'enfant ne sera sans doute pas repris l'année suivante.

— Quels sont les risques ?

— Théo perdrait ses copains, il serait relégué dans une école beaucoup moins active, moins bonne aussi…

— Qu'attendez-vous de moi ?

— Elle souhaite rencontrer à la fois le père et la mère de Théo. Je ne me vois pas demander à mon crétin d'ex de venir. Rien que pour me gâcher la vie, il serait capable de refuser. À moins qu'il accepte, et le résultat serait encore plus désastreux. Dans tous les cas, Théo n'aurait aucune chance de rester.

Thomas regarda Pauline bien en face. Cette fois, c'est elle qui ne soutint pas son regard.

— Arrêtez-moi si je me trompe : vous me demandez de jouer le rôle du père de votre enfant ? C'est ça ?

— Vous vous entendez bien avec Théo. Il y a de la complicité entre vous. Il vous aime beaucoup.

— Je l'aime aussi énormément. Vous n'avez pas répondu à ma question.

Pauline soupira comme si elle rendait les armes.

— Oui, s'il vous plaît : je vous demande de vous faire passer pour son père au rendez-vous de demain.

Thomas posa ses mains bien à plat sur son bureau et prit une longue inspiration.

— J'accepte, mais à une condition.

— Tout ce que vous voudrez.

— Vous m'expliquez, éventuellement en me le mimant, comment vous comptiez me faire uriner de force dans un bocal.

57

Assis auprès de Pauline dans le couloir du bâtiment administratif de l'école, Thomas étudiait le décor. Sur les murs, une alternance d'affiches très colorées pour des fêtes et manifestations culturelles, de messages préventifs sinistres et de dessins d'enfants représentant des personnages, des familles, parfois des animaux. Réduits à quelques traits dans des environnements minimalistes, les tableaux des petits ressemblaient étonnamment à ceux produits par les plus jeunes du village perdu dans la montagne. Surprenante similitude des centres d'intérêt et de la façon de les restituer malgré des univers de vie si différents.

Pauline vérifia nerveusement sa montre. Le « couple » patientait déjà depuis près d'une demi-heure devant le bureau de la directrice. Thomas lui glissa :

— Qu'est-ce qui vous inquiète le plus ? Le fait qu'elle puisse ne pas reprendre Théo, ou l'idée que je ne sois pas bon dans le rôle du père ?

— J'ai peur pour Théo.

— Quelle est la phrase que vous ne voulez pas entendre ?

— C'est un jeu ?

— Une méthode. Je pense que vous redoutez qu'elle vous dise : « Vous n'êtes pas capable d'élever votre fils. C'est de votre faute s'il se comporte comme un sauvage. Nous ne voulons pas d'enfants comme lui ici. »

Stupéfaite, Pauline dévisagea le docteur.

— Qu'est-ce qui vous prend de me jeter ça à la figure ? Vous vous rendez compte à quel point c'est cruel de me dire une chose pareille ?

Thomas décela chez Pauline l'infime changement d'attitude qui annonçait la colère.

— Très bien. Transformez donc votre peur de la directrice en rage contre moi.

— C'est ça votre méthode ? Est-ce que j'ai le droit de vous frapper ? À la tête, avec le portemanteau, là ? Disons que ça ferait partie de la thérapie.

— Pas le droit aux accessoires.

— Théo n'est pas un sauvage.

— C'est pourtant ce qu'ont dit les petits CP qu'il a jetés hors du terrain de foot.

— Comment savez-vous cela ?

— Je suis son père, ne l'oubliez pas. Je parle avec mon fils.

— J'y crois pas ! Cet homme est fou. Pourquoi me balancez-vous des horreurs pareilles juste avant le rendez-vous ?

— Pour crever l'abcès de vos angoisses. Avant, vous n'auriez pas écouté, et si par hasard vous l'aviez fait, vous m'auriez effectivement tapé. Ici, je suis en sécurité.

— Comment pouvez-vous prétendre que je ne sais pas élever mon garçon ?

— C’est vous qui en doutez. Pas moi. Admettez-le.

Pauline s’obligea à respirer lentement pour retrouver son calme.

— Vous croyez que la directrice peut me sortir des arguments de ce genre ?

— Dans vos pires cauchemars de maman inquiète, certainement. Dans la réalité, non.

La porte du bureau s’ouvrit. Une silhouette se dessina à contre-jour.

— Vous êtes les parents de Théo ?

« Oui, madame » répondirent en chœur l’infirmière et le docteur en se levant dans un même élan.

— Pardonnez mon retard. Nous avons de plus en plus de problèmes de discipline et je viens de passer une heure au téléphone avec une maman convaincue que c’est à nous d’élever sa fille. Elle va devoir se trouver un autre centre de dressage pour sa petite princesse hystérique. Entrez.

La dame d’âge mûr avait une apparence très soignée. Tout dans son antre était impeccablement aligné. Dans cette pièce, pas de dessins d’enfants, mais des plannings, des notes, des tableaux et des étagères garnies de dossiers suspendus. Pauline blêmit à l’idée que son petit finisse pendu en place publique comme son dossier.

— Veuillez vous asseoir. J’ai souhaité vous rencontrer pour évoquer le cas de votre fils, dont le comportement nous cause quelques soucis. Nous cherchons à comprendre. Son environnement a-t-il évolué ? Avez-vous déménagé ? Pardon de poser la question, mais existe-t-il des tensions au sein de votre couple ?

Pauline posa la main sur le genou de son « mari » en répondant d’une voix légère :

— Dieu merci, de ce côté-là, tout va bien. Nous sommes une famille unie et équilibrée.

— Vous êtes infirmière. Mais dans le dossier, la profession du père n'est pas renseignée…

— Médecin, je suis médecin.

— Excellent. Le petit est-il souvent livré à lui-même ?

— Une amie vient le chercher après la garderie, répondit Pauline, et je le retrouve ensuite. Il est encadré en permanence.

— Joue-t-il à des jeux vidéo violents ?

— Il joue un peu, mais rien d'excessif ni dans le contenu, ni dans la durée.

— Qui de vous deux suit ses devoirs ?

— Le plus souvent c'est moi, mais Thomas s'en occupe aussi. Ils partagent beaucoup d'activités créatives. Par exemple, ils dessinent ensemble…

— Avez-vous remarqué une quelconque évolution chez votre fils ?

Le docteur prit la parole :

— Il est clair qu'il grandit et cherche à s'affirmer. Il est en recherche d'autonomie et de responsabilité. Il n'aime pas que l'on vérifie ses devoirs. Monsieur grogne aussi quand ses vêtements ne lui plaisent pas. Même à table, il veut se servir tout seul. On le laisse faire autant que possible mais vous les connaissez, à cet âge-là, ils voudraient déjà avoir le permis !

— Ce n'est pas faux. Lui avez-vous parlé des différents incidents avec sa maîtresse et ses camarades ?

— Pauline et moi abordons les problèmes sans tabou. Le respect des autres, qu'ils soient plus âgés ou plus jeunes, est un point fondamental de l'éducation que nous souhaitons lui apporter. Nous lui avons clairement dit ce que nous pensions et ce que nous attendions de lui.

— A-t-il eu une réaction ?

— Je crois qu'il a compris. J'ai observé son comportement, que ce soit avec sa mère, des personnes âgées ou même avec les animaux. C'est un bon gamin. Il traverse sans doute une phase de mise au point avec lui-même comme nous en connaissons tous un jour.

La directrice lâcha un sourire. Pauline n'en revenait pas. Le docteur avait réussi à se la mettre dans la poche.

— Je suis agréablement surprise du regard que vous portez sur votre fils. On devine le recul du praticien. Si tous les parents pouvaient avoir votre vigilance…

— Chacun fait ce qu'il peut. Tout est une question de point de vue.

Le naturel avec lequel Thomas se glissait dans le rôle du père impressionnait Pauline. Mais en définitive, il ne jouait pas. Il agissait avec son fils comme avec les résidents : il observait avec bienveillance. Il passait son temps à étudier les gens pour tenter de les comprendre. Elle eut un instant de panique en prenant conscience qu'il la scrutait sans doute avec la même acuité.

— Tu es d'accord, chérie ?

— Pardon ?

Le docteur avait posé sa main sur celle de Pauline et lui souriait. Si seulement cela s'était produit ailleurs que dans le bureau de la directrice…

— Bien sûr. Je suis d'accord.

L'infirmière n'avait aucune idée de ce qu'elle venait d'approuver. S'agissait-il de repeindre l'enfant en violet ou de lui administrer deux cents coups de fouet ?

— Me voilà donc rassurée, dit la directrice en se levant. La période difficile de notre petit Théo ne sera donc rapidement qu'un lointain souvenir.

— Vous pouvez compter sur nous, conclut Thomas en lui serrant la main.

En quittant l'école, Pauline était un peu ailleurs. Elle ne parvenait pas à effacer la sensation éprouvée lorsque le docteur lui avait touché la main. De plus, pour la première fois, elle-même l'avait appelé par son prénom…

De son côté, le docteur n'était pas non plus dans son état normal. Il se demandait ce qu'il faisait là, à s'occuper d'un fils présenté comme le sien mais dont il n'était pas le papa, alors que sa propre fille ne soupçonnait même pas sa présence. S'il espérait toujours comprendre ce que signifiait la paternité, Thomas sut qu'il ne le découvrirait pas aujourd'hui.

58

Thomas patientait, posté avec discrétion à la fenêtre de son logement. Il avait méticuleusement répété son plan. En se basant sur la moyenne des chronométrages effectués entre le moment où Romain se garait devant la résidence et celui où il arrivait à l'étage, le docteur avait tout juste le temps de se mettre en place.

Romain commençait ses journées vers 8 h 30 et rentrait en général à son appartement vers 17 heures, avant de ressortir. Il allait parfois rejoindre Emma, mais pas systématiquement. Cela occasionnait souvent des situations alambiquées car il était fréquent qu'à peine son locataire reparti, Thomas prenne à son tour le chemin du centre-ville avec Pauline, espérant profiter un peu d'Emma au cas où son petit ami n'irait pas la retrouver. Il lui était aussi déjà arrivé de regagner le foyer après Romain. Mais le plus souvent, le docteur se trouvait dans la pièce consacrée à sa fille lorsqu'il entendait le jeune homme rentrer.

Thomas s'était vite habitué à sa présence et commençait à mieux le connaître. À la façon dont il descendait l'escalier métallique extérieur le matin, le docteur savait si le jeune homme était bien réveillé ou en retard. Thomas avait aussi du mal à s'endormir le soir tant que son locataire n'était pas rentré. L'idée de ne plus être le seul homme valide la nuit le rassurait même un peu. Cela constituait une sécurité supplémentaire pour les résidents. Le médecin n'oubliait jamais l'aspect provisoire des situations sereines.

La semaine précédente, assez tard, Thomas avait entendu Romain jouer de la guitare. Quelques accords le premier soir, puis davantage les jours suivants. Les mélodies étaient simples mais le sens du rythme indéniable. Romain avait donc fait bien mieux que seulement remarquer l'instrument laissé par le directeur à titre décoratif. Parfois, les jeunes mâles surprennent leurs aînés.

Seul point négatif, Thomas ne pouvait plus aller ouvrir la fenêtre d'où il entendait chanter Michael. Alors régulièrement, il sortait dans le jardin. Quand il avait de la chance, il lui arrivait de l'entendre donner son lointain récital, pendant que les chatons d'Hélène s'ébattaient sous le clair de lune. Ils avaient grandi et leur mère les laissait s'aventurer jusqu'au verger. Si la vieille dame restait à sa fenêtre à les observer, Thomas lui faisait la conversation. Elle s'en délectait, comparant la situation à la scène du balcon de *Roméo et Juliette*.

L'approche d'une voiture alerta le docteur. Romain, enfin. Thomas se hâta de rejoindre le palier. Il se positionna comme s'il allait rentrer chez lui, main sur la poignée, prêt à être interrompu dans son élan par son locataire rentré comme par miracle pile à cet instant-là.

Ce n'était pas la première fois que Thomas orchestrait un « hasard ». Il avait déjà manigancé une rencontre officiellement fortuite sur un sentier de la vallée de Kapoor. Il s'agissait alors de demander au père de Kishan la permission de rester vivre au village. Le jeune médecin avait patienté plus de trois heures, sous un soleil de plomb, prêt à faire croire qu'il revenait des hauteurs. Lorsque la rencontre tant espérée se produisit enfin, Thomas souffrait d'un début d'insolation et tint des propos incohérents sans aucun rapport avec ce qu'il avait voulu dire. Darsheel avait bien raison de clamer que le hasard n'existe pas.

Sur le palier, immobile, figé dans son mouvement, le docteur ressemblait à une des figurines en plastique de sa fille. Le fait de garder la position ne lui sembla soudain plus naturel du tout. Terriblement guindé. Trop artificiel. Et Romain qui n'arrivait pas. Pourquoi n'était-il pas déjà en haut de l'escalier ? Même quand il rapportait des courses, il n'était jamais si long.

Thomas jugea plus judicieux d'attendre quelques pas avant sa porte et de se mettre en mouvement quand il entendrait la clé du jeune homme tourner dans la serrure. Cela créerait une dynamique plus naturelle. Mais toujours pas de Romain. Le docteur décida d'aller vérifier ce qu'il faisait par la fenêtre de son appartement. Au moment où il approchait de la vitre, le claquement de la porte extérieure résonna. Saleté de timing. Le docteur se retrouvait obligé d'improviser, et il détestait cela. Il sortit au moment où le garçon rentrait chez lui.

— Tiens ! Bonjour, Romain.

— Bonjour, monsieur.

— Tout va comme vous voulez ?

— Impec.

— Puisque l'on se croise, puis-je en profiter pour vous poser une question ?

— Je vous en prie.

— Quand vous aurez une minute, pourriez-vous jeter un œil à l'ordinateur de mon bureau ? Je n'y connais pas grand-chose, mais j'ai l'impression qu'il rame, comme on dit dans votre jargon. C'est dans vos cordes ?

— Aucun problème.

— Quand pensez-vous pouvoir y consacrer un moment ?

Le jeune homme hésita.

— Je ne repars pas avant une heure. Je peux déjà faire le diagnostic maintenant, si vous voulez.

Les deux hommes se retrouvèrent devant le poste informatique du directeur, Romain installé au clavier et le docteur debout en retrait derrière lui. Thomas avait une vue plongeante sur le petit ami de sa fille. Il pouvait en toute impunité détailler ses mains, une joue, ses cheveux, ses épaules, son cou – autant d'endroits qu'Emma adorait caresser. Thomas s'amusa intérieurement de toutes les différences qui existaient entre le « Romain informaticien locataire cherchant à impressionner son aîné » et le « Romain séducteur qui se la jouait beau gosse » devant la jeune femme.

— C'est loin d'être un modèle dernière génération…

— Nous faisons avec ce que l'administration nous alloue.

Le jeune homme s'aventura avec maîtrise dans l'arborescence des menus.

— Des programmes inutiles doivent le ralentir.

Vous n'aurez qu'à me préciser ceux dont vous avez vraiment besoin, et je retirerai les autres. La défragmentation du disque dur n'est même pas programmée. Vous la déclenchez manuellement ?

— Si seulement je savais ce que c'est…

— Aucune importance, je vais vous la calibrer et vous n'aurez plus à vous en soucier. Mais si ce n'est jamais fait, à la longue, ça plombe les performances.

— Merci, vous me retirez une épine du pied.

— On devrait pouvoir vous le booster sans problème. Si je vois ça ce week-end, ça vous va ?

— Vous aviez sans doute prévu autre chose…

— Ma copine n'est pas là et je comptais rester ici, histoire de ranger et d'aménager.

C'était la première fois que Romain faisait explicitement mention d'Emma. Où partait-elle ce week-end ? Malgré ses capacités de raisonnement, Thomas se trouva débordé par ces informations pourtant simples. Sans vraiment réfléchir, il demanda :

— Vous avez une copine ?

Il sentit immédiatement que sa question maladroite surprenait Romain.

— Oui, j'ai une copine.

— C'est sérieux ?

À la seconde où Thomas prononça sa deuxième question idiote, tous les voyants de son cerveau se mirent à clignoter rouge. Qu'est-ce qui lui avait pris de demander ça ? Qu'allait penser ce garçon ?

— On est ensemble depuis presque deux ans.

Le docteur avait redouté une réaction plus marquée que cette simple réponse. Il s'en sortait bien et s'empressa de clore le sujet.

— Tant mieux. Soyez heureux.

Thomas savait précisément depuis combien de temps Romain fréquentait Emma. Dix-huit mois exactement, dans deux semaines. Si le jeune homme avait répondu « on est ensemble depuis plus d'un an », cela aurait démontré qu'il avait tendance à minorer l'importance de leur relation. En répondant « presque deux ans », il lui donnait plus de valeur que sa réalité temporelle, ce qui était bon signe. Satisfait, Thomas rebondit :

— Puisque vous avez l'air de vous y connaître, puis-je vous demander conseil sur un autre point ?

— C'est au sujet de ma copine ? plaisanta Romain.

— Non, d'un téléphone. Je n'ai pas de portable et je souhaite en acheter un. Pourriez-vous m'aider à le choisir ?

— Vous avez cassé le vôtre ?

— Non, je n'en ai jamais eu. Je vous demanderai certainement quelques tuyaux pour apprendre à m'en servir.

Dans sa vie, c'était la troisième fois que Thomas voyait quelqu'un faire cette tête-là. La première fois, c'était Kishan, quand le docteur avait tenté de le convaincre qu'il était parfaitement possible de couper par le torrent de Mirna en le franchissant grâce à un vieux tronc d'arbre. La seconde fois, c'était Pauline, lorsqu'il lui avait annoncé qu'il était arrivé du centre-ville à pied en se grattant comme un galeux à cause de ses vêtements neufs. Et maintenant, c'était au tour de Romain de le dévisager comme s'il débarquait de Pluton.

Dans le premier cas, Thomas était tombé dans le torrent en poussant un hurlement de damné. Kishan s'était à moitié pissé dessus de rire, et lui avait failli crever d'une pneumonie. Dans le second cas, Pauline n'avait pas eu de réaction notable autre que l'étonnement et l'incrédulité, mais cette première impression avait conduit l'infirmière à ne jamais le prendre au sérieux. Qu'est-ce que cela allait donner avec Romain ?

59

— Alors Michael, l'avez-vous retrouvé ?

— Je l'ai, mais je ne sais pas si c'est une bonne idée…

— Il n'y a qu'en tentant le coup que nous le saurons. Ne vous en faites pas. Parlez simplement, expliquez ce qui s'est passé et dites ce que vous ressentez. Tous ces personnages d'opéra à qui vous donnez vie finissent par le faire dans leur grande scène. D'Artagnan le ferait aussi.

— Je n'ai pas le courage d'un mousquetaire du Roi.

— Vous en avez l'intégrité. Installez-vous dans mon bureau, je vous laisse tranquille, et appelez votre mère.

Attila restait collé à Michael, comme si l'animal devinait le mal-être du jeune homme.

— Et si elle refuse de me parler ?

— Et si elle en était folle de joie ?

— Monsieur Sellac, j'ai peur.

— Je sais, et c'est pour cela que je me permets d'insister. Je préfère encore vous inciter à prendre le risque plutôt que de continuer à vous voir malheureux comme vous l'êtes.

Thomas accompagna Michael jusqu'à son siège et lui confia son téléphone tout neuf. Attila, étonnamment calme, se coucha aux pieds de son maître.

— Prenez tout votre temps. Je vous attends dans le salon. Venez me retrouver lorsque vous aurez fini.

— Docteur…

— Michael, ce n'est plus à moi que vous devez parler. Je devine ce que vous ressentez. N'ayez pas peur. Lancez-vous. Composez ce numéro. Quoi qu'il advienne, vous aurez eu raison d'essayer.

Pour lui souhaiter bonne chance, le docteur pressa l'épaule du jeune homme, puis il sortit et referma derrière lui.

Thomas resta un moment près de la porte à écouter, mais il n'entendit rien. Ni Michael ni le chien ne faisaient le moindre bruit. De toutes ses forces, le docteur espérait que le jeune homme ne renoncerait pas devant l'épreuve. Pourvu que sa mère décroche et qu'elle l'accueille comme il en avait besoin… Quel que soit notre âge, on reste toujours les enfants de quelqu'un, et les bras qui s'écartent sont les plus belles portes qui puissent s'ouvrir.

Le docteur eut l'impression d'entendre Michael renifler. « Pleure, mon gars, pleure. Mais compose ce numéro. »

Pour attendre, Thomas finit par s'asseoir dans le couloir, à même le sol. Aux premiers mots qu'il entendrait, il s'en irait. Il savait que ces instants étaient cruciaux pour Michael. Soit il surmontait, soit il renonçait. En cas de succès, il renouerait le contact avec les siens, et sans doute avec lui-même. Si la tentative échouait, il en ressortirait encore plus seul. Il devait oser composer le numéro, puis trouver la force de dire. Il fallait qu'il rencontre ensuite une écoute, et peut-être une main tendue. Une course d'obstacles dans laquelle chaque haie devait être franchie, sans garantie que les suivantes le seraient. Autant d'occasions de tomber. Au poteau d'arrivée, peut-être le bonheur.

La porte de la chambre de Francis s'ouvrit tout doucement. En dressant son index devant sa bouche pour assurer de son silence, le Colonel s'avança sur la pointe des pieds et vint s'asseoir, non sans difficulté, à côté du directeur.

— C'est pas humain d'obliger un vieillard de mon âge à se contorsionner ainsi, maugréa-t-il.

Puis il donna un coup d'épaule à Thomas et lui glissa, toujours à voix basse :

— Je suis fier de toi, fiston. Tu as raison de le pousser à téléphoner. Même si ça risque de te bouffer ton forfait.

Michael ne faisait toujours aucun bruit. La porte de Chantal s'ouvrit à son tour, en toute discrétion.

— Alors ? murmura-t-elle. Ça y est ? Il lui parle ?

Thomas n'en revenait pas. Il grommela :

— Donc si je comprends bien, tout le monde écoute tout, ici ?

— Doc, à nos âges, on a peur des fuites de gaz, des vautours qui planent au-dessus de nos têtes, et des vers qui rampent pour venir nous grignoter. Alors à force de tendre l'oreille pour les détecter, on finit par capter des choses.

« Allô, maman ? C'est toi ? Ici c'est Michael, ton fils. »

60

— Il a quand même mis deux heures à s'arrêter de pleurer, nota Pauline. Avec Attila qui hurlait à la mort en prime, bonjour l'ambiance !

— Il fallait que ça sorte. Vous auriez vu son visage lorsqu'il est sorti du bureau ! C'était magnifique.

Pauline jeta un autre petit caillou dans la rivière.

— Vous êtes un type étonnant, docteur.

— Comment dois-je le prendre ?

— Vous allez réellement finir par devenir mon héros, en vrai.

— Même sans coucher de soleil et sans bannière étoilée ?

— Je suis admirative de la façon dont vous avez poussé Michael à agir.

— Rien d'extraordinaire.

— Vous ne vous rendez pas compte de ce que vous arrivez à déclencher chez les gens. Je le constate avec les résidents, et même avec Théo.

— Si c'est une manœuvre pour me faire rougir et vous moquer de moi ensuite, ce n'est pas gentil.

Le vent balaya les herbes sèches du bord de l'eau.

L'infirmière frissonna.

— J'aimerais beaucoup avoir votre capacité à motiver.

— Ne vous sous-estimez pas. Vous l'avez.

— Alors je veux que, comme Michael a appelé sa mère, vous contactiez votre sœur.

Thomas ne répondit pas. Il se baissa, ramassa une brindille et commença à jouer avec avant de la briser en petits morceaux entre ses doigts.

— La situation n'est pas du tout la même.

— Elle est votre seule famille, vous ne pouvez pas témoigner autant d'intérêt aux liens des autres et ne pas vous soucier des vôtres.

— Vos bonnes intentions me touchent énormément, Pauline, mais pour le moment, j'ai assez d'incendies à gérer sans en allumer un autre.

— Vous voyez bien que je ne possède pas votre talent. Si je l'avais, une telle excuse ne m'aurait pas arrêtée et je vous aurais convaincu de l'appeler.

L'infirmière se frictionna les bras pour se réchauffer.

— Vous avez froid ? Souhaitez-vous que nous rentrions ?

— Non, je suis bien ici. Avec vous.

Thomas se leva, ôta son blouson et le déposa sur les épaules de Pauline.

— Vous ne m'avez même pas montré votre nouveau téléphone. C'était votre premier appel avec ?

— Le tout premier. Il marche apparemment très bien.

— Je me souviens que lorsque j'ai eu un portable, mon premier coup de fil a été pour celui que j'aimais, et le deuxième pour ma mère. Maman s'en souvient encore.

Elle sourit et ajouta :

— C'est drôle, je m'aperçois que j'ai gardé le téléphone plus longtemps que mon amoureux de l'époque…

— Ma mère ne risque pas de décrocher, et de toute façon, je n'ai plus de forfait. Francis avait vu juste, le coup de fil à Mme Tibene a tout consommé. En parlant du Colonel, vous l'auriez vu quand Michael est venu nous rejoindre au salon… Tout militaire qu'il soit, il avait quand même les larmes aux yeux.

— Vous observez beaucoup les gens.

— Comme tout le monde.

— Un peu plus que tout le monde. Vous êtes un spectateur très attentif de l'existence. Surtout celle des autres. Mais vous restez dans l'ombre, discret, comme si vous hésitiez à en être acteur. Monsieur Cro-Magnon ne devrait pas avoir peur de toucher la vie…

Avec douceur et une pointe d'appréhension, Pauline osa prendre la main du docteur.

— Sentez comme mes doigts sont gelés.

— Effectivement, ils sont froids.

Thomas tenta de s'en tenir à un constat clinique. Le docteur se faisait l'effet d'un lapin pris dans les phares d'une voiture, incapable de savoir comment réagir. Il espérait bien que Pauline allait vite libérer sa main, mettant ainsi fin à cette situation qui le perturbait. Mais elle ne relâcha pas son emprise. Bien au contraire.

— Monsieur Cro-Magnon n'a pas l'habitude de tenir la main d'une femelle.

— Voilà des années que je n'ai tenu la main de personne autrement que pour prendre un pouls, ou pour aider à vivre ou à mourir.

— Vous avez toujours vécu près du précipice, au bord du pire.

— Je ne l'avais jamais perçu ainsi, mais c'est sans doute assez juste.

— Il est peut-être temps d'apprendre à vivre plus éloigné du vide. Vous pouvez être nécessaire même aux gens qui ne risquent pas de tomber. Avancer sur la terre ferme est déjà tellement difficile…

— Je m'en rends compte un peu plus chaque jour.

Thomas essayait de ne pas penser à sa main prisonnière. Pauline la serrait, se l'appropriant presque. Lui la considérait comme perdue, comme si elle avait été amputée et ne lui appartenait plus. Il préférait en faire le deuil plutôt que de la voir se transformer en passerelle pour les sentiments qui tentaient de le prendre d'assaut. Brûler les ponts. Préserver le donjon. Thomas avait passé sa vie à protéger le sien des invasions.

— Vous me donnerez votre numéro ?

Coup de bélier contre la porte de la forteresse.

— Est-ce nécessaire alors que l'on se voit tous les jours ?

Huile bouillante, ou douche glacée. L'infirmière lâcha sa main. Les sentiments tombèrent, comme autant de minuscules assaillants précipités dans les abîmes parce que leur voie d'accès s'effondrait sous leurs pieds.

— Pardonnez-moi, Pauline, se reprit Thomas. Je

n'ai rien d'un héros. J'ai déjà beaucoup de mal à être un homme. Romain m'a montré comment envoyer des textos. Dès qu'on sera rentrés, je vous enverrai mon tout premier, avec mon numéro.

Abaisser le pont-levis.

61

— Qu'est-ce qui fait qu'on est vieux ? demanda Théo.

La question était d'autant plus surprenante qu'elle n'avait aucun rapport avec ce qui avait précédé. Francis venait en effet de tenter d'expliquer les procédures réglementaires de tir à Françoise qui, pour la première fois, s'était jointe au repas et n'y comprenait rien.

L'interrogation du jeune garçon trouva un écho en chacun. Mme Quenon plaisanta :

— Cela me rappelle les sujets d'examens que mes collègues posaient au baccalauréat.

— À partir de quel âge commence-t-on à pouvoir donner une réponse sensée ? ironisa Pauline.

— On est vieux quand on commence à lire la composition des aliments, déclara Francis. On est vieux quand on te propose une place dans le bus !

— On m'a déjà laissé une place dans le bus, objecta Théo. Je suis pas vieux.

Thomas répliqua :

— Tu es quand même un ancêtre par rapport à ces larves du CP, pas vrai ?

— Je sais ! s'enthousiasma Francis. On est vieux quand on fait plus attention à tes dents qu'à ton sourire. Pire encore, tu es vieux quand on s'occupe plus de ton trou de balle que de ta braguette.

— Merci infiniment pour ce nouvel épisode de la vraie vie.

— Ben quoi, c'est vrai ! Au début, les caméras, ça sert à filmer les mariages ou les anniversaires, et puis arrivé à un moment, tu comprends que la seule superproduction dans laquelle tu joueras désormais, c'est une cœlioscopie. Je préfère qu'on filme les salles des fêtes des autres plutôt que mon entrée des artistes.

— Curieuse façon d'envisager la vie, observa Françoise. Vos repas sont toujours d'aussi haute tenue ?

— Non, répondit Pauline. C'est la première fois que l'on atteint ces sommets. Sans doute un feu d'artifice en votre honneur.

— Ce n'est pas moi qui ai posé la question ! se défendit Francis.

Avec un léger sourire, Mme Quenon fit remarquer :

— Monsieur Lanzac, vous et moi avions un peu la même fonction. Même si nos secteurs d'activité étaient très différents, nous formions des jeunes. Alors je ne me formalise pas. Je constate simplement que nous avons tous deux gardé des influences de nos domaines de compétence.

— C'est vrai, ce que vous dites. Vous avez tout à fait raison. On était enseignants tous les deux.

— N'exagérons rien. Vous leur appreniez à tirer et moi à lire.

— Les deux peuvent vous sauver la vie.

— Heureusement qu'au quotidien, l'un sert plus que l'autre.

— On méprise souvent ceux dont le métier est de se battre, jusqu'à ce que les problèmes arrivent…

— C'est un point de vue qui se défend – sans jeu de mots. Disons que j'accueillais mes élèves au nom d'un rêve d'égalité et que vous les recrutiez pour faire face à une réalité à laquelle il vaudrait mieux ne jamais être confronté. Mais qui a le pouvoir de nous épargner les épreuves ? Puisque le pire n'est pas évitable, il faut des gens pour y faire face. Sans doute votre mission était-elle aussi noble que la mienne.

Dans l'esprit de Thomas, la tirade fit l'effet d'un léger séisme. Pas de quoi fissurer les structures, mais assez pour faire tomber quelques bibelots. Pauline émit un petit sifflement admiratif.

— Voilà qui est joliment dit !

Puis elle se pencha sur son fils en lui frictionnant la tête.

— En attendant, mon grand, il faudra trouver ta propre réponse à cette passionnante question.

Mme Quenon s'adressa à Théo :

— Tu sais, mon grand, lorsque j'enseignais, chaque année je voyais arriver les petits nouveaux de ce monde, et chaque année ils nous considéraient comme très vieux. Eux étaient au début, et nous à l'autre extrémité. Leur vision se résumait à cela. Puis, au fil des années, je les voyais nuancer cette perception simpliste. Je pense que tu en es là, Théo. D'où ta question. L'âge est une façon d'envisager le monde, un moyen de se situer parmi les autres. Peu importe le nombre de bougies sur ton gâteau. Laisse-moi te confier ce que je crois. Tu resteras jeune tant que tous les ennuis que tu affronteras viendront des autres, de l'extérieur. Le jour où tu t'apercevras que ce que tu es devenu t'empêche de vivre comme tu l'entends, ce sera différent. Physiquement ou mentalement, tu toucheras ta propre limite. Tu ne seras plus uniquement au service de tes rêves et de tes envies. Tu deviendras aussi l'outil de tes besoins, de plus en plus immédiats. Jusqu'à n'être plus que cela. On est vieux quand on devient son propre ennemi.

62

En consultant ses mails, Thomas espérait trouver un message de Kishan. Voir l'adresse de son ami s'afficher dans la boîte de réception au milieu des envois publicitaires et administratifs provoqua en lui une flambée de joie. Mais une surprise l'attendait.

« Hello Thomas,

« J'espère que tu vas correctement et que tout se passe bien dans ton pays. Ton dernier message m'a fait comprendre que ton moral était bon et j'en suis heureux. Hier, deux visiteurs d'un bureau international sont venus au village. C'était un événement car ils sont arrivés en hélicoptère. Les poules et les chèvres ont eu peur mais les enfants étaient très intéressés. La poussière volait partout comme pendant une tempête ! Ils ne sont pas docteurs mais chargés de faire un rapport sur la situation dans la région. Ils disent que la frontière est calme mais ont peur que cela ne dure pas. Ils ont parlé de nous déplacer. Personne n'est d'accord et mon père le leur a dit. Ils ont pris beaucoup de photos et j'ai demandé au plus gentil des deux s'il pouvait en faire une de nous tous pour te l'envoyer. J'espère qu'elle te plaira.

« À bientôt,
« Ton ami Kishan. »

En cliquant sur la pièce jointe, Thomas ne s'attendait pas à être saisi d'une telle émotion. L'image de ses amis sembla surgir de l'écran pour prendre vie. Tous étaient réunis près du puits et agitaient la main pour le saluer. L'espace d'un instant, Thomas crut entendre leurs voix. Il aurait pu parcourir les quelques pas qui le séparaient d'eux pour les retrouver ou tendre la main pour les toucher.

Cette sensation bienheureuse l'enveloppa tout entier avant de se dissiper comme une volute de fumée balayée par le vent. Quand le docteur prit conscience qu'il ne s'agissait que d'une photo, son bonheur intense se changea en nostalgie tout aussi puissante. Il se cramponna à chaque détail de la photo pour essayer d'en prolonger l'effet et rester près de ceux qui lui manquaient tant. Il s'attarda sur le sourire de Kishan entouré de ses enfants et de Jaya, admira les beaux cheveux de Shefali, s'amusa d'Anil qui ne regardait jamais dans la bonne direction et admira Darsheel, qui dégageait toujours autant de prestance. Les petits avaient bien grandi. Apercevoir le village et la montagne en arrière-plan déclencha en lui un frisson. Il demeura longtemps à tenter de se perdre dans le cliché.

Pauline avait vu juste, il aimait observer. Elle avait aussi sans doute raison en lui conseillant de « toucher la vie ». C'est à cet instant que Thomas envisagea pour la première fois de retourner rendre visite à ceux du village. Non pour les sauver, non pour y vivre éternellement, mais pour y vivre un peu et les aimer.

63

Pour l'événement, Pauline avait exceptionnellement accepté que, même s'il avait école le lendemain, Théo puisse rester le soir. Thomas avait passé la fin de l'après-midi à tout mettre en place. À l'heure convenue, l'infirmière veilla à ce que chacun soit habillé chaudement avant de sortir.

Passer le mur de l'usine fit beaucoup d'effet au petit garçon, surtout de nuit. Il y avait dans cette expédition un parfum d'aventure et d'interdit.

— Attila sera là ? demanda-t-il.

— Sans doute, répondit Françoise, mais d'après ce que j'ai compris, nous ne le verrons pas.

Le petit ne lâchait pas la main de Francis. Le groupe de résidents s'était faufilé par la brèche, suivant le chemin dessiné par les bougies allumées. Le docteur et l'infirmière encadraient la marche, alertant leurs pensionnaires de chaque obstacle.

Thomas consulta sa montre, fébrile.

— Nous aurions dû prévoir davantage de temps pour le trajet. On risque d'arriver après le début…

— Pas de panique, tempéra Pauline. Éclairez plutôt

le sol. Je n'ai pas envie que quelqu'un se torde la cheville.

Il n'y avait pas que l'enfant qui était sensible à l'ambiance. L'immense usine déserte plongée dans l'obscurité impressionnait tout le monde. Chantal se collait à Jean-Michel. Il essaya bien de prendre ses distances, mais elle ne le lâchait pas d'une semelle.

— Si vous continuez à me suivre d'aussi près, protesta le vieux monsieur, on va finir par s'emmêler les jambes.

— Vous êtes le plus grand et j'ai la trouille, alors je reste près de vous. En plus, vous avez une canne. Vous pourrez me défendre.

— Que voulez-vous qu'il nous arrive ?

— Michael dit que la nuit, des bandes traînent dans les parages.

— Et alors ? Vous n'avez ni sac à main, ni bijoux. Il n'y a qu'à votre perruque qu'ils pourraient s'en prendre.

— Qu'est-ce que je dois crier s'ils me l'arrachent ? Au voleur ou au viol ? Parce que je sais crier les deux très fort. Vous voulez que je vous montre ?

— Ne vous donnez pas cette peine, Chantal, intervint le docteur. Donnez-moi le bras et ne traînons pas.

L'insolite procession traversa pas à pas les ateliers, puis le hall des machines désossées. Les silhouettes fantomatiques qui hantaient la pénombre des lieux abandonnés finirent par arriver dans la plus vaste salle de l'usine.

Face à la grille d'aération rouillée d'où il avait pour la première fois entendu au plus près la voix de Michael, Thomas avait aligné quelques sièges pliants.

Autour, des bougies posées à même le sol formaient un grand rectangle, délimitant une salle de spectacle atypique.

En découvrant l'espace, Hélène eut une expression béate.

— Ces lumières dans la nuit… C'est féerique !

— Ce sera encore plus beau lorsque Michael chantera, assura Françoise, fière de faire remarquer qu'elle était la seule résidente à avoir remarqué son don.

Tout le monde prit place en parlant à voix basse. En dépit de l'étrangeté des lieux, l'atmosphère était celle qui précède un concert, un soir de gala. Les gens se pressent, s'installent, curieux et gourmands. Théo était assis devant, entre Francis et l'ancienne institutrice. Au second rang, Jean-Michel s'était glissé entre Chantal et Hélène, que le décor n'en finissait pas de ravir.

— Michael est en retard, constata Thomas. J'espère qu'il n'a pas renoncé…

— Quelle idée de ne pas vouloir chanter devant nous ! commenta Pauline.

— Il ne l'a jamais fait devant personne. C'est déjà un grand pas qu'il franchit ce soir.

Pas très rassuré, Théo serra le bras de Francis.

— Il y a des vampires dans les vieilles usines ?

— Aucun danger. De toute façon, tu ne risques rien. Tu es protégé par une armée de momies !

D'abord, ce fut la musique qui s'éleva, assez faible, puis, après quelques mesures, la voix de Michael. Thomas retrouva instantanément le frisson éprouvé la première nuit. Une puissance harmonieuse qui envahit l'espace. Une voix qui vous entraîne hors de toute gravité, au fil de ses intonations qui s'élèvent ou dévalent au gré des mélodies. L'absence physique du ténor renforçait encore le charme du récital. Au soupçon de mystère de cette voix désincarnée s'ajoutait le décor propre à enflammer l'imagination. L'image de Michael s'imposa à l'esprit de Thomas. Rien dans l'apparence du jeune homme ne laissait deviner son don. Pourtant, il suffisait qu'il chante pour que la magie opère. Thomas n'avait pas de mal à croire que l'ancien vigile se transfigurait en pratiquant son art. La métamorphose devait être profonde, intime. Envolé le jeune homme pétri de doutes et sans aucune confiance en lui. Chacune des paroles qu'il interprétait, même dans des langues inconnues, était vécue, portée avec la conviction des héros qui avaient bercé son enfance. Si le capitaine Nemo avait eu une voix, il aurait eu celle-là.

Pauline se tenait au fond, debout aux côtés de Thomas. Touchée par la musique, elle observait les visages des résidents, nimbés de la chaude lueur des bougies. Elle s'attendrit sur la petite tête de son fils, entre les deux aînés qui auraient pu être ses grands-parents. La beauté du moment magnifiait les êtres et le lieu. La musique, associée à la voix de Michael, transformait cette usine décrépite en un somptueux palais.

Absolument immobile, Théo écoutait, saisi par la musique. En entendant si proche cette voix merveilleuse qu'elle avait d'abord prise pour une manifestation divine, Françoise était émue aux larmes. Personne ne s'en aperçut, sauf Francis. Hélène s'abandonna à fredonner l'un des airs, qui lui rappelait sa jeunesse. Chantal avait la bouche et les yeux grands ouverts.

Malgré sa force, ce ne fut pas la voix de Michael qui fit le plus de bruit cette nuit-là. Ce furent les applaudissements et les bravos qui déchirèrent le silence lorsqu'à la fin, il se tut.

64

L'humidité imprégnait l'air. En pénétrant dans le salon à peine éclairé pour vérifier que les radiateurs fonctionnaient correctement, Thomas ne s'attendait pas à y trouver Pauline. Debout devant la porte-fenêtre, le front appuyé contre le carreau, elle regardait la pluie tomber. Sur une des tables, les sacs de provisions rapportés du supermarché attendaient encore d'être rangés, bien que cela fasse plus d'une heure qu'elle et Chantal étaient rentrées. Cela ne lui ressemblait pas.

— Pauline, tout va bien ?

Elle sursauta. Le docteur s'avança.

— Voulez-vous un coup de main ?

L'infirmière eut une expression de surprise en découvrant les commissions que Thomas lui désignait. Elle les avait oubliées.

— Désolée. Laissez, je vais m'en occuper.

— Ne vous mettez pas en retard pour aller retrouver votre fils.

Mécaniquement, elle s'empara des paquets et les transporta près de l'évier dans la cuisine, pour en trier le contenu. Le directeur vint l'aider.

— Fatiguée ?

— C'est la fin de la semaine…

Thomas sentait bien qu'il y avait autre chose, mais il n'osa pas insister.

Après avoir rangé les laitages dans le réfrigérateur, Pauline demanda :

— Docteur, verriez-vous un inconvénient à ce que je modifie mes horaires ?

— De quelle façon ?

— Je souhaiterais commencer plus tard et décaler mon départ vers le début de soirée.

— Comment ferez-vous avec Théo ?

— Il restera chez ma copine un peu plus longtemps. De toute façon, je n'ai pas le choix.

— Puis-je vous demander la raison de ce changement ?

— Je viendrai désormais par les transports en commun. Je n'ai plus les moyens de garder ma voiture. Je ne m'en sors pas. Entre l'essence, l'assurance et le parking de mon immeuble, ça pèse trop lourd dans mon budget. Je vais la vendre. Je suis navrée, fit-elle avec un pauvre sourire, je ne pourrai plus vous déposer en ville.

— Est-ce que cela résoudra durablement votre problème ?

— Je vous vois venir. Mais je ne vais pas vous laisser le soin de me sortir la phrase que je ne veux surtout pas entendre, parce que je me la répète au moins vingt fois chaque jour. Entre Théo qui grandit à vue d'œil et dont il faut renouveler les vêtements tous les trois mois et mon loyer, la voilà, la phrase : « Pauline, tu n'es pas fichue de t'en sortir. Tu vas finir par être obligée de prendre un boulot de serveuse en plus du tien. »

— Vendez-moi votre voiture.

— Pardon ?

— Je vous rachète votre voiture.

— Vous rigolez ? Ce n'est pas un souvenir d'enfance que je suis triste de bazarder.

— Je ne confonds pas votre voiture avec un doudou. S'il vous plaît, vendez-la-moi. Cela tombe très bien puisque je comptais m'en acheter une, je vous l'ai même dit la semaine dernière.

— C'est une caisse pourrie. Les pneus sont en bout de course, je n'ai pas fait les trois dernières vidanges, et je crois que la direction a du jeu.

— Pas de doute, vous savez faire l'article. Maintenant que vous m'avez aguiché avec ces arguments imparables, c'est clair, il me la faut. Demandez-en ce que vous voulez, je m'en fous, je la veux. C'est irrationnel, j'en conviens, mais vous savez ce que l'on raconte à propos des hommes et des voitures…

— Vous êtes dingue.

— Si vous êtes gentille, je vous la prêterai. Secundo, en tant que chef de service, je vous ordonne d'accepter que les résidents et moi puissions payer les gâteaux et tout ce que vous cuisinez ici.

— Me voilà donc riche.

— Achetez-vous une voiture, et on fera la course. Moi j'en ai une, une petite bombe que son ancienne propriétaire conduisait comme une Formule 1. Vous n'êtes pas près de gagner…

— Vous êtes malade.

— Vous êtes un piéton.

Une voix venue de l'entrée les interrompit :

— Excusez-moi !

Thomas passa la tête hors de la cuisine.

— Qu'est-ce que c'est ?

Romain attendait dans le hall, au garde-à-vous.

— Un problème ?

— Non, monsieur, aucun. Pardon de vous importuner. J'avais seulement quelque chose à vous demander… Je suis désolé, c'est pour ma copine.

De sa place, Romain ne vit sans doute pas les yeux du docteur cligner comme s'il s'était assis sur un clou. Même si à l'âge du jeune homme, on a plutôt une bonne vue.

— J'espérais vous croiser, ajouta-t-il, hésitant, mais l'occasion ne s'est pas présentée… et elle me tanne pour avoir votre réponse, au moins de principe, pour demain matin.

— Si vous me dites ce qu'elle veut…

— Vous êtes bien docteur ?

— Quelle drôle de question. Oui, je suis médecin.

— Vous m'avez dit que vous aviez participé à des missions humanitaires à l'étranger, c'est ça ?

— Tout à fait.

— Emma fait des études d'infirmière…

Romain se reprit :

— Pardon, je m'y prends n'importe comment. J'ai oublié de vous dire que mon amie s'appelle Emma. Pour préparer un dossier, elle a besoin du témoignage d'un pro. Je ne connais pas les détails, mais quand je lui ai parlé de vous, elle a eu l'air très intéressée.

— Vous lui avez parlé de moi et je l'intéresse ?

En s'efforçant d'avoir l'air le plus naturel possible, Thomas s'appuya contre le mur. Romain poursuivit :

— Accepteriez-vous qu'elle vous téléphone pour vous poser quelques questions ?

Thomas fit la réponse la plus courte possible, car il manquait soudain d'oxygène.

— Yep.

— Vous me direz à quel moment cela vous dérange le moins. Elle n'en aura pas pour longtemps. Promis.

— On va trouver.

— Génial ! Elle va être super contente. Je la vois ce soir. Je vais pouvoir le lui annoncer.

— Yep.

Romain salua le docteur et repassa par l'étage pour sortir.

Thomas entendit le jeune homme monter les marches quatre à quatre, puis la porte extérieure se refermer. Il entendit même la voiture démarrer. La tête en vrac, il se fit la réflexion qu'à son âge, on avait encore une très bonne ouïe.

— Docteur, tout va bien ?

— Ça vous ennuie si je me jette sous votre voiture ? Ou préférez-vous que j'attende que ce soit la mienne pour le faire ?

65

— Monsieur Sellac, j'ai pris une décision.

— Vous voir faire preuve de volontarisme est déjà une excellente nouvelle en soi, Michael.

— Je vais réemménager à l'entrée de l'usine, dans le poste de garde.

La mine décidée du jeune homme faisait plaisir à voir. Thomas s'en réjouit sincèrement.

Les deux hommes avaient profité d'une météo plus clémente pour sortir dans le jardin. Attila cavalait dans tous les sens, ralliant les quatre coins du terrain les oreilles bien dressées et la truffe au vent, ou flairant le sol, la langue pendante. Thomas ne sursautait presque plus lorsque l'animal surgissait d'un buisson sans crier gare.

— Je suis sérieux, insista Michael autant pour s'en convaincre lui-même que pour prouver sa détermination au médecin. Je sais qu'il y a du travail pour le remettre en état, mais je vais y arriver.

— Si vous avez besoin d'un coup de main, n'hésitez pas.

— J'ai déjà fait la liste de ce que je peux récupérer dans l'usine pour l'améliorer. Si je me souviens bien, il y a des bidons de peinture dans un des locaux techniques.

Il marqua une pause et annonça :

— J'ai aussi écrit à mon frère et à ma mère.

— Excellent.

— Vous savez, monsieur Sellac, un jour je vous rembourserai tous les repas que vous m'offrez.

— Ne vous tracassez pas pour cela. Vous ne me devez rien. Savoir que vous sortez enfin de votre bunker est une grande satisfaction. Vous continuerez à chanter même sans être derrière une porte blindée ?

— Je crois, oui. Les réactions de vos pensionnaires m'ont encouragé.

Un miaulement plaintif attira l'attention des deux hommes. Il se répéta, plus fort. À coup sûr un appel de détresse. Un aboiement du chien lui répondit.

— Ça vient du bord de la rivière ! s'écria Michael en s'élançant.

Thomas bondit à son tour. Les deux hommes traversèrent le verger à toute allure tandis qu'aboiements et miaulements désespérés se multipliaient.

— Attila, au pied ! hurla Michael. Laisse les chats tranquilles !

— Ça devait finir par arriver…

— S'il leur fait du mal, votre pensionnaire ne me le pardonnera jamais.

Les deux hommes fonçaient vers la berge. Thomas imaginait déjà le pire. Même s'il doutait qu'Attila puisse se montrer agressif envers les chatons, le docteur craignait que la mère, effrayée, n'attaque les yeux du chien toutes griffes dehors pour protéger ses petits…

Thomas et Michael zigzaguaient entre les arbres

fruitiers, bondissant par-dessus les tas de bois mort. À en juger par le bruit, la tension montait entre les animaux.

Pourtant, lorsqu'ils arrivèrent à la rivière, la situation n'était pas du tout celle qu'ils avaient imaginée. La chatte miaulait de toutes ses forces et le chien aboyait, mais les deux le faisaient en direction d'un chaton tombé à l'eau. Le jeune chat tigré, agrippé à un poteau de l'embarcadère, tentait de résister au courant.

Ses frères et sœurs suivaient la scène depuis la berge, retranchés derrière leur mère impuissante. Attila n'osait pas s'avancer sur le ponton. Soudain, à bout de forces, le petit chat lâcha prise. La mère s'avança jusqu'à la limite de l'eau en miaulant de plus belle. Sans hésiter, le chien sauta dans la rivière, à la poursuite du naufragé.

— Attila ! s'écria Michael en se jetant d'instinct à sa suite.

Le chaton, emporté par le courant, avait du mal à garder sa petite tête hors de l'eau. Ses miaulements de détresse s'affaiblissaient.

Le chien nageait derrière, réduisant légèrement l'écart qui les séparait. Michael se débattait dans l'eau froide.

— Je ne sais pas nager ! hurla-t-il.

Thomas bougonna mais se jeta à son tour dans la rivière pour lui porter secours.

— Tenez bon, ne vous épuisez pas !

Affolé, Michael frappait l'eau, le corps tout entier tendu vers son animal qui s'éloignait.

— Mon chien !

— Il s'en sort très bien.

Thomas ne fut pas long à rejoindre le jeune homme.

La Renonce était trop profonde pour avoir pied, et le courant puissant. Le docteur empoigna Michael par ses vêtements gorgés d'eau et le ramena dos contre lui, comme il l'avait appris en secourisme. Il le tira jusqu'à la berge. Ayant dérivé, ils accostèrent au niveau des quais de l'usine. Le chien était déjà presque hors de vue et on n'entendait plus le chaton.

— Vous ne bougez plus de là, ordonna Thomas.

Il retira son blouson pour faciliter ses mouvements et replongea aussitôt dans le flot.

66

Dans l'eau glacée, Thomas nagea aussi vite qu'il le pouvait. Il n'arriva cependant pas assez rapidement pour sauver le chaton. Le chien s'en était déjà chargé. Le docteur vit Attila saisir le petit dans sa gueule et bifurquer vers la rive. Le chien soufflait, le cou tendu, se démenant pour garder la jeune victime le plus haut possible hors de l'eau. Thomas le suivait à quelques mètres derrière, en l'encourageant de la voix.

— C'est bien, mon grand, continue ! Le bord n'est plus loin, tu y es presque.

Alors que la nuit tombait, dans un vent d'hiver, un homme, un chien et un chaton se retrouvèrent sur la berge. Tous trois étaient trempés jusqu'aux os et aucun ne songeait à se méfier de l'autre. Le chaton éternua le premier. Thomas le prit contre lui et caressa Attila.

— Mon pote, tu es le premier chien que j'ai envie d'embrasser depuis l'âge de dix ans.

Loin en amont, Michael appelait son animal. Même dans ses interprétations lyriques les plus poignantes, il n'avait jamais eu une voix aussi désespérée. Thomas plaça ses mains en porte-voix et hurla :

— Il va bien, il est avec moi !

Le docteur examina le chat.

— Mon bonhomme, cette aventure va te dégoûter de l'eau, toi et tes semblables, pour quelques générations.

Bien que frigorifié et claquant des dents, Thomas retira son sweat et ouvrit son polo pour coller l'animal directement contre sa peau.

— Réchauffe-toi. Tu es en sécurité, je te ramène à ta mère.

Thomas avait déjà prononcé cette phrase, et en plusieurs langues, mais jamais encore il ne l'avait dite à un félin.

Le trio longea la berge pour rentrer. Attila tournait autour du docteur en sautant pour essayer d'apercevoir le petit. De temps en temps, afin de le calmer, Thomas faisait halte et s'agenouillait afin qu'il puisse sentir son rescapé. Le chien se mettait alors à lécher le chaton frissonnant, trop épuisé pour avoir une réaction.

Lorsque Thomas fut à hauteur de l'usine, il entendit des voix qui s'élevaient du verger.

— On arrive, tous les trois ! lança-t-il.

Il gagna le jardin de la résidence en empruntant le passage dans le mur. Tout le monde l'attendait de l'autre côté. La chatte, ses petits, Michael à qui Pauline avait déjà posé une couverture sur le dos, Hélène et tous les autres résidents.

— Quel comité d'accueil !

— Les cris ont alerté tout le monde, expliqua Pauline.

Michael se précipita vers son chien.

— C'est lui le vrai héros, déclara Thomas. S'il n'avait pas réagi, le petit fauve était condamné.

Le docteur déposa le jeune chat devant sa mère, qui, comme si elle savait ce qu'elle devait au chien, laissa celui-ci approcher. Elle miaula et lécha son petit en ronronnant. Elle avait dû s'inquiéter pour lui. S'il n'était pas revenu, sans doute aurait-elle fait son deuil plus facilement qu'un humain. Quoique. À constater l'empressement qu'elle mettait à fêter son retour, la différence entre l'animal et une mère humaine n'était pas si marquée. Quelqu'un pour qui trembler.

Bouleversée, Hélène faisait mille excuses au chien tout en réconfortant « ses » chats. Le docteur prit le temps de reprendre son souffle et se passa la main dans les cheveux.

— Tout le monde est sain et sauf. Par contre, le chat est en hypothermie. Pauline, pouvez-vous m'aider à l'installer près d'un radiateur pour la nuit ? Tant pis si Marie-Laure s'inquiète.

— Qui est Marie-Laure ?

— La mère.

— Le chat s'appelle Marie-Laure ?

— Le chien s'appelle bien Attila.

— C'est vrai, ça, et moi je m'appelle bien Jean-Michel et ça ne choque personne. Pourtant…

— Ce jardin est une vraie ménagerie, commenta Chantal. Regardez-moi comme ils sont mignons ces chatons. Mais le chien est très beau aussi !

Pauline demanda au docteur :

— Vous saviez que Mme Trémélio élevait des chats ?

— Elle ne les élève pas, ils sont nés d'une mère qu'elle a apprivoisée. Ce n'est pas la même chose.

Vous ne vous imaginiez pas que j'achetais des croquettes pour les manger ?

— En même temps, ce n'est pas stupide..., commenta Francis.

— De quoi, manger des croquettes ?

— Non, élever des chats. On pourrait les vendre sur les brocantes.

Seule Françoise éclata de rire. Pauline s'approcha du docteur et tâta ses vêtements.

— Vous devriez retirer tout ça avant d'attraper la crève...

— Ça devient chaud, s'excita Francis. L'infirmière veut enlever les vêtements du docteur !

— Ça me rappelle un mauvais livre que j'ai lu récemment, commenta Hélène.

— De vrais gamins, fit Pauline, amusée. Dites-moi, docteur, tant qu'on y est et puisque vous connaissez les petits secrets de tout le monde, c'est le moment de me prévenir si l'un des autres résidents élève des bestioles en douce. Je n'ai pas envie de tomber sur un alligator en passant l'aspirateur.

Chantal leva la main.

— Moi, ce n'est pas vraiment un élevage, mais je parle aux fourmis. Il y en a une qui vient tous les jours et qui adore nager dans mon thé. En ce moment, elle vient moins. Je pense que c'est parce que la saison est plus fraîche, parce que sinon on s'entend bien.

— Si elles ont froid, t'as qu'à leur tricoter un pull ! beugla Francis.

Le chaton était maintenant roulé en boule contre le ventre de sa mère, assise, qui ronronnait les yeux fermés. Le chien se tenait tout proche en remuant la queue.

Chantal grogna :

— Des fois, t'es vraiment stupide, Francis. Les fourmis, ça ne porte pas de chandail.

— Ça ne nage pas non plus ! Chaque jour, tu bois du thé avec une bestiole crevée dedans !

67

En entendant frapper à la porte extérieure, Thomas crut que son locataire avait oublié ses clés. Il ouvrit, prêt à dégainer une petite plaisanterie, mais ce n'était pas le jeune homme qui se tenait sur le seuil. Emma était là.

— Bonjour, je suis l'amie de Romain. Vous êtes le docteur Sellac ?

Il ne réussit qu'à hocher la tête.

— Nous avons rendez-vous. Vous vous souvenez ?

Il approuva du même mouvement, comme un âne.

— Merci beaucoup de me consacrer un peu de votre temps.

Thomas était déstabilisé. Il s'était préparé à un appel téléphonique. Cela n'avait déjà pas été simple à gérer, mais il y était parvenu. Il avait travaillé sa voix, sa diction, imaginé les questions, préparé ses formules pour y répondre. Il avait aussi demandé conseil à Pauline, et même à Francis. Entraîné, coaché, avec un mental d'acier. Un sportif de haut niveau pour un coup de fil.

Depuis le début de l'après-midi, il montait en pression. Il s'occupait autant que possible pour ne pas penser à l'échéance, mais cela ne l'empêchait pas de vérifier l'heure de plus en plus souvent. Il se doutait que la conversation ne serait pas simple. Il savait que parler à sa fille en se comportant comme si elle était une parfaite inconnue reviendrait à jouer un spectacle. Une sorte de pièce, dont elle ne devrait jamais soupçonner ni ce qui avait eu lieu avant le lever de rideau, ni la véritable identité de l'auteur. Et puis la voilà qui se retrouvait ici, pour de vrai. Elle réduisait tous ses plans à néant. Les enfants font souvent cela.

Pour Thomas, accomplir son numéro de médecin en direct devant cette spectatrice particulière changeait tout. Plus question de se contenter d'une voix travaillée. Il lui fallait maintenant réaliser un numéro de funambule dont Emma, depuis son fauteuil, ne devait entrevoir ni la fine corde qui servait de scène, ni la profondeur du gouffre qui s'ouvrait dessous.

— Vous ne deviez pas me téléphoner ?

— Puisque Romain rentrait, je me suis dit que ce serait plus sympa de se rencontrer pour de bon. Je suis très contente de vous voir.

— Moi aussi…

— Vous avez une drôle de voix. Vous avez pris froid ? Si vous êtes malade, je connais un excellent docteur !

Elle éclata de rire. Ce rire qu'elle avait quand elle manquait de confiance en elle et cherchait à faire bonne figure. À cet instant, Romain les rejoignit en haut de l'escalier.

— Bonjour, monsieur. Je vois qu'elle n'a même

pas attendu que j'arrive pour vous déranger. J'imagine que vous vous êtes aussi présentés ?

— C'est fait ! répondit Emma.

— Ne prends pas trop de temps au docteur.

Les deux jeunes gens s'embrassèrent là, juste sous le nez du toubib, en gros plan. La corde de l'équilibriste était vraiment très fine et le fond du gouffre tapissé de pieux taillés en pointe.

En pénétrant à l'intérieur du bâtiment, Emma dévisagea Thomas.

— On ne s'est jamais rencontrés ? Votre visage me dit quelque chose…

— Je ne pense pas.

— Une intervention à l'école d'infirmières, peut-être ?

— Non, vraiment. Allons dans mon bureau, nous y serons mieux.

Lorsqu'ils s'installèrent, Thomas se fit la remarque qu'ils se trouvaient exactement sous la pièce qui renfermait tous les souvenirs d'enfance de son interlocutrice. Surtout ne pas penser.

— On nous demande donc de présenter l'un des différents aspects de la pratique de la médecine. Beaucoup choisissent le libéral, les cabinets, les hôpitaux, les urgentistes ou ce genre de choses, mais quand Romain m'a raconté que vous aviez travaillé en zone de conflit, j'ai tout de suite trouvé cela plus intéressant. D'autant que ça me parle à titre personnel…

Thomas osait à peine la regarder. Pendant des mois, il avait redouté qu'elle le repère, fuyant le face-à-face à tout prix. Il avait l'impression que si

Emma croisait son regard, elle devinerait aussitôt tout ce qu'il ne pouvait pas lui dire. Cette fois, plus d'arbre, de plante verte ni de poteau pour se dissimuler, plus de reflets ni d'ombres chinoises. Le contact était direct.

La jeune femme déplia une liste de questions.

— Ça ne vous ennuie pas que j'enregistre avec mon téléphone ?

— Allons-y.

De toutes les situations surréalistes que le docteur avait vécues, celle-là était de loin la pire. Deux personnes ont une conversation. Pour l'une, c'est une rencontre banale. Pour l'autre, c'est tout un pan de sa vie qui se joue. Vertigineux contraste. Et pendant que le cerveau du docteur était au bord de l'implosion, les doigts d'Emma jouaient machinalement avec son foulard.

— Première question : à quel âge avez-vous voulu devenir médecin ?

Thomas avait envisagé cette question, et il s'était dit qu'il y répondrait par une formule banale et bien sentie, du genre : « On ne décide pas de se lancer dans ce genre de métier, c'est lui qui vous choisit. » Pauvre niais. Devant sa fille, il n'était plus capable de se contenter de ce genre de formule toute faite.

— Je ne me souviens plus quel âge exact j'avais mais par contre, je me rappelle très précisément le moment. Lors d'un déjeuner de famille, ma grand-mère est tombée sur les marches de notre terrasse et s'est cassé le col du fémur – à l'époque, j'ignorais ce que c'était. La journée ensoleillée a soudain basculé vers le drame. Pour la première fois, entre les adultes qui se pressaient autour d'elle, j'ai aperçu cette femme d'habitude forte et souriante, étendue par terre, pleurant et souffrant le martyre. Je revois son visage, ses larmes… Ma révolte est encore là. J'aurais tout donné pour la soulager. J'aurais voulu avoir ce pouvoir. Je n'ai pas supporté d'être impuissant face à sa douleur. Elle a eu l'air d'aller mieux quand elle a pris la main d'un type en blouse blanche qui est arrivé peu après. Je crois que tout est parti de là.

Emma observait le docteur avec moins de légèreté. Thomas redoutait que le souvenir de leur première rencontre ne lui revienne.

— Deuxième question : à quel moment avez-vous décidé de partir exercer dans l'humanitaire ?

Une bourrasque se leva au-dessus du gouffre et le funambule eut beaucoup de mal à maintenir son équilibre. Elle venait de lui demander pourquoi il était parti. Une autre question s'associait immanquablement à cette interrogation : comment avait-il trouvé la force de quitter sa mère ? Thomas fit un effort énorme pour ne songer qu'à l'aspect technique de la réponse. Il repoussa l'affect comme la meute de chiens sauvages qui avait cherché à le dévorer.

— Beaucoup de mes collègues d'études voyaient d'abord la médecine comme une excellente situation. J'étais sans doute naïf mais pour ma part, j'avais envie de soulager ceux qui souffraient le plus. Les reportages sur les populations meurtries par les conflits m'ont toujours fait réagir. Je ne me voyais pas rester ici, là où l'eau potable coule dès que l'on ouvre n'importe quel robinet, là où l'on peut hésiter sur l'endroit où acheter sa nourriture parce qu'il y en a partout, alors que je savais ce qui se passait ailleurs. Je n'aurais pas supporté de vivre aussi bien pendant que d'autres ne vivaient pas. J'avais à peine plus de vingt ans et je me suis dit que si je restais, j'allais uniquement servir à administrer des vaccins dont l'efficacité est surtout prouvée pour les comptes bancaires des laboratoires, ou à prescrire des anxiolytiques à des gens qui pour beaucoup s'écouteraient moins s'ils avaient de vrais problèmes. Alors sans savoir dans quoi je m'embarquais, je me suis engagé là où personne ne voulait aller tellement c'était moche.

Thomas n'avait jamais évoqué son parcours avec pareille lucidité. Le propos trouva un tel écho en Emma qu'elle modifia sa troisième question.

— Où êtes-vous parti la première fois ?

— En Afrique. Huit mois, au nord du Nigeria, près de la frontière avec le Cameroun. Un camp de réfugiés venus de cinq pays différents. Plus de six mille personnes entassées. Nous n'étions qu'une trentaine pour les aider. On perdait plus de cinquante vies par jour. Au début, toutes les nuits, j'aidais les militaires à creuser les tombes. À la fin, les bulldozers recouvraient les fosses communes pour éviter la propagation des maladies.

— Étiez-vous prêt à affronter cela ? Je veux dire, votre envie d'agir vous a-t-elle donné la force de le supporter ?

La question n'était pas sur la liste.

— J'ai tenu jusqu'à la fin de mon affectation. Mais je ne peux pas dire que j'en sois sorti indemne.

— Vous n'avez pas eu la tentation d'arrêter, de rentrer faire des certificats médicaux pour les écoliers ou de distribuer des antigrippaux ?

— Ma conscience ne me l'aurait pas permis. C'est en tout cas ce que j'ai longtemps cru. Avec le recul, je dois admettre qu'il y avait aussi une bonne part d'orgueil dans mon comportement. J'avais tout planté pour partir. J'avais quitté des gens que j'aimais ; annoncé haut et fort que je m'embarquais pour sauver la veuve et l'orphelin. Je ne pouvais décemment pas rentrer un an plus tard, en ayant renié tous les idéaux affichés avec tant de fierté. À vingt ans, tu as du mal à assumer tes faiblesses.

— Est-il possible de mener à nouveau une vie normale après avoir traversé ce genre d'expérience ?

— Pas tout à fait. Cela change ta vision du monde et tes priorités…

Emma reprit sa liste.

— Pardon, je sais que mes questions sont un peu puériles étant donné ce que vous me racontez, mais je dois aussi penser à mon dossier.

— Aucun problème.

— Selon vous, quelles qualités faut-il pour exercer la médecine en humanitaire ?

Thomas eut un vrai sourire.

— Une bonne dose d'inconscience, des tonnes d'idéalisme et aucune attache sérieuse.

— Combien de temps avez-vous exercé sur le terrain ?

— Presque vingt ans.

— Pourquoi avez-vous arrêté ?

La première réponse qui vint à Thomas tenait en trois lettres : « Toi. »

La corde qui portait le funambule était à deux doigts de céder. Pourtant, faire endosser à Emma la responsabilité de son retour aurait été injuste. La vraie réponse se cachait plus profondément. Face à sa fille, Thomas accepta de l'envisager.

— Je n'avais plus rien à donner.

Son regard se perdit dans le vague.

— Docteur, je ne veux pas vous mettre mal à l'aise, ce n'est qu'un dossier de présentation et j'ai l'impression que mes questions vous chamboulent.

— Non, Emma, continue. J'ai envie de t'aider. Que mon expérience te serve. Surtout si tu es intéressée par la médecine. Dis-moi, pour quelles raisons as-tu envie de soigner les gens ?

— Moi ? Je ne me vois pas passer ma vie à faire quelque chose de vain. J'ai voulu être maîtresse d'école, puis cuisinière, pour être utile, mais dès que j'ai compris ce qu'était la médecine, c'est le seul domaine qui m'a tentée. Je n'étais pas assez douée pour les études alors ce sera infirmière, mais cela me va très bien. Mon père trouve que je suis faite pour ça et ma mère dit que mon choix ne la surprend pas…

— Ton *père* et ta mère disent cela ?

Quelqu'un venait de tirer une balle dans la jambe du funambule. Il vacillait. Si des oiseaux pouvaient l'aider, ce serait sympa. Mais les oiseaux ne secourent jamais les équilibristes. Ils doivent tenir ou tomber. Défier ou mourir.

— Puis-je vous poser une dernière question ?

Quand il avait tenté d'imaginer ce que serait leur entretien, Thomas n'avait pas anticipé l'impact de la présence de sa fille. Il avait largement sous-estimé la façon dont elle le poussait à être vrai, ainsi que les risques que cela lui faisait courir. Mais quelle importance à présent ? Après tout, c'était peut-être mieux ainsi, pour au moins deux raisons. En répondant à cœur ouvert, il l'aidait, et en étant obligé d'aller s'aventurer jusqu'au tréfonds de ses sentiments, il se rendait service à lui aussi. Alors qu'ils ne s'y attendaient ni l'un ni l'autre, Emma et le docteur se retrouvaient embarqués dans un échange qui allait les faire évoluer, chacun poussant l'autre à se définir sans concession. La parfaite équation d'une vraie rencontre.

Au début, Thomas craignait que la conversation ne s'éternise et qu'il ne se trahisse à travers ses propos. À présent, il avait peur qu'elle ne s'arrête. Qu'il soit son père ou un parfait étranger, Thomas avait avec la jeune femme un échange absolu de sincérité.

— Pose-moi toutes les questions que tu veux. Mais s'il te plaît, laisse-moi t'en poser une avant. Tu envisages de partir en humanitaire, toi aussi ?

— J'en ai envie. Je me retrouve beaucoup dans votre façon de voir la vie, mais je me dis que si un homme aussi solide que vous a été secoué à ce point par son engagement, je devrais peut-être m'orienter vers d'autres options moins difficiles. Qu'en pensez-vous ? Parlez-moi franchement. Si j'étais votre élève, quel conseil me donneriez-vous ?

« Si j'étais votre élève… » Pourquoi pas « si j'étais votre fille » ?

— Tu es bien plus solide et bien plus sensée que je ne l'étais à ton âge. Aujourd'hui, les organisations humanitaires ont une meilleure gestion des ressources humaines qu'à mon époque. Ne te laisse pas impressionner par mes peurs ou ma fatigue. J'ai mes limites. Ne suis que tes envies.

— Regrettez-vous d'être parti toutes ces années ?

— Tu n'imagines pas à quel point en parler me remue, surtout devant toi que je connais si peu. Mais malgré tout, je ne le regrette pas une seconde. Sans cela, je n'aurais jamais su ce que vaut la vie.

Emma inclina légèrement la tête – comme lorsqu'elle était bouleversée et ne voulait pas le montrer. Elle baissa les yeux et se mordit la lèvre.

— Mes réponses te font réfléchir ?

— Beaucoup. Au début, je suis venue pour un travail scolaire, une galère de dossier à gérer. Et puis je tombe sur vous. Tout à coup, je n'ai plus l'impression de perdre mon temps. J'apprends, je ressens. J'ai l'impression de vous connaître.

— Tu n'as aucune idée de celui que tu as devant toi, Emma.

Le docteur sentit la vague d'émotion monter en lui. Pour lui échapper, il demanda :

— Quelle était ta dernière question ? On n'a pas parlé du salaire, c'est ça…

— Sur ce point, je pourrai me débrouiller avec les chiffres que l'on trouve sur Internet. Mon interrogation était plus personnelle, si cela ne vous ennuie pas.

— Si mon vécu peut t'éclairer, je t'en prie.

— Votre engagement sur le terrain a-t-il gêné votre vie de famille ?

Cette fois, le funambule se voyait contraint de répondre dans le laps de temps qu'allait durer sa chute – parce qu'il avait basculé dans le vide.

Thomas souffla puis essaya de voir clair en lui.

— Au cours de ces années, j'ai rencontré énormément de monde. C'est même vrai ici, dans ce foyer.

Patients, individus perdus face au destin, soignants… Même si on ne le doit pas, on s'attache. J'ai des liens très forts avec beaucoup de ceux avec qui j'ai vécu, particulièrement les dernières années en Inde.

Il fit une pause.

— Ta question est complexe. Si tu me demandes si partir m'a empêché d'aimer, la réponse est « non ». Bien au contraire. Si tu me demandes si cela m'a entravé dans la construction d'une famille au sens classique du terme, la réponse est « oui », car si j'appartiens à quelques-unes, je n'en ai aucune à moi.

Emma, troublée, coupa son enregistreur.

— J'ai ce qu'il me faut. Bien plus même. Merci de votre franchise.

Le docteur lui demanda sans détour :

— Es-tu attachée à Romain ?

La jeune femme releva les yeux, mais elle ne semblait pas choquée par la question.

— Oui.

— Tu sens que c'est sérieux, que ça peut être lui ?

— De plus en plus.

— Alors je vais oser te donner un conseil, Emma. Demande-toi si, pour aller aider des gens, tu es prête à ne plus jamais revoir Romain. Si ta réponse est immédiatement positive, alors pars, car sinon, tôt ou tard tu lui reprocheras de t'avoir retenue. Par contre, si tu as le moindre doute, reste auprès de lui. Bâtissez un foyer. Aidez-vous. Aimez-vous. Consacre-toi à cette quête-là. Renoncer à une épreuve pour laquelle tu n'es pas faite n'est pas de la lâcheté, c'est de la sagesse. N'aie jamais honte d'éviter un obstacle qui te détruirait. Et rassure-toi, ton envie de soigner ou de soutenir les gens sera utile où que tu sois, car même si certaines douleurs sont plus spectaculaires à l'autre bout du monde, les humains ont besoin d'aide partout. Choisis ton combat. C'est le meilleur moyen de le gagner. Et ne t'oublie jamais en le menant. Les gens heureux guérissent bien plus de monde que les gens seuls.

68

— Allô ? Pardon de vous déranger, je suis bien chez Mlle Choplin ?

— Docteur, c'est un portable. Sauf si on me l'a volé, c'est forcément moi qui réponds.

— Comment savez-vous qui vous appelle ?

— Vous êtes dans mon répertoire de contacts.

— Une magicienne ! Vous êtes une magicienne ! Je ne m'en sortirais pas si je ne vous connaissais pas.

— Si vous ne me connaissiez pas, vous ne seriez pas un contact, et je n'aurais même pas décroché.

— Désolé de vous appeler à une heure pareille. Il est tard…

— Pas de souci. Je suis en train de repasser. Théo dort. Je n'ai plus trop les yeux en face des trous. Si vous entendez un grand cri, c'est que j'aurai confondu le fer et le téléphone. Tant pis pour ma joue.

— C'est le premier coup de fil que je passe avec mon portable.

— Vous n'allez pas faire comme Francis et chercher à m'appeler maman ?

— Aucun risque.

— Alors cela veut dire que…

Le docteur coupa :

— J'ai vu Emma.

— Je croyais que vous ne deviez pas aller en ville ce soir ?

— C'est elle qui est venue. Elle n'a pas téléphoné. Elle a carrément débarqué.

— Vous qui adorez les surprises… Comment ça s'est passé ?

— Elle m'a posé ses questions. Je n'ai pas réussi à lui servir ce que j'avais répété, mais c'était bien. On était retournés tous les deux. Ça m'a remué jusqu'au fond et beaucoup de choses remontent…

— Waouh ! Monsieur Cro-Magnon condescend à évoquer ce qu'il ressent ? Quelqu'un vous menace ? Vous n'avez plus qu'une heure à vivre ? Et c'est moi que vous appelez ! Quel honneur !

— Vous dites n'importe quoi, je ne comprends rien.

— Vous avez une voix bizarre. Docteur, ça va ?

— Mieux depuis que j'ai trouvé votre bouteille de je-ne-sais-pas-quoi pour les crêpes.

— Vous avez bu ?

— Il en reste un peu. Par contre, j'ai fini le rhum. C'est pas grave, puisque vous ne saviez pas quoi en faire. Mais que les choses soient claires : je vous interdis de coucher avec des hommes ou de vendre un rein pour en racheter une bouteille. Je la rembourserai.

— Je n'arrive pas à y croire ! Vous avez bu, vous !

— Les héros se saoulent quand ils sont malheureux.

— Vous êtes malheureux ? Vous venez de me dire que ça s'était bien passé avec Emma.

— Vous vous voyez discuter une heure avec l'enfant que vous n'avez pas vue grandir et qui ignore qui vous êtes vraiment, en lui avouant ce que vous n'avez jamais dit à personne – pas même à vous d'ailleurs – mais sans pouvoir lui confier ce qu'elle représente pour vous ? Un cauchemar. Elle était là, elle m'écoutait, et je ne pouvais rien lui dire de ce qu'elle est pour moi.

— Docteur, si vous en avez besoin, derrière les conserves vous trouverez une bouteille de cognac. Je crois que c'est du bon. C'était le cadeau de départ de la mairie pour votre prédécesseur, mais il n'était déjà plus là quand ils l'ont livré.

— Je ne veux plus boire, Pauline. Plus jamais.

En entendant la voix traînante et pâteuse du docteur, Pauline était au bord du fou rire. Il fit un drôle de bruit et reprit :

— Ça y est, je peux dire que j'ai été un alcoolique complet, un misérable qui aurait pu trahir tous ses amis pour une gorgée de bibine. Ça m'a duré trois heures. Mais c'est fini. J'ai décidé de m'en sortir. Je vais me battre. Je vous le dis les yeux dans les yeux…

— On est au téléphone, docteur.

— M'en fous. Je vous jure que je vais remonter la pente. Ce sera long, mais je sais que je vais y arriver. Par contre, Pauline, même si je vous supplie, même si je vous demande de l'alcool à genoux, ne cédez pas.

L'infirmière pouffa :

— Docteur, je suis vraiment désolée mais je ne peux pas venir vous mettre au lit. Je dois rester avec Théo.

— Pourquoi voulez-vous me mettre au lit ? Créature perdue ! Infirmière lubrique ! Vous êtes de mèche avec Francis ?

— Docteur, écoutez-moi. Allez vous reposer.

Étendez-vous, cuvez, et j'arrive le plus tôt possible demain matin après avoir déposé Théo.

— Oui, madame. Embrassez mon fils pour moi.

Pauline entendit un bruit d'objet qui chute, puis la voix affolée du docteur qui vociférait :

— Qu'est-ce qui lui prend ? Au secours, le chat m'attaque !

69

— Vous étiez convaincu qu'ils mettraient des mois à réagir…

— Je l'aurais parié. Je ne comprends pas.

Thomas parcourut à nouveau le courrier officiel pour s'assurer qu'il n'avait manqué aucune information.

— Ils ne demandent même pas mon point de vue ou un rapport de fonctionnement. Jusqu'à nouvel ordre, je suis quand même le directeur !

— D'où sort cette femme qui va nous inspecter ?

— Apparemment du bureau des affaires sociales de la ville.

— Comment le sentez-vous ?

— Je ne sais pas trop, Pauline. S'ils envoient quelqu'un, c'est probablement que les critiques de l'ancien directeur auront trouvé un écho. L'idée de fermer la résidence ne leur paraît pas si inenvisageable que cela.

— Vous rendez-vous compte du choc que cela provoquerait chez nos pensionnaires ? Ce serait un traumatisme pour chacun d'eux. Pourquoi s'en prennent-ils à nous ? On ne dérange personne ici. On est coincés entre une casse et une usine en ruines – tout un symbole ! Personne ne s'aventure jusqu'ici même en voiture...

— On coûte de l'argent, Pauline, et si j'ai bien saisi le climat depuis mon retour, chacun se débrouille pour en grappiller partout où c'est possible.

L'infirmière eut un geste de lassitude.

— C'est pas tout ça, mais je suis en retard pour les toilettes.

Elle remonta le couloir puis, arrivée à l'angle, se retourna.

— Vous savez, docteur, perdre mon job et être obligée de partir n'est pas ce qui me peine le plus. J'apprécie cet endroit. Mais j'aime surtout ce que j'y vis. Je me suis attachée aux résidents. J'aime les entendre raconter des bêtises. J'aime les voir se chamailler tout en s'inquiétant les uns pour les autres. J'aime que mon fils leur pose des questions, et j'aime l'entendre éclater de rire quand il joue dehors avec le chien. J'aime aussi beaucoup aller m'asseoir au bord de la rivière avec vous. C'est sans doute stupide, mais je me sens un peu comme dans la famille que je n'ai pas été capable de créer.

Thomas fit quelques pas vers elle.

— Je vous comprends. J'ai moi aussi beaucoup à perdre. Je ne m'attendais pas à ce que j'ai trouvé ici. Je détesterais ne plus faire équipe avec vous. Chacun me manquerait, même Michael et Romain que je n'ai pas le droit de loger. Mais heureusement, nous n'en sommes pas encore à plier bagage. Ce n'est qu'une inspection. Cela me rappelle d'ailleurs un cas similaire, sur un petit camp en Asie du Sud-Est. Nous avions eu un problème de ce genre...

— Que s'est-il passé ?

— Ils voulaient nous déménager pour simplifier la gestion des livraisons de l'aide alimentaire. Ils ont envoyé des inspecteurs, qui ont finalement pris la décision de nous laisser là où nous étions.

— Qu'est-ce qui les a décidés ?

— On leur a fait croire que les trois quarts des réfugiés étaient intransportables ou hautement contagieux.

Une lueur passa dans le regard de l'infirmière.

70

Pauline et Michael travaillaient à préparer le sol du potager. Chacun était parti d'une extrémité du périmètre et progressait régulièrement, bêchant la terre avec application. Hélène, engoncée dans son manteau et le visage emmitouflé dans son écharpe, avait pris place sur un siège de jardin et leur tenait compagnie en gardant un œil sur les chats qui jouaient aux alentours.

— C'est une chance que la terre soit humide, nota l'infirmière, sinon je n'aurais pas assez de force pour descendre à deux fers de bêche. Et vous, Michael, vous vous en sortez ?

Le jeune homme répondit sans s'arrêter :

— Les travaux au poste de garde m'ont remis en forme. Si vous êtes fatiguée, laissez, madame Pauline, je peux finir.

L'infirmière releva une mèche de ses cheveux avec le dos de sa main.

— S'il vous plaît, laissez tomber le « madame ». Quand vous m'appelez ainsi, j'ai l'impression d'avoir quatre-vingts ans ou d'être la tenancière d'une maison close.

— J'aurai quatre-vingts ans l'année prochaine,

releva Hélène. Ma foi, je préférerais avoir votre âge et être patronne de bordel.

— Vos enfants ne sont pas encore venus vous rendre visite ce mois-ci ? questionna Pauline.

— Ils ont des rendez-vous de chantier tous les week-ends. Les travaux se passent bien. Avec un peu de chance, je fêterai mes quatre-vingts ans chez eux.

Pauline s'abstint de tout commentaire et se remit à bêcher.

Au premier coup de feu, Attila détala comme un lapin et les chats disparurent en un éclair, chacun dans une direction différente. Le choc passé, Hélène maugréa :

— Encore un coup de Francis avec sa maudite pétoire… Il fait peur à tout le monde. Vous imaginez, si les chats, le chien et moi avions fait une crise cardiaque en même temps ?

Thomas sortit de la résidence et se dirigea droit vers le verger. Il remonta entre les arbres sans feuilles et trouva Francis à son poste de tir habituel. Mais il n'était pas seul : Romain et Théo étaient à ses côtés. Le petit était surexcité et le grand à peine moins.

— Bonjour, messieurs ! lança le docteur.

Puis il ajouta à l'intention de Romain :

— Je vous ai vu sortir avec Théo et quand j'ai entendu la détonation, j'ai eu peur que vous ne vous retrouviez dans la ligne de mire.

— On a rencontré M. Lanzac qui se préparait. Il m'a proposé d'essayer. J'ai toujours eu envie de faire du tir…

— Moi aussi j'en ai envie ! trépigna Théo.

Francis rassura le docteur :

— Ne vous en faites pas, j'ai l'habitude de former

des jeunes et je ne plaisante jamais avec les consignes de sécurité.

Le Colonel reprit les explications destinées au jeune homme.

— Ici, le levier de chargement. Là, le cran de sécurité…

Un fait attira immédiatement l'attention du docteur. M. Lanzac était peut-être un vieil homme, mais l'assurance de ses gestes autour de l'arme ne renvoyait pas cette image. Ses mouvements extrêmement précis et son toucher qui n'avait rien d'hésitant contrastaient avec son allure de papi débonnaire. Ses doigts glissaient d'une partie à l'autre sans le moindre tremblement.

Au terme de son exposé, Francis tendit l'arme à Romain.

— Ne pointe jamais le canon vers autre chose que ta cible ou le sol. Vise la boîte de droite. Celle de gauche sera pour Théo. Vous aurez droit à une cartouche chacun.

Le jeune homme acquiesça puis épaula.

— Place tes pieds de façon à être stable. Celui de l'arrière doit être perpendiculaire à l'autre. Respire calmement. Ce n'est pas un jouet que tu tiens. Ce fusil peut tuer un bonhomme à six cents mètres.

Romain visa avec application.

— La crosse calée entre ta joue et le creux de ton épaule, comme si ta copine te faisait un câlin et que tu la tenais serrée.

Thomas s'étonna de la comparaison.

— Ta mire sur l'objectif. Tu ajustes, tu bloques ta respiration et tu presses la détente.

— OK.

Le jeune homme se concentra, sous le regard des trois autres qui se tenaient en retrait.

À peine le coup parti, la boîte valsa en tintant.

— Bravo, jeune homme ! Pas mal pour un premier tir. Car c'est la première fois, n'est-ce pas ?

— Quand j'étais petit à la fête foraine…

— À blanc, ça ne compte pas. Si tu vois ce que je veux dire…, fit-il avec un clin d'œil appuyé. Bienvenue dans le monde des hommes. Et maintenant, remets-moi ton arme et va ramasser la boîte en souvenir.

Content de lui, Romain se dirigea vers le talus. Thomas eut la nette impression que le jeune homme avait rougi à l'allusion virile de Francis. À son âge, il aurait sans doute réagi pareillement, même s'il était déjà papa sans le savoir.

Avec précaution pour ménager son dos, le Colonel se baissa afin de se placer à la hauteur de Théo.

— Mon grand, je vais te laisser tirer, mais tu dois me promettre de faire exactement ce que je te dis. On s'est bien compris ?

Le gamin hocha la tête sans quitter l'arme des yeux. Il tendit les mains pour la prendre.

— Tu es le plus jeune tireur que j'aie jamais formé, ajouta Francis. Ta mère ne va sûrement pas apprécier que tu manipules un engin pareil, mais il vaut mieux que tu le fasses maintenant avec un pro que plus tard avec des abrutis. Tant pis, elle me privera de biscuits au citron.

Thomas s'approcha.

— Vous êtes certain que c'est sans danger ?

— Pour qui me prenez-vous, doc ? Il ne risque rien d'autre qu'un souvenir qui le marquera à vie.

— Si vous pouviez lui épargner les sous-entendus grivois…

Lorsque le petit posa ses mains sur l'arme, ses yeux s'écarquillèrent.

— Prends-le. Il n'est pas encore chargé.

Théo faillit lâcher le fusil tant il était lourd pour lui.

— Ça pèse, hein ?

L'enfant approuva mais résista pour se montrer à la hauteur.

— Fais comme Romain, épaule.

Le Colonel souleva l'extrémité du canon pour l'aider.

Thomas observait la scène avec un mélange de tendresse et d'intérêt clinique. Un vieux mâle était en train d'enseigner à un jeune. L'un avait envie de transmettre, l'autre d'apprendre. À cet instant, entre eux, existait un lien de confiance et d'écoute remarquable. Un père et un fils ne se seraient pas comportés différemment. Pourtant, le Colonel et Théo n'avaient aucun lien de parenté d'aucune sorte.

Romain revint en brandissant sa boîte de conserve comme un trophée.

— Joli carton, vous ne trouvez pas ?

— Rien à dire, c'est du beau boulot, commenta le Colonel.

Puis l'ancien militaire s'adressa au petit :

— Maintenant que ton collègue a dégagé la zone de manœuvre après avoir tiré son premier coup – clin d'œil au docteur qui soupira –, c'est à nous de jouer ! Tu as bien compris, Théo : tu cales la crosse contre ta joue et tu maintiens. Tu vises, tu retiens ta respiration et tu tires.

L'enfant était déjà en train de viser.

— Je vais charger l'arme pour toi, annonça le Colonel en la maintenant avec dextérité.

L'impatience de Théo était palpable.

— Doucement, jeune homme, tempéra le Colonel. Jamais d'empressement. C'est une arme. C'est dangereux. Sais-tu que le docteur ici présent a reçu une balle dans la cuisse ?

Il fallait une information de ce calibre pour réussir à détourner le regard du gamin de sa cible. L'enfant dévisagea Thomas avec admiration.

— Ne me fixe pas ainsi, mon grand, fit celui-ci. Déjà que ta mère me prend pour un héros… Tu n'as qu'à te dire que j'ai moi aussi été une larve de CP et que tu m'aurais probablement sorti du terrain de foot étant donné la façon dont je jouais.

— C'est vrai ? demanda Romain. Vous vous êtes réellement pris une balle ?

Le Colonel répondit à la place du docteur :

— Il aurait pu crever ! Si la fémorale avait été touchée, il y restait ! Vous le voyez là avec sa tronche de chien battu, mais ce type est un aventurier. Il méprisait le danger, il prenait des risques insensés. C'est en aidant des innocents à passer la frontière qu'il s'est fait mitrailler.

— N'importe quoi !

— Vous avez pris une balle, oui ou non ?

— J'ai reçu une balle, mais ça relève de l'accident. La circonstance n'avait rien d'héroïque.

Le rire du Colonel s'interrompit quand il débloqua le cran de sécurité.

— Pas de blague, Théo. Cette fois, c'est pour de vrai.

L'enfant prit son temps, clignant des yeux pendant que le Colonel maintenait l'arme pour l'aider à viser.

— Applique-toi, mon grand. C'est ma toute dernière cartouche. Je suis heureux que ce soit toi qui la tires.

Théo n'a pas saigné du nez, mais Francis a pleuré.

71

— Il faut que vous vous teniez plus serrés, sinon on ne verra pas tout le monde, lança Romain à l'intention du groupe.

Attila n'était pas le plus compliqué à gérer. Il était assis sagement aux pieds de son maître, ses oreilles bien dressées.

— On voit bien la résidence derrière nous ? demanda le docteur.

— Le problème n'est pas là. Sur la photo que vous m'avez montrée, vos amis ont l'air dix fois plus souriants que vous.

Thomas encouragea les résidents :

— S'il vous plaît, c'est juste une photo. Essayez de penser à quelque chose de joyeux !

Théo, qui avait tenu à poser avec sa boîte de conserve trouée, commenta en connaisseur :

— Il faut dire « ouistiti » !

Pauline, qui se tenait tout près du docteur, lui glissa :

— Moi, pour avoir la banane, il me suffit de penser à vous…

— Vous allez encore vous moquer.

— Même sur mon lit de mort, la tête que vous avez faite le matin où je vous ai réveillé après votre cuite me fera encore pleurer de rire. La touche que vous aviez quand je vous ai trouvé allongé par terre dans le couloir, tout débraillé, avec le chat endormi sur le dos…

— Et c'est moi qui n'ai aucune pitié ?

— Pardon, je m'en veux terriblement, répondit Pauline entre deux rires.

Romain grogna :

— Docteur, excusez-moi, mais ce n'est pas un sourire que vous faites. On n'y arrivera pas. Et la dame avec le manteau marron…

Thomas s'adressa à sa pensionnaire :

— Chantal, je vous en prie…

— Je déteste les photos, ronchonna la vieille dame. Une fois qu'elles sont faites, on ne sait jamais où ça va. J'ai vu un reportage à la télé où ils prévenaient que des gens les récupèrent pour en faire la une des magazines de mode sans vous verser un centime.

Francis explosa de rire :

— Je suis prêt à acheter le magazine de mode qui fera sa couverture sur toi ! Avec ta tronche, ce serait plutôt un magazine de bricolage ! Et dans le dossier spécial ravalement, tu représenterais la phase « avant le début des travaux » !

— À moins que tu ne fasses la couverture du hors-série spécial caniche à touffe bleue sur la tête ! renchérit Jean-Michel.

Chantal se retourna et fusilla les deux hommes du regard.

— Ne les écoutez pas, Chantal, intervint le docteur. Ils sont méchants. Personne ne volera votre photo. Si vous faites un beau sourire, je vous promets de vous donner la réponse à la question à un million.

Tous les regards se tournèrent vers Thomas au moment où Romain prenait la photo.

— Vous avez vraiment trouvé la solution ? demanda avidement Françoise.

— C'est pas des craques, doc ?

Hélène insista :

— « Vide les baignoires et remplit les lavabos », huit lettres ?

— La réponse m'est venue pendant le récital de Michael. Et puis sa voix m'a fait penser à tellement d'autres choses que j'ai oublié.

— Donnez-moi cette réponse, supplia Chantal. Rien qu'à moi, au creux de l'oreille, les autres ne regardaient pas le jeu.

— On veut savoir quand même ! protesta Jean-Michel.

— Si t'avais pas fait péter les plombs on saurait déjà ! répliqua Chantal, énervée.

— Vous souriez d'abord, déclara Thomas, et je vous dis après.

— C'est un odieux chantage ! s'éleva Francis.

Pauline murmura au docteur :

— Dites donc, vous devenez super dur en affaires ! Je me demande si vous ne m'avez pas arnaquée avec ma voiture.

Romain prit une autre photo.

— Docteur, vous ne viendrez pas vous plaindre de votre tête, je n'y peux rien ! lança-t-il.

— Excusez-moi, Romain. Allez, on y va, tout le monde, s'il vous plaît.

La troisième photo fut la bonne.

— Elle est superbe ! annonça Romain. Vous êtes tous très bien.

— Vous pouvez être fier, fit Pauline, hilare, au docteur. Extorquer un sourire par chantage à des petits vieux, un gosse, un réfugié et un chien, le tout immortalisé par un jeune type que vous hébergez en toute illégalité, dans le but de frimer auprès de vos copains indiens… Franchement, il a du plomb dans l'aile, le héros.

— Vous oubliez l'infirmière qui n'a pas toute sa tête et qui fait passer un parfait inconnu pour le père de son fils auprès de la direction de l'école…

— On est des gens formidables, vous ne trouvez pas ?

Thomas et Pauline partagèrent un rire complètement immoral, puis le docteur alla rejoindre Romain.

— Merci pour ce coup de main. Est-ce que j'abuse si je vous demande de m'aider à l'envoyer par mail à mon pote ?

Romain désigna du menton le groupe qui attendait derrière le docteur.

— Je veux bien vous aider, mais je crois qu'ils veulent d'abord la réponse…

En se retournant, Thomas découvrit l'attitude résolue de la petite troupe.

— Charmant, un vrai gang ! Il ne vous manque plus que les battes de base-ball et les Harley.

— On veut savoir ! le somma Chantal. Huit lettres, pas une de plus, pas une de moins.

Thomas s'exécuta.

— J'ai trouvé la solution alors que Michael nous chantait un air d'opéra. C'est devenu évident. Il s'agit de l'entracte ! Lorsqu'il sonne, les gens quittent les balcons qui surplombent la salle – les baignoires – et vont se rafraîchir aux lavabos.

Silence. Un oiseau passa au loin en criant. Théo déclara :

— Elle vaut vraiment un million, cette devinette pourrie ? Alors je suis milliardaire, parce que j'en connais plein. Vous savez ce que dit Toto quand il rencontre un Schtroumpf avec un pétard allumé dans les fesses ?

Pauline plaqua vivement la main sur la bouche de son fils.

— Personne ne veut savoir, mon grand. Personne. Jamais.

— Mais si, moi ça m'intéresse vachement ! protesta Francis.

72

Cette fois, Thomas avait entendu Pauline approcher. Peut-être parce que le vent était tombé, peut-être aussi parce qu'il tendait l'oreille en espérant sa venue. Le docteur se décala pour lui faire une place sur le banc au bord de la rivière.

— Ils prévoient de la pluie pour la fin d'après-midi, annonça-t-elle.

— Qui vivra verra.

— J'ai l'impression que les chats ne viennent plus trop traîner par ici.

— Chat échaudé craint l'eau froide…

— OK, j'ai compris, on joue au jeu des proverbes. À vous de me dire quelque chose.

Thomas prit conscience que ses réponses pouvaient paraître distantes, alors qu'il était très heureux que Pauline soit près de lui.

— C'est gentil de venir, ça me fait plaisir.

— Tant va la cruche au bord de l'eau, qu'à la fin je vais me casser.

— Ça ne veut strictement rien dire.

— Comprenne qui veut, comprenne qui peut. Égalité.

— Avez-vous réussi à leur parler ?

— Qui veut aller loin ménage sa monture.

Pauline bondit de sa place et leva les bras en signe de victoire.

— J'ai gagné ! Trois à deux !

Elle commença à courir autour du banc, en saluant une foule imaginaire et en clamant :

— C'est un magnifique tour de piste que nous offre Miss Choplin, qui a battu le légendaire Sacré Loulou…

— C'est bon, Pauline, j'ai compris le message, revenez vous asseoir.

— Désormais, docteur, vous serez sanctionné pour toute phrase qui fera moins de quatre mots. Il est temps que Monsieur Cro-Magnon apprenne à communiquer.

Il réfléchit un instant et demanda en prenant soin d'articuler :

— Avez-vous pu annoncer la visite de la contrôleuse des services sociaux aux résidents et les préparer psychologiquement ?

Pauline fit semblant d'essuyer une larme.

— C'est trop beau, ça rime en plus. L'homme rustre vient d'inventer la poésie !

— Pauline.

— Pardon, docteur. Infirmière Choplin au rapport. Conformément à notre décision, j'en ai parlé à chacun, en tête à tête, pendant leurs soins.

— Comment ont-ils réagi ?

— Je les trouve très responsables… et décidés à ne pas se laisser faire. Ils ne veulent bien entendu pas partir. Ils ont proposé des idées.

— Évitons de les laisser faire n'importe quoi.

— Écoutons-les quand même. Il y a peut-être des choses à piocher.

— J'ose à peine imaginer le résultat…

Comme un chat qui s'amuse avec un bouchon pendu à un fil, Pauline essaya d'attraper la branche du saule au-dessus d'elle.

— Ce matin, quand je suis arrivée, je vous ai trouvé préoccupé. Même si vous avez souri deux fois aujourd'hui, le cœur n'y était pas. Des soucis ?

— Vous observez beaucoup les gens.

— Surtout vous.

La franchise de la réponse désarma Thomas.

— J'ai appris le décès de quelqu'un que je connaissais en Inde, avoua-t-il. Un vieil homme avec une drôle de vie. Il aura survécu à beaucoup de violences pour finalement se faire avoir par une infection.

— Je suis désolée. Et moi qui fais l'andouille avec mes proverbes…

— La mort est le guide du vivant. C'est un proverbe indien. Trois à trois, je reviens au score.

— Il y a vraiment un problème dans votre tête.

— Chaque fois que quelqu'un que j'ai connu meurt, je m'interroge sur son parcours et je me demande ce que sa vie nous enseigne.

— Vous pourriez aussi apprendre des vivants.

— C'est vrai.

— Qu'avez-vous retiré de la vie de ce monsieur indien ?

— Paranjay, il s'appelait Paranjay. Si je dois retenir quelque chose du peu que je sais de lui, c'est que ce ne sont pas les épreuves qui ont toutes les chances d'avoir notre peau qui sont forcément les plus dangereuses. Je n'en étais pas plus proche que cela, mais je sais que là-bas, ça doit leur faire drôle. C'est une petite communauté très soudée. Ils prennent soin de leurs anciens.

— Comme nous ici.

— Là-bas, il ne viendrait à personne l'idée d'envoyer ses parents en maison de retraite.

— Vous croyez que nos résidents ont des motifs de se plaindre ?

— Non, grâce à vous.

— Vous faites votre part. Je trouve que l'ambiance ne cesse de s'améliorer. Tout le monde semble plus heureux. Même Romain a l'air de s'être attaché au lieu.

— Tant mieux.

— Et vous ?

— Comment ça, moi ?

— Vous êtes-vous attaché au lieu ?

— Je vais être honnête, Pauline : je ne sais pas trop où j'en suis. Je suis revenu en France pour découvrir ma fille, et vous êtes bien placée pour savoir ce que cela donne. Je la connais, je l'observe, et je lui ai même parlé. Mais j'ignore où cela va me conduire. Je n'ai jamais été si proche d'Emma que lors de sa visite mais depuis, j'ai l'impression que je m'en éloigne. Il devient quasiment impossible de la suivre. Elle est partout autour de moi, à travers ses jouets, son mec, mes pensées, mais elle reste hors d'atteinte.

Thomas inspira profondément.

— J'ignore si j'ai un futur avec elle. Je suis peut-être arrivé trop tard, pas de la bonne manière. Son histoire et la façon dont elle me perçoit aujourd'hui m'empêchent de lui dire la vérité. J'ai l'impression d'être dans une impasse. À quoi cela servirait-il de toute façon ? On ne réécrit pas le passé. Alors je me demande à quoi tout cela a servi.

— Vous regrettez d'être rentré en France ?

— Les raisons qui m'ont poussé à quitter Ambar n'ont pas tenu leurs promesses. Mais j'ai trouvé ici quelque chose que je n'attendais pas. Ce que vous m'avez dit l'autre jour dans le couloir m'a fait réfléchir. Moi aussi j'aime vivre avec vous, avec vous tous. À mon arrivée, pendant les premières semaines, souvent, j'ai rêvé de me réveiller au village et de sortir retrouver ceux auxquels je tiens là-bas. Ce n'est pas les trahir de dire aujourd'hui que je suis heureux de me réveiller ici, même dans le couloir en ayant servi de coussin chauffant au chat. Je crois que sans le savoir, j'avais besoin de ce que j'éprouve ici.

— Docteur, dans ma carrière, je n'ai jamais vu personne mourir de faim, ou de soif, ou d'une balle, mais j'en ai connu beaucoup qui sont morts par manque d'amour.

73

Arrivé devant la chambre de Françoise, le docteur s'adressa une dernière fois à l'inspectrice :

— Je me dois de vous avertir, madame. Vous allez découvrir des personnes âgées dont la vie n'est pas facile. Pour certains, elle ne tient même qu'à un fil. Lors de ma récente arrivée, j'ai moi-même été ému de mesurer à quel point ils sont fragiles. Ils vivent souvent leurs derniers instants de bonheur, et les déplacer les achèverait à coup sûr. Ce n'est pas le directeur qui vous parle, mais le médecin.

— Je suis là pour en juger. Nous ne sommes pas des monstres.

Thomas prit une expression de croque-mort et ouvrit la porte.

Mme Quenon avait soigné son personnage. Elle était étendue dans son lit, droite comme un piquet, ses couvertures remontées jusqu'au cou. Elle affichait un teint blafard – obtenu avec la complicité et le maquillage de Pauline et de Chantal.

Thomas s'approcha d'elle sur la pointe des pieds et fit signe à l'inspectrice de le rejoindre.

— Vous avez de la chance, elle est consciente, dit-il à voix basse.

Puis au ras de l'oreille de Françoise, il hurla :

— Madame Quenon ! Vous avez de la visite !

L'ancienne institutrice, sans doute désormais sourde pour un bon moment, fit preuve d'une remarquable maîtrise en n'affichant qu'une réaction minimale. Tout était parfait : le regard perdu, les gestes épuisés, la respiration souffreteuse.

D'une petite voix, elle demanda :

— C'est un enfant qui vient me voir ?

— Elle était maîtresse, précisa le médecin à la visiteuse en aparté.

— Bonjour, madame ! cria l'inspectrice aussi fort qu'elle le pouvait.

— Une petite fille ? Comme c'est mignon. Tu m'as fait un dessin ?

— Elle n'a plus toute sa tête, commenta discrètement Thomas. Et encore, vous la voyez dans un bon jour.

— Fais donc un bisounet à mémé Françoise, ma petite.

L'inspectrice se cabra. Le docteur l'invita d'un geste de la main.

— Vous ferez son bonheur, madame. Vous êtes aux affaires sociales. Personne ne sait mieux que vous à quel point les gens en détresse sont sensibles aux marques d'affection.

À contrecœur, dégoûtée par la couleur cadavérique de la pauvre vieille, la visiteuse l'embrassa du bout des lèvres et se retira vivement.

— Jocelyne, c'est toi ? Tu as fait tes devoirs ?

Le docteur entraîna la visiteuse vers la sortie.

— Nous devons la laisser, car après une forte émotion, elle peut devenir violente.

— Mais vous venez de dire que si je l'embrassais, ça lui ferait plaisir !

— Bien sûr, mais avant d'éprouver de la joie, elle traverse d'abord une phase caractérielle. Ce n'est qu'après ses bouffées de rage incontrôlée que ce qu'elle a vécu de positif lui revient. Rassurez-vous, chère madame, votre geste d'une grande générosité n'aura pas été inutile.

En pénétrant dans la chambre suivante, le docteur et la visiteuse découvrirent Hélène en train de parler à son chat en peluche sur un ton péremptoire.

— Tu as été très méchante. Je vais te couper les oreilles, vilaine bête !

Pour agrémenter le tableau, Mme Trémélio avait enfilé tous ses vêtements à l'envers.

— De quoi souffre-t-elle ? demanda l'inspectrice, impressionnée.

— Allez savoir. À son âge, plus personne ne prend le temps de faire de diagnostic sérieux. On s'évertue seulement à retarder la progression du mal qui ravage son esprit. Le rôle de Mlle Choplin est d'ailleurs très important sur ce point. Elle joue régulièrement au Scrabble avec les patients. Malheureusement, Mme Trémélio n'a plus le droit de jouer à ce jeu.

— Pourquoi donc ?

— Elle bouffe les lettres. Elle nous a fait une occlusion avec un « w ».

— La pauvre.

Lorsque le docteur referma sa porte, Hélène était

en train de menacer son chat de lui abattre sur la tête le plus gros tome de *Mon patron, mon amour.*

La visite se poursuivit chez Jean-Michel, que l'inspectrice – de plus en plus mal à l'aise – découvrit assis par terre en slip, le nez collé au mur qu'il fixait d'un regard halluciné. Des chaussettes enfilées sur les mains, il chantait doucement – faux – des airs beaucoup moins jolis que ceux de Michael.

— Qu'est-ce qu'il a, celui-là ?

— Un cas très spécial, ce monsieur Ferreira. Je n'avais jamais vu cela avant. Si on lui demande de s'arrêter de chanter pour lui parler ou pour le nourrir, il se griffe le visage. Il se lacère jusqu'au sang. Comme vous pouvez le constater vous-même, voilà plusieurs semaines que nous avons réussi à l'en empêcher, et son visage semble presque humain.

— C'est terrible…

— Il y a tout de même de beaux moments. Parfois, l'infirmière ou moi chantons avec lui. Alors il pleure de joie. Voulez-vous essayer ? C'est inoubliable.

— J'en suis certaine mais non, merci. Je n'ai pas trop le temps et je n'ai aucune idée de ce qu'il chante.

L'inspectrice jeta un coup d'œil rapide à la pièce et ne s'éternisa pas.

Dans la chambre suivante, Francis avait particulièrement travaillé le décor. Il était alité dans ce qui ressemblait à une unité de réanimation. Des perfusions et des fils électriques le reliaient à toutes sortes d'instruments mystérieux. Le tout avait été fabriqué avec les vieux tuyaux d'aquarium abandonnés par l'équipe de la crèche. Même la pompe à air des poissons avait repris du service pour l'occasion et ronflait en fond. Pauline, qui s'affairait sur les pansements du malade, leva le nez.

— Bonjour, madame, pardon de ne pas être venue vous accueillir, mais c'est le jour de remplacement des pansements de M. Lanzac.

— Ne vous inquiétez pas. Je vois que vous avez à faire. Mais dites-moi, docteur, ce brave monsieur ne devrait-il pas se trouver à l'hôpital ? Vous n'êtes pas censés être une résidence médicalisée…

— Nous en sommes conscients, mais il n'a pas toujours été ainsi. Nous nous efforçons de respecter la dernière volonté qu'il ait exprimée. Il a supplié de pouvoir finir sa vie avec la vue sur ce jardin qui lui a donné tant de bonheur.

Francis sortit brutalement de sa léthargie et hurla :

— Bouffon ! Salope !

L'inspectrice recula, horrifiée. Le docteur, un peu décontenancé, expliqua :

— Il est aussi atteint du syndrome de Gilles de la Tourette.

— Mon Dieu…

— Dans son état, ce n'est pas le plus grave. Nous avons fini par nous habituer, et les autres sont sourds.

Le docteur referma la porte au moment où Francis hurlait :

— Quéquette ! Pute !

En se présentant devant la dernière porte, l'inspectrice n'était pas rassurée. Thomas non plus, à vrai dire.

— Vous n'avez que cinq résidents, c'est bien cela ?

— Oui, nous sommes bientôt au bout. Chantal est

la dernière. Pardonnez-moi cette question indiscrète, mais êtes-vous à jour de vos vaccins ?

— Pourquoi me demandez-vous ça ?

— On n'est jamais trop prudent.

Au moment où le docteur allait ouvrir, l'inspectrice l'arrêta :

— Je ne suis pas certaine d'être à jour pour l'hépatite.

— Ce n'est pas le plus grave. Restez derrière moi et ne vous formalisez pas, Chantal est assez spéciale…

L'employée des services sociaux recula de quelques pas. Le docteur décela dans son regard quelque chose qui ressemblait à une peur panique.

Il ouvrit la porte comme on lève le rideau d'un théâtre – sauf que le tableau n'avait rien à voir avec la pièce écrite. Thomas lui-même eut la tentation de fuir en découvrant Chantal debout au milieu de sa chambre, entièrement recouverte de sacs à patates terreux. Sous la toile de jute, on ne voyait rien d'elle, ni son visage, ni sa forme, seulement une silhouette grotesque dont s'échappait un bras décharné qui agitait une clochette-souvenir rapportée des Alpes.

— Fuyez ! grinça Chantal d'une voix d'outre-tombe. Scellez cette porte maudite et abandonnez-moi à mon funeste sort.

Par réflexe, l'inspectrice se protégea la bouche. Ni elle ni le docteur n'osèrent franchir le seuil.

— Fuyez ! répéta Chantal de son horrible voix rauque. J'ai la télé et des gâteaux secs, je m'en sortirai.

Elle agita avec frénésie sa clochette et fit un pas vers eux.

L'inspectrice poussa un cri de terreur et Thomas referma la porte précipitamment.

— Qu'est-ce qu'elle a ? La lèpre ?

— Une forme très rare, mais qui heureusement est loin d'être aussi virulente que celle qui sévissait au Moyen Âge.

— Mais je croyais que ça n'existait plus !

— C'est un peu comme les vieux légumes d'autrefois, on les pensait disparus…

— Elle devrait être placée en quarantaine.

— Inutile, je vous assure, les sacs à pommes de terre sont plus impressionnants que sa pathologie.

Sachant la visite finie et son calvaire terminé, l'inspectrice reprit ses esprits.

— Vous savez, docteur, je ne comprends pas du tout pourquoi l'ancien directeur a rédigé un rapport pareil.

— Moi non plus. Sans doute une sorte de vengeance contre ce lieu trop exigeant.

— Vous devez avoir raison. Tout à fait entre nous, la ville prépare un projet de réaménagement de ce quartier. Le maire veut y implanter des logements en le redynamisant. L'usine va prochainement être vendue avec les parcelles environnantes.

— C'est donc ça !

— Les services de l'urbanisme voudraient récupérer ce bâtiment qui appartient à la commune, et le terrain attenant pour les vendre aux promoteurs.

« Pouffiasse ! Morpion ! » hurla la voix de Francis.

L'inspectrice recula vers la sortie et ajouta :

— Mais ne vous en faites pas, je vais rédiger un rapport qui vous garantira la tranquillité.

— Merci beaucoup, madame. Au nom des résidents, je vous remercie sincèrement. Même s'ils ne s'en doutent pas, c'est grâce à vous que le soleil brillera sur leurs derniers printemps.

— Comptez sur moi. Bon courage, docteur. Vraiment.

Au moment où la pauvre femme serrait la main du médecin avant de s'échapper, un claquement sec retentit dans le hall et toutes les lumières s'éteignirent.

— C'est sûrement M. Ferreira, expliqua le docteur. Il s'électrocute régulièrement. Je dois vous laisser.

L'inspectrice ne demanda pas son reste.

74

La petite troupe n'eut pas le loisir de savourer le numéro qu'elle venait de donner car cette fois, Frankenstein avait bel et bien pris la foudre.

Lorsque le Samu arriva, Jean-Michel était inconscient et Thomas, trouvant son pouls trop faible, avait préféré pratiquer un massage cardiaque. Pour la première fois depuis son retour, il était allé chercher sa trousse d'urgence.

Lorsque les secouristes évacuèrent le blessé de sa chambre, les résidents l'attendaient tous dans le hall, formant une triste haie d'honneur. Chantal tenait le bras d'Hélène pour la soutenir, l'une toujours habillée de ses sacs et l'autre avec ses vêtements à l'envers. En voyant le corps étendu passer devant elle, Hélène détourna le regard. Tout ce qui lui donnait l'impression de revivre la récente perte de Mme Berzha était au-dessus de ses forces. Françoise, le teint encore plus blafard que son maquillage, et Francis s'agrippaient l'un à l'autre tellement le choc était rude pour eux. Voir leur ami inerte sous son masque à oxygène était un spectacle plus que douloureux. Tous deux savaient qu'à son âge comme au leur, partir à l'hôpital revient souvent à partir tout court.

Au passage de la civière, Chantal caressa la main de Jean-Michel et demanda à l'urgentiste :

— Il va s'en sortir ?

— Trop tôt pour le dire. Mais ne vous en faites pas, on va prendre soin de lui.

Au toucher, la main de M. Ferreira était encore chaude. Chantal se sentit rassurée. Tant qu'il y a du chauffage, c'est que quelqu'un habite encore dans le corps. Les gens qui s'en vont coupent la chaudière.

Le groupe sortit dans la rue pour accompagner le blessé jusqu'au véhicule d'intervention. Le nounours géant de la façade, illuminé par les lueurs bleutées des gyrophares, semblait lui aussi très inquiet. Les urgentistes chargèrent le brancard dans un cliquetis métallique. Pauline était sans doute celle dont l'émotion était la plus évidente.

— Qu'est-ce qui lui a pris ? demanda-t-elle à Thomas.

Le médecin saisit doucement le visage de l'infirmière et l'obligea à le regarder.

— Pauline, je pars avec lui. Je ne le lâche pas. Je vous confie la maison. Vous allez pouvoir vous arranger pour Théo ?

— Sans problème. Prenez soin de lui. Je vais m'occuper de ceux qui restent.

Thomas monta dans le fourgon à côté du brancard.

— Je vous donne des nouvelles dès que possible.

Le chauffeur referma la porte arrière. Le docteur prit la main inerte de Jean-Michel.

L'ambulance démarra au moment où Michael rejoignait le groupe dans la rue. Ils étaient tous blottis les uns contre les autres. Les voir s'éloigner à travers le hublot rappela à Thomas l'image du village rapetissant dans la lunette arrière de la voiture qui le conduisait à l'aéroport. Il éprouva aussi quelque chose qu'il n'avait jamais ressenti auparavant.

75

Lorsque le taxi déposa Thomas, la nuit était tombée depuis longtemps. Contrairement à l'habitude, le hall de la résidence était encore éclairé malgré l'heure tardive. À peine la voiture arrêtée, Pauline se précipita à sa rencontre.

— Alors ?

— Il a repris connaissance et m'a reconnu. C'est bon signe. Il s'était endormi et ses signes vitaux étaient satisfaisants quand je suis parti. Le cardiologue dit qu'il a le cœur solide parce qu'à son âge, une seule de ses électrocutions aurait pu suffire à le tuer. Et ici, ça va ? Comment réagissent les autres ?

— Tout le monde vous attend. Je vous ai préparé une collation, mais je suppose que vous n'avez pas d'appétit…

— C'est gentil, Pauline. Je crève de faim, mais on verra plus tard.

Pauline n'avait pas menti. Dans le salon, ils étaient tous là, même Michael et Romain. Six paires d'yeux étaient braquées sur lui dans un silence sépulcral. Sept en comptant Attila.

— Il est toujours vivant ? demanda directement Chantal.

— Oui. Il va aussi bien que possible étant donné ce qu'il a subi.

Le docteur détailla par le menu le passage aux urgences et fit un compte rendu complet des examens pratiqués. Le but était de rassurer. Même si les résidents n'en comprenaient pas toujours les enjeux, cela leur permettait de prendre conscience que tout était fait pour aider M. Ferreira.

— J'ai l'habitude des situations d'urgence, rappela Thomas, et je peux vous assurer que Jean-Michel a eu beaucoup de chance d'être pris en charge aussi vite et aussi bien. Je suis impressionné par les moyens mis en œuvre. Dans la plupart des villes où j'ai pratiqué sur différents continents, il n'aurait pas eu le quart du potentiel de soins et de l'expertise dont il a bénéficié aujourd'hui. Même s'il est impossible de prédire la façon dont son état va évoluer, vous pouvez être certains qu'il y a peu d'endroits où il aurait de meilleures chances.

— Lorsqu'il a repris connaissance, a-t-il parlé de nous ? demanda Françoise.

— Non, mais ne vous formalisez pas. Il m'a reconnu parce que j'étais présent devant lui. Les seuls mots qu'il a prononcés concernaient sa femme, qu'il souhaitait que je prévienne.

— Docteur, intervint Hélène, nous avons quelque chose à vous avouer au sujet de Jean-Michel.

Elle consulta les autres d'un coup d'œil et tous l'encouragèrent.

— Nous nous sentons responsables de ce qui lui est arrivé.

Thomas leva la main pour l'interrompre :

— Inutile de culpabiliser. Vous n'y êtes pour rien. Aucun de vous.

— Si, coupa Françoise. Nous le sommes tous.

Hélène reprit :

— Vous vous souvenez certainement qu'il mangeait beaucoup de bonbons…

— Bien sûr, et je lui ai demandé d'arrêter.

— Il a continué, et a même augmenté sa consommation, révéla Francis.

— Comment ça ?

— Chaque fois que nous allions au supermarché, nous achetions des friandises, à tour de rôle, en prétendant que c'était pour nous-mêmes. Mais nous lui donnions tout.

Le docteur échangea un regard avec Pauline, qui n'était visiblement pas au courant.

— Pourquoi avez-vous fait cela ? Vous saviez qu'en l'encourageant dans cet excès, il se mettait en danger.

— On ne l'a pas fait pour le rendre malade, doc, mais pour l'aider.

— Comment espérez-vous aider quelqu'un en lui ruinant son taux de glycémie ? C'est du suicide, surtout à son âge ! Avait-il envie de mourir ?

— Non, Thomas, fit doucement Hélène. Mais il désirait rejoindre sa femme. Il était prêt à tout pour cela. Il voulait avoir du diabète, comme elle, pour se retrouver dans le même service. Je l'ai rencontrée quelquefois, avant son amputation. Elle s'appelle Marianne, et je peux vous dire qu'il n'y avait pas besoin de les voir ensemble longtemps pour se rendre compte que ces deux-là s'aimaient.

— C’est bien simple, intervint Chantal : quand elle était là, Jean-Michel paraissait trente ans de moins.

Thomas était stupéfait.

— Il a tenté toutes les démarches possibles pour se rapprocher d’elle, expliqua Françoise. Il a rempli des dizaines de dossiers, écrit des courriers, proposé de payer, mais l’affection n’est pas un critère qui entre en ligne de compte pour ceux qui décident de ce que l’on fait des vieux. Votre prédécesseur ne l’a pas aidé. Alors Jean-Michel s’est mis en tête de se rendre aussi malade que sa femme afin de la rejoindre. Dès ce moment-là, méthodiquement, avec application, il a commencé à se forcer à avaler toutes ces sucreries.

— Bon sang, pourquoi n’en avez-vous parlé ni à Pauline, ni à moi ?

— Jean-Michel nous l’a interdit, répondit Françoise. C’était sa dernière carte à jouer. Vous lui aviez demandé de ne plus se gaver de bonbons et Pauline le surveillait.

— Maintenant que le drame est arrivé, intervint Francis, que peut-on faire pour l’aider ?

— Maintenez-vous en forme, ne vous laissez pas aller à la déprime. Quoi qu’il arrive, il aura besoin de vous. Et ensuite, on aura tous une vraie discussion.

Thomas se tourna vers Mme Trémélio.

— Hélène, lors de notre première conversation, vous m’avez fait part d’un point de vue qui m’a beaucoup marqué. Vous m’avez dit : « À la seconde où les gens n’attendent plus rien, ils s’en vont. Ils restent tant qu’ils ont quelque chose à faire. » Vous êtes tous là, devant moi, et je veux savoir ce que vous attendez de cette vie, vraiment. Hélène, je sais que vous espérez rejoindre vos enfants, je sais aussi que vous rêvez d'emmener vos chats. Je découvre à l'instant ce que souhaite Jean-Michel. Françoise, Chantal, Francis, nous devrons également en parler. Quels que soient vos buts, si vous faites la route tout seuls, vous n'irez pas loin. Mais à plusieurs, la distance est le plus souvent faisable. Je le sais parce que vous me l'avez appris.

76

— Merci Romain. C'est vraiment sympa de faire un crochet pour me déposer.

— Aucun problème.

Pour la première fois, Thomas était installé dans la voiture de son locataire. Une occasion supplémentaire de découvrir l'un des aspects du quotidien d'Emma. Il était assis là où sa fille montait d'habitude. Elle avait dû passer des heures à regarder le jeune homme conduire, exactement sous cet angle-là. Si la petite peluche de canard fluo collée au tableau de bord pouvait répéter tout ce qu'elle avait entendu…

Thomas nota que Romain conduisait plus sagement en sa présence que lorsqu'il circulait en ville avec sa copine. Si l'objet de son voyage n'avait pas été aussi sérieux, le docteur aurait savouré l'ironie de la situation.

— Vous savez qu'Emma parle sans arrêt de vous ? fit le jeune homme en lui jetant un coup d'œil rapide.

— Vraiment ?

— Vous lui avez fait forte impression. Je ne sais pas ce que vous vous êtes dit mais depuis votre rencontre, elle réfléchit beaucoup à son avenir.

— J'espère lui avoir été utile.

— Elle m'a proposé de lire votre entretien, je suis impatient d'y jeter un œil.

— Vous me direz ce que vous en aurez pensé.

Le jeune homme hocha la tête. Le docteur enchaîna :

— Emma sait-elle que vous jouez de la musique ?

La question surprit Romain, qui réfléchit.

— Je réalise que non. J'ai pris des cours de guitare pendant des années quand j'étais petit mais j'ai arrêté après le bac. Je n'ai plus jamais eu l'occasion depuis. Quand j'ai trouvé la guitare dans l'appart, je me suis mis à regratter. J'aime bien, ça me détend et ça fait remonter de bons souvenirs.

— La résidente qui habite en dessous apprécie beaucoup.

— Sans rire ? Le fait que je joue le soir ne la dérange pas ?

— En général, c'est la nuit qu'elle est le plus réceptive aux musiques envoyées du ciel – ou de l'appart du dessus.

Romain profita du climat détendu pour demander :

— Docteur, une chose m'étonne… mais je ne veux surtout pas être indiscret.

— Dites-moi.

— La voiture de l'infirmière vous appartient, c'est bien ça ?

— Tout à fait.

— Mais c'est elle qui la conduit tout le temps…

— C'est une longue histoire. Je la lui laisse parce qu'elle en a besoin pour rentrer chez elle. Moi j'habite au foyer.

Heureux de constater qu'il était possible d'aborder

des sujets plus personnels, Romain se risqua davantage.

— J'ai autre chose à vous demander.

— Je vous écoute.

— Verriez-vous un inconvénient à ce que j'invite Emma à l'appart de temps en temps ? Pour des petits dîners entre amoureux…

Instantanément, l'esprit de Thomas réagit comme un grain de maïs bien sec plongé dans de l'huile bouillante. Plop ! En une fraction de seconde, il envisagea les deux réponses possibles : soit il lui interdisait purement et simplement d'accueillir la jeune femme – mais cette réaction donnerait de lui une image trop autoritaire et tout à fait inadaptée. Soit il accordait sa permission, à condition qu'ils ne retirent jamais aucun de leurs vêtements.

Il les imagina en parka, en moufles et en cagoule, en train de déguster leur plat de spaghettis à la lueur des bougies. Essayez donc de réfléchir avec un pop-corn à la place du cerveau.

— Vous êtes chez vous, Romain. Recevez votre petite amie si cela vous chante.

— Merci, monsieur.

Arrivé devant l'entrée de l'hôpital, le docteur attrapa le sac contenant les affaires de Jean-Michel sur la banquette arrière et descendit.

— Merci de m'avoir accompagné. Bon courage pour votre journée. À ce soir.

« À ce soir… » Dans une vie normale, c'est ce que l'on dit à ses proches.

— Dites bonjour à M. Ferreira de ma part !

— Comptez sur moi.

77

— Comment vous sentez-vous ?

Jean-Michel tendit ses mains ridées vers Thomas, qui les prit dans les siennes.

— Je suis tellement content de vous voir, docteur. Enfin un visage connu.

— Vous avez meilleure mine qu'hier.

— Tant mieux. Je ne me souviens de rien. Je sais que j'ai dévissé l'ampoule, il y a eu un grand flash, et puis le vide complet. Cette fois, la décharge n'aura pas eu le même effet. Il y avait certainement quelque chose dans l'électricité…

— Vous avez eu beaucoup de chance. Vous auriez pu y rester. Vous devez me promettre de ne plus jamais recommencer.

— Même pas avec des piles ?

— Ni avec un panneau solaire. Rien. En aucune circonstance.

Le docteur approcha une chaise et prit place au chevet du rescapé.

— Tout le monde vous passe le bonjour. Même Romain vous salue. Chantal m'a expressément demandé de vous embrasser.

— Ils sont gentils. Vous les embrasserez fort de ma part. Ils me manquent. J'ai dû causer du souci à tout le monde. Vous voudrez bien m'en excuser auprès d'eux.

— Je n'ai prévenu ni votre femme, ni votre fils. J'ai pris sur moi de ne pas les inquiéter trop vite et d'attendre un peu.

— Vous avez bien fait.

M. Ferreira était différent. Peut-être la lumière de la chambre d'hôpital, peut-être le fait d'être habillé d'une tunique de malade vert pâle. Mais il n'y avait pas que cela. À bien y regarder, il avait perdu un peu de sa distance. Ses gestes étaient plus spontanés, moins cérémonieux. Cela se retrouvait jusque dans ses propos.

Le docteur souleva le sac.

— Je vous ai apporté quelques affaires.

— Très aimable à vous, mais c'était inutile. Je ne vais pas rester. Je me sens déjà beaucoup mieux.

— Ce n'est ni vous ni moi qui décidons. Vos médecins attendent encore les résultats de certains examens. Ils vont peut-être juger plus prudent de vous garder en observation quelques jours, notamment pour la tension et le volet cardiaque. Par contre, en arrivant, j'ai déjà pu consulter vos analyses de sang…

— Qu'est-ce que ça dit ?

— Vous allez être satisfait : votre taux de glucose est catastrophique. Vous passez la barre de l'hyperglycémie avec la mention et les félicitations du jury.

Jean-Michel hésita sur la réaction à adopter.

— Pourquoi devrais-je me réjouir de ces mauvais résultats ?

— Inutile de feindre. Je vois vos yeux. Les autres

m’ont tout raconté. Les bonbons et le diabète que vous voulez développer pour rejoindre votre femme.

L’expression de Jean-Michel se modifia aussitôt. Il passa du stade d’adulte respectable faisant semblant de s’interroger à celui de petit garçon pris en flagrant délit de mensonge.

— Je leur avais défendu de parler, protesta-t-il.

— Ils ont eu peur de vous perdre et se sentent responsables. C’est pour vous sauver qu’ils m’ont confié votre secret. À leur âge, on s’y connaît assez en analyses médicales pour savoir qu’un excès de sucre est aussi un facteur d’hypertension.

— Vous êtes fâché contre moi…

— Pourquoi ? Parce que vous vous êtes mis en danger par affection ? À ce jeu-là, je ne peux donner de leçon à personne. Pourquoi ne m’en avez-vous pas parlé ?

M. Ferreira soupira.

— Toutes les démarches ont échoué, vous ne pouviez rien pour moi.

— Vous ignorez ce que je peux pour vous.

— L’ancien directeur…

— Je ne suis pas l’ancien directeur.

— Cela n’a échappé à personne, je vous l’assure.

Jean-Michel baissa les yeux et froissa les draps dans ses mains.

— Docteur, avez-vous déjà aimé ? Vous êtes-vous déjà attaché à quelqu’un au point de n’être pas vous-même lorsque cette personne est loin ? Je ne parle pas de cet amour que l’on donne ou que l’on reçoit, mais de celui que l’on échange, sans devoir, ni conscience, à l’instinct. Marianne m’a choisi, elle m’a accepté avec mes défauts, et nous sommes restés heureux ensemble jusqu'à ce que la maladie me l'arrache. Avec elle, je peux être moi-même. Sans elle, j'en suis incapable. C'est de cet amour-là qu'il est question. J'aimais mes parents, nous aimons notre fils, mais avec elle c'est autre chose. Être assis des heures sans prononcer une parole me nourrit. Rien que d'en parler, j'en tremble.

Il tendit la main pour le prouver et reprit :

— Vieillir ne m'a jamais fait peur, mais vivre loin d'elle ou pire, sans elle, m'a toujours terrifié. Depuis que je sais qu'elle existe, ne pas la sentir près de moi m'affaiblit. Nous avons derrière nous une vie partagée sans se décevoir, sans se trahir. Mais l'affection que je lui porte n'a pas besoin de carte de fidélité. Je ne me suis pas habitué à elle, je la savoure tous les jours. J'aime ce qu'elle est, au-delà du temps qui passe. Son caractère, ses idées folles, ce que nous nous donnons le courage d'accomplir. Si je la rencontrais aujourd'hui, j'en tomberais amoureux comme au premier jour.

— C'est sans doute un sentiment magnifique, mais je ne le connais pas.

— C'est un sentiment magnifique dont le manque vous tue une fois que vous y avez goûté. Vous avez alors un autre référentiel dans la vie. Tout semble fade et vain, superficiel et convenu. C'est fou le temps que vous gagnez lorsque vous savez pour qui vous voulez vivre. Vous savez du coup qui vous êtes, et plus rien ne peut vous distraire de ce qui compte vraiment. Votre vie prend un sens. Seul ce qui vous aide à le servir trouve encore grâce à vos yeux. Le reste n'est plus rien. Quand Marianne est tombée malade, j'ai tout fait pour rester auprès d'elle. Malheureusement, la vie nous a imposé des choix. Je voulais les meilleurs soins, mais les spécialistes ne se trouvaient pas dans la région. Et si son état de santé s'arrangeait, elle devait pouvoir me rejoindre, et la résidence s'avérait être la solution idéale. Alors j'ai fait le grand écart. On se téléphone presque tous les jours. Je lui écris toutes les semaines. Je vais la voir tous les mois. Mais je pense à elle chaque seconde.

— J'admire ce que vous éprouvez. C'est sans doute très rare. Mais vous rendre malade n'est pas la solution. Je vais réfléchir, demander, chercher. Comptez sur moi pour faire tout ce qui est possible.

— Merci, docteur. N'oubliez pas que le temps presse.

— Raison de plus pour éviter de vous empoisonner. Restez debout. Seuls les vivants peuvent changer les choses.

Le docteur ouvrit le sac.

— Je vous ai apporté de quoi vous occuper.

Il sortit le petit château de conte de fées en plastique aux couleurs pastel.

— Il est pour vous, Jean-Michel. Je vous l'offre, avec tous ses personnages, sauf le prince qui a été mangé par le chien.

— Mais docteur…

— Ne discutez pas. Je suis trop vieux pour jouer alors que vous, amoureux, capable de faire l'imbécile avec l'électricité dans votre chambre en vous gavant de bonbons, vous avez l'âge idéal.

78

— Bonsoir madame, bonsoir monsieur. Une table pour deux ?

— S'il vous plaît.

— Veuillez me suivre.

Pauline, ravie d'être là, découvrit la salle avec gourmandise.

— Il est sympa, ce resto. Qui vous a donné l'adresse ?

— À force de suivre Emma, j'ai appris à connaître chaque recoin du centre-ville. Cet endroit m'a toujours semblé sympathique.

Le garçon les installa sur une petite mezzanine donnant sur la rue. Thomas attendit que Pauline prenne place avant de s'asseoir à son tour. La jeune femme le remarqua mais n'en laissa rien paraître. Pour la première fois, le docteur n'était obligé ni de se cacher, ni de se méfier. Il n'avait personne à épier. Le seul enjeu de la soirée était la compagnie de la jeune femme en face de lui. Mais qui était-elle ce soir ? Une collègue ? Une amie ? Une jolie célibataire qu'il découvrait pour la première fois habillée autrement qu'en vêtements professionnels ? Sans doute un peu tout cela à la fois. Il n'avait pas invité de femme à dîner depuis tellement longtemps qu'il ne se souvenait même plus à quand cela remontait.

— Souhaitez-vous prendre un apéritif ? interrogea le serveur.

— Pourquoi pas. Pauline ?

— Un kir, s'il vous plaît.

Puis elle glissa à Thomas :

— Ma grand-mère prenait toujours cela. Je le bois à sa santé, c'est elle qui m'a élevée.

— Et pour vous, monsieur ?

— Un jus de pomme.

Le garçon nota sans broncher et tourna les talons.

— Vous êtes toujours en cure de désintoxication suite à votre cuite ?

— Mauvaise langue ! Pour moi aussi c'est une tradition familiale. Mon père en commandait à chaque déjeuner hors de la maison. Il ne tenait pas l'alcool. En demandant un jus de pomme servi dans un verre à whisky, il avait l'air de siroter un pur malt et les apparences étaient préservées.

— Sérieusement ?

— Tout à fait. Ma sœur et moi avons hérité de cette habitude. C'est même un des seuls points communs que nous partageons.

Bien que la perche soit trop belle, Pauline évita d'aborder les sujets épineux au début d'une soirée qui s'annonçait excellente.

— Cette chemise vous va drôlement bien. Vous faites classe, et puis ça souligne votre carrure.

Elle lui décocha un sourire étincelant. Thomas mobilisa tout son mental pour ne trahir aucune des émotions qui se répandaient dans son esprit dépassé par la situation. Certaines galopaient comme des pur-sang, d'autres sautillaient comme des chèvres, et il y en avait même une qui faisait la morte sur le dos en attendant que la menace s'éloigne. Devant son mutisme, Pauline s'empressa d'ajouter :

— Ne vous inquiétez pas, je ne vais pas me jeter sur vous. On doit pouvoir se faire un compliment sans être accusé de harcèlement.

— C'est juste. Merci beaucoup.

Thomas se reprocha aussitôt son manque d'à-propos. Il aurait dû en profiter pour lui déclarer que sa robe lui allait à merveille, que ses cheveux détachés lui donnaient encore plus de charme, mais cela aurait pu passer pour un appel du pied, surtout devant un aussi joli décolleté. Il aurait voulu trouver les mots pour lui rendre justice sans être indélicat. Mais il était plus doué pour réduire une fracture ouverte que pour parler aux filles. Manque de chance, pour le moment, Pauline n'avait rien de cassé. Pauvre Thomas. Même un mâle débutant comme Romain s'y prenait mieux que lui.

La jeune femme feuilleta la carte.

— Vous n'imaginez pas à quel point votre invitation m'a fait plaisir. Voilà des années que je n'étais pas allée au resto avec un homme.

— Je suis content d'y être avec vous.

— Pourquoi m'avoir invitée ce soir, en pleine semaine ? N'allez pas croire que je cherche à dévaloriser votre élan, mais le fait que ce soit justement aujourd'hui que votre locataire reçoive Emma dans sa garçonnière a sans doute influencé le calendrier…

— J'avais de toute façon l'intention de vous inviter.

— Cela ne retire rien au plaisir que vous me faites.

Je pense d'ailleurs que Romain se sentira plus à l'aise de ne pas vous savoir dans les parages.

— Pourquoi donc ?

Pauline fit un clin d'œil au docteur.

— Ne faites pas l'innocent, vous le savez très bien. Les jeunes hommes n'ont pas envie d'avoir leurs aînés sur le dos quand ils jouent les don Juan.

— Je préfère ne pas y penser…

— Voilà qui m'a toujours surpris. Votre réaction serait sans doute bien différente si vous étiez le père de Romain et non celui d'Emma. Pourquoi les hommes ont-ils si peur que leurs filles prennent du bon temps alors qu'ils sont si fiers quand leurs fils s'en payent ?

— Parce qu'ils connaissent exactement les motivations de leurs semblables.

— Il faudrait que vous nous donniez quelques infos là-dessus, cela nous éviterait de cruelles déceptions. On ne sait jamais comment s'y prendre avec vous.

— Nous n'avons pas votre intégrité…

— L'explication est un peu courte. Nous savons parfaitement, nous aussi, jouer les amoureuses pour parvenir à nos fins. Tenez par exemple, mon premier flirt. Ce qui m'avait le plus attirée chez lui, c'était son scooter. Ce n'était pas la joie à la maison et il a été mon passeport pour la liberté et les sorties entre copains. Un passeport avec des yeux magnifiques, d'ailleurs. Rassurez-vous, ma vénalité juvénile m'a coûté très cher. J'ai écopé d'une malédiction. Ceux qui ont suivi, dont j'étais sincèrement amoureuse, se sont tous révélés être des cas incurables sur le plan psychologique. C'est bien simple : je n'ai fréquenté que des gratinés premium avec toutes les options. Un abonnement à vie ! J'en ai eu un qui n'avait envie de moi que si j'étais habillée en Chinoise, et puis au bout d'un an, il a viré gay avec un très bel Espagnol. J'ai vécu cela comme une remise en cause. Je me suis posé beaucoup de questions. J'ai fini par me dire que je devais faire une très mauvaise Asiatique… Un autre s'est montré d'une jalousie maladive et me surveillait partout. Une fois, il a passé deux heures dans la grande roue avec des jumelles parce que je me trouvais à une fête foraine avec un autre homme. Cet abruti ne m'avait pas crue lorsque je lui avais dit que c'était mon frère – et pourtant, c'était bien le cas. Il a pensé qu'on était en train de rompre quand on s'est à moitié battus devant un stand de tir parce qu'Antoine me dégommait tous mes ballons ! Pour nous surveiller, on a calculé que ce crétin était resté dans sa nacelle pendant au moins quarante tours. Il a dû y laisser son salaire ! J'en ai fréquenté un autre qui s'est acharné à essayer de ressembler à Albator pendant deux ans. Je ne vous raconte pas les coiffures et les fringues… Je marchais deux mètres derrière lui tellement il me collait la honte. J'avais le don d'attirer les pires ! Je ne sais pas pourquoi, mais quand vous êtes jeune et que vous annoncez que vous êtes infirmière, ça fait toujours de l'effet aux garçons.

— C'est une chance que nous ne soyons pas en couple, je pourrais vous soupçonner d'avoir été attirée par ma voiture, et vous me reprocheriez sûrement d'épier Emma avec des jumelles…

— Sans parler de votre penchant à vous faire passer pour un pingouin au téléphone…

— Et avec le père de Théo ?

— J'ai cru que c'était plus sérieux. J'aurais dû me méfier. Le fait est qu'il n'a jamais essayé de cacher sa nature. Depuis le début, il répondait davantage présent pour les cabrioles que pour donner un coup de main à la maison. Il n'a pas changé. C'est moi qui ai fini par ne plus le supporter. Il est resté lui-même jusqu'à épuiser ma patience. Je n'avais pas prévu d'avoir un enfant avec lui, mais ça s'est trouvé comme ça. Un type vraiment spécial. Il pouvait vous courir après des heures, vous susurrer des douceurs à l'oreille, et vous faire sa petite affaire en trois minutes. À ce niveau-là, ça ne s'appelle plus faire l'amour, ça s'appelle une injection !

Thomas s'empourpra tandis que Pauline éclatait de rire.

— En fait, Théo n'est pas un bébé-éprouvette, c'est un bébé-pipette !

L'infirmière ne s'était pas rendu compte que le serveur était revenu. Ayant sans doute entendu une partie de ses propos, il était aussi mal à l'aise que Thomas. Il déposa les boissons en espérant ne pas attirer l'attention et détala.

— C'est drôle, constata Pauline, les mecs n'arrêtent pas de plaisanter à propos de sexe, mais dès qu'une fille en parle sérieusement, il n'y a plus personne. Ça rougit, ça bafouille et ça regarde ailleurs. Au fond, ça doit vous faire peur.

— Puisque l'espèce perdure, ça doit nous faire plus envie que peur. Vous vivez seule depuis son départ ?

— Les hommes sont nettement moins intéressés par ma candidature lorsqu'ils découvrent que je suis mère célibataire. Il y en a déjà peu qui s'occupent des enfants qu'ils font, mais il y en a encore moins qui s'occupent de ceux que d'autres ont faits… J'arrive à l'âge où ce genre de question ne reste jamais en suspens. Ceux qui approchent les femmes de ma catégorie veulent savoir, et le verdict est toujours à charge. Si vous avez un enfant, vous prenez vingt ans au compteur. Si vous n'en avez pas, vous êtes suspecte… Mais assez parlé de moi. Vous, docteur, avant d'épouser la condition humaine dans ce qu'elle a de plus tragique, quel genre de prétendant étiez-vous ?

— La femme avec qui j'ai vécu le plus longtemps, c'est la mère d'Emma. On s'entendait très bien. Je n'ai pas eu le temps de me projeter dans l'avenir avec elle, mais je pense que ça aurait pu coller. À l'époque, je présume que je m'occupais trop de ce que je faisais pour avoir le temps de mesurer ce que je ressentais. Je n'ai pas été très malin.

— Et depuis ?

— Rien de mémorable… C'est compliqué d'en parler, je n'ai pas l'habitude.

— Moi non plus. Mes meilleures amies sont toutes des larguées ou des divorcées, alors on ne se tartine pas l'historique de nos échecs à longueur de soirée.

Le serveur revint sur la pointe des pieds.

— Êtes-vous prêts à commander ?

— Pour moi, ce sera un filet de dorade, avec son pesto de basilic et sa ratatouille, s'il vous plaît.

— Même chose, enchaîna Thomas sans même avoir regardé la carte.

— Vous auriez dû prendre un autre plat. On aurait pu chacun goûter ce que l'autre avait pris.

— J'ai perdu l'habitude de choisir au restaurant. Je n'y comprends jamais rien. En fait, je m'en fiche. Et je ne supporte pas que l'on pioche dans mon assiette.

— Je comprends mieux pourquoi je vous trouvais un faux air d'Attila. Ouaf ! Pas touche à ma gamelle !

Le garçon toussa pour rappeler sa présence.

— Pour la boisson ?

— Que nous conseillez-vous ? demanda le docteur.

— Un saint-véran serait parfait.

— Nous vous faisons confiance.

Une fois le serveur reparti, Pauline se pencha vers le docteur.

— Vous n'envisagez pas de nous faire boire, docteur ?

— Quelle intention me prêtez-vous ? De plus, puisque nous en sommes aux confidences, je dois vous avouer que je suis bien plus entreprenant à jeun.

Cette fois, ce fut Pauline qui rougit.

Ils dînèrent en évoquant les missions de Thomas, Théo, les résidents, et le genre d'homme que Pauline aurait bien aimé rencontrer. Plusieurs fois, Thomas se dit que la description du prince charmant en attente de livraison pouvait lui correspondre. Était-ce parce qu'il ressemblait vraiment au portrait brossé, ou parce que Pauline s'arrangeait pour que ses « préférences » rappellent certains de ses traits, ou encore parce qu'il espérait pouvoir se glisser dans le costume ? Trop de questions. Un cerveau d'homme ne peut jamais suffire à répondre aux problèmes que les femmes soulèvent.

Arrivés au dessert, ils en étaient à rire de ce qu'ils avaient vécu de pire. Thomas jubilait en racontant qu'il avait failli crever noyé dans un puits empoisonné par des rebelles, et avait perdu près de deux litres de sang après s'être battu sous une tente avec une belette.

Pauline était hilare en se remémorant s'être fait larguer le soir de son vingt-cinquième anniversaire.

Toute contente, elle raconta qu'ivre de colère, elle avait bombardé son ex tout neuf avec les objets qu'il lui avait offerts durant leur liaison et qu'encore une heure plus tôt, elle adorait épousseter avec émotion. Balancés avec rage du troisième étage pendant qu'il démarrait sa moto au pied de l'immeuble, les bibelots s'étaient alors transformés en missiles à tête de nœud. On devrait toujours envisager les cadeaux que l'on fait en tant que projectiles. Personne ne sait comment les choses tourneront. S'il avait réfléchi sous cet angle, le gugusse qui espérait fuir en grosse cylindrée n'aurait sans doute jamais offert un lama en terre cuite de près de trois kilos qui pulvérisa son feu arrière. Fort de ce premier succès balistique, Pauline avait ensuite récidivé en réussissant à l'atteindre au casque avec une immonde boule à neige de New York qui avait explosé.

Le docteur et l'infirmière se livraient à une séance qui aurait poussé le plus aguerri des psychiatres à la démission après l'avoir fait tomber dans les pommes. L'excellent bourgogne était en grande partie responsable de la réjouissante relecture de leurs épisodes peu glorieux.

Pauline essuya une larme de rire.

— Avez-vous remarqué ? fit-elle sur le ton de la réflexion. Vos horribles mésaventures mettent en jeu la vie et la mort alors que les miennes ne sont que des peines de cœur.

— Vous avez aimé beaucoup de monde alors que je n'en ai jamais eu le courage. Avec le recul, je crois que risquer son cœur est plus dangereux que risquer sa peau.

La remarque troubla Pauline qui, pour donner le change, consulta sa montre.

— Quel dommage, il est déjà tard et je dois récupérer mon garçon avant 23 heures…

— Vous gagnerez du temps si vous y allez directement sans me raccompagner. Je vais rentrer à pied. Je ne suis vraiment pas pressé d'arriver à la résidence…

— Le papa est inquiet pour sa fille ?

— Inquiet, non. Mais j'ai tellement peur qu'elle soit déçue de la vie, ou de Romain…

— Je comprends ce que vous ressentez pour Emma. J'ai moi aussi peur pour Théo. Pas de la même façon, bien sûr, mais les craintes ne me quittent jamais. C'est la triste condition de parent !

Pauline marqua une pause et, sur un ton moins enjoué, ajouta :

— J'aurais aimé avoir un père qui s'inquiète pour moi autant que vous le faites pour votre fille.

Elle hésita à le regarder mais finit par oser lui dire :

— Vous savez docteur, vous êtes maladroit, vous ne savez pas vous habiller, vous avez l'air d'être né la semaine dernière tant vous êtes inadapté à notre monde, mais vous me bouleversez. Quand je vois tout ce que vous faites, tout ce que vous tentez, tout ce que vous espérez, je me dis que ceux qui comptent pour vous ont énormément de chance.

Il y eut brusquement un nouveau lâcher d'émotions dans l'esprit de Thomas. Cette fois, même si quelques-unes galopaient encore, beaucoup grimpaient et se balançaient aux arbres pendant que d'autres pondaient des œufs et creusaient des terriers en poussant des cris ridicules.

« Votre robe vous va à ravir. » C'est tout ce qu'il réussit à lui répondre. Pas évident d'être un homme.

Ils retournèrent jusqu'à la voiture en passant par la place devant l'école d'infirmières. Thomas tenait à saluer d'une caresse le petit chat gravé dans l'écorce qu'il ne voyait plus si souvent et qui lui manquait.

79

« Mon cher Kishan,

« J'espère que tu vas bien et que les travaux d'agrandissement de ta maison se déroulent comme tu veux. Creuser dans la montagne ne doit pas être facile, mais au moins, ce sera solide ! Je suis impressionné que tes fils t'aident malgré leur jeune âge. À eux et à toi, je souhaite beaucoup de courage.

« Pour une fois, j'ai moi aussi bien des choses à te raconter. M. Ferreira est enfin rentré de l'hôpital. Tout le monde l'attendait avec impatience. Il n'avait même pas franchi la porte d'entrée que Chantal – notre résidente qui est toute petite et fait des choses bizarres – s'est collée à lui en le serrant dans ses bras. Ainsi accrochée à lui, elle si minuscule et lui si grand, elle ressemblait à une enfant. Le plus surprenant, c'est que Jean-Michel n'a pas bronché, il s'est laissé étreindre aussi longtemps que Chantal l'a voulu.

« Pauline avait préparé beaucoup de gâteaux au citron. Les résidents se sont installés dans le salon, et ont parlé des heures, comme s'ils ne s'étaient pas vus depuis des mois. Ils étaient heureux ensemble. Après avoir redouté le pire, ils se retrouvaient au complet.

Je crois que pour chacun, le retour de Jean-Michel a représenté une sorte de victoire sur la mort. Cela m'a rappelé la fois où Amrish avait survécu à l'éboulement du remblai de la route haute. Te souviens-tu de cette fête qu'on avait improvisée au coucher du soleil ? C'était pareil ici, sauf que personne n'a sauté aussi haut, ni bu autant.

« Le soir du retour de M. Ferreira, personne n'a regagné sa chambre pour regarder la télé, et lorsque Pauline a pris congé pour aller rejoindre son fils, tous lui ont fait la bise. Du coup, moi aussi. C'était la première fois. Je crois que j'ai rougi, mais heureusement, tu n'étais pas là pour te moquer de moi !

« Quand j'écris "heureusement que tu n'étais pas là", ne le prends pas au sérieux. Tout serait bien mieux si toi et les tiens étiez là. Je vais te confier un secret, mon ami. Chaque nuit, je rêve d'un pays imaginaire où ton village se trouverait juste à côté de la résidence. Un lieu magique qui réunirait les deux mondes où je me sens à ma place. Je crois que tu aimerais pêcher dans la rivière qui coule ici, même si elle est minuscule à côté de la Neelum. Ainsi, je pourrais passer d'un univers à l'autre, pour vivre près de tous ceux auxquels je tiens tant, de ma fille à tes enfants, de mes vieux amis un peu dingues à toi qui l'es aussi. J'aimerais également te présenter Pauline. Je crois qu'elle s'entendrait bien avec Jaya. Je devine ce que ton père en dirait, et j'entends déjà sa voix nous ordonner de nous marier !

« Je ne te remercierai jamais assez de m'avoir donné le courage de partir. Même si rien ne se passe comme prévu, tout est pour le mieux. Tu vois, j'adopte de plus en plus votre philosophie. Je ne souffre plus d'avoir quitté Ambar, parce que je sais que j'y retournerai. Tu es avec moi chaque jour.

« Salue ceux du village pour moi. Je vais me coucher alors que tu te lèves bientôt. Je pense à vous.

« Ton frère, Thomas. »

80

Pauline écarta le pot de confiture avant que Jean-Michel ne puisse le prendre.

— Vous n'y avez pas droit.

— Même pas un peu ?

— Non.

— Ce n'est pas pour me rendre malade, c'est parce que c'est bon !

— N'insistez pas, intervint le docteur. Vous êtes au régime sans sucre et sans électricité.

Chantal et Françoise ricanèrent. Francis refusa le pot par solidarité avec Jean-Michel, pendant qu'Hélène humait sa tasse de thé, les paupières closes.

L'infirmière se posta à l'extrémité de la table et, prenant soudain une attitude plus sévère, s'adressa à la troupe :

— Tant que je vous tiens tous, j'aimerais savoir lequel d'entre vous a eu la brillante idée de conseiller à mon fils de vous faire passer pour sa collection de créatures extraterrestres atteintes de maladies horribles afin de gagner de l'argent auprès de ses copains d'école. Il en était à tenter d'organiser un trafic de photos et espérait amener ses camarades par bus entiers en les faisant payer pour vous voir, comme des monstres de foire.

Tout le monde fit semblant de n'avoir rien entendu.

— J'attends une réponse… Francis ?

Le Colonel s'offusqua avec l'énergie de l'homme d'honneur outragé.

— Me voilà encore accusé à tort ! On me lance l'infamie au visage. Que les légions d'innocents tombés au champ d'injustice se lèvent pour témoigner de ma bonne foi ! D'abord, pourquoi ce serait moi ? Pourquoi, à chaque fois qu'une bêtise est commise, ça me retombe toujours dessus ?

— Poil au cul, marmonna Jean-Michel.

— Il faut dire que vous faites un suspect idéal…, commenta Françoise. Notez au passage qu'on ne lance pas l'infamie, on vous en couvre. C'est une accusation qu'on lance.

— C'est vrai ?

— Parole d'institutrice.

— Si vous aviez un alibi solide, renchérit Hélène, cela vous innocenterait certainement…

— Mais un alibi ne sert à rien dans ce genre de cas ! s'énerva Francis. On ne connaît ni la date, ni l'heure, ni le lieu du délit !

— Donc, reprit Hélène, vous ne niez pas que les faits reprochés par Pauline soient avérés. C'est déjà presque un aveu…

Francis s'étouffa de colère en crachant des miettes de tartine grillée pendant que Thomas baissait la tête pour que personne ne le voie rire.

L'index levé, Jean-Michel déclara solennellement :

— C'est le Colonel qui a commis le meurtre, dans la cuisine, avec une idée à la con.

— Vous pouvez toujours faire les marioles, gronda l'infirmière, mais si le responsable ne se désigne pas, vous serez tous privés de gâteaux pendant au moins deux semaines. Et si cela ne suffit pas, personne ne m'accompagnera plus au supermarché jusqu'à nouvel ordre.

— C'est quand même ma bagnole, grommela le docteur.

— Je ne plaisante pas, insista Pauline. Je ne veux plus que vous mettiez vos idées loufoques dans la tête de Théo. Il en a suffisamment tout seul, surtout avec l'inspiration qu'il trouve ici, grâce à vous.

Devant le sérieux de la menace, une main se leva lentement. Chantal, penaude, se dénonça :

— C'est bon. J'avoue. C'est moi. Je voulais qu'il puisse gagner de l'argent de poche en nous faisant passer pour une famille de monstres. J'aurais pu jouer la lépreuse, j'adore ça. En plus, je n'avais jamais su quoi faire de cette stupide clochette jusque-là...

Francis pointa un doigt vengeur vers la coupable.

— Quand je pense que j'ai failli être condamné à ta place...

— Ça aurait compensé pour les fois où tu t'en es tiré à bon compte. Comme avec ma perruque, par exemple...

Le Colonel reprit instantanément la posture de l'homme vertueux bafoué.

— On m'accuse encore ! C'est une véritable chasse aux sorcières !

— Sorcières à perruque..., ironisa Jean-Michel.

Thomas posa sa main sur celle de Chantal.

— Laissez-le tranquille avec cette histoire-là. Ce n'est pas lui. C'est moi.

Bien que la phrase n'ait pas été prononcée à l'intention de tous, chacun l'entendit parfaitement.

— C'est vous qui avez tripoté ma perruque ? fit Chantal, abasourdie.

— Je suis désolé. Je n'avais rien d'autre sous la main pour éviter que l'on me reconnaisse…

Thomas se tourna vers Pauline pour se justifier :

— C'était le soir où je suis allé déposer le sac à main d'Emma dans le jardin de Céline. Je risquais gros…

La stupéfaction était générale.

— Vous êtes sorti avec ma perruque ?

— Oui. Je vous demande pardon.

— Dans la rue ?

— Oui, et dans le bus aussi.

— Vous avez pris le bus avec ma perruque ?

— Je ne la portais pas encore, elle était à l'abri dans un sac. Je ne l'ai mise qu'une fois arrivé tout près de l'endroit où je devais me rendre.

— Dites donc, doc, vous auriez pu avouer votre forfait plus tôt ! Que vous vous habilliez en femme n'est pas mon problème – personne ne vous juge et chacun dispose de son corps comme il l'entend – mais ça m'aurait évité d'être calomnié à tort.

— Je ne m'habille pas en femme, j'ai simplement utilisé ce que j'avais sous la main pour éviter d'être identifié.

— Si vous aimez vous travestir en dame, je dois pouvoir vous refiler une de mes vieilles robes, proposa Françoise. Vous êtes plus mince que moi et elle vous ira certainement très bien.

— Bon sang, je ne veux pas de robe ! Je veux juste

m'excuser d'avoir emprunté la perruque de Chantal pour me déguiser.

— Ce n'est pas un déguisement, ce sont mes cheveux ! Ne vous avisez pas de me piquer mon dentier pour qu'on ne reconnaisse pas votre bouche !

Un sourire en coin, Francis demanda :

— C'est chez les Indiens que vous avez pris l'habitude ?

— L'habitude de quoi ?

— De vous mettre des plumes partout et de piquer les scalps des autres.

— Francis, je ne vous ai pas enfoncé quand tout vous accusait, vous pourriez faire preuve d'un peu de…

— C'est juste, doc. Vous avez toujours été réglo. Désolé.

Pauline observait la scène avec une joie non dissimulée.

— Non mais regardez-vous… Finalement, faire visiter cet endroit en vous présentant comme une bande de frappés n'est peut-être pas si idiot. Vu votre niveau, on doit même pouvoir faire fortune.

Chantal demanda :

— C'est bon, la punition est levée ? On ne sera pas privés de gâteaux ?

— On verra.

Jean-Michel déclara doctement :

— Faute avouée est à moitié pardonnée. On a au moins droit à une demi-ration…

Chacun y alla de son commentaire. L'infirmière en profita pour se pencher vers Thomas et demander à voix basse :

— Dites-moi, docteur, voilà quelques semaines,

un de mes rouges à lèvres a disparu. Ce ne serait pas vous qui…

— Pauline, ne poussez pas le bouchon.

— Vous m'avez quand même traitée d'infirmière lubrique. C'est l'hôpital qui se fout de l'infirmière. Parce que vous n'êtes pas mal non plus…

— Je vous en prie, j'avais bu.

— Je sais, j'en parlais encore hier avec le chat. Il regrette son grand coussin chauffant qui sentait l'alcool. Dites-moi, monsieur Sellac, si vous êtes capable de me sortir ce genre de chose en ayant un verre dans le nez alors que c'est à jeun que vous êtes le plus entreprenant, à quoi dois-je m'attendre ?

Elle lui fit un clin d'œil. Le cerveau de Thomas se transforma à nouveau instantanément en zoo. Certaines émotions tombèrent des arbres, d'autres cherchaient des puces aux rayons de soleil, et plusieurs d'entre d'elles plongèrent de très haut alors qu'il n'y avait pas d'eau.

81

Thomas remontait le couloir en direction de son bureau lorsqu'une petite voix l'interpella :

— Docteur !

Il se retourna. Mme Quenon le guettait par l'entrebâillement de la porte de sa chambre. Il rebroussa chemin.

— Françoise, si c'est pour m'offrir une robe, je vous assure que c'est inutile.

— L'avez-vous entendu cette nuit ?

— Vous savez bien que je ne peux pas écouter Michael de chez moi.

L'institutrice secoua la tête et désigna l'appartement du dessus. Le docteur réagit :

— Ah ! Vous parlez de Romain et de sa guitare ! Rien entendu non plus. Ces derniers temps, je dors comme une masse.

— Il ne jouait pas. Il est rentré tard, en faisant du bruit. Il a tapé sur quelque chose. Plusieurs fois. À un moment, c'est devenu tellement violent que j'ai cru qu'il se battait avec quelqu'un. Quand ça s'est arrêté, j'aurais juré qu'il gémissait… Tout à l'heure, j'ai perçu d'autres plaintes.

Le docteur vérifia sa montre.

— Vous en êtes sûre ?

— Tout à fait.

Thomas traversa le hall jusqu'à l'entrée de la résidence. Il jeta un œil dans la rue et revint :

— Sa voiture est encore là. Il n'est pas parti au travail. Vous ne bougez pas d'ici, je monte voir.

Fidèle à sa méthode, le docteur toqua doucement d'abord, puis de plus en plus fort.

— Romain, êtes-vous là ?

Aucune réaction. Il frappa plus franchement.

— Monsieur Mory, tout va bien ? Répondez-moi, s'il vous plaît. C'est le docteur Sellac !

Thomas posa la main sur la poignée, hésitant. Se pouvait-il que Françoise ait rêvé et que le jeune homme ait juste pris une journée de congé ? Il risquait alors de le réveiller. Le docteur ne se voyait pourtant pas attendre qu'il émerge enfin pour être rassuré. L'inquiétude montait en flèche.

Un seul moyen pour en avoir le cœur net : il fallait entrer. Si nécessaire, le docteur irait chercher le double de la clé dans son bureau. Mais il n'en eut pas besoin car la porte n'était pas verrouillée.

Un désordre inhabituel régnait dans l'appartement. À peine Thomas eut-il fait un pas dans le salon que, par la porte de la chambre, il aperçut le corps affalé en travers du lit. Romain était étendu, désarticulé, inerte, la tête pendant vers le sol. Le médecin se précipita. Sur la table de nuit, une bouteille de vodka et des somnifères.

Thomas, tremblant, vérifia les signes vitaux. Le pouls battait encore. Alors qu'il lui soulevait une paupière, Romain geignit. Le médecin soupira de soulagement : le jeune homme n'était pas dans le coma.

— Mais qu'est-ce que tu as foutu ? grogna-t-il sans attendre de réponse.

Il redressa le corps pour permettre de décongestionner la tête, puis sortit précipitamment de l'appartement et descendit l'escalier quatre à quatre, à la recherche de Pauline.

L'infirmière était en train d'aider Francis à faire son lit. Le docteur s'efforça de lui parler avec calme :

— Pourrais-je vous voir une minute ?

— On a presque terminé, j'arrive ensuite.

— Navré, Pauline, j'ai besoin de vous tout de suite.

À son ton, elle comprit qu'il était arrivé quelque chose de sérieux et s'excusa auprès de M. Lanzac. Le médecin l'entraîna rapidement à l'étage.

— Pourquoi on monte ? s'étonna-t-elle. Qu'est-ce qui se passe ?

— Romain a fait une tentative de suicide.

82

Pauline étudia la boîte de médicaments puis vérifia dans les plis des draps et sous le lit.

— En admettant que la plaquette ait été complète, il en a avalé huit au maximum. Une chance que la molécule ne soit pas parmi les plus fortes. Voulez-vous que j'appelle les pompiers ?

— Inutile. À nous deux, on devrait réussir à le gérer. Il est déjà quasiment conscient.

Thomas souleva Romain et le prit à bras-le-corps.

— Qu'est-ce que vous faites ?

— Je l'emmène sous la douche.

— Si vous le redressez trop vite, il risque de dégobiller…

— En vingt ans de médecine, je me suis plus souvent fait vomir dessus que prendre en photo.

En pénétrant dans la petite salle de bains, le jeune homme grogna lorsque Thomas le heurta contre le chambranle.

— Aidez-moi à lui retirer ses vêtements.

À eux deux, ils déshabillèrent Romain et le déposèrent en caleçon dans le bac à douche.

— Il pèse son poids, l'animal.

Le docteur saisit la pomme de douche et ouvrit le robinet d'eau froide. Lorsque les premières gouttes glacées tombèrent sur le visage du jeune homme groggy, il réagit instantanément.

— Romain, est-ce que vous m'entendez ?

Thomas intensifia le jet d'eau puis cala la pomme de douche pour que le flot tombe en pluie sur Romain. Celui-ci subissait l'averse en gesticulant sans cohérence. Thomas l'observait de près. Pauline était surprise et déstabilisée par la vigueur avec laquelle le docteur tentait de réveiller le jeune homme. Était-ce par habitude des situations d'urgence, ou parce qu'il était impatient de savoir ce qui avait poussé l'amoureux de sa fille à commettre un tel geste ?

Lorsque le garçon tenta de se retourner, Thomas s'avança sans hésiter sous l'eau pour l'empêcher de se cogner contre les murs. Le docteur ne semblait pas se soucier de l'eau froide qui le détrempait.

— Romain, ouvrez les yeux, regardez-moi.

Le docteur saisit le poignet de son patient pour contrôler son pouls tout en essayant d'attirer son attention en sifflant quelques coups brefs. Le jeune homme souleva les paupières.

— Bien. Très bien. Respirez lentement et ne me lâchez pas.

Le docteur ajouta de l'eau chaude.

— N'essayez pas de bouger. Je suis là.

— Il fallait me laisser crever…, gémit Romain.

— Certainement pas. Rien ne justifie jamais ça.

De l'eau se glissa dans la bouche entrouverte de Romain. Il la recracha, toussa. Pour le maintenir, le docteur s'agenouilla sous la douche et le prit contre lui. Romain n'essaya pas de résister. Il s'abandonna. Thomas lui parla à l'oreille :

— Que s'est-il passé ?

— J'ai tout foiré.

Pauline assistait à la scène sans savoir quoi faire. Le jeune homme se mit à hoqueter. Le docteur le redressa pour l'aider à respirer.

— Romain, respirez calmement, tout va bien. Dites-moi ce qui vous a mis dans cet état-là.

— C'est Emma, j'ai fait le con. J'ai merdé avec Emma.

Pauline croisa le regard de Thomas. Elle ne l'avait jamais vu ainsi.

— Docteur…

— Laissez-nous, s'il vous plaît. Ne vous inquiétez pas.

— Vous n'allez pas…

— Ni le tuer, ni m'habiller en femme, ne vous en faites pas.

— Si vous avez besoin de moi, j'attends en bas…

Le docteur ne répondit pas.

83

L'idée de lui coller une grande baffe traversa l'esprit du docteur. À plusieurs reprises.

Les deux hommes étaient assis face à face à la table de Romain. Le docteur dégoulinait et son locataire, un drap de bain sur les épaules, frissonnait.

— Pourquoi, bon sang, pourquoi ?

— J'en sais rien. C'est arrivé comme ça. Il faut dire que l'autre bombasse m'a bien chauffé, aussi.

Le docteur avait du mal à contenir sa colère. L'infidélité de Romain faisait voler beaucoup de ses espoirs en éclats.

— Comment Emma l'a-t-elle appris ?

— Une de ses copines de l'école d'infirmières était à la fête et lui a tout raconté.

Le jeune homme se prit la tête entre les mains.

— J'ai essayé de l'appeler pour m'expliquer, mais elle ne décroche plus. Elle a dit à ses copines qu'elle ne voulait plus jamais entendre parler de moi. C'est mort.

— Petit con.

Romain releva le visage, surpris.

— Vous n'êtes pas obligé de m'insulter. En général, on ne sauve pas la vie des gens pour les piétiner ensuite.

— Est-ce que tu te rends compte de ce que tu bousilles ? Juste pour une montée d'hormones ?

— J'aurais bien voulu vous y voir…

— J'ai eu ton âge, mon garçon, et je suis muni du même équipement. Mais j'avais autre chose en tête que faire l'abruti à des fêtes dont il ne reste jamais rien de bon.

— Allez-y, lâchez-vous. Sortez-moi le couplet du vieux sage et du petit branleur. Je ne sais pas dans quel monde vous avez vécu, docteur, mais ici, ce genre de chose arrive tous les jours. Je ne dis pas que j'ai eu raison, mais je ne suis pas le seul. Si Emma ne veut plus de moi, tant pis. Si elle ne veut pas me pardonner, tant pis. Ce n'est pas la fin du monde.

— T'as quand même voulu te foutre en l'air.

— Et alors ? Je fais ce que je veux !

Romain frappa du poing sur la table, qui portait déjà les stigmates de sa rage de la nuit. Son accès de colère évacué, il s'effondra la tête entre les bras.

Le docteur fit glisser sa chaise pour venir s'asseoir près de lui.

— Désolé, je ne voulais pas te blesser. Je me doute que la situation est atroce pour toi, mais elle n'est pas facile pour moi non plus. Cela me rappelle un peu mon histoire. On espère toujours que ceux qui viennent après ne referont pas les mêmes erreurs… Je vous aime bien tous les deux, vous faites un beau couple.

— Peut-être, fit amèrement Romain, mais c'est fini. Le petit couple vient d'exploser en vol.

Thomas fut tenté de poser sa main sur l'épaule de Romain, mais s'abstint.

— Elle est en colère, elle se sent trahie. Logique. Mets-toi à sa place. Avec un peu de temps, elle doit pouvoir relativiser…

— Vous ne la connaissez pas.

— Un peu quand même.

— Quand elle a décidé un truc, elle s'y tient.

— Tu as raison, mais c'est aussi une affective, et elle est attachée à toi.

— Elle me remplacera. Et je la comprends.

— Pas évident. Votre histoire était sérieuse pour elle.

Romain se redressa.

— D'où savez-vous cela ?

— Elle me l'a dit. Elle tenait à toi, de plus en plus.

Le jeune homme reçut l'information comme un coup de poing.

— Elle vous a confié autre chose ?

— Pas vraiment, mais je vous ai observés tous les deux…

Thomas s'interrompit par peur d'en dire trop.

— Vous avez raison, je suis vraiment un petit con. Le prochain coup, je ne me louperai pas.

— Avant de te détruire, essaie de vous sauver.

84

— Qu'ils soient de notre sang ou pas, on s'en fait toujours pour nos petits, déclara Jean-Michel. Finalement, d'une façon ou d'une autre, chacun de nous aura eu des enfants.

— Même Chantal ? s'étonna Thomas.

— Quand elle était très jeune, elle a eu une fille, qui a été emportée par une maladie. J'ignore laquelle. Elle n'en a parlé qu'une fois. Je crois que c'est sa photo qu'elle garde sur sa commode.

Désemparé par ce qu'avait fait Romain, Thomas s'était tourné vers les deux seuls « pères » qu'il connaissait assez pour leur parler franchement. Il avait besoin de réponses. Face à lui, Francis et Jean-Michel n'avaient pas envie de plaisanter. Sur de très rares sujets, les hommes savent aussi être sérieux.

— Vous savez, doc, si l'un de mes bleus s'était retrouvé dans la situation du gamin, je lui aurais conseillé de s'excuser. C'est la base. Les gens demandent rarement pardon poussés par leur conscience, mais parce qu'ils ont intérêt à sauver le coup. Les humains ne renoncent pas souvent à leur fierté. Il faut qu'ils aient un intérêt plus grand à la faire taire qu'à tout lui sacrifier. Seuls les moins stupides comprennent que l'orgueil n'est jamais l'allié du bonheur. Plus celui ou celle qu'ils ont blessé compte pour eux, plus ils sont prêts à étouffer leur amour-propre pour préserver le futur. Si Romain l'aime vraiment, il se bougera, et je vous parie que la petite sera heureuse de l'entendre.

Jean-Michel approuva d'un hochement de tête.

— Je n'ai eu qu'un fils, docteur. J'ai essayé de lui apprendre tout ce que je savais. Mais ce n'est pas parce qu'un enfant est de votre sang qu'il réagit comme vous. Mon fils est bien plus intelligent que moi, mais il a toujours fait n'importe quoi avec les femmes. La moindre paire de seins l'empêche de réfléchir. Je crois qu'il en souffre. Il faut espérer que Romain prendra la bonne décision. Votre position n'est pas simple. Tout ce que vous avez fait pour ce jeune homme était destiné à aider votre fille, n'est-ce pas ?

— Je n'ai jamais voulu me servir de lui.

— Alors il faut lui dire ce que vous croyez comme s'il était votre fils, et accepter ce qu'il fera comme s'il était un ami.

85

À peine le docteur eut-il franchi le mur d'enceinte de l'usine qu'Attila se mit à aboyer en s'élançant à sa rencontre. Dans sa course, l'animal prenait de plus en plus de vitesse, allongeant des foulées puissantes qui soulevaient ses babines et laissaient entrevoir ses crocs étincelants. Thomas avait beau savoir que les intentions du chien étaient amicales, il lui fallut quand même une grande maîtrise de lui-même pour ne pas céder à la panique et aux visions épouvantables qui hantaient encore son esprit. Il se cramponna, non sans fierté, à l'idée que les chats, pourtant désormais habitués au même accueil enthousiaste, ne faisaient pas preuve de son stoïcisme et s'enfuyaient pour ne revenir qu'une fois la bête calmée. L'animal déboula et, emporté par son élan, le dépassa en le frôlant. Pendant qu'Attila lui faisait la fête en sautant tout autour de lui, Thomas leva les mains comme un soldat cerné par l'ennemi. Lorsque le chien s'apaisa enfin, il s'aventura à lui caresser le dos d'un geste maladroit et s'en félicita. Pourquoi se priver du plaisir simple des petites victoires remportées sur soi-même ?

— Mon grand, n'importe quel autre chien que toi serait arrivé vers moi ainsi, je serais mort d'une crise cardiaque…

Michael apparut au seuil du poste de garde.

— Monsieur Sellac ! Quelle bonne surprise ! Venez voir, j'ai fabriqué un nouveau meuble.

En quelques semaines, le vigile avait fait bien mieux que nettoyer son local : il l'avait complètement réaménagé. Après avoir repeint murs et plafonds, il avait remis en état les sanitaires et l'électricité, installé un vrai lit dans la petite pièce du fond transformée en chambre, puis équipé les parois de toute une batterie de rangements bricolés avec du matériel récupéré. Le jeune homme faisait preuve d'une inventivité étonnante. En comparaison de son trou à rats, il vivait à présent dans un hôtel quatre étoiles.

— Vous êtes quand même mieux installé ici, n'est-ce pas ?

— Aucun doute, sauf pour l'acoustique. Quand je veux chanter, il m'arrive encore de descendre au bunker.

— Vous dînez toujours avec nous demain ?

— Avec plaisir.

— Avez-vous réfléchi à votre retour en Côte d'Ivoire ?

— J'y pense tout le temps, mais je ne veux pas me précipiter. De toute façon, pour le moment, je n'ai pas les moyens. J'ai très envie de retourner voir ma famille, mais je ne dois pas arriver les mains vides…

— Que voulez-vous dire ?

— Après une si longue absence, je veux leur offrir quelque chose qui leur fera plaisir. Je sais que rien ne rendrait ma mère plus fière que de me voir revenir avec une situation ou, au moins, un vrai projet. Elle se rendrait compte que ses sacrifices n'ont pas été vains. Je pense que je vais reprendre des études.

— Formidable !

— Ainsi, je ne rentrerai pas pour chercher du secours, mais pour montrer que je peux m'en sortir.

— C'est une excellente idée. Votre maman sera plus qu'heureuse. Dans quel domaine comptez-vous étudier ?

— J'hésite. Peut-être la cuisine, ou le médical. Quand je vous vois faire, avec Mme Pauline, je me dis que c'est un beau métier.

— Pourquoi pas ? Lancez-vous ! Vous êtes jeune et vous avez du potentiel. Si vous avez besoin d'un coup de main, comptez sur moi.

— Merci, docteur.

Attila apporta une balle à Thomas, mais le docteur n'en était pas encore à aller la lui disputer jusque dans la gueule…

— Dites-moi Michael, j'aurais une question à vous poser. Répondez-moi franchement.

— La vérité, rien que la vérité.

— Avez-vous déjà chanté autre chose que du lyrique ?

— Dans quel genre ?

— Je ne sais pas encore, mais j'aimerais faire une surprise à quelqu'un, et je sais qu'il n'existe pas meilleur interprète que vous.

— C'est gentil. Il m'arrive de chanter des chansons, mais c'est très rare… C'est pour un anniversaire ?

— Presque. Seriez-vous prêt à me rendre cet immense service ?

— Pour vous, je ferais n'importe quoi, docteur. J'espère simplement en être capable.

— L'idée que vous acceptiez me touche déjà énormément. Il vous suffira d'être vous-même et ce sera parfait.

86

— Entrez !

Le docteur ouvrit la porte et passa la tête chez son locataire.

— Toujours pas de réponse ?

— Elle a même fermé sa boîte vocale…

Romain faisait peine à voir. Depuis plus d'une semaine, il se traînait, ne sortant que pour aller travailler. Pour éviter de le laisser seul à broyer du noir, Thomas venait lui rendre visite de temps en temps et dînait régulièrement en sa compagnie.

— Docteur, elle a confiance en vous… Vous pourriez l'appeler et lui parler ? Elle vous écoutera. S'il vous plaît…

— Croyez bien que je le regrette, mais je ne peux pas, pour beaucoup de raisons… C'est une affaire entre vous deux.

Le jeune homme soupira.

— Je devrais peut-être aller l'attendre à la sortie de ses cours ?

— Je ne vous le conseille pas. C'est risqué, surtout en public. Si elle se sent piégée, sa réaction pourrait être violente. Ne lui forcez pas la main.

— Alors c'est sans issue. Si ça se trouve, elle est déjà passée à autre chose et je ferais mieux d'en faire autant. On ne sera pas les premiers à qui ça arrive…

— Les échecs des autres n'allégeront pas votre peine longtemps. Elle ne vous manque pas ? Emma compte si peu, que vous soyez prêt à renoncer si vite ?

— Elle ne me laisse aucune chance d'arranger la situation.

— La première fois que vous vous êtes rencontrés, qui de vous deux est allé vers l'autre ?

Romain réfléchit un instant.

— C'est moi.

— Qu'est-ce qui vous a attiré chez Emma ? Était-ce une « bombasse » comme celle de l'autre soir ? Posez-vous des questions. Sentez-vous libre d'envisager toutes les possibilités. Est-ce que la jeune fille qui vous a fait perdre la tête peut devenir votre femme ? Vous imaginez-vous en train de raconter à vos proches que vous avez vécu un coup de foudre sauvage qui a fait table rase de votre passé pour vous conduire au bonheur ?

— Vous rigolez ? C'était purement physique…

Romain rougit en prenant conscience qu'il ne parlait pas à un copain.

— La toute première fois, qu'avez-vous remarqué chez Emma ?

La réponse fusa.

— Son rire. Je l'ai entendu avant de la voir. C'était pendant une soirée. Comme quoi il n'en sort pas que du mauvais… Je discutais avec un type et un éclat de rire a attiré mon attention. Il partait des tripes, communicatif, sensuel aussi. J'ai tout de suite eu envie de m'approcher.

— Qu'avez-vous apprécié ensuite ?

Le jeune homme prit le temps de se souvenir.

— J'ai aimé son caractère, la gentillesse dont elle sait faire preuve bien qu'étant capable d'être impitoyable. Lors d'un de nos premiers rendez-vous, elle m'a raconté qu'un soi-disant copain de lycée l'avait draguée pour en fait se servir d'elle et copier le travail que lui ne voulait pas faire. Par intérêt, il lui avait fait croire à des sentiments. Elle en était encore révoltée. Elle m'a alors dit une phrase que je n'oublierai jamais : « Je déteste que l'on me vole ce que je suis si heureuse de donner. » C'est sa façon de voir la vie. Et elle vous balance des trucs aussi forts avec son joli regard si timide… Tout ce que j'ai découvert d'elle m'a touché. Je n'ai jamais entendu Emma dire quelque chose dont elle n'était pas convaincue. Elle vaut mille fois mieux que moi. D'ailleurs, ce qui s'est passé le prouve…

— Vous avez fait le premier pas, mais elle vous a laissé approcher. Si elle est telle que vous la décrivez, cela veut dire que vous correspondez à ses valeurs.

— C'était probablement vrai jusqu'à l'autre soir…

— À vous de lui prouver que ce n'était qu'une erreur.

— Mais comment ? Elle refuse de me parler ou de m'entendre !

— Alors parce qu'aujourd'hui, aucune solution évidente ne se présente, vous êtes prêt à tout balancer en ne gardant de cette histoire que des regrets et de la culpabilité ?

— On finit sûrement par oublier…

— Romain, j'ai vécu quelques années de plus que vous. Il existe deux sortes d'hommes. D'un côté, ceux qui s'en foutent parce qu'ils ne se sentent jamais coupables. Ceux-là oublient sans problème. De l'autre, ceux qui ne vivent pas uniquement pour eux-mêmes, ceux qui font un peu attention à leur prochain parce qu'ils ont compris que seuls, ils ne sont pas grand-chose. Ceux-là n'oublient jamais.

— Vous pensez que j'appartiens à la deuxième catégorie ?

— Vous avez un doute ?

— Après ce que j'ai fait, forcément.

— On commet tous des erreurs. Bienvenue dans la vie.

— Qu'avez-vous vécu pour savoir ça ?

— Je n'ai jamais trompé personne, Romain. Mais entre nous, j'aurais préféré. Au moins, j'aurais eu une chance de réparer, comme vous aujourd'hui. J'ai fait bien pire. J'ai laissé tomber quelqu'un. J'ai abandonné une femme. Je l'ai lâchée au moment où elle avait besoin de moi. Elle a refait sa vie, c'est du passé, et je reste avec mes remords parce que, comme vous, je ne suis pas du genre à m'en foutre. On ne choisit pas qui l'on est. C'est ainsi. Il faut apprendre à vivre avec sa nature. Pour moi, il est trop tard. Il n'y a plus rien à sauver. Pour vous, il est encore temps. Voulez-vous que je vous dise ce que vous ne voulez surtout pas entendre ?

— Même en parlant vite, ça peut prendre longtemps…

— Votre relation avec Emma appartient peut-être au passé. Il est possible que vous soyez arrivés au bout du chemin que vous pouviez parcourir ensemble. Mais votre histoire ne doit pas se terminer ainsi.

— C'est bien joli, mais qu'est-ce que je peux faire ?

— Si vous aviez le temps de lui murmurer quelques mots, quels seraient-ils ?

— Comment ça ?

— Du fond de votre cœur, du fond de votre âme, si vous n'aviez que le temps d'une phrase pour lui parler, que lui diriez-vous ?

— Je ne sais pas, moi… Je lui dirais que j'ai fait une connerie, que ce n'était pas sérieux, que je ne savais pas ce que je faisais, qu'elle est la fille la plus géniale que j'aie rencontrée. Je lui demanderais pardon…

— Trop long, allez à l'essentiel.

— Que je m'en veux, que je rêve que l'on reparte ensemble, que j'espère que mon erreur marquera notre nouveau départ…

— Trop banal. Romain, que voudrait-elle apprendre et que seuls vos yeux pourraient lui dire sans mentir ?

— Que je regrette et que je l'aime.

Les deux hommes restèrent un moment face à face.

— On a peut-être une chance, mon garçon.

— Je ne vois pas comment je vais pouvoir lui dire ça les yeux dans les yeux avant qu'elle me les crève.

— Romain, est-ce que vous me faites confiance ?

— Vous croyez que je vous dirais tout ça si ce n'était pas le cas ?

— N'ayez pas peur des mots simples. Ça veut dire « oui » ?

— Oui, je vous fais confiance.

— Alors prenez votre guitare et jouez jour et nuit.

87

— C’est pour un jeu ? demanda Chantal.

— Non, c’est très sérieux, répondit le docteur.

— Qu’est-ce qui vous fait penser qu’on s’y connaîtrait plus que vous en chansons ? interrogea Jean-Michel.

— J’ai, d’une certaine façon, vécu éloigné de la civilisation pendant vingt ans. Les morceaux que j’ai le plus entendus, ce sont les hymnes nationaux, la sonnerie aux morts et les sirènes d’alerte…

— C’est sûr qu’on peut trouver mieux pour le romantisme…, commenta Francis.

Pauline arriva de la cuisine avec des tasses fumantes qu’elle distribua à chacun. Elle n’avait pas encore pris part à la discussion.

— Moi, j’adore les chansons de Piaf, expliqua Françoise. Elles me parlent. Elles m’émeuvent. Chacun peut y retrouver ses drames.

— Je préférerais que l’on y décèle un peu d’espoir. *Non, je ne regrette rien* n’est vraiment pas adapté…

— Et du côté de Sinatra ? suggéra Francis.

— Superbe, mais auquel de ses titres pensez-vous ? C’est une chanson que je recherche, pas un artiste.

Chacun plongea dans sa mémoire, mais personne ne put citer un morceau précis.

— J'ai trouvé ! s'exclama Jean-Michel. *When a man loves a woman*. Un tube absolu.

— Pas mal, apprécia Thomas. Pas mal du tout. Est-ce toujours écouté par les jeunes d'aujourd'hui ?

— C'est éternel ! s'enthousiasma Jean-Michel.

— Vous pourriez aussi choisir du Barry White, conseilla Francis. Sa voix, son sens du groove… Qu'est-ce que j'ai pu emballer sur du Barry White !

— On n'est pas là pour emballer, leur rappela Hélène. C'est de l'émotion qu'il faut, pas de l'excitation.

Ayant achevé de servir la tablée, Pauline s'assit enfin.

— Puis-je émettre un avis ?

— Bien sûr ! l'encouragea le docteur.

— Je ne sais pas si certaines ou certains d'entre vous ont déjà été trompés dans leur vie mais moi, je suis une pro.

La voix de Pauline était moins portée, plus douce. Avec un sourire triste, elle poursuivit :

— Humiliée, trahie, jusque dans ma propre chambre pendant que je préparais le dîner dans la pièce d'à côté… Vous aurez du mal à trouver meilleure experte dans le domaine. J'ai été en colère, j'ai voulu les tuer – ce que j'ai d'ailleurs essayé avec le troisième, mais je n'ai réussi qu'à l'assommer et il m'a racketté mes économies en échange de son retrait de plainte. À chaque fois, ce furent des plantages différents, mais le sentiment tout au fond de moi était le même. La douleur d'être rejetée, la peur d'être seule, l'impression de n'être rien d'autre qu'un papier collant que le vent emporte et qui s'accroche aux chaussures d'inconnus qui finissent toujours par s'en débarrasser. Chacune de ces histoires qui s'achevaient malgré moi m'a jetée plus bas que terre. Une fois pourtant, une seule, même s'il est parti, j'ai regretté un homme. Encore aujourd'hui, il m'arrive de penser à lui en me demandant ce que serait ma vie si nous étions encore ensemble. C'est lui qui m'a quittée pour une autre, sur un coup de tête. Il ne m'a même jamais expliqué pourquoi. Je crois que c'est ça le pire. Pendant des semaines, j'ai espéré qu'il revienne. J'ai rêvé qu'il me dise qu'il s'était trompé. J'aurais bien volontiers passé l'éponge. Le fait est que l'espèce humaine se serait éteinte depuis longtemps si les femmes ne savaient pas pardonner !

Dans un bel ensemble, Hélène, Françoise et Chantal approuvèrent d'un hochement de tête parfaitement synchrone. Pauline reprit :

— Cet espoir sans doute naïf qu'il revienne est demeuré longtemps en moi. Je ne souhaitais même pas qu'il me supplie de lui accorder une seconde chance. Dans ma bêtise de femme amoureuse qui a toujours douté d'elle-même, j'en étais presque à espérer que ce soit lui qui m'en offre une. Et puis un jour, j'ai entendu une chanson. Je me souviens exactement du moment. Je revois la scène. À l'époque, je travaillais à l'hôpital. Je me trouvais dans la chambre d'une patiente et cette chanson est passée à la télé. Je ne m'y attendais pas, on parlait d'autre chose, mais le texte m'a tout de même sortie de l'instant pour résonner au plus profond de moi, repoussant tout ce qui m'occupait l'esprit. La chanson m'a retournée. J'aurais voulu me cacher pour pleurer mais plus encore, je voulais l'écouter jusqu'au bout. Elle a libéré tout ce que je retenais depuis des années. Ce jour-là, j'ai entendu ce que je rêvais que cet homme me dise et que personne ne me dira jamais. *When I was your man*. Quand j'étais ton homme. C'est un gars qui raconte tout ce qu'il regrette de ne pas avoir fait pour celle qu'il aimait quand c'était encore possible. Lui acheter des fleurs, danser avec elle, l'écouter… J'ai depuis tourné la page sur celui qui m'a quittée. Mais cette chanson me bouleverse toujours autant. Si j'étais vous, j'essaierais celle-là. Tous les hommes devraient l'apprendre par cœur, pour savoir ce qu'il faut faire tant qu'il en est temps et ne jamais avoir à la chanter.

88

Le temps nuageux avait accéléré la tombée de la nuit. Deux véhicules. Deux équipes. Un seul plan, encore plus tordu que tous les précédents. Plus risqué aussi.

Dans la voiture de Romain, les hommes. Dans celle conduite par Pauline, les femmes. Aucune raison particulière à cette répartition, qui s'était faite naturellement. Des milliers d'années de civilisation n'effacent pas certains atavismes.

Étant donné la nervosité de Romain, Thomas avait préféré prendre le volant – même si lui-même n'était pas beaucoup plus calme. Il roulait en tête. Alors qu'ils approchaient du centre-ville, plusieurs tentatives de Pauline pour le doubler lui laissèrent penser qu'elle essayait de faire la course.

— Et si le rendez-vous n'a pas lieu ?

— Ce n'est pas votre problème, Romain. Respirez. Tout va bien se passer. On vous livre Emma et c'est à vous de jouer.

Sur la banquette arrière, Michael était coincé entre Jean-Michel et Francis. Pour la circonstance, les filles lui avaient composé un costume à partir de différents vêtements empruntés à tout le monde quand les tailles correspondaient. Le ténor portait ainsi la seule chemise du docteur, la veste du dimanche de M. Ferreira, un pantalon de Romain et les chaussures de sortie du Colonel. L'ensemble lui donnait fière allure. Pourtant, dans le rétroviseur intérieur, Thomas voyait bien que son chanteur n'était pas au mieux.

— Michael, détendez-vous.

— Facile à dire. Si ce n'était pas pour vous, je sauterais en marche.

Francis et Jean-Michel échangèrent un regard. Lequel des deux Michael choisirait-il d'entraîner dans sa chute ?

— Vous réalisez que je n'ai jamais chanté en public ? Même pas devant ma mère. Même pas devant vous ! Et là, je vais me retrouver à le faire en pleine rue !

Francis tenta d'apaiser ses craintes.

— Nous serons là, près de toi, tu ne seras pas seul. Si la foule t'impressionne, tu n'as qu'à fermer les yeux. J'ai fait ça une fois, quand j'ai eu un discours à prononcer dans la cour d'honneur devant un général et tout le régiment. J'avais une de ces pressions à l'idée de prendre la parole devant les huiles… Alors j'ai baissé les rideaux ! Bon, quand je les ai ouverts à nouveau, je me suis aperçu que j'avais pivoté sans m'en rendre compte et que j'avais déclamé mon texte face à la chaufferie. Étrangement, personne ne m'en a jamais parlé…

— C'est supposé le rassurer ? ironisa Jean-Michel.

Une fois les voitures garées, les deux groupes se retrouvèrent sur le trottoir. Chantal s'approcha de Romain.

— Ne fais pas cette tête-là, mon grand, on est tous là pour te soutenir ! Ne vois pas cette soirée comme une épreuve, mais comme une chance. Moi, si un beau jeune homme comme toi me jouait la sérénade, je te le jure, je serais à toi, où tu veux, quand tu veux !

Hélène intervint :

— Chantal, ne l'effrayez pas. Qu'il oublie tout, surtout nous. Romain, vous ne devez penser qu'à votre belle amie. Je suis certaine qu'elle appréciera votre geste.

— J'ai la trouille.

Hélène se pencha pour lui murmurer à l'oreille :

— Cela doit vouloir dire que vous l'aimez… Il n'existe pas de plus bel argument aux yeux d'une jeune femme.

Françoise tenta de rectifier le costume de Michael, qui ne tenait pas en place.

— Les grands artistes ont toujours le trac avant d'entrer en scène, lui souffla-t-elle. Je me souviens de ce que j'ai ressenti en vous entendant la première fois. Rien que d'y penser, j'en ai encore la chair de poule. Ce n'est pas sur votre appréhension que vous devez vous focaliser, Michael, mais sur l'effet que vous allez provoquer sur ceux qui vont vous entendre ce soir. Ils ont de la chance. Vous savez, beaucoup de grands talents ont été découverts alors qu'ils se produisaient dans la rue. Mais à ma connaissance, aucun ne servait une aussi jolie cause que vous, ce soir.

— Vous êtes trop gentille, madame Quenon. Je redoute quand même de ne pas m'en sortir. Nous avons si peu répété…

— Je vous ai entendu tout à l'heure. Je peux vous assurer que toutes les femmes vont espérer que c'est pour elles que vous chantez. Il suffit qu'une seule en soit convaincue.

Thomas vérifia son téléphone en s'adressant à Pauline :

— Votre batterie est bien chargée à 100 % ?

— Oh mon Dieu, c'est trop bête ! J'ai oublié, je vais tomber en panne…

Thomas paniqua immédiatement.

— Vous vous rendez compte ?

— Que vous êtes à cran, oui. Décompressez, docteur. Bien sûr que mon téléphone est chargé à bloc. Vous me l'avez demandé au moins vingt fois aujourd'hui…

— Ne m'en veuillez pas, je suis nerveux.

— Nous le sommes tous.

Puis, à voix basse, elle ajouta :

— Je me doute de ce que vous ressentez. Je sais ce qui se joue pour vous ce soir.

— Pour eux surtout.

— On va faire notre possible.

— Vous me téléphonez dès que vous la voyez.

— À vos ordres. Et comptez sur moi pour faire une grattouille de votre part au chat sur l'arbre.

— Merci.

Tel un sportif prêt à s'élancer pour un marathon, Thomas inspira profondément et souffla pour se relaxer.

— Il est temps d'y aller.

Chacun rassembla son groupe, prêt à lancer l'opération.

— Pauline ?

— Si c'est encore pour me demander si mon téléphone est chargé, je vous tape.

— Quoi qu'il advienne ce soir, je veux vous dire que si j'avais eu la chance de vous connaître plus tôt, jamais je n'aurais attendu de vous perdre pour découvrir ce que vous valez.

— Merci. Voulez-vous que je vous dise la phrase que vous ne voulez surtout pas entendre ?

— Mais enfin…

— C'est une thérapie qu'un grand médecin m'a enseignée. Je lis dans votre esprit comme dans un livre ouvert. Vous n'entendez que ma voix et ça m'arrange bien. Vous ne voulez surtout pas entendre que votre vie est derrière vous, que vous êtes usé, que vous ne pouvez plus séduire personne, que vous avez laissé passer votre chance et que vous êtes le pire compagnon possible, doublé d'un père incapable qui a lui-même tricoté le sac de nœuds dans lequel nous risquons tous de périr pendus ce soir.

Thomas se figea. Dans le zoo qui lui servait d'esprit, la totalité des bestioles couraient en tous sens en poussant des hurlements, avec la tête en feu.

— Ne vous en faites pas, docteur. Rien de tout cela n'est vrai, et si quelqu'un s'avisait de vous le dire, je lui casserais moi-même la figure.

89

Le choix de l'emplacement était stratégique et Thomas l'avait déterminé avec le plus grand soin. Quelle que soit la destination d'Emma ce soir, elle avait toutes les chances de passer par ce croisement-là.

— Romain, asseyez-vous ici, et Michael, placez-vous là, s'il vous plaît. Si mes prévisions s'avèrent exactes, la demoiselle devrait déboucher de la rue exactement en face.

Le docteur vérifia l'alignement. Francis, posté au coin du carrefour, leva un pouce pour signifier que la position des artistes était excellente. À ses côtés, Jean-Michel surveillait déjà les alentours.

Michael, comme s'il se trouvait au bord d'un précipice et avait peur du vide, évitait de regarder devant lui.

— Comment pouvez-vous être si sûr qu'elle arrivera par là ? s'étonna Romain.

— J'ai étudié le plan de la ville, et que ce soit pour aller vers les galeries commerçantes ou vers son arrêt de bus…

Thomas s'interrompit à la seconde où il s'aperçut

que Romain le dévisageait bizarrement. Avait-il trop parlé ?

— C'est super étrange que vous ayez trouvé cela, parce que c'est aussi dans ce quartier qu'elle vient souvent prendre un verre avec ses amies. Sacrée coïncidence…

Le docteur soupira intérieurement et se rappela ce que Darsheel disait à propos du hasard.

Le téléphone de Thomas sonna.

— Oui, Pauline ?

— Elle vient de sortir de l'école. On est toutes postées aux points clés du trajet. La pauvre petite, vous la verriez… Elle semble tellement fatiguée avec son air tristounet. C'est à peine si on la reconnaît.

— Vous êtes sûre que c'est elle, au moins ?

— Vous me prenez pour qui ? Vous mériteriez que je vous ramène la première venue. Gérez votre équipe, je gère la mienne. Les filles contre les garçons. On comptera les points à la fin.

— Vous êtes folle. On reste en ligne.

— Elle discute maintenant avec une fille, mais à sa posture, on sent qu'elle est déjà en train d'essayer de couper court pour s'en aller. Et de votre côté, comment vont nos artistes ?

— Ils sont terrifiés, chacun pour des raisons différentes.

— Les deux jouent gros ce soir. Attention ! Emma vient de quitter sa camarade. Elle traverse la place. La vache, quand même, qu'est-ce qu'elles font jeunes ! J'ai du mal à croire que dans un an, elles feront le même métier que moi. On dirait des enfants. À moins que ce ne soit moi qui ai l'air d'une mamie…

L'infirmière se ressaisit.

— Docteur ?

— Oui.

— Oubliez ce que je viens de dire.

— C'est fait.

— Menteur.

Michael se chauffait la voix. Seuls quelques passants remarquaient ce grand type et le guitariste assis à ses pieds. Romain enchaînait les accords au hasard pour s'assouplir les doigts et Michael chantait de son côté. Une parfaite cacophonie. Si par hasard l'idée leur était venue de ramasser un peu d'argent, ils n'auraient pas récolté grand-chose. Peu importait. Quand le moment serait venu, ils joueraient pour bien plus que de la monnaie.

La voix de Pauline s'éleva à nouveau à l'oreille de Thomas :

— Emma s'engage dans la rue Colomb. Elle passe près de Chantal. Tout va bien. Non, attendez, elle semble hésiter. Elle s'arrête. Mais qu'est-ce qu'elle fait ?

— Elle va prendre un autre chemin ?

— Non, c'est Chantal qui l'aborde. Elle lui prend le poignet. Elle lui parle. Mais qu'est-ce qu'elle fait à lui tripoter les doigts comme ça ?... Mon Dieu ! On dirait que Chantal va lui lire les lignes de la main !

— On avait dit pas d'improvisation !

— Ne vous en faites pas. Je suis prête à intervenir. J'espère qu'elle ne va pas lui filer la lèpre !

— Vous êtes grave, on est en pleine galère et vous trouvez encore le moyen de faire de l'humour ?

— Je sais, beaucoup de gens sont jaloux de ce don du ciel. Dans certains pays, je suis considérée comme une divinité. Vous n'avez jamais eu envie de me vénérer ?

Thomas ne put s'empêcher de sourire.

— C'est bon, reprit Pauline, Emma s'est dégagée et repart dans la bonne direction.

Thomas relâcha son souffle et fit signe aux garçons que, pour le moment, tout se déroulait comme prévu.

Grâce à Pauline qui lui décrivait tout, il suivit le cheminement de sa fille en temps réel. Emma passa près d'Hélène, puis de Françoise – il était alors exactement 19 h 19, et celle-ci y vit un signe.

Jean-Michel, plus grand que Francis, l'aperçut logiquement le premier. Il fit de grands signes et son complice se précipita, au cas où les gestes de sémaphore de M. Ferreira n'auraient pas été assez clairs.

Parallèlement, Pauline annonça au téléphone :

— Vous devriez l'avoir en visuel d'un instant à l'autre.

— Merci beaucoup, on raccroche et on croise les doigts.

— Souhaitez bonne chance aux garçons. À vous aussi, Thomas.

L'infirmière coupa la communication.

— Michael, Romain, c'est à vous dans quelques secondes. On va vous donner le top. Respirez bien à fond et donnez tout.

Le docteur s'éloigna pour se poster derrière l'angle d'une vitrine. Lorsqu'il vit Emma déboucher au croisement, il donna le signal.

90

Romain attaqua par un accord de guitare bien plus senti que ce qu'il avait joué pour s'entraîner. Il posa la mélodie et Michael se lança dans son sillage. Le long du trottoir, la voix du ténor se répandit comme une traînée de poudre dans la nuit. Il chantait les yeux fermés, dans la lueur des vitrines et des réverbères. Les deux hommes avaient à peine plus de trois minutes pour transformer une impasse en champ des possibles.

L'histoire d'un lit trop grand pour celui qui y dort désormais seul. L'aveu d'un homme qui souffre chaque fois qu'il entend le nom de celle qui n'est plus sa compagne. Par sa faute.

Les premiers passants tournèrent la tête, curieux. Certains s'arrêtaient déjà. Emma approchait, mais elle était encore trop loin. Thomas la regardait avec intensité, comme quand il la suivait, comme lorsqu'il cherchait à la connaître. Pourtant, ce soir, il n'était pas là pour l'étudier mais pour découvrir ce que serait son verdict. Il ne comptait pas l'influencer. Il ne souhaitait pas interférer, mais simplement faire en sorte qu'elle puisse avoir un choix. Si elle passait sans rien remarquer, il se risquerait certainement à la rattraper pour l'inciter à découvrir ceux qui jouaient. Il n'y aurait pas une seconde à perdre, car aucune occasion aussi belle ne se représenterait. Cela lui compliquerait certainement l'existence, car l'ampleur de son implication pourrait difficilement se justifier uniquement par la bienveillance. Il fallait de vraies raisons pour se démener autant. Peu importe. Il n'était pas là pour lui, il se battait pour eux. Pour Emma et Romain.

En contemplant la scène qui se déroulait devant lui, Thomas prit conscience qu'il en aurait fait autant si le couple avait été en danger par la faute de sa fille. Ce soir, son intention n'était pas d'orienter le destin pour servir les intérêts de son enfant. Il cherchait avant tout à offrir une seconde chance à un jeune couple qu'il ne voulait pas voir se briser stupidement.

Michael et Romain étaient parfaits. De plus en plus de badauds s'arrêtaient pour les écouter. Thomas avait vu juste. Personne mieux que Michael ne pouvait mettre autant d'émotion dans cette chanson. À cet instant, il était la voix idéale de Romain.

Trop jeune, trop stupide pour se rendre compte de ce qu'il avait fait.

Emma marqua le pas. Réagissait-elle aux paroles comme Pauline avant elle ? La jeune femme sembla chercher d'où provenait la musique. Elle s'approcha de l'attroupement qui s'était formé devant les deux artistes. Elle se hissa sur la pointe des pieds pour essayer de les apercevoir.

Redoutant qu'elle ne puisse voir Romain, Francis démarra en trombe et se faufila à côté d'elle pour lui ouvrir discrètement un passage entre les spectateurs. Attirée comme un aimant par les textes, la voix et la musique, Emma s'avança. La beauté de l'interprétation semblait créer une bulle aussi loin que la voix portait. Les conversations s'interrompaient, les gens levaient le nez de leur téléphone. D'autres s'approchèrent encore. Thomas quitta son poste d'observation pour gagner le lieu où tout se jouait.

Emma regardait Michael qui chantait toujours, les yeux fermés et les poings serrés. Devant elle, deux personnes l'empêchaient encore de bien voir le guitariste, qui se débrouillait vraiment très bien. Francis tira l'une d'elles par la manche et dégagea ainsi son champ de vision.

Thomas arriva juste au moment où sa fille aperçut Romain. Il la vit tressaillir sous le choc. Elle ne tenta pas de fuir. Elle ne recula même pas. Elle resta là, à le regarder.

La voix de Michael l'avait attirée. Peut-être que Romain parviendrait malgré tout à la faire rester.

La chanson s'acheva. Les gens applaudirent très fort. Les résidents s'étaient glissés parmi le public désormais nombreux et n'avaient pas manqué grand-chose de ce moment magique.

Michael ouvrit les yeux. Il ne faisait pas face à une chaufferie, mais à un public enthousiaste qui l'acclamait. Par peur d'effrayer celle qu'il voulait reconquérir, Romain n'osa pas se lever. Il resta assis, la regardant à peine. Mais ses yeux réussirent à dire sans mentir les seuls mots qu'elle espérait y lire.

Le cœur de Thomas se serra. Il avait souvent pleuré pour les enfants des autres, mais jamais avec une telle émotion pour ceux qui étaient un peu les siens. Finalement, le guitariste se leva. Alors que les spectateurs commençaient à se disperser, Emma ne bougea pas. Contre toute attente, elle ne fut cependant pas la première personne que Romain étreignit. Il se tourna d'abord vers Michael et le serra contre lui. Thomas recula pour s'effacer. Il en était réduit à espérer qu'Emma laisserait Romain la prendre dans ses bras et qu'alors, elle ne lèverait pas le regard pour fuir, mais baisserait les paupières pour commencer à guérir.

Déjà, les badauds masquaient la scène à Thomas, qui s'éloignait. Un jour viendrait, peut-être, où il n'aurait pas à disparaître chaque fois que sa fille vivait les temps forts de sa vie.

Personne n'avait prévu que Francis ferait la quête pour la musique.

91

En découvrant les yeux qui la fixaient dans la nuit de l'autre côté de la vitre, Pauline sursauta et lâcha la salade qu'elle était en train d'égoutter au-dessus de l'évier.

— Théo, s'il te plaît, va ouvrir au chat. Il vient encore de me flanquer la frousse !

Pour une fois, l'enfant se dépêcha d'obéir.

— J'y vais !

Depuis le soir où tous avaient permis les retrouvailles de Romain et d'Emma, quelque chose avait changé à la résidence. À l'unanimité, le groupe avait décidé d'octroyer la somme récoltée par Francis au voyage que préparait Michael.

Désormais, les pensionnaires ne passaient plus leurs fins de journée devant la télé, et les rares fois où ils le faisaient, il leur arrivait de regarder les mêmes émissions. Françoise s'amusait d'ailleurs beaucoup du fait que Chantal commençait à apprécier les séries de Francis. Il s'agissait selon elle d'un « choc culturel majeur », un signe annonciateur de grands désordres à venir. Tous redoutaient le moment où le Colonel se mettrait à chanter pendant les émissions de variété de la gentille lépreuse à clochette…

Le plus souvent, en début de soirée, en attendant la livraison des plateaux-repas, l'équipe se retrouvait au salon pour lire ou discuter avant de partager le dîner. Jean-Michel écrivait ses lettres à Marianne et Hélène s'était lancée pour Théo dans le tricotage d'un pull dont les félins guettaient les chutes de laine. Il arrivait aussi de plus en plus fréquemment que Pauline revienne après avoir récupéré son fils. Personne ne s'en plaignait, bien au contraire, à la fois pour la compagnie du petit et parce que sa mère cuisinait des plats bien meilleurs que ceux servis en barquettes.

Thomas referma le rapport de l'inspectrice et inclina méthodiquement la tête de droite et de gauche pour détendre sa nuque.

— Faut-il que l'on s'inquiète ? demanda Pauline, qui le surveillait du coin de l'œil.

— Pas vraiment. La brave femme nous protège de toutes ses forces. J'en aurais presque honte de l'avoir abusée à ce point. Comme promis, elle préconise le maintien du lieu en l'état. Mais étant donné le portrait délirant qu'elle dresse de nous tous, je m'attends à ce qu'une équipe des forces spéciales débarque en hélico d'une minute à l'autre pour nous exiler en quarantaine dans le secteur haute sécurité de la zone 51.

Chantal leva le nez de son magazine à ragots et demanda :

— C'est là-bas qu'habite le bonhomme de Roswell, c'est ça ?

— Exactement, répondit Jean-Michel. L'appart

juste au-dessus de celui d'Elvis, en face de chez Marilyn.

Théo s'installa devant son assiette, le jeune chat dans les bras. Il le déposa à côté de lui.

— Pas d'animal pendant le repas ! gronda Pauline.

— Pourquoi ? gémit le petit garçon.

— Ce n'est pas hygiénique.

Francis grommela :

— Jean-Michel mange bien avec nous… C'est quand même un Jean-Michel ! Quelqu'un a pensé à lui filer son vermifuge ?

Hélène demanda à l'enfant :

— Comment as-tu appelé ton chat ? Il est très beau. C'est le seul de la fratrie qui soit tout noir. Noiraud ? Gribouille ?

— Et pourquoi pas Charbon, Couille de castor, ou Grignole de veau tant que t'y es ? railla Jean-Michel.

Théo prit son chat contre lui et déclara très sérieusement :

— C'est l'agent Z 33. Il est furtif, il voit la nuit, il grimpe aux arbres. Sans montre, il sait exactement à quelle heure il a ses croquettes et devine depuis l'autre bout du verger que maman cuisine du poisson. C'est un super espion !

Pauline vint s'asseoir un instant dans le fauteuil voisin de celui du docteur.

— Ce sera cuit dans dix minutes.

— Vous êtes une fée dans cette maison.

Pauline observa Thomas un moment.

— Je vous sens quand même plus serein depuis que Romain revoit votre fille. Ils sont ensemble ce soir, n'est-ce pas ?

— Vous me faites peur avec ce genre de propos. Un jour, vous allez faire une gaffe devant Romain… Mais pour répondre à votre question, effectivement, je suis heureux de constater qu'ils passent de plus en plus de temps ensemble.

— Je l'ai aperçue hier, elle semble plus épanouie que lorsque je l'avais vue à la sortie de l'école…

Thomas ne répondit pas. Son regard venait à son tour d'être accroché par des yeux dans la nuit. Mais il ne s'agissait pas de ceux d'un chat. Michael se tenait derrière la porte-fenêtre, l'air terrifié. Thomas bondit de son siège pour lui ouvrir.

— Michael, tout va bien ?

Attila s'engouffra et fonça directement vers Théo, son assiette et son agent secret.

— Ils sont revenus, fit Michael d'une voix blanche. La bande de casseurs…

— Entrez, asseyez-vous, ici vous ne risquez rien.

Le docteur le guida par le bras jusqu'à un fauteuil où il se laissa tomber. Les résidents abandonnèrent leurs activités pour venir le réconforter.

— Je me suis barricadé dans le poste de garde. Attila sautait partout. Ils ont cassé des carreaux…

— Vous n'êtes pas blessé ? demanda Françoise en vérifiant les vêtements du jeune homme.

Michael n'entendait pas. Les pupilles dilatées par la peur, il était tétanisé.

— Je vais redescendre dans la réserve blindée…

— Ne reculez pas devant eux, conseilla Francis. Ces vauriens profitent de votre peur.

— Ils ont dit qu'ils allaient revenir et mettre le feu…

Francis et Thomas se regardèrent. Jean-Michel déclara d'une voix ferme :

— On ne les laissera pas faire.

— M. Ferreira a raison, approuva le docteur. Vous restez dormir ici cette nuit, et demain on s'organise.

92

— Moi qui trouvais la frontière indo-pakistanaise dangereuse…

— La violence est partout où vivent les hommes, doc.

Depuis le poste de garde dont toutes les lumières avaient été éteintes, Thomas, Francis et Jean-Michel surveillaient l'entrée de l'usine pendant que, dans la pièce du fond, Michael tentait de calmer son chien. À l'image de son maître, l'animal était sur les nerfs. Les hommes avaient passé la journée à se préparer au pire. Avec la tombée de la nuit, leur esprit combatif s'était teinté d'appréhension.

Les projecteurs éclairaient le parvis d'une lumière rasante et crue. Sur l'esplanade qui séparait la grille d'entrée du local où ils étaient postés, les quatre comparses avaient disposé des obstacles destinés à ralentir leurs assaillants. Dans le local lui-même, ils avaient accumulé tout ce qui pouvait leur servir d'arme, de bouclier ou de projectile. En cas de danger extrême, la petite fenêtre des toilettes pouvait constituer une voie de retraite vers le labyrinthe des ateliers situés à l'arrière. Si tous avaient envisagé cette éventualité, personne n'en avait parlé.

Jean-Michel jeta un œil par le carreau cassé.

— Cette scène me rappelle un western. Une poignée de fermiers tentent de protéger une *hacienda* contre une bande de bandits sans foi ni loi qui veulent mettre la main sur leurs terres. Ils n'ont que leurs fourches et quelques bâtons pour se défendre contre des brutes violentes. Les femmes sont réfugiées dans la chapelle d'à côté et la cavalerie refuse de venir défendre ces contrées qui ne dépendent pas de leur juridiction. Tout comme nous…

— S'il te plaît, coupa Francis, ne nous raconte la fin que si ça se termine bien.

— Alors mieux vaut ne pas vous en parler… Mais sachez que ces modestes cultivateurs devinrent des légendes dans tout l'Ouest et que leur sacrifice donna au pays entier la force de se libérer.

— Tu ne connaîtrais pas une version dans laquelle les paysans mettent une bonne grosse pâtée aux voyous ?

— Aucune.

— Merci de ton soutien, Jean-Michel.

Thomas passa la tête dans la chambre de Michael. Le jeune homme, assis sur son lit, s'efforçait de paraître calme et résolu, mais sa crainte se percevait malgré tout. Le chien avait posé sa tête sur sa cuisse.

— Comment vous sentez-vous ?

— L'idée de chanter devant dix mille personnes les yeux ouverts me ferait moins peur.

— Je saurai vous le rappeler en temps utile. Vous auriez dû rester à la résidence…

— Et vous laisser vous battre seuls pour défendre le site que je suis censé protéger ?

Le docteur n'insista pas.

— Vraiment aucune idée de leur nombre ? demanda-t-il.

— J'étais paniqué. Je n'ai pas pensé à compter, mais au moins une dizaine.

— Comme dans mon western ! commenta Jean-Michel.

Francis réagit :

— Dommage qu'on n'ait pas su plus tôt qu'ils allaient attaquer, on aurait pu s'acheter des sombreros mexicains comme dans ton film. J'en ai eu un quand j'étais gosse. Mes parents me l'avaient rapporté d'un voyage en Amérique. J'avais fière allure avec. Je ne sais pas ce que ça donnerait aujourd'hui…

Jean-Michel ajouta :

— Pour Noël, une fois, on a offert un déguisement de Winnie l'Ourson à notre fils. Je l'avais essayé.

— Sérieusement ? Tu veux défendre une *hacienda* déguisé en Winnie l'Ourson ? Remarque, c'est peut-être une excellente façon de devenir une légende de l'Ouest…

Jean-Michel balaya la remarque d'un revers de main méprisant. Thomas sortit soudain son « arme » et s'entraîna à viser. Francis le jaugea d'un œil ironique.

— Notre pacifiste a donc emprunté l'un des pistolets de Théo…

— De loin, rien n'indique qu'il ne lance que de l'eau, répliqua le docteur. Vous vous êtes vu, avec votre fusil sans cartouches ?

Francis s'approcha du docteur et lui souffla :

— Je vais vous confier un secret, mon garçon : ce n'est pas l'arme qui fait l'homme.

Chacun reprit sa surveillance en silence. Le temps passait lentement. Sans quitter le parvis des yeux, Francis finit par murmurer :

— Doc, vous souvenez-vous du soir où vous nous avez demandé ce que nous attendions encore de la vie ?

— Très bien.

— Votre question me tourne dans la tête depuis. Finalement, je crois que c'est vous que j'espérais. Partir pour le grand voyage avant de vous rencontrer aurait été dommage. Je n'ai jamais vu quelqu'un se foutre autant que vous dans des plans foireux, mais j'aime vraiment ça. Si ces petits cons me pètent mon bridge, vous m'aiderez à remplir la déclaration pour la mutuelle ?

— Excusez-moi, messieurs, coupa Jean-Michel, mais j'aperçois du mouvement à la grille.

Un deux-roues venait de se garer devant l'entrée. Francis plissa les yeux et lâcha :

— Gentlemen, nos visiteurs sont là.

93

La première moto fut bientôt rejointe par une demi-douzaine d'autres. La bande mit pied à terre. Avec l'agilité de leur âge, les jeunes gens escaladèrent facilement la grille de l'usine. Ils riaient déjà.

— J'en compte neuf, annonça Thomas à voix basse.

— Il faut découvrir qui est le meneur du groupe, murmura Francis. Si on le neutralise, les autres seront désorganisés et fragilisés.

La horde s'avança sur l'esplanade et s'amusa des obstacles dérisoires placés sur leur chemin. À coups de pied, ils firent tomber les assemblages de tôles et de grillage. Trois d'entre eux traînèrent une imposante pièce métallique hors du passage.

— Petits gredins…, grogna Jean-Michel. Regardez avec quelle aisance ils la déplacent alors qu'on a eu tant de mal à l'amener.

Le raclement sur le béton résonna dans la nuit. Attila se mit à japper.

— Tu es là, gardien ? lança l'un des casseurs. Silence.

— Tu ne réponds pas ? Ton chien, lui, ouvre sa gueule ! Aurait-il plus de courage que toi ?

Francis glissa à ses comparses :

— Foulard noir, veste en jean. Sans doute leur chef. Ne le perdez pas de vue.

L'un des jeunes ramassa une barre de fer qu'il s'amusa à traîner sur le sol. Attila aboya de plus belle.

— On t'avait dit qu'on reviendrait. On a tenu parole. On t'avait promis qu'on mettrait le feu et on va le faire aussi ! Si tu ne veux pas griller comme un rat dans son trou, je te conseille de te sauver et d'abandonner la place !

— Dégage ! hurla un autre garçon d'une voix aiguë.

Francis se tourna vers ses compagnons.

— Je vais sortir. N'intervenez que si je suis à terre. Compris ?

Le Colonel n'attendit pas la réponse. Il glissa son fusil dans son manteau et ouvrit la porte. Sa silhouette se dessina dans la clarté des projecteurs.

D'un pas mesuré mais décidé, il s'avança sur le parvis. Les assaillants, aveuglés par la lumière, ne comprirent pas immédiatement qu'il ne s'agissait pas de leur souffre-douleur habituel.

— Te voilà donc, gardien.

— Messieurs, vous êtes sur une propriété privée. Si vous ne voulez pas de problèmes, partez immédiatement.

— Regardez ça, les gars ! Ils nous ont envoyé Terminator. Où est l'ancien vigile ? Mort de trouille ?

Les autres ricanèrent.

— Évitons les ennuis. Vous n'avez rien à faire ici. Rentrez chez vous.

Francis avançait régulièrement. Le contre-jour lui offrait l'opportunité de paraître jeune et intimidant. Il s'efforçait d'avoir une démarche stable et plus assurée que d'habitude.

Derrière le meneur, un complice alluma la mèche en tissu d'une bouteille remplie d'un liquide. Francis avait déjà vu cela des centaines de fois lors des entraînements. Thomas aussi, pendant des émeutes. Le Colonel ne changea ni de direction ni d'allure.

Le gamin, excité, lança son cocktail Molotov sur le côté, à une faible distance de Francis. L'explosion illumina la nuit, saluée par les hourras de la bande et les aboiements encore plus virulents d'Attila. Le Colonel sentit la chaleur sur sa joue.

— Bravo, messieurs, concéda-t-il. Joli feu d'artifice. Et maintenant, on remballe et on disparaît avant qu'il y ait des dégâts.

Francis n'était plus qu'à quelques mètres du chef de la bande, et les projecteurs lui permettaient encore de ne pas paraître ce qu'il était. Il progressa vers le meneur, qui ne se sentait pas menacé.

— Tu espères nous arrêter ? fit celui-ci, crâneur. Tout seul ? Tu as plus de cran que l'autre…

Francis était maintenant assez proche de son objectif. Il écarta son manteau vivement, sortit son fusil et le pointa vers le visage du voyou.

— Je ne vais pas te le redire, mon bonhomme. Toi et ta joyeuse bande de petites frappes, vous vous barrez.

Le jeune homme, surpris, leva aussitôt les mains.

— Tout doux, t'excite pas ! Tu vas me coller une balle, et après ? Mes potes vont te mettre en pièces.

— T'es un dur, c'est ça ? Laisse-moi deviner… Tu paries que je ne suis pas capable de tirer, ou tu te crois invincible au point de te prendre un plomb sans broncher ? Quant à tes guignols, tu penses vraiment qu'ils vont se bouger pour toi une fois que ta cervelle étalée dessinera un paysage sur le sol ?

D'un geste d'expert, Francis arma son fusil vide et remit en joue son adversaire. Sa main ne tremblait pas. Le type recula d'un pas.

— Réfléchis bien, gronda Francis. Pour toi, tout ça n'est qu'un jeu ? Tu gagnes parce que tu joues hors des règles, mais c'est moi qui ai le joker dans les mains… Tire-toi et ne remets plus jamais les pieds ici.

La voix de Michael déchira la nuit :

— Attila ! Non !

Le chien avait réussi à se libérer. Il jaillit hors du poste de garde et chargea droit sur les intrus.

La panique s'empara de la bande, qui se mit à courir vers la grille. Seuls Francis et leur chef restèrent immobiles, se faisant toujours face. L'animal accéléra et se jeta sur la première cible qu'il réussit à attraper. Ses crocs se refermèrent sur le tissu du pantalon du fuyard qui, paniqué, fit tournoyer sa barre de fer. Il pivota sur lui-même pour asséner le coup le plus violent possible. Sous le choc, le chien hurla de douleur. La force de l'impact lui fit lâcher prise et l'envoya rouler sur le sol comme un pantin disloqué.

Michael sortit en trombe, Thomas et Jean-Michel sur les talons. Francis enfonça aussitôt son canon dans la joue du caïd.

— Petit connard. Je ne sais pas ce qui me retient de te foutre une balle. Tu ne manquerais sans doute pas à grand monde. Fous le camp. Si je te revois, je te transforme en abruti mort sans sommation.

Le casseur disparut aussitôt dans la nuit avec ses complices.

94

Dans l'obscurité, Thomas transporta le chien jusqu'à la résidence. Entre ses bras, l'animal d'habitude si vif n'était qu'une masse inerte. Michael, effondré, marchait à ses côtés, caressant les poils collés par le sang. En voyant leurs silhouettes approcher, Pauline ouvrit la porte-fenêtre et se précipita vers eux.

— On a entendu une explosion. Que s'est-il passé ?

Découvrant le blessé, elle s'exclama :

— Mon Dieu, pauvre chien !

— À part Attila, tout le monde s'en sort indemne. On va l'installer sur la grande table. Il perd beaucoup de sang.

Dans le salon, entre inquiétude et envie d'en découdre, les femmes étaient dans tous leurs états. Il avait même fallu que Pauline empêche Chantal d'aller se battre quand la déflagration avait retenti. Romain était lui aussi présent.

— Mince. Attila…

— Vous êtes déjà rentré ? fit le docteur.

— J'arrive à l'instant. J'ai croisé une bande de motos qui roulaient comme des dingues.

— C'est à cause d'eux qu'on en est là.

Avec précaution, Thomas déposa l'animal sur la table débarrassée de sa nappe.

Lorsque Jean-Michel et Francis arrivèrent à leur tour, Hélène, Françoise et Chantal les prirent aussitôt en charge en les installant et en leur proposant à boire. Romain écarta les chaises qui gênaient le docteur.

— Vous auriez dû me prévenir que vous deviez vous fritter. Je serais venu vous prêter main-forte.

— Vous avez eu assez de soucis sans vous exposer à ce genre de barbarie. Si vous voulez m'aider, montez dans mon appartement. Dans le placard tout de suite à droite en entrant, vous trouverez une trousse d'urgence avec une croix rouge dessus. Rapportez-la-moi.

— OK.

Le docteur s'adressa ensuite à l'infirmière :

— Pauline, s'il vous plaît, trouvez-moi des serviettes et des compresses.

Le chien respirait trop vite. Une large entaille balafrait son flanc.

— Dites-moi qu'il va survivre, supplia Michael.

— On va tout faire pour. Même s'il saigne beaucoup, je pense qu'aucune artère n'a été touchée. Michael, arrêtez de vous tordre les mains ainsi. Asseyez-vous et restez près de lui. Il doit vous sentir proche. Il a besoin de vous. Il a peur. Parlez-lui. Rassurez-le.

Pauline revint du bureau les bras chargés de ce qu'elle avait pu trouver, dont un énorme paquet de couches.

— Pas idéal comme compresses, mais c'est tout ce que j'ai.

— On fera avec. Nettoyons la plaie pour évaluer

sa profondeur. On va certainement avoir de la couture à faire…

— Je vais vous aider.

L'infirmière s'aperçut que Thomas était couvert du sang de l'animal.

— Vous-même n'avez rien ?

— Non, merci, je vais bien.

Romain revint enfin avec la trousse. Lui aussi paraissait perturbé par la situation.

Pendant près d'une heure, le docteur s'occupa d'Attila, nettoyant, désinfectant et préparant les points de suture. Pauline avait fait des injections au chien pour le maintenir et éviter qu'il ne souffre, en adaptant prudemment le dosage de l'anti-inflammatoire destiné aux humains à son poids. L'antidouleur l'apaisa et le docteur put le recoudre sans provoquer de réaction excessive.

Michael ne supportait pas la vue de la blessure et se concentrait sur les yeux mi-clos de son compagnon.

— Je suis là. Je ne te laisse pas. Tout va s'arranger.

Il n'osait pas le serrer dans ses bras même s'il en mourait d'envie. Les doigts du jeune homme se perdaient dans les poils, cherchant la chaleur et le mouvement de sa respiration. Il aurait cent fois préféré avoir été blessé à sa place.

Une fois le dernier fil coupé, le docteur murmura à son patient à quatre pattes :

— Mon grand, j'ai soigné toutes sortes de gens pour toutes sortes de blessures, mais tu es mon premier chien et je serais drôlement fier si tu pouvais t'en sortir un peu grâce à moi. Tu vas me faire le plaisir de te battre et de tenir le coup. J'en connais un qui tremble pour toi…

Cette fois, la caresse que Thomas prodigua à l'animal n'eut rien de maladroit.

Lorsque, l'heure avançant, Pauline suggéra aux résidents d'aller se reposer, tous refusèrent catégoriquement. Ils tenaient à rester présents, et c'est dans un silence recueilli qu'ils observaient le docteur au chevet d'Attila.

L'animal était épuisé.

— On va lui administrer une nouvelle dose, annonça Thomas. J'ai fait tout ce qui était possible. Il est jeune et vigoureux. Il a toutes les chances de s'en sortir. Il doit maintenant se reposer. Je vais le veiller cette nuit.

Michael se redressa.

— Je reste aussi. Je lui dois bien cela. Je n'ai même pas été capable de le protéger.

— Michael, ne vous mortifiez pas. On se dit tous un jour que l'on n'a pas été à la hauteur pour ceux que l'on aime… Vous avez fait ce que vous avez pu.

C'était une bien drôle de nuit qui commençait.

95

Vers 2 heures du matin, ils arrivèrent. Comme s'ils avaient senti la détresse d'un proche. Les chats ne laissèrent pas le choix à Thomas. Dressés sur leurs pattes arrière, ils miaulèrent à la porte-fenêtre jusqu'à ce qu'il leur ouvre.

Dans le salon, seules les lampes d'appoint étaient encore allumées, créant une ambiance tamisée. Tout le monde s'était endormi, dans les fauteuils ou sur le canapé. Même Pauline avait fini par succomber à la fatigue, le front calé sur son coude. Jean-Michel et Françoise ronflaient. Romain était monté, de crainte d'être trop fatigué le lendemain au travail. Michael s'était assoupi la tête contre celle de son chien, qui respirait régulièrement.

À peine à l'intérieur, les chats trottinèrent en file indienne vers le blessé. La mère sauta sur la table, suivie de l'agent Z 33 et de deux autres de ses enfants. Le reste de la famille tournait au pied, la queue bien droite. Seule la maman s'approcha du chien, lui renifla le museau puis le flaira jusqu'à découvrir sa blessure. Elle lécha la plaie avec application puis remonta près de la tête de l'animal. Elle se coucha en sphinx et se mit à ronronner comme pour le bercer.

Étrange spectacle que cette solidarité qui dépassait les clivages naturels. La chatte avait avec ce représentant d'une espèce soi-disant ennemie le même comportement bienveillant qu'avec ses propres petits. Elle lui offrait sa présence et son instinct pour qu'il se sente mieux. L'expérience de la douleur est sans doute l'un des points communs les plus universels qui soient. L'envie de voir ceux que l'on aime survivre aussi. Beaucoup prétendent que les animaux ne soupçonnent pas qu'ils mourront un jour. En regardant ce chat apporter son soutien à ce chien, on pouvait au moins supposer que les bêtes sont en tout cas bien plus conscientes de la valeur de la vie que beaucoup d'entre nous.

— Ils sont mignons, murmura Francis, qui venait d'ouvrir un œil et contemplait l'émouvant tableau. Les hommes n'en font pas toujours autant pour leurs semblables… Voulez-vous que je veille sur Attila pendant que vous vous reposez ?

— J'apprécie, monsieur Lanzac. À défaut de dormir, si vous me laissez dix minutes pour aller prendre une douche, ce ne serait pas de refus. Tout ce sang séché…

— Allez-y, docteur, je prends le prochain tour de garde.

— Merci.

Thomas quitta le salon et monta l'escalier sur la pointe des pieds. La fatigue commençait à se faire sentir. Lorsqu'il arriva devant sa porte, il fut surpris de trouver Romain qui l'attendait, assis par terre mais étonnamment réveillé.

— Que faites-vous là ? Je vous croyais en train de dormir…

— Je pense que nous devrions parler, docteur.

— Sans problème, mais je vous propose de le faire demain. La soirée a été assez longue.

— Je ne veux pas attendre demain.

Son ton d'une sécheresse inhabituelle fit tiquer Thomas.

— Un problème avec Emma ?

— Non. Avec vous.

Romain poussa la porte de l'appartement de Thomas et lui désigna la pièce où se trouvaient toutes les affaires de sa fille. Le docteur pâlit.

— Vous aviez parlé du placard de droite mais dans mon empressement, j'ai confondu avec la porte. Désolé. J'ai été surpris de découvrir cette collection. Elle m'a très vite semblé familière. Lorsque j'ai reconnu ma propre écriture sur les cartons que j'avais remplis avec Emma, tout est devenu clair…

Romain prit une inspiration et lâcha :

— Que vous soyez un malade ou un pervers fétichiste, je n'en sais rien, mais ce qui est certain, c'est que comme menteur vous battez tous les records. Vous vous êtes bien foutu de ma gueule, docteur. Je ne sais pas ce que vous nous voulez, à ma copine et à moi, mais je vous jure que vous allez me le dire.

La première phrase qui vint à l'esprit de Thomas fut la devise de l'Inde : « Seule la vérité triomphe. »

96

Comme des fauves en cage, les deux hommes tournaient dans l'appartement. Le plus jeune semblait presque pourchasser le plus vieux. Chaque fois que Romain passait devant la pièce aux souvenirs, ses poings le démangeaient férocement.

Se contenant avec difficulté, il débordait de colère, d'autant qu'en attendant le docteur sur le pas de sa porte, il avait eu le temps d'échafauder les théories les plus effrayantes sur ce qu'il venait de mettre au jour. Face aux interrogations révoltées dont le bombardait son jeune accusateur, Thomas n'avait le temps de placer ni éléments de réponse, ni tentatives d'explication. Depuis le début de leur confrontation, à deux reprises au moins, le docteur avait clairement senti que le jeune homme se retenait de le coller au mur.

Dès le départ, le médecin décida de jouer cartes sur table, mais lorsqu'il avoua qu'Emma était sa fille, son locataire refusa de le croire. Après tant de mensonges, plus aucune vérité n'était assez puissante pour reprendre le dessus. Afin d'ébranler sa paranoïa, il fallut que Thomas exhibe les photos offertes par

Kishan, les mails, et même qu'il lui raconte l'expédition à la brocante.

Romain était sous le choc. Tout ce qu'il avait vécu ces derniers mois, que ce soit avec sa compagne ou en habitant à la résidence, se trouvait brutalement remis en cause. Chaque événement, chaque fait s'inscrivait tout à coup dans une autre perspective et devenait suspect. Romain doutait de tout. Chaque phrase, chaque main tendue n'était plus désormais à ses yeux que le rouage cynique d'une parfaite mécanique de manipulation dont la découverte le terrassait.

— Pourquoi m'avez-vous fait ça ? répétait le jeune homme.

— Ce n'est pas vis-à-vis de toi, Romain. Le premier soir, lorsque je t'ai vu surgir, tu n'étais que le petit ami de celle que je rêvais de rencontrer. Et puis j'ai appris à te connaître.

— Vous m'avez attiré dans cet appartement pour me contrôler. C'était un piège.

— C'est faux. Je pariais sur le fait que t'avoir ici approcherait Emma de moi. Tu es important pour elle.

— Quand je repense à tous vos beaux discours, à vos leçons… Il a fière allure, le vieux sage !

— Je n'ai pas été adroit, mais j'ai toujours été sincère.

— Et votre petit numéro lors de votre rencontre avec Emma ? Que lui avez-vous baratiné pour la fasciner autant ?

— Je ne lui ai pas menti. Au contraire. Tu peux lire les cahiers, tu verras que je n'ai rien fait d'autre que chercher à la connaître, à la protéger et à l'aider.

— Je me fous complètement de vos cahiers ! Emma n'est pas un animal de laboratoire qu'on étudie !

— Romain, je t'en prie. Je comprends ce que tu ressens mais…

— Non, vous ne comprenez pas ! Vous avez en plus eu le culot de me raconter que vous n'aviez trompé personne. Et j'y ai cru !

Le jeune homme se détourna. Il étouffa quelque chose qui ressemblait à un sanglot. Lorsqu'il fit à nouveau face au docteur, son regard n'était plus seulement violent, il était aussi rempli de tristesse.

— Vous savez ce qui me ravage le plus ?

— Dis-moi.

— J'avais confiance en vous ! Je vous ai écouté. Je vous ai suivi aveuglément. Je vais même vous dire, je comprenais la fascination qu'Emma éprouve pour vous. Il m'est même arrivé de souhaiter que mon père vous ressemble ! Vous pouvez être satisfait, vous m'avez bien roulé. Vous me dégoûtez.

— Romain, dès l'instant où je t'ai connu vraiment, où j'ai su qui tu étais, j'ai fait ce que j'ai pu pour toi. As-tu eu le moindre problème à cause de ce que je t'ai fait ou conseillé ?

— Aucun, jusqu'à ce que je m'aperçoive que tout n'était qu'une embrouille pour me pousser à servir vos plans vis-à-vis de votre fille.

— Tu te trompes. Emma ne sait même pas que j'existe.

— Eh bien il est temps qu'elle l'apprenne. On va faire le ménage. Je vais vous foutre la tronche face à vos mensonges.

— Non, s'il te plaît ! Ne fais pas ça.

— Pourquoi ?

— Tu me feras du mal, mais ce n'est pas le plus grave. C'est elle que tu risques de faire souffrir le plus. Je te l'ai dit, moi je ne compte plus, mais elle… Songe qu'elle considère l'homme dont elle porte le nom comme son père. Tu vas détruire sa famille…

— Encore des mensonges pour me balader.

— Romain, je te fais une promesse : si tu gardes le secret, je disparais. Tu n'entendras plus jamais parler de moi. Je repars en Inde, ou ailleurs, et tu feras ce que tu veux mais je t'en supplie, ne dis rien à Emma. Je n'ai jamais rien été dans sa vie. Je ne veux pas être que cela.

À bout de forces, Thomas s'adossa au mur et, dans un ultime geste de protection, cacha son visage dans ses mains, comme derrière un bouclier. Les paupières closes de toutes ses forces, il ne voulait plus ni voir, ni entendre, et encore moins ressentir. Épuisé, il aurait donné n'importe quoi pour suspendre le temps quelques minutes afin de reprendre son souffle, de savoir où était le nord, de se réveiller de ce cauchemar. Que pouvait-il avouer d'autre à Romain ?

Un claquement sourd l'obligea à ouvrir les yeux pour affronter la réalité. Romain n'était plus dans la pièce. Le docteur pria pour que le bruit qu'il avait entendu ne soit pas celui de la porte extérieure. Soudain, un moteur démarra dans la rue. Romain partait. Le sang de Thomas se glaça. Il se précipita à sa poursuite, mais lorsqu'il arriva, essoufflé, sur le trottoir, la voiture du jeune homme n'était plus qu'un point lointain dans la nuit.

97

— Vilaine soirée. Pas vrai, doc ?

Resté planté au beau milieu de la rue, désemparé, Thomas fit volte-face et découvrit Francis, assis sur les marches de l'entrée de la résidence.

— En plus, je parie que vous n'avez pas pris vos clés, ajouta le Colonel. Si je n'étais pas là, vous seriez enfermé dehors tout seul. Un genre de réussite totale…

— Vous avez tout entendu ?

— Je vous rappelle que c'était mon tour de garde, écouter fait partie du job. Ça va, vous encaissez ?

— Pas le choix. Comment va le chien ?

— Il dort. C'est drôle, son rythme respiratoire s'est calé sur celui du chat et de Michael. Les trois sont synchrones. Il y aurait certainement quelque chose à creuser à ce sujet.

Thomas vint s'asseoir à côté de M. Lanzac et se passa la main dans les cheveux en soupirant.

— Si j'étais un de vos bleus, quel conseil me donneriez-vous ?

— Ça m'embête d'avoir à vous répondre cela, mais je n'en ai aucune idée.

— C'est si grave ?

— C'est vous le docteur.

— Vous vous rendez compte ? Il est peut-être en route pour tout raconter à Emma…

— Je ne crois pas qu'il le fera. Mais dans votre état, il vaut encore mieux que vous le redoutiez.

— Pourquoi me souhaiter un sort aussi cruel ?

— Parce que tant que vous vous inquiéterez de ce qu'il va faire vis-à-vis de votre fille, vous survivrez. C'est toujours ça de pris. Avoir peur pour soi vous détruit, alors qu'avoir peur pour ceux que vous aimez vous donne tous les courages.

— C'est terrible. Voir les gens vivre et se dire que l'on n'a rien à faire avec eux. Constater que malgré tout l'amour que l'on peut leur donner, on ne sert pas à grand-chose…

— Je suppose que tous les parents ressentent cela un jour ou l'autre.

— C'est ce que j'ai ressenti en pensant à Emma ce soir.

— C'est ce que je ressens maintenant vis-à-vis de vous. Vous savez, doc, depuis que vous êtes arrivé, je vous vois vous demander ce qu'être « papa » signifie. En vous regardant faire, j'ai peut-être trouvé une réponse. Je crois qu'être père, c'est tout donner sans compter, tout dire sans mentir, et accepter que ceux à qui vous l'offrez en fassent autre chose que ce que vous espériez.

— Vous faites un excellent paternel, même sans cartouche.

— Vous savez quoi, doc ? On ne devrait jamais parler de la fin aux jeunes, on devrait les laisser découvrir la vie sans rien leur dire. Offrons-leur la chance de se faire surprendre par l'amour, par la violence du monde, par ce qu'offre ou ce que coûte chaque âge, et même par la mort. Envisager l'existence comme une odyssée plutôt que comme une feuille de route dont on coche les passages obligés. On les encombre, on leur enseigne nos peurs, on ne leur montre que nos échecs, on ne leur donne que des leçons. Et nous sommes incapables de leur faire ressentir nos joies et nos espoirs, qui pourtant justifient tout.

— Si on ne leur dit rien, ils repartiront toujours de zéro. On ne progressera jamais.

— Si, vous verrez. Ils feront mieux. Chaque fois qu'un individu plus doué que nous entrera dans l'arène, il ira plus loin et se battra jusqu'à s'affranchir de ses chaînes. Trouver plus futé que nous ne doit pas être difficile, pas vrai ?

Le Colonel huma l'air hivernal.

— On l'aura sentie passer, cette journée. Pourtant personne n'aura de médaille ou de week-end de permission pour autant.

— Merci, Francis.

— De rien, fiston. Dis-moi, tu ne comptes pas vraiment disparaître ?

— S'il le faut, j'y suis prêt.

— Tout le monde serait triste de ton départ, mais il y en a une que ça tuerait…

Les deux hommes se regardèrent.

— Depuis que tu es là, Pauline n'est plus la même. Avant, elle faisait son travail ; maintenant, elle vit. C'est de ta faute. Où que tu ailles, ne sois pas con, emmène-la.

— Mais…

— Je t'en prie, ne me sers pas le couplet du « il est trop tard » ou du « je ne vaux rien ». Il n'y a pas d'âge pour rencontrer les autres, que ce soit à travers ce que l'on a raté ou réussi.

Thomas baissa les yeux.

— Vous croyez que Pauline accepterait…

— Des années d'études pour être aussi con, c'est pas possible ! Tu as un vrai ticket avec elle, même les chats ont dû s'en rendre compte.

Le Colonel respira à nouveau l'air, mais cette fois en faisant la grimace.

— Qu'est-ce qui pue comme ça, un rat crevé ?

— Ça doit être moi… Avec Romain qui m'attendait comme au coin du bois, je n'ai pas eu le temps de prendre de douche…

— Alors je te conseille d'aller à la rivière et de te laver, parce que j'ai moi aussi oublié les clés en sortant. On est enfermés dehors comme des blaireaux. Quelle guigne ! Si je chope la grippe, je ne sais même pas à qui je vais pouvoir la refiler.

98

Dans les jours qui suivirent, Thomas ne fut plus que l'ombre de lui-même. Il avait beau s'efforcer de donner le change, personne n'était dupe. Chaque fois que le téléphone sonnait, il se précipitait. Il en revenait toujours la mine sombre et le visage fermé. Il gardait son portable allumé jour et nuit, toujours près de lui, espérant et redoutant à la fois un appel de Romain ou, pire, d'Emma.

Le locataire n'était pas repassé à son appartement. Il avait disparu, abandonnant toutes ses affaires sur place. Thomas s'était tellement inquiété qu'il avait vérifié auprès de la morgue et de l'hôpital. Romain avait dû fuir ailleurs. Parfois, Thomas ouvrait la porte du logement du jeune homme et, sans oser y pénétrer, regardait depuis le seuil. Le mug sur l'évier, les vêtements sur le dossier de la chaise, le lit défait dont l'oreiller portait encore la trace de sa tête, la revue informatique ouverte sur la table. Des artefacts de vie, comme s'il allait revenir d'une seconde à l'autre, alors qu'il ne reviendrait peut-être jamais.

Les résidents rivalisaient d'efforts pour détendre

l'atmosphère, mais rien n'y faisait. Même le concours des pires résultats d'analyses médicales pourtant réjouissant ne lui avait arraché qu'un vague sourire. Chantal avait gagné dans la catégorie triglycérides, mais Françoise l'écrasait au score dans l'épreuve du cholestérol. Jean-Michel arrivait dernier en glucose, ce qui était bon signe. Paradoxalement, le plus malade de tous était bel et bien le docteur.

Attila se rétablissait lentement et recommençait à marcher. Pauline lui renouvelait ses pansements chaque matin. Théo lui avait fait un dessin, désormais affiché au-dessus de sa couverture. Pour motiver l'animal à retrouver l'appétit, l'enfant n'hésitait pas à manger à quatre pattes devant lui dans sa gamelle dès que sa mère avait le dos tourné.

Entre deux averses, Michael rééduquait son chien en le promenant dans le jardin. Ils marchaient au pas, côte à côte, et le jeune homme l'encourageait sans cesse. Les chats n'étaient jamais loin, et parfois Jean-Michel les accompagnait aussi. Le vieux monsieur était très fier de raconter partout qu'il pouvait battre le chien à la course. Au fond de lui, il espérait quand même que cela n'allait pas durer. Pour souhaiter perdre face à son adversaire, il faut l'aimer.

Une seule fois, le médecin et l'infirmière étaient allés s'asseoir au bord de la rivière. Ils n'avaient cependant pas échangé un mot. Pauline aurait bien aimé, mais elle avait préféré respecter le mutisme dans lequel Thomas s'était enfermé. Tout ce qu'elle pouvait faire pour l'aider, c'était rester près de lui et lui faire le cadeau de sa présence fidèle. Si seulement elle avait su ronronner…

Ce soir-là, Thomas se trouvait seul sur le banc.

Son moral était semblable au ciel, chargé de nuages sombres, à perte de vue. Malgré tout ce qu'il avait vécu ces derniers mois, malgré tout ce qu'il avait tenté, il se retrouvait prisonnier des mêmes peurs, des mêmes doutes. Depuis le soir tragique où Romain avait tout découvert, le docteur n'avait même pas eu la force d'écrire à Kishan. Les jours où le bonheur lui avait paru à portée de main semblaient décidément bien loin.

En percevant du mouvement derrière lui, le docteur se prépara à accueillir Pauline. Discrètement, il se redressa pour ne pas paraître trop avachi. Il était décidé à se montrer plus affable avec celle qui lui témoignait un soutien sans faille.

— Je vous dérange ?

Ce n'était pas la voix de l'infirmière. Thomas se retourna. Romain se tenait debout à quelques mètres.

— M. Lanzac m'a dit que vous étiez là, ajouta-t-il.

Malgré la surprise, le docteur fit tout pour être le plus naturel possible.

— Comment vas-tu ?

— Mieux que l'autre soir.

Il marqua une pause avant d'ajouter :

— J'avais besoin de faire le point.

— Je m'en doute.

Le docteur proposa la place libre à ses côtés. Romain s'approcha lentement, sans que Thomas puisse définir si son hésitation relevait de la timidité ou d'une volonté de maintenir une distance. Le jeune homme s'installa en prenant soin de laisser le plus d'espace possible entre lui et son aîné.

— J'ai peur de ce que tu vas m'annoncer, Romain. Ma vie en dépend un peu. Je suis désolé de la façon dont les choses se sont passées. Je vais être franc : j'ai toujours su que tôt ou tard, j'aurais eu envie de t'avouer la vérité, mais j'ignore si j'en aurais eu le courage…

— Je n'ai rien dit à Emma, et je ne lui dirai rien.

Dans la poitrine de Thomas, la révélation fit l'effet d'une charge explosive sur un barrage. Dans un grondement de tonnerre intérieur, la digue céda. Un courant trop longtemps contenu emporta débris et douleurs. Beaucoup d'angoisses s'engouffrèrent dans la brèche pour se répandre dans la vallée, s'évanouissant dans le paysage. Beaucoup, mais pas toutes.

— Veux-tu que je disparaisse ?

— Non.

Thomas se tourna vers le jeune homme.

— Que désires-tu, alors ?

— Dans les jours qui ont suivi, une fois ma colère retombée, j'ai essayé de me demander ce que j'aurais fait à votre place. À votre âge, comment aurais-je réagi en découvrant que j'avais laissé une enfant derrière moi ? J'ai passé des jours à tenter d'imaginer, sans vraiment y parvenir. Je suis différent de vous, d'abord parce qu'aujourd'hui je ne quitterais Emma pour aucune grande cause. Et je préfère vous rassurer tout de suite : à ma connaissance, votre fille n'est pas enceinte ! Je crois que je n'arrive pas à saisir votre situation parce que j'aurais été incapable d'assumer tout ce qui vous y a conduit. Vos dernières phrases l'autre soir m'ont cependant fait comprendre beaucoup de choses. « Je n'ai jamais rien été dans sa vie. Je ne veux pas être que cela. » Ça me parle.

— C'est ce qui t'a décidé à revenir ?

— Entre autres. Je ne sais pas encore très bien où j'en suis… mais vous ne me dégoûtez plus.

— Merci.

— Tout à l'heure, quand je suis arrivé, Mme Quenon et l'infirmière ont absolument tenu à me parler. Elles m'ont révélé que depuis le début, elles savaient tout de vos plans et qu'elles avaient même été complices de certaines de vos actions – à la brocante, pour nous suivre, et même pour me faire venir dans cet appart. Elles m'ont assuré que jamais elles n'auraient apporté leur concours à vos mises en scène si elles n'avaient pas approuvé vos motivations. Pauline a insisté. Elle en était touchante. Vous ne les avez obligées à rien. Alors je me dis que si des gens aussi différents, que je trouve humainement attachants, peuvent vous accorder une telle confiance, je n'ai peut-être pas eu tort en vous donnant la mienne…

Pour ne pas céder à l'émotion, Thomas regarda au loin. Romain ajouta :

— Je ne sais pas comment vous allez vous y prendre avec Emma. Peut-être ne saura-t-elle jamais qui vous êtes vraiment. Mais à défaut d'avoir le titre, vous pouvez avoir la fonction. Devenez son ami. Je vous aiderai.

— Merci, Romain. Merci beaucoup. Je te demande pardon pour ce que je n'ai pas eu le courage de dire plus tôt. Je suis rentré pour découvrir ma fille, et j'ai un peu rencontré un fils.

Le jeune homme tendit la main au médecin, qui la saisit sans hésiter.

Francis avait raison : les petits nouveaux font souvent mieux que nous. Les deux hommes se serrèrent la main longuement. Les hindous le savent, toucher la paume de l'autre peut soigner beaucoup de choses.

— Au fait, docteur, l'horrible voix de castré qui m'a appelé pour me parler de l'annonce, c'était qui ?

99

Satisfait, Thomas reposa le combiné. Sa nouvelle longue discussion avec les médecins de Mme Ferreira laissait enfin entrevoir une solution pour la rapprocher de son mari.

Lorsqu'il entendit frapper à la porte de son bureau, le docteur se réjouissait déjà d'annoncer la bonne nouvelle à Pauline.

— Entrez !

La mine inquiète de l'infirmière refroidit instantanément son enthousiasme.

— Vous en faites une tête… Un problème ?

— Une dame demande à vous voir. Ce n'est pas la même inspectrice que la dernière fois. Celle-là a l'air moins naïve…

— Misère ! J'aurais dû m'en douter. Le premier rapport contrarie leurs projets alors ils nous collent une contre-visite…

Pauline lui fit signe de parler moins fort.

— Qu'est-ce qu'on fait ? demanda-t-elle à voix basse. Elle a sûrement déjà remarqué Jean-Michel et Françoise en pleine forme dans le salon, sans parler d'Hélène qui joue dehors avec le chien…

— Faites-la entrer, je vais lui parler.

— Docteur, j'ai fait un plein à 38,10. Je ne le sens pas bien…

— Laissez la malédiction de la pompe à essence en dehors de tout ça. De toute façon, on ne peut rien faire d'autre que négocier. On ne va pas l'assassiner et l'enterrer au fond du verger.

— Je sais ce qu'en dirait Francis…

— Pauline… L'inspectrice attend. Et plus elle attend, plus elle en voit…

— Mon Dieu, vous avez raison !

L'infirmière s'éclipsa vivement et Thomas en profita pour arranger son bureau. Il plaça la photo de ses amis indiens bien en évidence, à la fois pour l'aspect humanitaire qui pouvait crédibiliser son image, mais aussi – bien qu'il vienne de rejeter les superstitions – comme un porte-bonheur.

Pauline se présenta à la porte.

— Par ici, madame. Monsieur le directeur va vous recevoir.

Thomas se leva pour l'accueillir, affûtant déjà son discours le plus avenant.

— Bienvenue, chère madame. Je suis toujours à la disposition de nos partenaires.

En découvrant la visiteuse, le médecin s'arrêta net. La femme lui tendit la main avec un sourire éclatant.

— Enchantée, docteur Sellac.

Abasourdi, Thomas remercia l'infirmière qui, ayant senti son trouble, sortit en se demandant ce qui clochait. Le docteur s'empressa de fermer la porte derrière elle pour ne pas avoir à gérer une situation plus compliquée qu'elle ne l'était déjà.

— Céline…

— Thomas.

— Comment as-tu…

— Emma souhaitait que je relise son mémoire. Le nom du « médecin de terrain qui a passé vingt ans auprès des plus démunis » a tout de suite ravivé des souvenirs.

— Je ne m'attendais pas du tout…

— Moi non plus, surtout après toutes ces années. Qu'est-ce que tu fais dans le coin ? Est-ce le fruit du hasard ? Te connaissant, j'ai du mal à y croire.

Pour éviter d'avoir à répondre alors que son esprit affrontait un séisme de surprises et d'émotions, Thomas invita Céline à s'asseoir. Elle remarqua que le docteur s'était attribué la chaise la moins confortable pour laisser le fauteuil aux visiteurs, et s'en amusa.

— Tu n'acceptes toujours pas d'être le mieux installé.

— La culpabilité du survivant. Je dois trimballer ça d'une vie antérieure…

Il contempla celle qu'il n'avait pas vue depuis si longtemps autrement qu'en ombre chinoise. Quelques rides au coin des yeux, des vêtements aux couleurs plus sages, mais toujours ce regard, cette dynamique des gestes à la fois vive et précise. Il s'abandonna un instant au plaisir de la retrouver. Elle aussi le dévisageait. Dans un souffle apaisé, il murmura :

— C'est bon de te voir. Sacrée surprise.

— Tu détestais les surprises…

— Pas celle-là.

— Tu n'as pas trop changé, fit-elle. Si je t'avais croisé dans la rue, je t'aurais certainement reconnu. Tu as l'air en forme.

— Toi aussi. Tes cheveux sont plus courts…

— Si c'est vraiment tout ce que tu remarques, tu es nul au jeu des différences. À moins que tu n'aies appris à mentir.

Ils échangèrent un sourire complice. Le premier depuis leur séparation.

— Lorsque je suis tombée sur ton nom dans l'exposé d'Emma, il m'a fallu quelques secondes pour réaliser. Ça m'a fait drôle de le voir écrit. J'étais plus habituée à l'entendre qu'à le voir imprimé noir sur blanc. C'est déstabilisant, plus officiel, moins proche également. Le lire a été comme le déclic d'un mécanisme de passage secret. Un mur s'écarte pour conduire vers une pièce secrète oubliée…

— Poussiéreuse avec des cadavres dans le placard ?

— Non, et je vais même te dire : je ne soupçonnais pas que tout y était si bien rangé, à l'abri. La pièce n'était pas condamnée, juste fermée. Pourtant j'étais convaincue que je n'entendrais plus jamais parler de toi.

— Emma sait-elle que tu…

— Elle ignore tout de ma visite. D'ailleurs, ce matin encore, je ne me doutais pas moi-même que j'allais venir. Je n'arrêtais pas de penser à toi, à nous. Et puis en partant faire les courses, sur un coup de tête…

— Tu as bien fait.

— Combien de temps aurais-tu encore attendu avant de me contacter ?

— Je suis venu te voir dès le premier soir. Chez toi.

— Nous n'étions pas là ?

En parlant de sa vie, Céline disait « nous ». Lui ne disait que « je ».

— Si. Vous étiez présents. Je vous ai observés

depuis la rue. Trop de comptes à régler avec moi-même pour me présenter à toi. Je ne me voyais pas débarquer à l'improviste si longtemps après.

— Surtout sans avoir donné le moindre signe de vie pendant toutes ces années…

— Je sais. Cela ne rachètera jamais mon comportement, mais je te demande pardon. J'ai été nul. D'abord trop stupide pour me rendre compte de ce que je perdais en te quittant, et ensuite trop honteux pour oser reprendre contact.

— Thomas, nous n'en sommes plus là. Je fais ma vie, je suis passée à autre chose. Sans rancune.

— Moi j'en suis toujours un peu là et je m'en veux encore.

— Évidemment, te voir partir n'a pas été facile. En toute franchise, si j'accepte d'y repenser vraiment, je crois que je t'aimais. J'ai été malheureuse, c'est vrai.

— Désolé.

— J'ai éprouvé de la peine mais peu de colère. Ce n'est pas pour une autre que tu m'as quittée. Je ne faisais pas le poids face à ce qui motivait ton départ. J'ai depuis appris que les jeunes idéalistes ingérables font souvent des hommes bien.

— Quelle sagesse…

— Je n'aurais certes pas tenu un discours aussi magnanime juste après ton départ. D'ailleurs, quand es-tu rentré ?

— En septembre.

— Le mal du pays ?

— Je suis tombé sur Benjamin Trodet au fin fond de l'Inde. Le monde est petit. Tu te souviens de lui ? Toujours quelque chose à vendre, même quand ça ne lui appartenait pas. Enfin bref, c'est lui qui m'a révélé que tu avais eu une fille peu de temps après mon départ…

— Tu t'es imaginé qu'elle était de toi ?

Thomas blêmit.

— Elle ne l'est pas ?

L'œil pétillant, Céline ménagea un court suspense.

— Si. C'est ton dernier cadeau.

— As-tu essayé de m'avertir ?

— Non. Même si je n'avais pas prévu d'avoir un enfant, j'ai voulu la garder. Elle est tombée au bon moment. Un coup de pied aux fesses. Elle m'a obligée à grandir, même si c'était moi la mère ! Je suppose que me battre pour elle m'a aidée à oublier ce qui encombrait ma vie. Toi, tu voulais partir. Chacun de nous a en fin de compte vécu ce qui lui correspondait. Tant pis si c'était séparément.

— J'aurais dû être présent pour t'aider à élever Emma…

— Thomas, arrête de te mortifier. Je parie qu'en maternelle, tu avais déjà des regrets sur ton passé ! J'ai connu des jours compliqués, mais pas seulement. J'ai aussi partagé beaucoup de moments fabuleux avec Emma. Elle n'avait que moi et je n'avais qu'elle. Nous avons traversé ses premières années avec une intensité qui nous lie encore aujourd'hui. Que voulais-tu que je fasse ? Essayer de te rechercher en Afrique pour t'obliger à revenir ? Avec ton sens du devoir, je suis certaine que tu aurais accepté. On aurait alors organisé un joli mariage autour de mon ventre rebondi. On aurait acheté une petite maison. Combien de temps aurais-tu tenu dans cette vie-là ? Tu n'étais pas du genre à te poser. Pas prêt à fonder une famille. Tu t'interdisais d'être heureux. Toujours volontaire pour être en première ligne, partout, tout le temps, comme si tu t'en voulais d'avoir la chance d'être né sous une meilleure étoile que d'autres. Alors même si cela n'a pas été facile, je t'ai laissé partir. As-tu des enfants ?

— Non. Aucun… à part Emma. Est-elle au courant ?

— Je ne lui ai jamais caché que Jérémie n'était pas son père naturel, mais elle ne sait que très peu de choses de toi, et n'a jamais cherché à en savoir plus. Elle n'a pas manqué d'affection et c'est tout ce qui compte. Jérémie est loin d'être parfait, mais il a toujours été là pour elle, comme pour moi d'ailleurs.

— Jérémie Lavergne, l'homme qui sort les poubelles et t'attrape par la taille.

— Il est mon mari depuis plus de quinze ans, il en a le droit.

— Il faut si longtemps pour avoir le droit de sortir tes poubelles ?

Céline remarqua soudain la trousse sur le bureau.

— Mais c'est la mienne !

— Tu la reconnais ?

— Bien sûr ! Tu me l'as chipée.

— Elle ne m'a jamais quitté.

— Dois-je y voir un message ?

— Je ne sais pas. Mais nous n'en sommes plus là.

— Alors où en sommes-nous ? Puisque tu es revenu pour découvrir Emma, qu'espères-tu vis-à-vis d'elle ?

— À vrai dire, je n'en sais rien. Je ne veux pas la perturber. Je ne veux poser de problèmes ni à toi, ni à Jérémie. Quand tu arrives avec presque vingt ans de retard, tu te tais et tu te contentes de regarder.

— Votre rencontre l'a beaucoup fait réfléchir. Tu

lui as dit des choses très belles sur ton métier et sur la vie.

— Je ne suis peut-être rentré que pour avoir cette conversation avec elle. C'était mon destin. Elle a l'air d'une fille bien.

— Elle te ressemble sur de nombreux points.

— Vraiment ?

— Le côté entier, idéaliste… Pas facile à exprimer dans ce monde de compromis. Elle aura du mal à trouver sa place. Rien que pour choisir son stage de printemps, elle place la barre très haut. Tu comptes rester ici longtemps ?

— Je ne sais pas encore.

— Tu as quelqu'un ?

— Je crois que oui, mais c'est moi qui traîne.

— Tu ne vas pas…

Un vacarme venu du couloir les interrompit.

« Roulure, nichon ! » La voix de Francis, étouffée.

— Dis donc, on ne s'ennuie pas chez toi !

— Un résident, il te prend pour une inspectrice des affaires sociales alors il fait croire qu'il souffre du syndrome de Gilles de la Tourette.

— Pourquoi pas ? Suis-je censée lui répondre et hurler des gros mots ?

— Non, s'il te plaît, c'est déjà assez compliqué comme ça…

— Dommage. J'aurais bien aimé brailler des insanités. Ça doit être assez libérateur.

Retrouvant un ton plus sérieux, Céline demanda :

— Pourquoi ne viendrais-tu pas dîner à la maison un de ces soirs ? J'ai un autre fils à te présenter – même s'il n'est pas de toi – et je suis certaine que tu t'entendrais bien avec Jérémie.

— Tu crois que…

— Ne fais pas ton étudiant coincé. Tu n'es pas revenu pour te sauver à nouveau comme un voleur…

— Bien envoyé. Même si ça fait mal.

— Viens, ça me fera plaisir.

— Comment vas-tu expliquer ça à ton mari ?

— J'ai eu une vie avant lui. Il m'a même aidée à l'assumer avec beaucoup de générosité. Alors sans lui dire pour le moment que tu es le père de son enfant, je peux te présenter comme un excellent copain de lycée. Ça te va ?

— Parfaitement.

« Zigoune, trou ! »

— Je vais te laisser, sinon je crois que je vais y prendre goût.

Un son de clochette et un horrible râle résonnèrent dans le couloir.

— Et ça, qu'est-ce que c'est ?

— Une lépreuse avec un souvenir des Alpes qui va te pourchasser dès que tu auras passé la porte pour te contaminer. Mais c'est sans importance.

— Si tu le dis… Tiens, je te laisse ma carte. Appelle-moi.

— Promis.

Thomas se leva le premier. Céline songea qu'il avait toujours fait ainsi. Toujours en tête pour lever le camp, peut-être par peur de se fixer au point de se sentir prisonnier, peut-être pour partir avant d'être quitté. Un jour, ils en parleraient. Elle lui sourit.

— Je suis vraiment heureuse de te retrouver. La vie fait parfois de jolis cadeaux.

Il hésita mais, cette fois, ne recula pas. Il la prit dans ses bras. Céline et Thomas restèrent un moment l'un contre l'autre. L'espace d'un instant, chacun imagina sans le dire ce qu'aurait pu être sa vie avec l'autre. Même si le temps avait passé, ils partageaient deux trésors : le souvenir d'une période heureuse et une enfant.

Il lui murmura :

— Je n'aurais sans doute pas été un mari de premier choix, mais je vais essayer d'être un ami acceptable.

Elle songea qu'une fois encore, c'est lui qui avait rompu le silence le premier. Mettre fin soi-même aux émotions pour ne laisser à personne d'autre le pouvoir de vous en sevrer.

— Mari, ami, médecin proche de ma fille, je m'en fiche. Tu es là. C'est ce que tu es qui m'a manqué. S'il te plaît, reste.

On toqua à la porte. Thomas comptait répondre après que Céline et lui se seraient éloignés l'un de l'autre, mais Pauline entra sans attendre. En les découvrant tous les deux enlacés, l'infirmière se raidit. Thomas était bien plus gêné que Céline qui, au regard de l'infirmière, comprit ses sentiments pour le médecin.

— Pauline, je vous présente Céline, la maman…

L'infirmière manqua de défaillir tant la montagne russe émotionnelle était vertigineuse.

« Morue, foufoune ! » La voix de Francis était toute proche. La clochette et les râles aussi.

Les deux femmes se saluèrent sans trop savoir comment s'y prendre.

— Je vais vous laisser, fit Céline. J'espère vous revoir. Tous les deux.

En sortant, elle glissa à Pauline :

— C'est un type bien. Mais ne le laissez pas choisir

ses vêtements ni vos chaussures, et obligez-le à vous tutoyer. Sinon, coincé comme il l'est, il peut attendre vos noces d'or avant de s'y mettre.

Puis, s'adressant à Thomas, elle ajouta :

— J'attends ton coup de fil. Essaie de ne pas tarder.

— Je peux t'appeler ce soir ?

— Avec plaisir.

Céline allait partir lorsqu'elle se retourna une dernière fois.

— Au fait, tu peux garder la trousse.

Elle disparut dans le couloir. Thomas entendit son cri lorsqu'elle tomba nez à nez avec Chantal, recouverte de ses sacs à patates, qui tendait les bras vers elle comme un zombie.

100

Il ferait bientôt nuit, un peu frais. La base de l'astre solaire disparaissait déjà derrière les montagnes de l'Ouest. Les nuages filtraient ses rayons en dessinant un spectaculaire éventail de lumière céleste. Le sol, encore humide de l'averse tombée en fin d'après-midi, exhalait un léger parfum de terre.

Assis côte à côte à l'extrémité du promontoire rocheux, Kishan et Thomas savouraient l'instant. En contrebas, Kailash aiguisait ses outils sur la meule de pierre. Rekha tentait de rentrer ses poules qui n'obéissaient pas. Dans le village, les enfants et les chiens avaient grandi mais se couraient toujours après. Avec un peu de distance, la vie apparaît souvent comme un spectacle rassurant, même là où survivre est un enjeu quotidien.

— Je savais que tu reviendrais.

— Je l'espérais vraiment.

— Quelque chose a changé en toi.

— Tu dis ça pour la photo où j'embrasse le chien ?

— Pas seulement. Retourner chez toi t'a fait du bien. Tu es plus serein.

— Je ne pense pas que ce soit le fait de rentrer,

mais plutôt ce que j'ai traversé ces derniers mois. Toutes ces rencontres, ces terreurs, ces espoirs aussi… Hier, dans l'avion, j'ai bien senti que j'étais différent, et je me suis demandé pourquoi. Est-ce le fait de ne pas revenir seul ? Sans doute. Mais il y a autre chose. Je n'ai plus peur de la vie. Je me contente de trembler pour ceux que j'aime. Face à l'existence, on ne peut rien. Pour les personnes à qui l'on tient, on peut énormément.

— Méfie-toi, tu commences à parler comme mon père !

— J'ai souvent envié sa philosophie, et ton courage… Votre esprit ne m'a jamais quitté.

Kishan extirpa son couteau multifonction de sa poche et le montra à Thomas.

— Il ne m'a jamais quitté non plus.

— Chaque matin, j'apportais votre photo dans mon bureau et chaque soir, je la remontais chez moi.

Au-delà des buissons, venant du sentier, des rires fusèrent. Les trois enfants de Kishan et Jaya débouchèrent sur le plateau en faisant la course.

— Regarde-les, ces petits diables ! Même pas essoufflés après la pente.

Joyeusement, les jeunes se précipitèrent pour rejoindre les deux hommes. Ils s'installèrent de chaque côté, bousculant les adultes sans aucun ménagement. Les protestations de leur père ne les calmèrent pas. Ils ne prenaient pas place sur le banc de pierre pour admirer le crépuscule, mais pour être au plus près des « grands ». Les enfants n'accordaient d'ailleurs aucune attention au magnifique couchant. Pourquoi s'y seraient-ils intéressés ? Un nouveau serait là demain, puis après-demain, et il en serait ainsi chaque soir jusqu'à la fin des temps. Il faut vieillir un peu pour apprendre à connaître la valeur du moment et savoir qu'il ne revient jamais.

Le plus jeune, peu satisfait de sa place instable, escalada les genoux de son père et se blottit contre lui en toisant ses frères. Il passa ses petits bras autour du cou de son papa. Ses beaux yeux sombres fixaient Thomas sans aucune gêne, de tout près, comme seuls peuvent se le permettre les enfants. Pour le protéger des tentatives vengeresses de ses aînés, Kishan posa les mains sur le dos de son fils, formant un bouclier, mais pas uniquement. Les paumes bien à plat, il écarta les doigts au maximum. Thomas reconnut le geste qu'il avait déjà vu Pauline accomplir lorsqu'elle enlaçait Théo affectueusement et que le petit, fatigué ou distrait, acceptait de se laisser faire. Le docteur avait fini par comprendre qu'elle déployait sa main le plus possible non seulement pour le maintenir, mais aussi pour le ressentir. Étendre les doigts comme des racines ou des lianes pour irriguer d'amour, pour sentir cette vie, contre soi. Déplier chaque phalange pour capter sans en perdre une miette. On prie et on adore avec les mains jointes, mais on aime en les ouvrant. Toutes les créatures accomplissent ce geste, d'une façon ou d'une autre. Thomas n'en avait pas encore eu l'occasion.

Des voix venues du sentier annoncèrent des visiteuses en approche. Kishan glissa discrètement :

— Pauline et Emma arrivent.

— S'il te plaît, ne gaffe pas au sujet de ce que je t'ai confié…

Kishan eut un rire franc et murmura :

— Quelle est la phrase que tu ne veux pas que je hurle ? « Tiens, voilà ta femme et ta fille ! »

— C'est malin. Un si long voyage pour entendre ça, franchement…

— Tu n'as vraiment rien dit à ton enfant ?

— C'était impossible.

— Tu ne lui diras jamais rien ?

— Ce qui compte le plus, ce n'est pas qu'elle sache qui je suis, mais qu'elle puisse compter sur moi et que j'aie la chance de la voir vivre. Sans même le savoir, c'est elle qui m'a poussé à bouger et à prendre des risques. Elle m'a donné la force de vivre au grand jour. Ma fille a été l'étincelle qui m'a guidé hors de mes ténèbres.

— Tu es vraiment un homme étonnant, Thomas Sellac. Mon père dit qu'Emma est une très bonne infirmière. Elle a soigné sa plaie encore mieux que toi.

— Les nouveaux font parfois mieux que nous.

Emma et Pauline débouchèrent sur le plateau rocheux. Elles discutaient avec entrain.

— C'est haut ! s'exclama la jeune stagiaire.

— Mais le spectacle en vaut la peine, répondit Thomas en embrassant la vallée d'un geste.

Il se leva pour aller à la rencontre de Pauline.

— C'est le poste d'observation dont tu m'as parlé ? demanda l'infirmière.

— Oui. Te voir ici signifie beaucoup pour moi. J'ai eu tellement de doutes devant ces paysages… Je crois que tu es la réponse.

Pour une fois, la jeune femme resta sans voix. Elle mêla ses doigts aux siens et plissa les yeux pour regarder le soleil se coucher.

— Pendant que tu admirais le panorama, dit-elle, j'ai appelé la résidence. La liaison était excellente.

— Tout va bien ?

— Francis passe ses journées à faire tourner les remplaçants en bourrique. Jean-Michel s'est mis en tête de repeindre la chambre de Mme Berzha avant l'arrivée de sa femme. Françoise prédit que l'équipe intérimaire ne tiendra pas jusqu'à notre retour.

— Au prochain coup de fil, je parlerai à Francis pour qu'il calme le jeu. Et Théo ?

— Pour lui, c'est la fête. C'est le roi du monde ! Il n'a même pas daigné venir me parler parce qu'il jouait avec le chien. Il vit avec une bande de grands-parents dont il fait ce qu'il veut. Plus personne pour l'obliger à se laver, à manger ses légumes ou à faire ses devoirs. Je vais souffrir en rentrant.

— Compte sur moi pour t'aider.

— Tu aurais dû entendre Emma parler avec Romain ! Ils étaient tout mignons. À la fin, elle s'est détournée pour lui murmurer qu'elle l'aimait.

— Qu'elle en profite. Dans quelques années, il la traitera d'infirmière lubrique. Je connais quelqu'un à qui c'est arrivé.

Emma était montée plus haut sur le rocher. Les deux grands de Kishan se tenaient à ses côtés et, prenant exemple sur elle, semblaient découvrir le couchant. Les ultimes lueurs du soleil illuminaient le visage de la jeune femme. Elle rayonnait littéralement. À Ambar, Emma marchait différemment et souriait autrement. Elle se rapprochait de l'essentiel de la vie, et cela lui correspondait à la perfection. Elle avait tout de suite pris ses marques dans le village. Pour la première fois, Thomas voyait sa fille vivre un temps fort de son existence sans être obligé de s'effacer. Il n'avait plus besoin de se cacher pour la regarder. Il était en train de trouver sa place auprès d'elle.

Pauline l'embrassa sur la joue et lui souffla :

— Tu l'observes comme un père fier de sa fille…

Alors que les derniers feux du jour s'éteignaient, Kishan, Emma et les enfants prirent le chemin du retour. Pauline s'attarda un peu avec Thomas. Ils s'installèrent sur le banc de pierre. Thomas caressa la roche.

— Tu te rends compte, voilà quelques mois, j'étais assis ici même, seul. Et me voilà ce soir, au même endroit, avec toi, à profiter d'Emma qui nous accompagne. Hélène prétend que l'on se souvient toujours du décor dans lequel on apprend une nouvelle qui bouleverse notre vie. Je me trouvais exactement à ta place lorsque Kishan m'a révélé que j'avais une fille et offert les photos. Je me souviens de tout, de chaque pierre, de la voix d'Isha qui chantait devant son feu, du souffle du vent, des braises qui tournoyaient dans la nuit.

Pauline se serra contre lui, un peu à cause de la fraîcheur, beaucoup à cause de ce qu'elle éprouvait. Elle posa la tête sur son épaule et enlaça son bras. Elle lui murmura quelques mots à l'oreille. Thomas ne bougea pas. Elle lui avoua qu'elle espérait passer le reste de sa vie avec lui. Il laissa ses paroles l'envahir. Ce n'étaient plus de minuscules soldats prenant d'assaut une forteresse, mais des alliés venant renforcer les troupes qui attendaient la relève. Pauline l'avertit aussi que malgré ses réticences, elle allait lui offrir une montre neuve et des polos à sa taille. Elle lui demanda de ne plus faire de commentaires sur les talons qu'Emma pouvait choisir de porter.

Elle l'embrassa furtivement dans le cou. La nuit était tombée. Les étoiles apparaissaient les unes après les autres. Aucun des deux n'avait envie que ce moment cesse. Thomas appréciait le spectacle, la sensation que provoquaient les mains de Pauline posées sur son bras.

La jeune femme soupira. D'une voix sereine, elle lui confirma qu'il n'oublierait effectivement jamais cet endroit. Puis elle lui annonça qu'ils n'étaient pas que deux sur ce banc, et que dans quelques mois, ils auraient quelqu'un pour qui espérer, quelqu'un pour qui bâtir, quelqu'un à qui faire découvrir tout ce que ce monde et ses habitants peuvent avoir de beau, quelqu'un qu'il faudrait aussi prévenir et protéger des dangers de la vie. Un petit être pour qui trembler.

Pour la première fois de sa vie, Thomas ne fut pas le premier à se lever.

FIN

ET POUR FINIR…

Bientôt 4 heures du matin. Ces derniers jours, je suis sorti de mon trou pour les ultimes chapitres. La fenêtre du bureau est grande ouverte. Le jour n'est pas encore levé. Il fait nuit, un peu froid. Dans le calme ambiant, je respire profondément. Cela m'arrive rarement à ce point-là. Il faut que je vienne de finir d'écrire un livre pour y parvenir.

Tout à l'heure, je vais poser mes mains de chaque côté du clavier, bien à plat, et je vais souffler, vraiment. Mais avant, je veux vous écrire. Je vous le dois. Merci de m'avoir suivi jusqu'à ces pages. Mes mots n'existent que parce que vous le permettez. Votre attente et vos sentiments sont mon moteur. J'espère que vous avez passé un bon moment. J'aime imaginer, rire et ressentir, avec l'espoir fou que cela vous fera peut-être le même effet qu'à moi. Je suis bien avec vous. Je n'ai pas envie que vous me reposiez sur votre table de nuit ou dans votre sac. Je ne veux pas être rangé ! Je n'ai pas envie que vous partiez ailleurs. Je sais pourtant que vous le devez. Vous avez vos vies, vos obligations, d'autres envies.

Là, tout de suite, si c'était possible, je voudrais

sortir, marcher dans les rues désertes et vous rejoindre. Vous seriez assis sur un banc, peut-être dans le square où j'aime vous donner rendez-vous, et je prendrais place à vos côtés. Finalement, on se connaît un peu. On se parlerait comme Thomas et Pauline au bord de la rivière, ou comme avec Kishan sur la montagne. Par moments, on ne dirait rien. Les silences aussi peuvent signifier beaucoup. On regarderait le soleil se lever. Vivre auprès de ceux dont le cœur bat au même rythme que le mien est mon but.

Ce livre est né d'une émotion absolue, voilà des années. Si vous en avez envie, je vais vous raconter. En préambule, je dois d'abord vous confier que je n'ai jamais eu peur en avion. J'ai volé sur à peu près n'importe quel engin, à peu près n'importe où. Les tournages m'ont obligé à cela, souvent avec bonheur. On a failli s'écraser près du Grand Canyon, on a passé des heures accrochés à des hélicoptères… Avec Pascale, au-dessus de l'Oural, on s'est fait méchamment foudroyer, au point de cramer la radio – tout le monde avait si peur que personne ne touchait à son plateau-repas. C'était génial, j'ai mangé les parts de ma femme et de nos amis ! Tout ça pour vous dire que la phobie des avions ne me concernait pas.

Et puis un jour, j'ai décollé pour un petit vol de rien du tout vers Londres, et là, j'ai eu la trouille de ma vie. Pourtant, tout s'est très bien passé. Au retour, ce fut pire. Et depuis, à chaque décollage, chaque atterrissage, chaque turbulence, mon cœur s'accélère et je me cramponne discrètement aux accoudoirs en essayant de contenir la panique qui se répand en moi. Brutalement, sur ce vol, je suis passé de l'inconscience béate à une sorte de panique incontrôlable.

Une seule chose avait changé dans ma vie : ma femme m'avait donné quelqu'un pour qui trembler. Nous avions eu notre premier enfant. L'effet s'est décuplé avec la petite deuxième. Le fait même de m'éloigner d'eux me rendait malade. En avion tout était pire, car même avec la meilleure volonté du monde, il m'était impossible de rentrer par moi-même. À chaque fois, j'ai prié tous les dieux possibles pour qu'ils me laissent vivre afin de pouvoir rentrer chez moi. Revoir les miens, les toucher, être en mesure de leur être utile.

À chaque départ, je faisais mon examen de conscience sans aucune complaisance, tentant de convaincre le juge céleste qui gère mon dossier que si j'ai commis d'innombrables péchés, mon désir de survivre n'était motivé que par l'envie de servir la part la plus pure de ma vie : mes mômes. Je crois que c'est pour eux que l'on accomplit le plus beau. Ce sont eux qui nous connectent à ce que nous sommes vraiment. Parce qu'ils sont le futur, parce que nous sommes responsables d'eux, parce qu'à travers eux, on réapprend tout.

J'aime mes proches, j'aime la vie, j'adore ma femme mais plus que tout, je voulais rentrer pour être là pour mes petits. Je désirais rester sur cette terre pour les protéger, les aider à trouver leur place. Plus égoïstement, je souhaitais aussi avoir la chance de les voir grandir. Malgré tout le foin qu'on en fait, donner la vie est facile. C'est après que ça devient sérieux.

Au cours de ces premiers vols vécus dans l'angoisse, j'étais trop accaparé par mes frayeurs pour regarder autour de moi. Mais peu à peu, j'ai retrouvé la force d'observer mes semblables. Nombreux sont ceux qui ont peur en avion. Je vois leurs yeux se fermer, leurs mains qui cherchent à s'agripper, leurs doigts qui se crispent. J'aperçois les lèvres qui bougent pour murmurer des mots qui implorent ou rassurent. J'ai fini par oser en parler avec eux.

Le plus souvent, ce n'est pas la peur de mourir qui les fait réagir. Dans bon nombre de cas, c'est l'angoisse de ne plus être là pour ceux qui comptent sur eux. Ils ne veulent pas abandonner ceux qui s'en sortiraient moins bien si eux-mêmes ne s'en sortaient pas. En général, ce sentiment bouleversant se manifeste vis-à-vis des enfants, mais pas uniquement. Parents, amis et proches dans la difficulté, la fragilité ou le handicap, notre instinct de protection peut se manifester vis-à-vis de n'importe qui. J'ai pris conscience du fait que nous sommes nombreux à trembler pour quelqu'un.

C'est un poids, une pression, une responsabilité, une terreur de tous les instants. C'est aussi un honneur, une chance, un bonheur, un formidable moteur. Depuis que j'ai compris cela, je ne prie plus. J'espère.

À cela s'est ajoutée une deuxième expérience qui a pourtant eu lieu bien avant. Comme si notre mémoire attendait que nous soyons capables de comprendre pour nous rappeler ce que nous avons vécu.

Lorsque j'étais jeune stagiaire sur les plateaux, j'ai connu un directeur de production qui était un abruti complet. Par respect, je vais taire son nom. C'était un petit excité, tout sec, toujours en train d'aboyer des ordres et de donner des leçons qu'il n'appliquait pas. Tout le monde le détestait, même s'il faut au moins admettre qu'avec lui, personne ne prenait jamais de retard, ce qui est essentiel sur un tournage. Un soir, sur le parking du studio, alors que sa femme venait le chercher, je l'ai vu accueillir un petit bonhomme qui a sauté de la voiture en tendant les bras vers lui. Je me suis dit qu'il fallait bien l'innocence de cet adorable bambin pour s'attacher à un crétin pareil. Et puis je l'ai vu s'agenouiller et prendre son enfant dans ses bras. Ce n'était plus le même homme. Une véritable métamorphose. Il ne bougeait plus de la même façon. Moins raide, tout à coup attentionné, avec des gestes d'une douceur dont je le pensais incapable. Il s'est placé à sa hauteur, à son écoute. Il n'avait plus rien du sale type qui pourrissait nos journées. À défaut de m'avoir convaincu que sa façon de travailler était la bonne, il m'a au moins appris que l'on ne connaît jamais vraiment quelqu'un tant que l'on ne sait pas pour qui il peut mettre un genou à terre – à tous les sens du terme.

J'aime beaucoup l'idée d'être le fils de tous ceux qui en savent plus que moi et qui me confient honnêtement un peu de leur savoir. J'aime aussi l'idée d'être une sorte de père pour ceux à qui je peux transmettre. Ce n'est pas une question d'ascendance ou d'âge, mais de mentalité. Sur un chemin perdu de montagne, si vous croisez un inconnu qui vient de là où vous vous rendez, peut-être ne vous dira-t-il rien et vous laissera-t-il vous débrouiller. Un autre vous préviendra que plus loin, des loups guettent, qu'il faut se méfier d'un nid de guêpes, d'un gouffre – ou d'un vendeur de cuisines qui fait des promos trop belles pour être vraies. Toujours partager ce que l'on apprend, sans ego. La vie est bien plus intéressante ainsi. Je ne sais pas pour vous mais moi, j'ai souvent l'impression d'être perdu sur le chemin. Suivant le moment, nous sommes tous cet ignorant qui regarde ceux qui savent en espérant qu'ils nous révéleront le moyen de survivre. Et nous avons tous des petits que nous pouvons aider, qu'ils soient de notre sang ou pas. Parfois, les anciens sont novices et ce sont les petits nouveaux qui peuvent nous en remontrer. Tellement de combinaisons possibles, tellement de vies différentes. Pourquoi exister si on ne se raconte rien ? J'accepte très mal l'idée que ce que nous apprenons d'essentiel ne serve qu'une fois et meure avec nous. Quelqu'un possède forcément les réponses aux questions que vous vous posez. Trouvez-le.

Je souhaite donc dédier ce livre à toutes celles et tous ceux qui s'inquiètent pour ceux qu'ils aiment. Je m'incline devant ceux qui, pour être à la hauteur, oublient leur fatigue, leurs intérêts et leurs limites, quitte à faire n'importe quoi mais toujours par affection. J'essaie d'appartenir à cette digne confrérie – surtout quand il s'agit de faire n'importe quoi. Je veux dédier cette histoire à celles et ceux qui élèvent leurs enfants, au sens premier du terme, qui les amènent plus haut. Je veux aussi penser à ceux qui ont commis des erreurs, qui sont arrivés après la bataille, qui n'ont pas su ou qui ont eu peur. Il n'est jamais trop tard pour donner. Trouvez votre place, dites, faites, tentez tout. Rien ne vaut le bonheur de se retrouver.

Comme vous, je tremble pour beaucoup de monde. Et quelques-uns tremblent pour moi. À ceux-là, je veux dire ma gratitude. Merci à ceux qui font le chemin avec moi. Merci à ceux qui m'évitent les erreurs, à ceux qui m'éclairent ou m'éloignent du précipice. Merci à ceux qui me disent la vérité, y compris quand elle ne m'arrange pas. Parmi eux, beaucoup de proches, mais aussi beaucoup d'inconnus qui, au détour d'une rencontre, d'un regard, d'une confidence, m'offrent les réponses. Et je dois ici parler de vous, de tout ce que vous me racontez, de ces clichés que vous pulvérisez, de vos vies que vous m'ouvrez, de tout ce que vous prouvez sans même vous en rendre compte. Mes livres ne sont que de petites choses, mais ils permettent aussi de nous rencontrer.

En parfait exemple, je veux remercier quatre femmes qui, avant de devenir plus proches, m'ont fait l'honneur de venir à moi en tant que lectrices. Merci à Régine Riefolo pour sa connaissance remarquable de l'Inde et son regard bienveillant. Merci à Alexandra Morlot pour son univers et sa patience. Merci à Pauline Choplin qui, un soir de fête, a gagné le droit de devenir l'un de mes personnages. Au-delà de la jeune comédienne talentueuse que tu es, la jeune femme que tu deviens me touche. Utiliser ton nom a été un bonheur. Embrasse ta mère pour moi, mon plus grand rêve est de provoquer avec des mots ce qu'elle engendre avec son exceptionnel talent de musicienne et d'organiste. Sophie-Véronique, ma famille et moi vous devons des larmes de bonheur.

Si vous en avez le temps, écoutez la magnifique chanson de Bruno Mars, « When I Was Your Man ». J'ignore ce qu'il faut avoir vécu pour écrire cela, mais j'en suis admiratif. Rendre la douleur magnifiquement belle et porteuse d'espoir est un don.

Je souhaite aussi remercier les producteurs de cinéma avec lesquels j'avance de plus en plus, Christel Henon et Lilian Eche. L'idée de revenir sur les plateaux me fait drôle, surtout pour mes histoires et avec des personnes aussi fines, compétentes et humaines que vous.

Merci aux lectrices, lecteurs, libraires, bibliothécaires qui chaque jour me portent, me propagent et me font découvrir autour d'eux. Merci à celles et ceux qui me font l'immense cadeau d'attendre mes histoires.

Évidemment, je ne peux pas oublier Pascale, ma moitié, celle grâce à qui j'ai la chance de ne pas trembler seul. À nos enfants, qui prennent l'avion sans avoir peur, qui sautent de rochers trop hauts, qui font n'importe quoi et savent désormais avancer sans qu'on leur tienne la main.

À toi, ma fille, à qui j'ai beaucoup pensé en imaginant Emma. Je mesure chaque jour la chance que j'ai de pouvoir t'observer sans me cacher. Tu es Mon Petit Sourire.

À toi, mon fils, parce qu'il me manquerait un grand pan de ma vie si je n'avais pas le bonheur de te connaître.

Faites mieux que nous. Ce ne sera pas si difficile.

Avant de poser les mains de chaque côté du clavier, bien à plat, et de souffler vraiment, c'est à vous qui tenez ces pages que je souhaite m'adresser enfin. Je ne sais pas où vous êtes, mais je suis proche de vous. Ma vie, comme ce livre, est à nouveau entre vos mains. Je ne suis rien sans vous, mais ce n'est pourtant pas ce qui me donne le plus envie de tout faire pour avoir la chance de continuer à votre service. Ma motivation n'a rien de commercial. Je commence à vous connaître et je crois que je m'attache. Si vous saviez le nombre de fois où vos visages, vos noms, nos échanges sont en moi… On a peur, mais on a envie. Nous ne sommes peut-être pas grand-chose, mais on aime de toutes nos forces. On est gentils, mais un petit coup de pied dans la tronche de ceux qui vont trop loin n'est jamais à exclure. Elle est pas belle, la vie ?

Faites-moi plaisir. Malgré ce que j'ai dit plus haut, posez ce livre. Allez voir ceux que vous aimez. Prenez-les dans vos bras. Serrez-les en écartant bien les doigts pour ne rien perdre de cette énergie qui passe entre vous. Oubliez-moi.

Moi, je ne vous oublierai jamais.

Je vous embrasse,

P-S : Les enfants d'Hélène Trémélio ont fini de construire leur maison et ils ont effectivement prévu une belle chambre pour elle. Hélène va vivre avec ses enfants, ses petits-enfants et ses chats. Les bonnes nouvelles arrivent parfois. Dans les livres comme dans la vie.

POCKET N° 16541

« *Un livre plein d'optimisme et d'humour.* »

Le Télégramme

Gilles LEGARDINIER
ÇA PEUT PAS RATER !

J'en ai ras le bol des mecs. J'en ai plus qu'assez de vos sales coups ! C'est votre tour de souffrir !
Et là, trempée, titubante, je prends une décision sur laquelle je jure de ne jamais revenir : je ne vais plus rien leur passer. Je vais me venger de tout.
La gentille Marie est morte. C'est la méchante Marie qui est aux commandes. Désormais, je renvoie les ascenseurs. Les chiens de ma chienne sont nés et il y en aura pour tout le monde. La vengeance est un plat qui se mange froid et je suis surgelée.

Retrouvez toute l'actualité de Pocket sur :
www.pocket.fr